# TÖDLICHES GERÜCHT

UNTERGETAUCHT: FBI-SERIE NO. 2

BARBARA FREETHY

BARBARA FREETHY BOOKS

Fog City Publishing

Tödliches Gerücht
aus der Serie „Untergetaucht“: FBI-Serie Band 2


Übersetzung: Ursula Mirwald

# KAPITEL EINS

*„DAS WIRD dir noch leidtun."*

Die heiseren, geflüsterten Worte rissen sie aus dem Schlaf. Spezialagentin Bree Adams setzte sich im Bett auf und hielt das Telefon näher an ihr Ohr. „Wer spricht da?"

Es folgte Stille, aber sie vernahm ein Atmen.

„Wenn du mich schon bedrohst, möchtest du dann nicht, dass ich weiß, mit wem ich es zu tun habe?", forderte sie ihn heraus.

Es wurde aufgelegt.

Sie atmete erst einmal tief durch und ließ den Blick durch ihr schattiges Schlafzimmer wandern. Durch die Vorhänge konnte sie die Lichter von New York City erkennen. Außerdem vernahm sie die lauten Geräusche der Müllfahrzeuge, die sich ihren Weg durch die Straßen hinter ihrem Wohnkomplex bahnten. Die Uhr auf ihrem Nachttisch zeigte ihr, dass es kurz vor Tagesanbruch war.

Schnell sprang sie aus dem Bett, warf sich einen Bademantel über und durchquerte zitternd den Flur ihrer kleinen Einzimmerwohnung, um die Heizung einzuschalten. Es war Anfang Oktober und man konnte den nahenden Winter bereits spüren. Eigentlich empfand sie die niedrigen Temperaturen als eine willkommene Abwechslung nach dem langen, heißen Sommer, einem Sommer, in dem sich so viele Dinge verändert hatten. Im Juni hatte es im New

Yorker FBI-Außenbüro eine massive Umstrukturierung gegeben, deren Folgen noch immer die komplette Organisation erschütterten.

Als sie ihre Küche betrat und die Kaffeemaschine anschaltete, blickte sie sich argwöhnisch um. Alles schien normal zu sein und befand sich an seinem angestammten Platz. Trotzdem verspürte sie eine gewisse innere Unruhe, was der Anrufer offensichtlich beabsichtigt hatte.

*Wie war er nur an ihre Nummer gekommen?* Als Bundesagentin nutzte sie jede Vorsichtsmaßnahme, um ihr Privatleben zu schützen. Sie würde einen der Techniker bitten zu prüfen, ob er das Telefonat zurückverfolgen könnte, hatte jedoch wenig Hoffnung. Wegwerf-Handys, die nach jedem Anruf entsorgt werden konnten, machten es äußerst schwierig, Verbrecher auf diese Weise aufzuspüren.

Auch war die männliche Stimme absichtlich verzerrt worden, was bedeutete, dass der Anrufer mitgedacht hatte. *Weil sie ihn möglicherweise kannte?*

Seit sie vor fünf Jahren dem FBI beigetreten war, hatte sie den Großteil ihrer Karriere darauf verwendet, vermisste Kinder wiederzufinden. Vor sieben Monaten war sie Mitglied des CARD-Programms geworden und damit nun Teil eines der vielen Teams zur Reaktion auf kritische Aktionen. Diese schalteten sich stets dann ein, wenn es darum ging, die lokalen Strafverfolgungsbehörden dabei zu unterstützen, ein gefährdetes Kind innerhalb der ersten kritischen Stunden nach einer Entführung zu finden.

Es war ein Job voller Höhen und Tiefen–manchmal frustrierend, entmutigend und grauenvoll, gelegentlich jedoch auch voller Glücksmomente. Und sie liebte ihn. Eine Familie wieder zusammenbringen zu können, gab ihr stets das Gefühl, etwas Großes vollbracht zu haben.

Ihr Telefon klingelte erneut, und sofort lagen ihre Nerven blank.

Schnell lief sie zurück ins Schlafzimmer, hob das Handy vom Bett auf und stellte sich innerlich darauf ein, erneut dieselbe gruselige, rätselhafte Stimme zu hören.

Es war jedoch nur ihr Teamleiter, Spezialagent Dan Fagan, und sie wusste, was das zu bedeuten hatte.

„Was ist passiert?“, fragte sie, ohne sich mit langen Vorreden aufzuhalten.

„Gestern Abend um kurz nach zwanzig Uhr ist eine Zehnjährige aus dem Backstage-Bereich eines Schulkonzerts verschwunden. In der Nähe der Hintertür wurde eine abgebrochene weiße Rose entdeckt.“

Bree versteifte sich. Dies wäre bereits das vierte Mal innerhalb von sechs Monaten, dass ein Kind von einer Schulveranstaltung spurlos verschwand. Das elfjährige Mädchen in Newark war sieben Tage später ermordet aufgefunden worden, und auch das zwölfjährige Mädchen aus Albany war eine Woche später tot. Ein weiteres zwölfjähriges Mädchen aus Philadelphia hatte man lebend in einem verlassenen Gebäude entdeckt, wahrscheinlich nur einen Tag, bevor sie das gleiche traurige Schicksal ereilt hätte. Obwohl sie froh darüber waren, zumindest dieses Kind gerettet zu haben, war der Entführer nach wie vor flüchtig.

*Hatte er erneut zugeschlagen?*

*Hatte der gruselige Anruf von eben irgendetwas mit diesem Vorfall zu tun?*

Sie war diejenige gewesen, die das Mädchen in Philadelphia aufgespürt hatte. Ihr Gesicht war es gewesen, das man in den Nachrichten gezeigt hatte. Sie hatte öffentlich versprochen, dass man alles daransetzen würde, um den Weiße-Rose-Kidnapper zu stellen, wie ihn die Presse mittlerweile bezeichnete.

„Wo ist es passiert?“, fragte sie.

„Chicago. Offenbar zieht er weiter in Richtung Westen.“

Ihr Herz klopfte ihr bis zum Halse und das Telefon rutschte ihr aus der Hand. Das scheppernde Geräusch brachte sie wieder auf den Boden der Tatsachen zurück.

Sie hob es auf und entdeckte einen Riss auf dem Display, was sich irgendwie wie ein Omen anfühlte. Als sie vor langer Zeit Chicago den Rücken gekehrt hatte, hatte sie sich geschworen, nie mehr dorthin zurückzukehren.

„Hat das Team aus dem Mittleren Westen den Fall übernommen?“ Sie schaffte es kaum, diese Worte auszusprechen.

„Ja, aber sie fordern dich als Beraterin an. Du arbeitest seit Monaten an dem Profil dieses Typen. Wie schnell kannst du am Flughafen sein?“

„Ich bin in einer Stunde dort. Aber du solltest wissen, dass ich gerade einen Drohanruf bekommen habe, männliche Stimme, verzerrt. Er sagte, es würde mir noch leidtun.“

„Das war alles?“

„Das war alles“, bestätigte sie.

„Ich werde Oscar bitten, sich das mal anzusehen“, sagte Dan und meinte damit einen ihrer Techniker. „Und du machst dich auf den Weg nach Chicago. Aber bitte sei vorsichtig.“

Sie ließ das Telefon sinken und atmete erst einmal tief durch. Natürlich würde sie nach Chicago fliegen, weil es ihr Job war und das Leben eines Kindes auf dem Spiel stand.

Es bedeutete aber nicht, dass sie nach Hause zurückkehrte.

---

Nach der Landung in Chicago kurz nach neun am Mittwochmorgen erhielt Bree in der FBI-Dienststelle erst einmal eine gründliche Unterweisung durch den zuständigen Spezialagenten, Warren Hobbs. Warren war ein streng dreinblickender Mann Mitte vierzig, mit schwarzem Haar und dunklen Augen. Nach dem, was Bree über ihn wusste, war er ein kluger, aggressiver Ermittler, und Langsamdenker gingen ihm gehörig gegen den Strich.

Hobbs kam direkt zur Sache. Sein Briefing umfasste das AMBER-Alarmsystem für Vermisstenmeldungen, die Untersuchung des Tatorts und die Vernehmung von Zeugen und Familie sowie die Durchsuchung der Nachbarschaft und die Berichterstattung in den Medien. Nachdem er geendet hatte, forderte er sie auf, die Behörde über die Einzelheiten früherer Entführungen im Zusammenhang mit dem Weiße-Rose-Kidnapper in Kenntnis zu setzen und das Verhaltensprofil darzulegen, das sie bis dato ausgearbeitet hatte.

Genau wie die drei anderen Mädchen war auch Hayley aus ihrer Schule verschwunden, einem Ort, an dem sie sicher hätte sein sollen. Bree hatte mehrere Theorien darüber aufgestellt, warum der Entführer sich dermaßen von schulischen Einrichtungen angezogen fühlte, warum er stets eine weiße Rose am Tatort hinterließ und warum er alle drei zuvor entführten Kinder noch sieben Tage am Leben ließ, bevor sie entweder entdeckt oder getötet wurden. Wenn das Timing auch dieses Mal zutraf, blieb ihnen weniger als eine Woche Zeit, um Hayley lebendig zu befreien.

Was die Identität des Entführers anbelangte, hatten sie bisher nur wenige Details. Sie wussten lediglich, dass er männlich war, circa einen Meter achtzig groß, muskulös und braunhaarig. Dem überlebenden Opfer waren fast die gesamte Zeit über die Augen verbunden gewesen und bei den wenigen Gelegenheiten, bei denen ihr die Binde kurzzeitig abgenommen wurde, trug der Kidnapper eine Ski-Maske, um sein Gesicht zu verdecken. Das Opfer hatte angegeben, dass seine Stimme tief, dunkel und stets bedrohlich klang. Er hatte sehr wenig gesprochen, sie jedoch als sein hübsches kleines Mädchen bezeichnet und gelegentlich einen Satz aus der Bibel über Erlösung oder Rache zitiert.

Bree konnte sich vorstellen, dass dieses Sieben-Tage-Zeitfenster möglicherweise mit dem Alten Testament zusammenhing, da Gott die Welt in sieben Tagen erschaffen hatte und er sich vielleicht ebenfalls in diesem Zeitrahmen seine eigene Welt kreieren wollte. Wie auch immer, jede Minute zählte, wenn sie das jüngste Opfer, Hayley Jansen, lebend finden wollten.

Nachdem das Briefing um kurz vor elf beendet war, nahm sie sich ein Taxi quer durch die Stadt, um sich mit Hayleys Eltern zu treffen. Obwohl sie damit nur die Schritte rekonstruierte, die bereits von den Chicagoer Spezialagenten und der örtlichen Polizei unternommen worden waren, war es für sie doch wichtig, sich selbst ein Bild davon zu machen, ob es sich hier um eine Wiederholungstat handeln könnte.

Der Fall in Philadelphia hatte landesweit für Aufsehen gesorgt. Jemand in Chicago könnte beschlossen haben, auf der Sensationswelle dieses Kidnappers mitzureiten, um ebenfalls solch kläglichen Ruhm zu erlangen.

Immerhin gab es im Gegensatz zu den drei anderen Fällen einige kleine Unterschiede. Die übrigen Mädchen waren allesamt blond und braunäugig gewesen, während Hayley braune Haare und braune Augen hatte. Die weiße Rose, die bei Hayleys Entführung an der Hintertür gefunden wurde, war eine Hybrid-Teerose gewesen, während es sich bei den drei anderen um Floribunda-Rosen gehandelt hatte. Das waren winzige Details, die nichts bedeuten mochten ... oder auch sehr viel.

---

Die Jansens lebten in Lincoln Park, einem gehobenen Wohnviertel im Norden von Chicago. Ihr zweistöckiges Haus mit drei Schlafzimmern lag an einer wunderschönen, von Bäumen gesäumten Allee, nicht weit vom Lincoln-Park-Zoo, der Seeuferpromenade und dem Michigansee entfernt.

Diese Nachbarschaft hatte so rein gar nichts mit den Straßen der Stadt gemein, die sie als Kind durchstreift hatte, was gleichzeitig tröstlich wie auch beunruhigend war. Als kleines Mädchen hatte sie immer geglaubt, dass Kinder, die in Häusern wie diesen lebten, alles hatten, was sie sich wünschten und sicher und beschützt aufwuchsen. Natürlich wusste sie es mittlerweile besser, aber es fühlte sich noch immer falsch an, wenn sie einen Bezirk betrat, dessen Bewohner es nicht gewohnt waren, mit der dunklen Seite der Menschheit konfrontiert zu werden.

Als Bree aus dem Taxi stieg, fegte ein eiskalter Windstoß sie fast von den Füßen. Die *windige Stadt* machte ihrem Ruf mal wieder alle Ehre, aber sie hatte kein Problem damit. Vielleicht würde die Kälte ihr Herz einfrieren und die Erinnerungen fernhalten.

Sie überquerte die Straße und bahnte sich einen Weg durch die Menge an Reportern, die nur darauf zu warten schienen, Neuigkeiten für die Mittagsnachrichten ergattern zu können. Nachdem sie kurz ihre Dienstmarke hatte aufblitzen lassen, winkte der ortliche Polizeibeamte sie hinein.

Sie trat durch die Eingangstür, und ihr geübtes Auge erfasste in Sekundenbruchteilen alle wichtigen Details. Das Haus war nett eingerichtet, mit Gemälden an den Wänden, glatten Hartholzböden und Möbeln, die bequem und bemerkenswert sauber aussahen, wenn man bedachte, dass anscheinend drei Kinder im Haus lebten. Hayley hatte einen jüngeren sechsjährigen Bruder und eine vierjährige Schwester.

Die Kinder schienen verwirrt und abwesend. Das kleine Mädchen weinte, als sie und ihr Bruder von den Großeltern in die Küche gebracht wurden. Weitere Familienmitglieder und enge Freunde gewährten ihr Privatsphäre, sodass sie sich im Wohnzimmer mit Hayleys Eltern, Mark und Lindsay Jansen, ungestört unterhalten konnte.

Inzwischen wusste sie schon so einiges über die Jansens. Sie waren ein attraktives, sportliches Paar Anfang vierzig, hatten sich im College kennengelernt und kurz danach geheiratet. Vor drei Wochen hatten sie ihren zwanzigsten Hochzeitstag gefeiert. Mark arbeitete als Finanzchef bei Buckner Investments; Lindsay war eine ehemalige Lehrerin, momentan jedoch ganz Hausfrau und Mutter.

Hayley war ihr ältestes Kind. Sie war adoptiert worden, nachdem die Jansens sich acht Jahre lang unzähligen Behandlungen gegen Unfruchtbarkeit unterzogen und dann noch zwei Jahre auf der Adoptionswarteliste gestanden hatten. Als die Kleine vier Jahre alt war, passierte das, womit sie nie mehr gerechnet hätten: Lindsay wurde mit ihrem Sohn Connor schwanger, und zwei Jahre später bekamen sie auch noch ihre Tochter Morgan.

Hayleys Adoptionsakte war versiegelt worden, und während die Jansens nie etwas über die biologischen Eltern der Kleinen erfuhren, hatte ein örtlicher Richter die Akte kurz nach ihrem Verschwinden wieder geöffnet. Ihre leibliche Mutter, Samantha Harkness, war ein sechzehnjähriger Teenager gewesen, der in Hammond, Illinois lebte, einem von Armut und Verbrechen regierten Vorort von Chicago.

Sechs Monate nach Hayleys Geburt war sie an einer Überdosis gestorben. Über den leiblichen Vater existierten keinerlei Unterlagen. Obwohl die Polizei die Möglichkeit, dass jemand aus der tatsächlichen Familie beteiligt war, nicht ganz ausschließen konnte, schien es doch eher unwahrscheinlich, vor allem aufgrund der weißen Rose.

Als sie sich auf der Couch niederließen, griff Mark nach Lindsays Hand. Er sah aus wie ein Läufer, groß und hager. Bekleidet war er mit einer grauen Stoffhose und einem hellblauen Button-down-Hemd. Lindsay trug eine schwarze Yoga-Hose und eine eng anliegende Jacke mit Reißverschluss. Keiner der beiden sah aus, als hätte er viel geschlafen. Sie waren blass, mit tiefen Schatten unter den Augen, und die Verzweiflung stand ihnen in die Gesichter geschrieben.

„Was können wir Ihnen sagen, das Ihnen hilft, uns unsere Tochter zurückzubringen?“, begann Mark das Gespräch. „Der andere FBI-Agent meinte, Sie seien eine Art Expertin?“

„Ich habe bereits in ähnliche Fällen ermittelt. Mir ist bewusst, dass Sie Ihre Geschichte schon mehrmals zu Protokoll gegeben haben und ich verspreche Ihnen, dass es nicht allzu lange dauern wird, aber Sie müssen mir nochmals erzählen, wann Sie Hayleys Verschwinden bemerkt haben.“

„In Ordnung. Was auch immer nötig sein sollte, um unser Baby zurückzubringen.“ Er atmete tief ein. „Hayley sollte gestern Abend beim Herbstkonzert eine Ballettnummer aufführen“, fing er an, mit vor Schmerz belegter Stimme zu berichten. „Als sich der Vorhang hob und ihre Gruppe erschien, war sie nicht auf der Bühne.“ Er schluckte hart. „Wir sind nach hinten gegangen, um nachzusehen, was passiert war. Zuerst haben wir vermutet, sie hätte einfach Lampenfieber bekommen. Manchmal ist sie sehr schüchtern. Die Lehrerin sagte, sie habe gesehen, wie sie kurz vor dem Auftritt zusammen mit Grace zur Toilette gegangen sei.“

„Aber dort war sie nicht“, fuhr Lindsay fort. „Ich bin direkt hin, aber es war niemand drinnen. Also habe ich überall nach ihr gesucht. Sicherlich können Sie sich die Panik vorstellen, die mich erfasste. Es war ihre Schule, ein eigentlich sicherer Ort. Jeder hinter der Bühne kannte sie.“ Ihre Stimme brach, und eine Träne rollte ihr über die Wange.

„Die Hintertür zur Bühne stand offen“, fuhr Mark fort, als er bemerkte, dass seine Frau nicht mehr weitersprechen konnte. „Wir rannten hinaus auf den Personalparkplatz. Dort war sie ebenfalls nicht, aber eines der anderen Kinder sagte, es hätte gesehen, wie sie mit jemandem weggegangen sei. Da haben wir die Polizei verständigt.“

„Dieses Kind war Grace Roberts?“

„Ja. Sie ist ein Jahr jünger als Hayley, aber sie nehmen seit zwei Jahren zusammen Ballettunterricht und sind gute Freundinnen geworden“, ergriff Lindsay wieder das Wort. „Sie dachte, unsere Kleine hätte es mit der Angst bekommen und sich entschieden, nicht aufzutreten.“ Lindsay atmete gequält ein. „Sie müssen meine Tochter finden, Agentin Adams. Ich möchte mir gar nicht vorstellen, wie verängstigt sie ist und was sie jetzt denkt.“ Weitere Tränen liefen ihr übers Gesicht und Mark zog seine Frau an sich.

„Bitte finden Sie sie“, bat er mit gebrochener Stimme, während er Bree anblickte. „Sie ist doch unser kleines Mädchen. Ich habe dem Kommissar bereits gesagt, dass ich gerne bereit bin, einen Lügendetektortest über mich ergehen zu lassen, bereit bin, alles zu tun, was nötig ist. Das gilt auch für Lindsay und jeden anderen in der Familie. Ich weiß ja, dass der Vater immer der Hauptverdächtige ist. Tun Sie, was Sie tun müssen, um mich von der Liste der Verdächtigen zu streichen, damit wir endlich herausfinden können, wer sie in seine Gewalt gebracht hat.“

Bree nickte und sah offene Aufrichtigkeit in Marks Blick. „Gibt es jemanden, mit dem Sie oder Ihre Frau ein Problem haben? Irgendwelche Zwischenfälle mit Nachbarn, Freunden, Kollegen? Irgendeinen Vorfall im Straßenverkehr, den Sie verdrängt haben könnten? Ein noch so kleines Problem, das Sie damit nie in Verbindung bringen würden?“

„Nein“, entgegnete Mark. „Glauben Sie mir, wir haben uns bereits die ganze Nacht den Kopf darüber zerbrochen. Wir haben mit niemandem ein Problem. Unser Leben verlief bis jetzt völlig undramatisch. Uns fällt auch niemand ein, der uns oder Hayley etwas Böses möchte. Sie ist solch ein Schatz."

„Und Sie wurden auch von niemandem kontaktiert?", drängte Bree und hasste es, sie damit konfrontieren zu müssen, aber das Mädchen zu finden hatte oberste Priorität. „Hat Sie jemand erpresst? Sie gewarnt, weder die Polizei noch das FBI einzuschalten?"

„Nein." Er schüttelte erneut den Kopf. „Ich wünschte, es wäre so. Ich würde alles verkaufen, was wir besitzen, nur um sie zurückzubekommen."

Mark und Lindsay sagten all die Dinge, die Bree zu hören erwartet hatte, und ihr Verhalten stand absolut im Einklang mit dem, was sie gerade durchmachten. Trotzdem wollte sie das Team Ehemann-Ehefrau kurz getrennt befragen.

„Mrs. Jansen–würden Sie mir Hayleys Zimmer zeigen? Ich möchte so viel wie möglich über sie erfahren und manchmal hilft es zu sehen, wo ein Kind schläft", sagte sie daher und erhob sich.

Lindsay stand ebenfalls auf und wischte sich die Tränen von ihren nassen Wangen. „Natürlich. Bitte folgen Sie mir."

Bree war froh, dass Mark sie nicht nach oben begleitete. Von beiden schien er die dominantere Persönlichkeit zu sein und sie wollte erfahren, wie Lindsay sich gab, wenn er nicht im Zimmer war.

Als sie das Zimmer der Kleinen betrat, fühlte sie sich direkt in einen Kindheitstraum versetzt. Alles war in Weiß, Rosa und Lila gehalten. Auf dem Bett befanden sich Kissen und Stofftiere, im Regal stapelten sich Bücher und in einer Ecke stand eine überquellende Kiste mit Spielsachen. Das große Erkerfenster ging hinaus auf die Hauptstraße.

Sie konnte sich nicht vorstellen, wie es sich anfühlen musste, an solch einem besonderen, sicheren, gemütlichen Ort aufzuwachsen und urplötzlich dort herausgerissen zu werden.

Hayley Jansen war kein knallhartes Straßenkind; sie war eine verwöhnte Prinzessin, so wie es sich gehörte, und sie mussten sie schnellstmöglich finden.

Sie durchquerte den Raum und blieb vor einem Familienfoto

stehen. Es war vor der Geburt ihrer Geschwister aufgenommen worden, und das braunhaarige, kleine Mädchen war ungefähr zwei Jahre alt. Sie machte einen glücklichen und geliebten Eindruck.

„Das ist eines meiner Lieblingsbilder. Ich mag es, von jedem meiner Kinder individuelle Fotos zu haben“, sagte Lindsay.

„Wie ich gehört habe, wurde Hayley adoptiert.“

„Ja. Sie ist unser kleines Wunder. Zehn Jahre lang haben wir versucht, ein Kind zu bekommen oder zu adoptieren und hatten schon beinahe alle Hoffnung aufgegeben, als sie in unser Leben trat. Sie war das hübscheste Baby, das ich je gesehen hatte, obwohl sie kahl war und nur etwa drei Haarsträhnen auf dem Kopf hatte.“ Lindsay lächelte sie traurig an. „Sie hat mich angelächelt und ich wusste, dass sie zu uns gehört, dass sie zu Hause angekommen ist. Ihr Platz ist hier bei uns.“

Lindsays innige Worte zerrten an Brees Herzen. Die Eltern zu befragen, war immer hart und verlangte einem alles ab, um sich zusammenzureißen und auf den Job zu konzentrieren.

„Ihre beiden anderen Kinder sind aber Ihre leiblichen?“

„Ja. Es war verrückt. All diese Jahre des Versuchens–und nichts. Dann, als Hayley vier war, stellte ich fest, dass ich mit Connor schwanger war. Morgan kam zwei Jahre später zur Welt. Ich liebe sie alle so sehr, und Hayley nicht weniger, nur weil ich sie nicht geboren habe. Sie ist genauso mein Kind–zu hundert Prozent.“

„Ich glaube Ihnen“, sagte sie und es kam ihr so vor, als ob Lindsay diese Art von Rückversicherung dringend nötig hätte.

„Die Polizei hat mich nach ihren leiblichen Eltern gefragt, aber wir haben nie etwas über sie erfahren. Die Mutter wollte eine versiegelte Adoption, und wir ebenfalls. Wir wollten Hayleys einzige Eltern sein und niemand sonst sollte da noch mitmischen. Vielleicht klingt das jetzt egoistisch, aber anders hätte es die Dinge nur unnötig verkompliziert.“

„Weiß die Kleine, dass sie adoptiert wurde?“

„Nein. Wir werden es ihr sagen, wenn sie älter ist.“

„Haben Sie keine Angst, dass jemand aus der Familie sich verplappern könnte?“

„Meine Eltern wissen Bescheid und sind ebenfalls der Ansicht, dass sie damit noch nicht umgehen könnte. Marks Eltern sind bereits verstorben."

„Wie steht es mit Freunden, Cousins, Nachbarn?"

„Es gibt noch ein paar weitere Personen, die Bescheid wissen, aber die würden nie etwas sagen." Lindsay hielt inne und bedachte Bree mit einem fragenden Blick. „Haben Sie irgendwelche Informationen über die leiblichen Eltern? Ich habe den Kommissar gefragt, aber er wollte keine Auskunft geben. Könnten sie daran beteiligt sein?"

„Ehrlich gesagt habe ich keine Ahnung, aber wir werden so schnell wie möglich jeder Spur nachgehen. Das verspreche ich Ihnen."

„Diese Warterei ist die reinste Folter."

„Ich weiß. Erzählen Sie mir noch etwas darüber, wie Hayley so ist."

„Sie ist schüchtern, kann aber durchaus lustig sein, wenn sie mit ihren Freundinnen zusammen ist oder sich wohl fühlt. Sie ist fürsorglich und liebt Tiere, vor allem Hasen", fügte sie mit einem weinerlichen Lachen hinzu und deutete mit dem Kopf in Richtung des Stapels von Stofftieren. „Leider ist mein Sohn Connor hochgradig allergisch, so dass wir kein Haustier haben können. Wie verrückt, dass jetzt ausgerechnet Hunde nach ihr suchen. Die Beamten haben einige ihrer Sachen mitgenommen, damit die Tiere ihren Geruch aufnehmen können." Lindsays Lippen bebten erneut. „Bitte, finden Sie sie lebend. Ich kann den Gedanken nicht ertragen, dass das nicht der Fall sein könnte."

„Versuchen Sie, positiv zu bleiben."

„Sie haben bereits an solchen Fällen gearbeitet, die etwas mit einer weißen Rose zu tun hatten?"

„Ja."

„Was ist mit diesen anderen Kindern passiert?"

„Das letzte haben wir lebend gefunden. Es geht ihr gut." Bree hoffte, dass diese Nachricht Lindsay ein wenig Hoffnung geben würde, doch diese konzentrierte sich auf zwei Worte. „Das letzte? Was ist mit den anderen?"

„Wir wissen ja noch gar nicht, ob Hayleys Fall mit den anderen Entführungen zusammenhängt."

„Es klingt aber sehr danach."

„Wir werden alles Menschenmögliche tun, um Ihre Tochter zu finden. Ein riesiges Team ist bereits auf der Suche nach ihr."

„Ich weiß, und Mark und ich sind Ihnen auch sehr dankbar dafür. Wir wollen einfach, dass Sie sie uns zurückbringen, damit wir sie wieder in die Arme schließen können und nie wieder loslassen müssen."

„Ich hoffe, dass es bald so weit ist", sagte Bree, während sie wieder nach unten gingen.

Als sie den Eingang erreichten, kam Mark aus dem Wohnzimmer und zog seine Frau an sich. Sie überließ die beiden ihrem Kummer, trat durch die Tür und bahnte sich einen Weg an den Reportern vorbei, die hartnäckig nachfragten, ob es irgendwelche Neuigkeiten gäbe. Sie enthielt sich jeglichen Kommentars, immerhin war sie bei diesem Fall nicht die offizielle Sprecherin.

Als sie das Ende der Straße erreichte, zog sie ihr Telefon heraus, um die andere Adresse zu überprüfen, die man ihr genannt hatte. Sie wollte mit der einzigen Augenzeugin–Grace Roberts–sprechen, die nur drei Blocks entfernt wohnte. Auch diese war bereits ausführlich verhört worden, aber Bree hatte noch ein paar eigene Fragen an sie. Nun, da seit Hayleys Entführung in der letzten Nacht einige Zeit vergangen war, würde sich Grace möglicherweise an weitere Einzelheiten erinnern.

Sie war schon fast an ihrem Bestimmungsort angelangt, als ihr Telefon vibrierte.

Sie zog es aus der Tasche ihrer marineblauen Hose und bemerkte eine unbekannte Nummer. Ihr Puls begann zu rasen. „Agentin Adams", meldete sie sich forsch.

„So formell?", sagte die verzerrte Stimme. „Du und ich–wir werden uns noch sehr nahekommen, Bree."

„Dann sollte ich vielleicht erfahren, wer du bist?"

„Das würde doch den Spaß schmälern."

„Was willst du?"

„Das Gleiche wie du–einen würdigen Widersacher."

„Ich konkurriere nicht mit dir."

„Tust du nicht?" Er hielt kurz inne. „Es gefällt mir besser, wenn du deine Haare offen trägst." Mit dieser Feststellung legte er auf.

Brees Magen verkrampfte sich, während sie sich verstohlen umsah. *Beobachtete er sie etwa?*

Sie meinte, auf der gegenüberliegenden Straßenseite einen Vorhang flattern gesehen zu haben, aber das könnte jeder sein, oder auch nur ihre Fantasie.

„Du willst dich mit mir messen?", murmelte sie. „Dann stell dich besser schon mal darauf ein, dass du verlierst."

Damit schob sie ihr Telefon zurück in die Tasche und fragte sich, um welche Art von Spiel es hier ging und ob Hayley unfreiwillig daran beteiligt war.

## KAPITEL ZWEI

„Hat die Polizei schon eine Spur?“, erkundigte sich Nathan Bishop, ließ sich in der Küche seiner Schwester auf einem der Hocker am Tresen nieder und sah ihr dabei zu, wie sie das Mittagessen für ihre Tochter Grace zubereitete. Die wäre um diese Zeit normalerweise in der Schule, aber da Graces Freundin, Hayley Jansen, gestern Abend bei der Aufführung spurlos verschwunden war, hatte Josie ihre Tochter vorsichtshalber zu Hause behalten. Seine Schwester und Nichte waren beide erschüttert und entsetzt über das, was Hayley passiert war, und er konnte es ihnen nicht verdenken. Glücklicherweise schien sich die Kleine seit letzter Nacht etwas beruhigt zu haben.

„Nicht, dass ich wüsste“, antwortete Josie und hielt kurz beim Belegen der Thunfisch-Sandwiches inne, um ihr dunkelbraunes Haar zu einem Pferdeschwanz zusammenzubinden.

Seine Schwester sah erschöpft und verängstigt aus, und er erinnerte sich wieder an die Zeit ihrer Kindheit, als Schlaflosigkeit, Hunger und Sorge sie auf Schritt und Tritt begleiteten. Sie erneut in solch einem Zustand sehen zu müssen, machte ihn traurig. Die letzten Jahre hatte sie sich gut geschlagen und Grace brauchte gerade jetzt ihre Mutter, um mit all dem fertig werden zu können.

Er würde alles in seiner Macht Stehende tun, um sicherzustellen, dass ihr das gelang.

„Die Polizei schickt fortwährend irgendwelche Leute her, die Grace befragen wollen und ich wünschte, das würde endlich aufhören“, fügte Josie hinzu. „Sie hat ihnen bereits alles erzählt, was sie weiß, und die ständige Erinnerung daran, was mit Hayley passiert ist, wühlt sie jedes Mal von Neuem auf.“

„Wo steckt sie eigentlich?“ Das Haus kam ihm ungewöhnlich ruhig vor. Grace war ein energiegeladenes, redseliges Kind, das sich stets bemerkbar machte.

„Sie liegt in meinem Bett und schaut einen Film an. Eigentlich hatte ich gehofft, Kyle würde heute ebenfalls zu Hause bleiben, aber das war ihm nicht möglich. Bei ihm dreht sich immer alles um die Arbeit. Selbst nach solch einer Nacht gehen seine Kunden vor.“

Nathan wollte nicht wirklich wissen, wie es um ihre Ehe stand. Er war nie ein Fan ihres Mannes gewesen, hatte sich aber stets bemüht, sich das seiner Schwester gegenüber nicht anmerken zu lassen. Solange Kyle sich gut um Josie und Grace kümmerte, war er gewillt, dessen grenzenlose Arroganz zu akzeptieren.

Plötzlich stöhnte Josie laut auf, weil sie sich versehentlich mit dem Messer geschnitten hatte. „Verdammt, verdammt, verdammt!“ Sie ging zur Spüle hinüber, um sich Wasser über den verletzten Finger laufen zu lassen.

„Du musst mal tief durchatmen, Josie.“

Sie griff nach einem Papierhandtuch und wickelte es sich um die Hand. „Wie zum Teufel soll ich das bitte anstellen, wenn Hayley Gott weiß wo mit Gott weiß wem zusammen ist? Es hätte auch Grace sein können, Nathan. Sie war ebenfalls dort, hat ihre Freundin sogar auf die Toilette begleitet. Wenn sie bei ihr geblieben wäre ...“

Josies Unterlippe begann zu zittern und er rutschte von seinem Hocker herunter, lief um den Tresen herum und legte ihr die Hände auf die Schultern. Das hatte er schon damals immer so gemacht, als sie noch ein kleines Mädchen war und sich vor etwas fürchtete. „Alles wird gut. Sie werden Hayley finden.“

„Das weißt du doch nicht. Sie könnte schon längst ...“

„Stopp! Denk nicht gleich an das Schlimmste.“

„Es tritt aber immer das Schlimmste ein.“ Sie blickte ihm in die Augen. „Das wissen wir beide.“

Dem hatte er nichts entgegenzusetzen. „Nun, dieses Mal hoffentlich nicht. Kann ich dir mit den Sandwiches helfen?“

„Sind schon fertig.“ Sie drehte sich um und holt sich ein Pflaster aus der Küchenschublade. Während sie es auf die Wunde klebte, bat sie: „Lass uns über etwas anderes sprechen.“

Erleichtert stimmte er ihrem Vorschlag zu. „Gute Idee.“

„Wie läuft es zwischen dir und Adrienne?“

Innerlich aufstöhnend, holte er sich eine Flasche Wasser aus dem Kühlschrank. „Gibt es kein anderes Thema?“

„Warum können wir nicht über deine Freundin reden?“

„Sie ist nicht meine Freundin. Wir hängen nur zusammen ab.“

„Seit zwei Monaten?“, fragte sie spitz. „Und in der ganzen Zeit habe ich sie nur einmal zu Gesicht bekommen. Ich würde sie gerne näher kennenlernen. Warum bringst du sie nicht mal mit?“

„Okay, werde ich tun.“

„Wann?“

„Demnächst.“

„Du weißt aber schon, dass ich Geheimnisse für mich behalten kann, oder?“

Bei diesem Kommentar runzelte er die Stirn. „Darüber mache ich mir keine Gedanken.“

„Sehr gut, denn du hast deine Vergangenheit hinter dir gelassen, Nathan. Mittlerweile bist du ein völlig anderer Mensch.“

„Genau, also besteht überhaupt kein Grund dafür, all das wieder aufzurollen.“

„Trotzdem–wer du früher warst und woher du kommst–gehört noch immer zu dir. Irgendwann wirst du jemanden daran teilhaben lassen müssen.“

„Warum sollte ich das?“, forderte er sie heraus und trank einen Schluck von seinem Wasser.

„Weil du niemals eine richtige Beziehung eingehen kannst, wenn du dich nicht öffnen kannst und willst.“

„Wer hat denn etwas von einer richtigen Beziehung gesagt?“

Sie schnitt eine Grimasse. „Wünschst du dir nicht auch das, was ich habe? Eine Familie? Die Art von Familie, die wir immer haben wollten?“

„Dafür habe ich doch Grace und dich.“ Er hatte kaum den Satz zu Ende gesprochen, als es an der Tür klingelte. „Erwartest du jemanden?“

„Nein, und die Polizei hat mir hoch und heilig versprochen, dass sie Graces Namen aus der Öffentlichkeit heraushalten würden. Trotzdem mache ich mir Sorgen, dass einer der Reporter uns aufspürt.“

„Ich geh schon, und wer immer es ist, ich schicke ihn direkt weg.“

„Danke“, seufzte sie erleichtert. „Sobald die Person verschwunden ist, essen wir zu Mittag.“

Nathan ging den Flur hinunter und öffnete die Eingangstür, innerlich dafür gerüstet, den unerwünschten Besucher auf der Stelle wieder zu vertreiben, aber als er die Person erkannte, die da auf der Veranda vor ihm stand, stockte ihm der Atem. Ihr hellbraunes Haar, die unwiderstehlichen grünen Augen, die heißen, sexy Lippen, von denen er viel zu viele Nächte geträumt hatte …

*Verdammt!*

Er hatte sie seit mehr als zehn Jahren nicht mehr gesehen, aber die Zeit dazwischen schien sich in Luft aufzulösen. Plötzlich fühlte er sich wieder so, als stände er erneut am Rande eines Abgrunds, zusammen mit einer Frau, die ihn entweder retten oder jederzeit in die Tiefe stoßen könnte.

Auch ihr fiel die Kinnlade herunter und sie blickte ihn verwundert an.

„Nathan?“

Der Klang ihrer süßen Stimme versetzte ihm einen Schlag in die Magengrube.

„Bree? Was zum Teufel tust du denn hier?“ Die Frage klang aggressiver, als er es beabsichtigt hatte, aber auf ein Wiedersehen mit ihr war er überhaupt nicht vorbereitet.

„Ich wollte dir gerade genau die gleiche Frage stellen.“ Sie fuhr sich mit der Zunge über die Lippen. „Ich bin auf der Suche nach Grace Roberts."

„Bist du mittlerweile Reporterin?"

„Nein." Sie öffnete ihren marineblauen Blazer und gab den Blick frei auf eine ebenso farbige Hose und eine weiße Bluse, aber es war das glänzende Stück Metall an ihrer Taille, das ihm innerhalb weniger Sekunden den zweiten Schock versetzte. „Ich bin FBI-Spezialagentin."

„Das gibt's doch nicht!"

„Doch, ist aber so."

„Du? Du arbeitest für die Bundesbehörde? Wie in aller Welt hast du es geschafft, dass du bei denen aufgenommen wurdest?"

Angesichts seiner harschen Worte runzelte sie die Stirn. „Sie haben mich aufgenommen, weil ich gute Arbeit leiste. Und was bitte hast du mit Grace zu tun?"

„Sie ist meine Nichte."

Jetzt war es an Bree, überrascht dreinzuschauen. „Ernsthaft? Grace ist Josies Tochter? Geht es Josie denn gut? Als ich sie das letzte Mal sah, war ich mir da nicht so sicher ..."

„Sie hat sich seit einer geraumen Weile gut im Griff", antwortete er knapp. „Zumindest bis gestern Abend, als eine der besten Freundinnen ihrer Tochter entführt wurde. Gerade eben ist sie komplett durch den Wind und hat schreckliche Angst, sowohl um Grace wie auch um Hayley."

„Genau aus diesem Grund bin ich hier. Ich muss mit Grace über das sprechen, was geschehen ist. Bitte lass mich rein, Nathan."

Jetzt erst fiel ihm auf, dass er die Tür blockierte. Er trat einen Schritt zurück und deutete ihr an einzutreten, obwohl sich das absolut falsch anfühlte.

*Sie in Josies Haus, in sein Leben zu lassen–war er verrückt?*

*Aber hier ging es nicht um die Vergangenheit, sondern einzig und allein um Hayley.*

„Warte bitte hier, ich hole meine Schwester." Er ging durch den Flur in Richtung Küche und bekam noch immer kaum Luft.

„Wer war das?", fragte Josie. „Eine Journalistin?"

„Nein." Er schloss die Küchentür hinter sich. „Eine FBI-Agentin. Sie möchte mit Grace reden."

Josie runzelte die Stirn. „Aber sie hat doch schon mit ihnen gesprochen, sogar mit diversen Ermittlern. Es wird sie nur erneut aufwühlen. Kannst du die Frau nicht irgendwie loswerden?"

„Glaub mir, das würde ich nur zu gerne", antwortete er knapp. „Aber das wird nicht funktionieren."

„Dann werde ich mit ihr sprechen und ihr erklären, dass meine Tochter dazu nicht in der Lage ist."

„Warte." Als sie um den Tresen herumkam, packte er sie am Arm.

„Wieso?", wollte Josie wissen und blickte ihn fragend an.

„Es ist Bree."

Verwirrt blinzelte sie ihn an, und diese Verwirrung verwandelte sich in Schock. „Bree? „Nein!"

„Doch."

„Sie ist FBI-Agentin? Aber wie ist das möglich?"

„Keine Ahnung, aber sie hat mir ihre Marke gezeigt und sie arbeitet an Hayleys Verschwinden."

Josie starrte ihn an. „Ich hätte nie gedacht, dass sie jemals nach Chicago zurückkommen würde."

„Ich ebenso wenig."

„Gut, ich weiß zwar nicht genau, was damals zwischen euch vorgefallen ist ..."

„Das tut auch nichts zur Sache", schnitt er ihr das Wort ab. „Ich möchte dich einfach bitten, nichts Persönliches über dich oder mich preiszugeben, zum Beispiel über was, was wir jetzt machen."

„Wovor hast du Angst, Nathan?"

„Vor allem", murmelte er und ließ den Arm seiner Schwester los.

Als Josie den Raum verließ, atmete er tief durch. Er brauchte eine Minute, um wieder klar im Kopf zu werden.

*Bree*–er hätte nie geglaubt, dass er sie je wiedersehen würde.

Die Jahre hatten es gut mit ihr gemeint. Sie sah wesentlich besser aus als bei ihrem letzten Treffen. Damals war sie blass, verängstigt und am Boden zerstört; jetzt jedoch energisch, sachlich, selbstbewusst–und auffallend attraktiv.

Ganz offensichtlich hatte sie ihr Leben in den Griff bekommen.

Er jedoch ebenfalls, und er würde nicht zulassen, dass sie ihn wieder nach unten zog.

---

Bree lief unruhig im Wohnzimmer auf und ab. Ihre Nerven lagen blank, in ihrem Magen machte sich Übelkeit breit und ihr Kopf drohte zu zerspringen. Sie hatte sich eingeredet, dass ihre Rückkehr nach Chicago keinesfalls bedeutete, dass auch die Zeit zurückgedreht würde, aber genau an diesen Punkt hatte Nathan Bishop sie gebracht.

*Nathan! Wie war es möglich, dass sie ihm hier begegnete? Wie konnte die einzige Augenzeugin ausgerechnet mit ihm in Verbindung stehen?*

Es war einfach unglaublich und doch leider wahr.

Das letzte Mal hatte sie ihn am Busbahnhof gesehen. Sie war damals achtzehn, er neunzehn–dünn und langhaarig–und wütend. Er wollte nicht dort sein, aber sie hatte eine alte Schuld eingefordert und er widerstandslos dafür bezahlt.

Offenbar war sein Zorn über sie im Laufe der Jahre nicht abgeebbt, denn er hatte definitiv nicht erfreut dreingeblickt, als er sie erkannte.

Aber er sah gut aus. Er war zu einem Mann geworden–einem muskulösen, sportlichen, attraktiven Mann. Noch immer hatte er dichtes, braunes Haar, das stets etwas windzerzaust aussah, einen Drei-Tage-Bart und diese hellbraunen Augen, die so gütig und liebenswürdig, jedoch ebenfalls durchdringend und verurteilend dreinblicken konnten.

Als Kind hatte sie überwiegend seine freundliche Seite zu sehen bekommen, aber als sie älter wurden und speziell in ihren späten Teenager-Jahren hatte sich das grundlegend geändert.

Eine Frau betrat das Wohnzimmer, und anhand des Schmetterling-Tattoos in ihrem Nacken erkannte sie, dass es Josie war,

Nathans kleine Schwester. Ihr Haar war dunkler, als sie es in Erinnerung hatte und ihre Haut sah rosig und gesund aus. Sie wirkte wesentlich wacher als damals in ihrer Jugend, als sie den Drogen verfallen war. Aus ihrem Blick jedoch sprach die blanke Angst.

Sie hatte Josie damals begleitet, als diese sich gegen den Willen ihres Bruders das Tattoo stechen ließ. Sie wollte ein Symbol der Freiheit, etwas, für das es sich zu kämpfen lohnte und woran sie glauben konnte, und Bree wollte sie dabei unterstützen.

Im Gegenzug hatte Josie sie nicht sehr gut behandelt. Die Beziehung zu beiden Bishops-Kindern war stets mit Problemen behaftet gewesen.

Jetzt schüttelte Josie nur verblüfft den Kopf. „Als Nathan mir erzählt, dass du es bist, konnte ich es kaum glauben–Bree Larson."

„Mittlerweile Bree Adams."

„Hast du geheiratet?", erkundigte sie sich neugierig.

„Nein, lediglich meinen Nachnamen geändert."

„Um FBI-Agentin zu werden?"

„Aus diversen Gründen. Aber ja, das bin ich mittlerweile–Teil einer Spezialeinheit, die die Behörden bei Kindesentführungen unterstützt. Von daher würde ich gerne mit Grace sprechen." Wenn sie sich bei diesem Treffen rein aufs Geschäftliche konzentrieren würde, wäre es für alle das Beste.

Josie versteifte sich und ihr vormals eher verblüffter Blick nahm eine gewisse schützende, mütterliche Schärfe an. „Sie hat der Polizei bereits alles erzählt, was sie weiß und es belastet sie nur, immer und immer wieder darüber sprechen zu müssen. Sie und Hayley sind enge Freundinnen."

„Das verstehe ich völlig", entgegnete Bree sanft. „Ich weiß, dass sie Angst hat–genauso wie du, weil die beiden zusammen waren, als es passierte."

Josies Augen wurden feucht. „Es hätte ebenso gut sie sein können."

„Aber sie war es nicht. Grace ist in Sicherheit und ich verspreche dir, dass ich mein Möglichstes tun werde, um sie nicht erneut zu verschrecken. Trotzdem muss ich sie kurz sehen."

Josie starrte sie an. „Du warst schon immer so stark. Das habe ich lange Zeit an dir bewundert. Dann jedoch hast du dich in eine komplett andere Person verwandelt."

„Ich unterbreche dich nur ungern, aber mittlerweile zählt jede Minute. Außerdem bin ich nicht hier, um über Vergangenes zu plaudern. Wir müssen das Mädchen finden, und dazu brauchen wir Graces Hilfe."

„Okay, ich geh sie holen, aber bitte, Bree, sei behutsam mit ihr. Kann gut sein, dass ich mich selbst nie zur Wehr gesetzt habe, aber für meine Tochter werde ich es tun."

„Glaub mir, es liegt mir fern, deinem Kind weh zu tun."

Als Josie das Wohnzimmer verließ, atmete Bree erleichtert auf. Allerdings war die Ruhe nur von kurzer Dauer, da direkt darauf Nathan eintrat.

Er war schon immer groß gewesen, knapp Eins neunzig, aber jetzt spürte sie eine neue, wesentlich stärkere Präsenz von ihm ausgehen, was jedoch auch daran liegen konnte, dass sie sich seines zornigen Misstrauens nur zu sehr bewusst war. Seine Augen sprühten Funken und ihr war nicht klar, ob diese Gefühle mit der Vergangenheit oder ihrem aktuellen Auftauchen zu tun hatten, traute sich aber auch nicht, ihn danach zu fragen. Es gäbe zu viel zu sagen und zu wenig Zeit dafür.

Glücklicherweise kam in diesem Augenblick Josie zurück ins Zimmer. Bei ihr war ein kleines Mädchen, bekleidet mit einer Leggings und einem großen, pinkfarbenen Pullover. Das lange, dunkelbraune Haar fiel ihr locker über die Schultern und sie war das absolute Ebenbild ihrer Mutter, als diese in ihrem Alter gewesen war. „Sie sieht genauso aus wie du", murmelte Bree und diese Feststellung war ihr herausgerutscht, noch bevor sie sie hinunterschlucken konnte. Eigentlich wollte sie dieses Gespräch doch professionell angehen, was ihr aber nicht wirklich zu gelingen schien.

Grace blinzelte und blickte zu ihrer Mutter auf. „Sie hat dich gekannt, als du so alt warst wie ich, Mama?"

„Ja", entgegnete Josie. „Bree ist eine–Freundin–aus Kindertagen. Und, wie gesagt, sie möchte dir ein paar Fragen stellen."

„Warum setzen wir uns nicht alle erst mal gemütlich hin?“, schlug diese vor und nahm auf der Couch Platz.

Grace und Josie setzten sich ihr gegenüber auf das andere Sofa, während Nathan, die Arme vor der Brust verschränkt, an der Tür stehen blieb und eine beschützende Haltung einnahm.

„Ich habe gehört, dass du eine wirklich gute Balletttänzerin bist“, begann Bree und bedachte das kleine Mädchen mit einem warmen Lächeln. „Es war auch immer mein Wunsch, tanzen zu lernen, aber leider hatte ich nie die Gelegenheit dazu.“

„Hayley ist viel besser als ich“, sagte Grace feierlich. „Weißt du, wo sie steckt?“

„Nein, aber ich suche sie bereits. Du hast der Polizei erzählt, du hättest bemerkt, wie sie den Bereich hinter der Bühne zusammen mit jemandem verlassen hat?“

Grace nickte und blickte zu ihrer Mutter hinüber.

„Erzähl ihr einfach alles, woran du dich erinnerst“, ermutigte Josie sie und legte ihr den Arm um die Schulter.

„Du bist mit Hayley auf die Toilette gegangen, oder?“, hakte Bree nach. „Und was ist dann passiert?“

„Sie hat zu lange gebraucht, weil sie richtig nervös war. Und das ganze Klo hat gestunken. Also bin ich allein zurückgegangen zu unserer Gruppe. Unsere Lehrerin, Miss Delancey, hat uns ermahnt, wir sollen zusammenbleiben, weil wir gleich dran wären. Als es Zeit war für unseren Auftritt, war Hayley nicht da. Weil ich in der letzten Reihe stand, bin ich nochmal los, um nach ihr zu schauen. Dabei habe ich gesehen, wie sie durch die Tür nach draußen gegangen ist. Ich dachte, sie hätte sich entschieden, lieber nicht aufzutreten, weil sie immer so Angst hatte, sie könnte ihre Schritte vergessen. Dann hat Miss Delancey nach mir gerufen und wir mussten auf die Bühne. Erst nach unserem Tanz habe ich erfahren, dass jemand sie mitgenommen hat.“

*Grace war ein kluges Mädchen, das sich gut auszudrücken vermochte. Wenn sie sich nur an ein paar weitere Details erinnern könnte.* „Du hast gesagt, die Person trug einen dicken, schwarzen Mantel und eine blaue Mütze, oder?“

Grace nickte.

„Konntest du die Haare sehen?“

Das kleine Mädchen verneinte.

„Erinnerst du dich, ob irgendetwas darauf stand, wie etwa der Name einer Sportmannschaft oder so was in der Art?“

„Ich habe nichts gesehen.“

„Und du konntest auch nicht erkennen, ob es ein Mann oder eine Frau war?“

„Ich glaube, es war ein Mann, weil er so groß war, aber genau weiß ich es nicht.“

„Hast du vielleicht gesehen, welche Schuhe er anhatte? Turnschuhe? Stiefel? Arbeitsschuhe?“

Grace dachte einen Moment lang nach, schüttelte dann jedoch den Kopf. „Ich weiß es leider nicht.“

„Hielt er Hayley an der Hand?“

„Nein, er hatte den Arm um sie gelegt. Wird wieder alles gut mit ihr?“

„Das hoffe ich sehr. Vielen Dank, Grace. Das war sehr hilfreich.“

„Hayley hat Angst vor der Dunkelheit. Glaubst du, sie sitzt im Dunklen?“, fragte die Kleine mit besorgtem Blick.

Bree konnte die Furcht in ihrer Stimme hören und hätte sie nur zu gerne beruhigt, wollte sie aber auch nicht anlügen. „Gibt es sonst noch etwas, an das du dich erinnerst, Grace? Ist dir durch die offene Bühnentür vielleicht ein Auto aufgefallen?“

„Draußen waren Lichter zu sehen, sehr helle sogar. Vielleicht waren die von einem Auto.“

„Hat Hayley geschrien, mit den Füßen getreten oder versucht, sich aus dem Griff der Person zu befreien?“

Grace runzelte die Stirn und schien nachzudenken, schüttelte dann aber langsam den Kopf. „Sie hat gar nichts gemacht.“

*Warum wohl? Weil das Mädchen die Person kannte, die in den Backstage-Bereich des Schulkonzerts gekommen war? War der Entführer jemand, den die Leute in der Schule kannten, weshalb sie seine Anwesenheit nicht in Frage stellten?*

Zwar hatte die Polizei bereits den Hausmeister und sämtliches Personal an der Schule befragt, aber es konnte nichts schaden, das, was die Kleine ihr gerade erzählt hatte, im Hinterkopf zu behalten. „Hat sie jemals erwähnt, dass jemand sie belästigt? War sie auf jemanden wütend oder böse?"

„Sie hat mir erzählt, dass ihr Dad sauer auf sie war, weil sie ihr Zimmer nicht aufgeräumt hatte und sie deshalb dieses Wochenende vielleicht nicht mit mir in den Park gehen kann."

„Sonst noch jemand?"

„Carter hat sie beleidigt, gemeint, sie wäre unbeholfen und würde beim Auftritt bestimmt hinfallen", fügte Grace hinzu. „Ich habe ihm gesagt, er solle aufhören damit und das würde ihr nicht passieren. "

„Wer ist Carter?"

„Ein Junge aus unserer Klasse. Er sagt immer so gemeine Sachen."

Bree glaubte zwar nicht, dass er etwas mit der Entführung zu tun hätte, aber je länger Grace redete, an umso mehr konnte sie sich möglicherweise erinnern.

„Ich will, dass Hayley wieder nach Hause kommt." Das Mädchen begann zu schniefen.

„Okay, das reicht jetzt", mischte Josie sich ein, sichtlich besorgt über die Verzweiflung ihrer Tochter.

„Vielen Dank Grace, das hast du gut gemacht", sagte Bree.

Grace schniefte erneut. „Ich hätte hinter ihr herrennen und sie retten sollen."

„Nein, das hätte nichts gebracht. Du tust jetzt genau das, was wichtig ist–uns alles zu erzählen, an das du dich erinnerst."

„Geh doch wieder nach oben und schau deinen Film zu Ende, ja?", schlug Josie vor. „Ich komme in ein paar Minuten nach und bringe dir dein Mittagessen."

Grace glitt von der Couch, hielt dann jedoch nochmals inne und warf ihr einen seltsamen Blick zu. „Da war etwas Glänzendes an der Hand des Mannes, an der, die er Hayley auf den Rücken gelegt hatte. So etwas wie Daddys großer Ring."

„Der Ehering deines Vaters?", hakte Bree nach.

„Nein, eher wie der vom Baseballclub."

„Mein Mann besitzt einen Ring der Chicago Cubs aus dem

Jahr, als sie die Weltmeisterschaft gewonnen haben“, ergänzte Josie.

„Tatsächlich? Arbeitet er für die Cubs?“

„Nicht direkt für das Team. Er ist Bau- und Immobilienunternehmer und hat für die Organisation einige der Grundstücke neben dem Spielfeld zur Erweiterung der Außenbestuhlung erworben. Du weißt ja, wie klein Wrigley Field ist und wie nahe es an die Wohngebäude heranreicht.“

„Genau das macht ja seinen Charme aus“, murmelte Bree.

„Wie auch immer–da das Team seit 1908 keine Weltmeisterschaft mehr gewonnen hat, entschlossen sie sich, jedem Mitarbeiter solch einen 1908er Ring zu schenken“, fuhr Josie fort. „Im Grunde jedem, der irgendetwas mit den Cubs zu tun hat. Natürlich sind die nicht so hochwertig wie die der Spieler.“

*Klang da eine gewisse Abwehrhaltung in ihrer Stimme mit? Hatte Josie gerade bemerkt, dass ihre Tochter den Entführer als jemand identifiziert hatte, der einen ähnlichen Ring wie ihr Vater trug?*

„War dein Mann gestern Abend auf dem Konzert mit dabei?“, fragte sie.

„Nein, er musste länger arbeiten. Sind wir hier fertig?“

Sie erkannte, dass von Josie nichts mehr kommen würde, und sie hatte auch so schon genug von Grace erfahren. „Ja, danke, das wäre alles für heute.“

„Geh nach oben, Schatz“, wies Josie ihre Kleine an.

Auf dem Weg aus dem Zimmer blieb diese kurz vor ihrem Onkel stehen. „Möchtest du mit mir zusammen einen Film ansehen, Onkel Nathan?“

„Ich komme gleich nach“, erwiderte dieser augenzwinkernd.

Zu sehen, wie Nathan die Mundwinkel zu einem liebevollen Grinsen verzog, erinnerte sie wieder an sein jüngeres Ich–an den Jungen, der einst ihr Freund gewesen war, der ihr den letzten Bissen seines Schokoriegels überlassen und gemeinsam mit ihr von einem besseren Leben geträumt hatte, einem hübschen Haus am Meer.

Aber dieser Junge war schon lange vor ihrem Weggang aus Chicago verschwunden.

Josie stand auf. „Ich muss Grace ihr Mittagessen bringen."

„Danke, dass du mich mit ihr hast sprechen lassen", sagte sie und erhob sich ebenfalls.

„Ich hoffe sehr, dass ihr Hayley findet. Sie ist solch ein süßes kleines Mädchen und dieses Schicksal hat sie nicht verdient."

„Ich werde mein Bestes geben."

Nachdem Josie das Zimmer ebenfalls verlassen hatte, gab Nathan seinen Posten an der Tür auf und stellte sich ihr in den Weg.

„Was denkst du?", fragte er herausfordernd.

Bree zuckte mit den Achseln. „Ich weiß es noch nicht. Im Moment sammle ich einfach so viele Informationen wie möglich."

„Tatsächlich? Du fragst dich nicht, ob Kyle etwas damit zu tun haben könnte, nachdem Grace erwähnte, dass die Person einen ähnlichen Ring wie ihr Vater trug?"

„Wie Josie bereits sagte–viele Leute haben solch einen Ring."

„Ganz genau."

„Wie ist ihr Ehemann so?"

„Er ist ... ganz okay."

Das leichte Zögern sagte ihr mehr als tausend Worte. Nathan mochte seinen Schwager nicht. Andererseits–was seine Schwester betraf, war er schon immer überfürsorglich gewesen und von daher war wahrscheinlich kein Mann in seinen Augen gut genug für sie.

„Kyle kümmert sich um Josie und Grace und sorgt gut für sie", fuhr Nathan fort. „Er arbeitet für ein großes Immobilien-Entwicklungsunternehmen und verdient nicht schlecht. Josie darf in diesem schönen Haus leben und Grace besucht eine gute Schule. Das ist doch das Wichtigste."

„Klingt, als ob du versuchen wolltest, dich selbst zu überzeugen."

„Kyle hat nichts damit zu tun, Bree."

„Das habe ich auch nie behauptet. Und ich ziehe keine voreiligen Schlüsse."

Er runzelte die Stirn „Ach tatsächlich? Tust du das nicht?"

Für den Bruchteil einer Sekunde zögerte sie. „Nicht mehr."

„Ich kann noch immer nicht glauben, dass du mittlerweile Bundesbeamtin bist. Wissen die denn Bescheid über die ganze Scheiße, in die du damals verwickelt warst, wie etwa die Sache mit Johnny?"

Bree starrte ihn an. „Warum bist du so wütend, Nathan? Waren wir früher nicht mal Freunde?"

Ihre direkte Frage schien ihn zu überraschen. „Ach, jetzt erinnerst du dich also wieder an unsere Freundschaft? Lange Zeit schienst du die ja komplett ausgeblendet zu haben. Du bist in den Bus gestiegen und hast nie mehr zurückgeblickt. Obwohl, verändert hattest du dich bereits vorher."

„Du aber ebenfalls", erinnerte sie ihn.

„Es gefällt mir ganz und gar nicht, dass du wieder hier bist", murmelte er. „Mittlerweile führe ich ein komplett anderes Leben und will von der Vergangenheit nichts mehr wissen. Diese Schlammgrube habe ich hinter mir gelassen."

„Ob du es glaubst oder nicht, mir geht es haargenau so. Auch mein Leben hat sich verändert und ich bin absolut nicht begeistert darüber, wieder in Chicago sein zu müssen. Allerdings wird es nur für so lange sein, bis wir Hayley gefunden haben. Dann kehre ich zurück nach New York, wo ich mittlerweile wohne."

„New York, was?"

„Allerdings."

Angesichts der Tatsache, dass sie nur vorübergehend in der Stadt war, schien sich seine Anspannung zu lösen.

„Wann bist du nach NY gezogen?", erkundigte er sich.

„Letztes Jahr."

„Und wo warst du davor?"

„Hier und dort", wich sie aus. „Aber was ist mit dir, Nathan? Ich dachte, du wolltest diesen Ort ebenfalls verlassen?"

„Eigentlich ja, aber dann hat Josie Kyle getroffen und wurde schwanger …" Er zuckte mit den Schultern. „Meine Familie ist hier, von daher musste ich bleiben."

„Und womit verdienst du deinen Lebensunterhalt?"

„Ich bin Bauunternehmer."

Seine Worte entlockten ihr ein Lächeln. „Du wolltest ja schon immer die alten Gebäude einreißen und durch Neue ersetzen. Und jetzt tust du es tatsächlich. Das finde ich cool. Du und dein Schwager, ihr müsst so einiges gemeinsam haben, da er doch mit Immobilien handelt."

„Eigentlich kämpfen wir an unterschiedlichen Fronten, was Erschließung und Ausarbeitung anbelangt. Ihm geht es immer nur ums Geld. Je größer das Projekt, desto besser–egal, wie viele Wohnviertel dabei umgesiedelt oder zerrissen werden müssen."

„Wusste ich es doch, dass du ihn nicht magst."

„Das habe ich nie gesagt."

„Musstest du auch gar nicht. Ich konnte es an deiner Stimme hören."

„Okay, er ist ein gieriger Wichtigtuer, aber einer von der harmlosen Sorte." Nathan räusperte sich. „Glaubst du, Hayley wurde des Geldes wegen entführt? Ich weiß, dass Mark einen guten Job hat."

„Du kennst Mark Jansen?"

„Ja, wir joggen zusammen. Letztes Jahr haben wir gemeinsam an einem Triathlon teilgenommen. Ich mag mir gar nicht vorstellen, was er gerade durchmacht, denn Hayley und seine anderen Kinder sind sein Ein und Alles. Er ist der Familienmensch schlechthin."

„Du läufst also immer noch", sinnierte Bree und dachte zurück an die Zeiten, als er versucht hatte, sie zum Joggen zu überreden und sie sich so gut wie jedes Mal geweigert hatte.

„Das ist nun mal der perfekte Sport für mich, um abzuschalten", räumte er ein.

„Wenn man schnell genug rennt, können dich Schmerz, Kummer und Angst nicht einholen", murmelte sie und erinnerte sich an die Worte, die er bei mehr als einer Gelegenheit zu ihr gesagt hatte.

Sein Blick verfinsterte sich. „Das gilt nach wie vor, zumindest die meiste Zeit."

„Ich–ich muss wieder an die Arbeit", versuchte sie, das

Gespräch zu beenden, als ihr bewusst wurde, dass sie sich in der Vergangenheit verlor.

Nathan trat zur Seite und ließ sie vorbei, wich aber auf dem Weg zur Tür nicht von ihrer Seite. Als sie gerade im Begriff stand, das Haus zu verlassen, hielt er sie erneut zurück. „Bree, ich möchte nicht, dass Josies Leben aus den Fugen gerät. Sie hat sich gut gefangen und Grace braucht eine Mutter, die für sie da sein kann, wenn du verstehst, was ich meine.“

Das verstand sie nur zu gut. Als junges Mädchen hatte Josie massive Probleme mit Drogen gehabt. „Ich wünsche ihr nur das Beste.“

„Wenn das stimmt, lass ihren Mann aus dem Spiel.“

„Ich muss leider jeder Spur nachgehen, Nathan, ganz egal, in welche Richtung. Das schulden wir Hayley.“

„Das ist verständlich, und hoffentlich findet ihr sie, allerdings möchte ich einfach verhindern, dass Josie dabei verletzt wird. Kyle als Verdächtiger scheidet aus–er ist nicht der Typ für so etwas.“

„Leider ist im Moment jeder verdächtig. Würdest du mich jetzt bitte gehen lassen?“

Er öffnete ihr die Tür, fügte dann jedoch hinzu: „Bree ...“

Sie trat hinaus auf die Veranda und schaute zurück. „Was?“

Er schien mit sich zu kämpfen, sagte dann jedoch: „Ich bin froh, dass du es geschafft hast.“

Diese unerwarteten Worte lösten tiefe Gefühle in ihr aus. „Ich freue mich ebenfalls für dich.“

„Bitte lass uns versuchen, das Leben des jeweils anderen nicht komplett auf den Kopf zu stellen.“

„Das ist das Letzte, wonach mir der Sinn steht.“ Im Davongehen spürte sie Nathans Blick im Rücken, bis sie um die Ecke bog.

Nathan Bishop stellte eine Komplikation dar, mit der sie nicht gerechnet hatte, aber auch damit würde sie umzugehen wissen.

Trotzdem hoffte sie, es bliebe bei dieser einzigen Begegnung mit der Vergangenheit.

# KAPITEL DREI

„Ist Bree weg?“, fragte Josie, als er zurück in die Küche kam.

„Ja, ist sie.“

Seine Schwester seufzte. „Gott sei Dank. Du hattest wieder diesen gewissen Blick drauf, Nathan. Lass nicht zu, dass sie dich erneut manipuliert.“

„Niemand wird mich manipulieren.“

„Du hattest schon immer eine Schwäche für sie, selbst damals, als sie mit Johnny zusammen war.“

Nur zu gerne würde er diese Behauptung abstreiten, aber es wäre sinnlos. „Wir müssen wirklich nicht über sie sprechen.“

„Und ob wir das müssen! Sie ist zurück in unserem Leben.“

„Nicht für lange. Sobald Hayley gefunden wurde, geht sie wieder nach New York.“

„Na hoffentlich. Ich möchte, dass du glücklich bist, Nathan, und das war in deiner Jugend so gut wie nie der Fall.“

„Das hatte aber nichts mit Bree zu tun.“

„O doch, manchmal schon. Es mag gut sein, dass ich etliche Jahre nicht so ganz bei Sinnen war, aber trotzdem habe ich nicht alles verpasst. Du hast Dinge getan, die du normalerweise nie tun würdest und ich habe stets vermutet, dass es was mit ihr zu tun hatte. Sie war schon immer dein Schwachpunkt.“

Angesichts der Angst in ihrem Blick schüttelte er den Kopf. „Bree ist nichts dergleichen, war es nie und wird es auch nie sein."

„Tja, wenn du es sagst", entgegnete Josie und begann, den Küchentresen zu säubern.

„Das tue ich." Er holte tief Atem, weil ihm klar war, dass seine nächste Frage sie nur noch mehr aus der Fassung bringen würde– aber er musste sie einfach stellen. „Wieso hat Kyle die Schulaufführung verpasst? Grace war doch so aufgeregt deswegen. Konnte er es tatsächlich nicht einrichten?"

„Nein, das konnte er nicht!", fuhr sie ihn an. „Ursprünglich wollte er dabei sein, aber ihm kam etwas dazwischen. Solche Dinge passieren nun mal. Ich war auch nicht begeistert und weiß, dass Grace enttäuscht war. Allerdings hatte sie nicht viel Zeit, um darüber nachzudenken. Aber was soll ich sagen? Kyle arbeitet hart, um uns ein gutes Leben zu ermöglichen. Sich über eine derartige Kleinigkeit aufzuregen, wäre mehr als undankbar."

„Betet er dir derartige Sprüche vor?"

„Das muss er gar nicht, Nathan. Nach allem, was wir in unserer Kindheit durchgemacht haben, weiß ich zu schätzen, was Kyle für uns tut. Er kümmert sich rührend um uns und ermöglicht es mir, zu Hause bei unserer Tochter bleiben. Ich habe alles, was ich mir je gewünscht habe, also bitte hör auf, unser Leben in Frage zu stellen."

„Das tue ich doch gar nicht. Ich mache mir einfach Sorgen."

„Worüber?"

„Zum Beispiel darüber, wo er letzte Nacht war, als Hayley verschwand. Wann ist er zu euch gestoßen? Kam er direkt zur Schule? Zur Polizeistation?"

„Ich habe ihn angerufen, als die Polizei eintraf, aber sie wollten niemanden gehenlassen, bevor sie nicht das komplette Gelände nach Spuren abgesucht hatten. Es dauerte eine Weile, bis er meine Nachricht erhielt. Schließlich haben wir uns auf dem Revier getroffen."

„Hat er gestern Abend mit seinem Team zusammengearbeitet? War er allein?"

„Ich weiß es nicht! Warum stellst du mir all diese Fragen?"

„Weil Grace zu Protokoll gegeben hat, der Kidnapper hätte einen ähnlichen Ring getragen wie ihr Vater, und weil Bree mir, nachdem du nach oben gegangen bist, Fragen über Kyle gestellt hat."

„Was hast du ihr geantwortet?"

„Dass er nichts mit alledem zu tun hätte."

„Natürlich nicht. Ich meine, mein Gott, wie könnte auch nur irgendjemand annehmen, er würde ein Kind entführen–zudem noch Graces beste Freundin?" Tränen der Wut stiegen ihr in die Augen. „Er ist ein guter Mann. Zwar einer, der zu viel arbeitet, aber das ist auch sein einziger Fehler."

Diesbezüglich war Nathan zwar nicht ihrer Meinung, behielt diesen Gedanken jedoch lieber bei sich. „Alles wird gut, Josie. Hör auf zu weinen. Ich werde mit Kyle reden und ihn wissen lassen, dass Bree ihn möglicherweise kontaktiert."

„Ich habe ihr aber nicht mal gesagt, wo er arbeitet."

„Sie ist vom FBI. Mit Sicherheit hat sie ihn in weniger als zwei Sekunden ausfindig gemacht."

„Wahrscheinlich hegt sie noch immer einen Groll gegen mich wegen dem, was ich ihr angetan habe. Vielleicht war es falsch, dich zu bitten, dich von ihr fernzuhalten. Besser wäre es, ihr zu zeigen, dass wir nach wie vor ihre Freunde sind."

„Nein, du hattest völlig recht. Wir sollten uns beide von ihr fernhalten. Lass uns hoffen, dass man Hayley bald findet, damit sie wieder aus unserem Leben verschwindet."

„Und wir können zur Normalität zurückkehren", ergänzte Josie und blickte ihn fragend an.

„Genau, Normalität", stimmte er ihr zu, nicht einmal sicher, was das überhaupt war.

---

Nach dem Treffen mit Nathan und Josie fühlte Bree sich nur noch verwundbarer. Eigentlich hatte sie erwartet, nicht mit ihrer Vergangenheit konfrontiert zu werden, solange sie ihre alte Nachbarschaft mied, was sich als töricht erwies. Nicht nur sie hatte sich weiterentwickelt; die anderen ebenfalls.

Josie war mittlerweile mit einem erfolgreichen Mann verheiratet, hatte ein schönes Zuhause, eine süße Tochter und einen Bruder, der nach wie vor über sie wachte. Nathan hatte es ebenfalls geschafft, seinen Traum zu verwirklichen, und auch sie hatte ihrem Leben eine andere Wendung gegeben.

*Es war alles gut–warum also fühlte es sich so an, als würde jeden Moment alles zusammenbrechen?*

Kopfschüttelnd bestellte sie ein Taxi und tippte Dans Nummer ein, während sie darauf wartete.

„Fagan“, meldete er sich knapp.

„Ich bin's.“

„Wie läuft‘s in Chicago?“

„Der übliche Druck–jeder ist gefordert. Eventuell bin ich auf einen kleinen Anhaltspunkt gestoßen. Die direkte Zeugin war der Meinung, an der Hand des Entführers eine Nachbildung des Weltmeisterschaftsrings der Cubs gesehen zu haben.“

„Das könnte mehr sein als nur ein kleiner Anhaltspunkt.“

„Na ja, anscheinend wurden mehr als tausend Ringe ausgegeben, aber immerhin. Sobald ich zurück im Büro bin, werde ich das Team darauf ansetzen.“

„Das Mädchen in Philadelphia hat nichts Diesbezügliches erwähnt. Scheint dieses Mal anders zu sein.“

„Ich weiß. Außerdem denke ich, dass jemand, der dieses Abzeichen der Cubs trägt, auch von hier sein muss. Die anderen drei Entführungen waren ein ganzes Stück weiter weg, in anderen Bundesstaaten. Ich habe das Gefühl, dass irgendetwas hier nicht stimmt, Dan.“

„Er hat sich in Bewegung gesetzt, seine Spielregeln geändert.“

„Möglich. Außerdem habe ich einen weiteren Drohanruf erhalten.“

„Was hat er dieses Mal gesagt?“

„Er meinte, er und ich würden uns noch ziemlich nahekommen und dass er sich einen würdigen Konkurrenten wünschte. Und dann fügte er noch hinzu, dass ich ihm mit offenen Haaren besser gefiele, was bedeutet, er hat mich beobachtet. Hat Oscar etwas über den ersten Anruf herausfinden können?“

„Leider nein. Wer immer das war, weiß genau über dich Bescheid.“

„Seltsam ist, dass er Hayley nicht ausdrücklich erwähnt hat. Worauf wartet er? Wenn er bereit ist, das Spiel zu spielen, warum lässt er mich dann nicht seinen Einsatz wissen und erinnert mich daran, dass das Leben des kleinen Mädchens in Gefahr ist?“

„Gute Frage. Ich wünschte, ich hätte Antworten darauf.“

„Ich ebenfalls.“

„Hast du das Chicagoer Team über die Anrufe informiert?“

„Über den ersten ja, gleich nachdem ich heute Morgen ankam. Seit der zweiten Drohung bin ich nicht mehr im Büro gewesen.“

„Du musst ihnen unbedingt Bescheid geben, Bree.“

„Das habe ich auch vor, aber–ganz ehrlich, Dan–es war anscheinend Special Agent Hobbs, der mich angefordert hat. Alle anderen behandeln mich zwar höflich, scheinen jedoch von meiner Anwesenheit wenig begeistert zu sein. Und dann ist da auch noch eine Frau im Team, mit der ich in Quantico zusammen war. Und die ist definitiv kein Fan von mir.“

„Wer ist das?“

„Agentin Tracy Cox.“

„Die sagt mir nichts. Was hat sie denn gegen dich?“

„Auf der Akademie war sie stets eine Außenseiterin und es gefiel ihr ganz und gar nicht, dass ich mit all den Leuten in so viel engerem Kontakt stand als sie. Ich befürchte, die Zusammenarbeit mit ihr wird kein Zuckerschlecken. Sie hat bei der Begrüßung kaum ein Wort mit mir gewechselt und mich während meines gesamten Berichts mit einem scharfen, irritierten Blick gemustert.“

„Gib trotzdem dein Bestes. Das Team mag in diesem Gebiet die Oberhand haben, aber trotz alledem wollen sie das Kind finden.“

„Ich weiß, aber in einer solchen Situation habe ich einfach keine Geduld für Politik und bereichsinterne Dispute. Wie auch immer, ich werde mit meiner Arbeit weitermachen und hoffe, wir schaffen den Durchbruch.“

„Halte mich auf dem Laufenden. Ich werde Oscar anweisen, nochmals dein Telefon zu überprüfen. Vielleicht haben wir Glück und können den zweiten Anruf zurückverfolgen."

„Dafür wird es mehr als Glück brauchen."

Während der Fahrt zurück in die Innenstadt suchte Bree nach Informationen über Kyle Roberts. Sein Arbeitgeber, Skye Developments, beanspruchte die gesamte neununddreißigste Etage eines Wolkenkratzers im Zentrum von Chicago für sich, den sein Unternehmen zehn Jahre zuvor gebaut hatte und der zu den beeindruckendsten Gebäuden der Stadt zählte.

Kyle war der stellvertretende Verkaufsleiter und stand auf der Unternehmensleiter nur wenige Stufen unter Donovan Skye, der die Firma vor vierzig Jahren gegründet hatte, sowie seinen Söhnen, Lawrence und James Skye. Die Skyes waren eine der prominentesten und reichsten Familien Chicagos.

Mit seinen achtunddreißig Jahren hatte Kyle Roberts eine glänzende Zukunft vor sich, und die Entführung der Freundin seiner neunjährigen Tochter schien mehr als abwegig. Nichtsdestotrotz musste Bree mit ihm sprechen. Sie war bereits lange genug in ihrem Job, um zu wissen, dass sie niemanden als Verdächtigen ausschließen konnte.

Außerdem fragte sie sich, wo Josie ihn wohl kennengelernt und wie ein Straßenkind es geschafft haben mochte, sich einen Yale-Absolventen und mittlerweile extrem erfolgreichen Geschäftsmann zu angeln. Zudem war er zehn Jahre älter als seine Frau, und Grace gerade mal neun. Stirnrunzelnd rechnete sie im Kopf nach. Josie war ein Jahr jünger als sie, demnach achtundzwanzig. Also musste sie mit neunzehn schwanger geworden sein. Er wäre damals neunundzwanzig gewesen. Eigentlich war es kaum vorstellbar, dass die beiden in denselben Kreisen verkehrt hatten, außer–Kyle hatte ebenfalls eine Vergangenheit.

*Würde das etwas ändern?* Wahrscheinlich nicht. Sie sollte aufhören zu spekulieren und sich stattdessen auf die Fakten konzentrieren. Mit diesem Vorsatz stieg sie aus dem Taxi aus, betrat das Gebäude und begab sich nach oben.

Kyles Assistentin, eine rothaarige Frau in einem schwarzen Etuikleid, bewachte die Tür zu seinem Büro und wies sie darauf hin, dass Mr. Roberts in einer Telefonkonferenz sei und unter keinen Umständen gestört werden dürfe.

Als Bree jedoch kurz ihr Abzeichen aufblitzen ließ und erwähnte, dass das Leben eines vermissten Kindes auf dem Spiel stände, unterbrach sie widerwillig die Sitzung ihres Chefs und winkte sie hinein.

Sie betrat das Zimmer und war beeindruckt von der erlesenen Einrichtung, dem luxuriösen, dicken Teppich unter ihren Füßen und der atemberaubenden Aussicht durch die raumhohen Fenster hinunter auf den Michigansee.

Kyle Roberts stand diesem ersten Eindruck in nichts nach. Er war ein attraktiver Mann mit dunkelblonden Haaren und blauen Augen in einem teuren grauen Anzug mit marineblauer Seidenkrawatte. Er sah kein bisschen so aus wie jemand, der sich die Hände schmutzig machte und es erschien ihr mehr als unwahrscheinlich, dass er etwas mit der Entführung von Hayley Jansen in der Nacht zuvor zu tun hatte. Der einzige Schmuck, den er trug, war ein schmaler, goldener Ehering.

Sein Lächeln war höflich, jedoch wachsam. „Meine Assistentin sagte mir, Sie wären hier wegen Hayley Jansens Verschwinden. Eigentlich weiß ich nicht, was ich Ihnen dazu erzählen kann." Mit einer Handbewegung forderte er sie auf, auf dem Stuhl vor seinem riesigen Schreibtisch Platz zu nehmen. „Aber natürlich helfe ich gerne."

„Ich habe mich gerade mit Grace und ihrer Frau unterhalten. Josie erwähnte, dass Sie gestern nicht bei der Schulaufführung dabei sein konnten."

„Nein, ich hatte jede Menge zu tun und kam hier nicht weg."

„Haben Sie hier im Büro gearbeitet?"

„Ja"

„War außer Ihnen noch jemand im Gebäude?"

„Natürlich, auch in anderen Abteilungen waren noch Kollegen

bis spät abends da. Geht es um meinen Ring? Josie erzählte mir, woran Grace sich erinnert hat, nämlich, dass der Kidnapper einen ähnlichen trug wie die Nachbildung des Weltmeisterschaftsrings der Cubs, wie auch ich einen besitze."

„Genau darüber wollte ich mich mit Ihnen unterhalten. Haben Sie das Teil hier?"

„Nein, es liegt zu Hause in der Schublade meines Nachttisches, aber ich kann Ihnen versichern, dass ich Hayley Jansen nicht entführt habe."

Kyle hatte kaum seinen Satz beendet, als die Tür zu seinem Büro aufflog und Nathan hereingestürmt kam, gefolgt von der Assistentin, die ihren Chef um Entschuldigung heischend ansah.

„Ich habe ihm gesagt, dass Sie nicht gestört werden möchten."

„Ist schon okay. Bitte schließen Sie die Tür hinter sich, wenn Sie nach draußen gehen", bat er sie und blickte dann stirnrunzelnd auf seinen Schwager. „Was hast du hier zu suchen, Nathan?"

„Sag ihr nichts, Kyle." Nathan warf ihr einen drohenden Blick zu und sie war überrascht

angesichts seiner Feindseligkeit. Trotzdem würde sie ihren Job machen, mochte er noch so besorgt sein, dass das perfekte Leben seiner Schwester Risse abbekam.

„Ich habe nichts zu verbergen", sagte Kyle.

„Trotzdem finde ich, du solltest nur im Beisein deines Anwalts mit dem FBI sprechen."

„Braucht er denn einen?", unterbrach Bree ihn.

„Nein, das tue ich nicht." Kyle bedachte seinen Schwager mit einem irritierten Blick, bevor er sich wieder ihr zuwandte. „Tausende von Leuten besitzen den gleichen Ring wie ich, oder eine Variante davon. Trotzdem bin ich froh, dass Grace sich an dieses wichtige Detail erinnert hat und hoffe, es wird Ihnen einen gewissen Vorsprung verschaffen. Allerdings wird es sie nirgendwo hinführen, wenn Sie sich auf mich konzentrieren."

Trotz Kyles Versuch, sich höflich und standhaft zu geben, war da etwas in seinem Tonfall, das sie innehalten ließ. „Gibt es jemanden in der Firma, der Ihre Anwesenheit gestern Abend zwischen acht und acht Uhr dreißig bestätigen kann?"

„Keine Ahnung. Meine Assistentin ist gegen sieben Uhr nach Hause gegangen. Ich habe nicht darauf geachtet, was da außerhalb meines Büros vor sich ging." Er presste die Fingerspitzen gegeneinander und blickte sie abschätzend an. „Als Josie mich vorhin anrief, hat sie mich gewarnt, dass Sie einen persönlichen Groll gegen sie hegen könnten, weil sie damals, als sie Kinder waren, Ihren Schmuck gestohlen hätte."

„Darum geht es überhaupt nicht, und nein, die Sache ist längst vergessen."

„Aber Sie hatten ein Problem mit ihr."

„Wir waren Teenager und das liegt Ewigkeiten zurück. Ich freue mich, dass sich Josie so gut gefangen hat."

„Ach, tatsächlich?", murmelte Kyle, ließ seinen Blick zwischen ihr und seinem Schwager hin und her wandern und schien die Zwietracht zwischen ihnen zu spüren. „Was meinst du, Nathan?"

„Ich finde, du solltest aufhören zu reden", entgegnete dieser.

„Vielleicht sollte ich seinem Rat ausnahmsweise mal Folge leisten", sagte Kyle und erhob sich. „Außerdem habe ich jetzt ein wichtiges Meeting–wenn Sie mich also bitte entschuldigen würden?"

Bree stand ebenfalls auf. Ihr war klar, dass die Befragung damit vorüber war. „Vielen Dank, dass Sie sich die Zeit genommen haben, Mr. Roberts."

„Ich hoffe, sie können Hayley bald nach Hause bringen."

Als sie das Büro verließ, fiel ihr auf, dass Kyles Assistentin verschwunden war. *War das Absicht? Wollte sie damit einer möglichen Befragung aus dem Weg gehen?* Vielleicht hatte sie das Büro gar nicht um sieben Uhr verlassen. Vielleicht wusste sie etwas darüber, was ihr Chef in der Nacht zuvor getrieben hatte.

Natürlich hatte sie absolut nichts in der Hand, was diesen Gedanken rechtfertigen könnte, außer Kyles ausweichenden Antworten.

Nathan holte sie ein, als sie gerade in den Aufzug steigen wollte. „Du hättest nicht hierherkommen sollen."

„Nein, *du* hättest das besser bleiben lassen. Hier geht es um FBI-interne Ermittlungen und wenn dein Schwager nichts zu verbergen hat, sollte er sich nicht an ein paar allgemeinen Fragen stören. Nebenbei bemerkt–die Tatsache, dass du nichts Besseres zu tun hattest, als hierher zu eilen und ihn zu warnen, wirft auch nicht unbedingt ein gutes Licht auf dich. Warum glaubst du, dass er Schutz benötigt?"

„Weil die Behörden die Fakten manchmal zu ihren Gunsten verdrehen. Es ist ja nicht so, als ob wir beide das nicht schon am eigenen Leib miterlebt hätten, Bree."

Dieser spitzen Bemerkung hatte sie nichts entgegenzusetzen. „Nun, ich jedenfalls würde nicht so vorgehen."

„Hast du aber schon mal getan–du hattest dir für Johnny eine Geschichte ausgedacht, nur um seinen Arsch zu retten."

„Das entspricht nicht mal annähernd der Wahrheit. Du hast nicht die geringste Ahnung, was damals wirklich vorgefallen ist."

„O doch, ich weiß jede Menge darüber."

„Darüber möchte ich mit dir nicht weiter diskutieren." Bree schlug mehrmals auf den Knopf und wünschte, der Aufzug würde endlich kommen, damit sie seiner Gegenwart entfliehen könnte.

„Lass meine Familie in Ruhe, Bree. Sie hat nichts mit Hayleys Verschwinden zu tun."

„Ich gehe lediglich den Fakten nach. Und du weißt ganz genau, dass ich Josie diesen Diebstahl vor vielen Jahren nicht mehr nachtrage. Zu dieser Zeit war sie drogenabhängig und völlig fertig mit ihrem Leben."

„Sie hatte viele gute Gründe, der Realität zu entkommen."

„Das weiß ich doch, Nathan", sagte Bree und ihr Blick wurde weich, als sie den Schmerz in seinen Augen bemerkte. „Genau aus diesem Grund habe ich damals auch nichts weiter unternommen. Und dass ihr beide mich nun beschuldigt, ich hätte mich deshalb auf ihren Mann eingeschossen, ist einfach nur eine lächerliche, überzogene Reaktion."

„Vielleicht, weil wir wissen, wie schnell sich die Dinge zum Schlechten wenden können."

Auch sie wusste das. „Okay, also gut. Ich habe verstanden und werde mich zurückhalten." Erleichtert stellte sie fest, dass der Aufzug endlich da war.

„Du wirst dich zurückhalten?“, fragt er und stieg ebenfalls ein. „Bedeutet das, du wirst Kyle in Ruhe lassen?“

„Ich werde mich vorrangig damit befassen, wer von der Organisation alles so einen Ring bekommen hat. Mehr kann ich dir im Moment nicht versprechen.“

„Warum haben sie dich aus New York angefordert? Gibt es nicht schon genug Agenten in Chicago, die sich dieses Falles annehmen könnten?“

„Hayleys Entführung könnte mit anderen Fällen in Zusammenhang stehen, bei denen ich ermittelt habe. Bitte halte dich da raus, Nathan. Du bist bereits gefährlich nahe daran, die Ermittlungen der Bundespolizei zu behindern.“

„Ist das eine Tatsache?“

„Ja, ist es. Ich verstehe schon, dass du Josie beschützen willst, aber du solltest dich wirklich zurückziehen. Alles, was im Moment zählt, ist, Hayley wieder gesund nach Hause zu bringen.“

„Das will ich doch ebenfalls.“

„Dann konzentriere dich ausschließlich darauf.“

Bree stieg aus dem Aufzug und hoffte, dass ihr Gespräch damit beendet wäre, aber er blieb dicht hinter ihr, bis sie den Bürgersteig erreicht hatten. Dort legte er ihr plötzlich seine starke Hand auf die Schulter.

Sie drehte sich um und verspürte angesichts dieser persönlichen, vertrauten Geste, wie ein Ruck sie durchfuhr. Wie oft schon hatte sie versucht, sich Nathan zu entziehen, aber stets hatte er sie mit dieser Bewegung zurückgehalten.

Sie bemerkte einen Schatten über seinen Augen und fragte sich, ob er gerade genau das gleiche dachte wie sie.

Abrupt zog er die Hand weg. „Bitte entschuldige“, murmelte er. „Also gut, ich verspreche, ich werde dir nicht wieder im Weg stehen, aber lass mich dir helfen.“

„Mir helfen, mich auf jemand anderen als deinen Schwager zu konzentrieren?“

„Glaubst du allen Ernstes, Kyle kann hinter die Bühne marschieren und die beste Freundin seiner Tochter entführt, ohne dass ihn jemand erkannt hätte?“

„Ich weiß es nicht", antwortete sie ehrlich. „Immerhin wäre es ein Leichtes für ihn gewesen, seine Anwesenheit backstage zu erklären, falls ihn jemand gefragt hätte."

Nathan schien diese Antwort nicht zu gefallen. „Ernsthaft, Bree?"

„Er hat etwas zu verbergen."

„Kann schon sein, aber nicht das."

„Wie auch immer, wenn du Josie wirklich schützen willst und Kyle ein Geheimnis hat, solltest du vielleicht versuchen herauszufinden, was es ist."

„Er wird es mir kaum beichten. Wir sind zwar durch die Heirat mit meiner Schwester miteinander verwandt, aber nicht unbedingt beste Freunde."

„Ich verstehe auch, warum dem so ist. Er ist nicht die Art von Mann, die man respektiert."

Bei dieser Feststellung zog er die Augenbrauen hoch. „Ach, tatsächlich? Es gibt aber mehr als genug Leute in dieser Stadt, die genau das tun. Er verfügt über gute Beziehungen zu den höchsten Ebenen."

„Meiner Meinung nach ist er aalglatt, eingebildet und sehr von sich überzeugt."

„All das hast du in diesem kurzen Gespräch herausgefunden?"

„Das war mir bereits ab der ersten Sekunde klar, und dafür braucht es keine FBI-Ausbildung."

„Unglaublich, wie gut du die Menschen heute einschätzen kannst im Vergleich zu damals."

„Und unglaublich, wie viel schlimmer deine nicht gerade feinfühligen Andeutungen geworden sind."

„Dann werde ich jetzt mal ganz direkt sein: Es gab eine Zeit, wo du ziemlich naiv warst."

„Damals war ich ein verzweifeltes, einsames Mädchen. Einer meiner besten Freunde hatte sich von mir zurückgezogen und das tat verdammt weh."

Nathan presste die Lippen zusammen „Du wolltest mich doch gar nicht als Freund; du hattest ja Johnny."

„Ich möchte wirklich nicht über ihn sprechen." Bree stöhnte. „Warum führen wir dieses Gespräch überhaupt?"

„Weil du nach Chicago zurückgekommen bist."

„Mir blieb keine andere Wahl!"

„Als du in diesen Bus gestiegen bist und mir versichert hast, du würdest mich wissen lassen, wo es dich hin verschlägt, hätte ich nie erwartet, dass es zehn Jahre dauern würde, bis ich dich wiedersehe. Aber du bist einfach verschwunden."

„Du kanntest den Grund dafür."

„Mir war klar, warum du Johnny verlassen musstest, nicht aber, warum du auch den Kontakt zu mir abgebrochen hast."

„Mit dir oder sonst jemandem aus der alten Nachbarschaft zu reden, hätte ein Risiko dargestellt, das ich nicht bereit war einzugehen." Sie hielt kurz inne und das Herz klopfte ihr wie wild in der Brust. „Hast du es jemals jemandem erzählt?"

„Keiner Menschenseele, genau, wie ich es dir versprochen hatte. Du hast diese Schuld eingefordert, und ich habe dafür bezahlt." Bei diesen Worten kehrte die Wut in seine Stimme zurück. „Obwohl ich aufgrund meines Schweigens für ein paar Tage im Krankenhaus gelandet bin."

„Was?", fragte sie überrascht. „Was soll das heißen?"

„Johnny hat mich verfolgt, wollte wissen, wo du steckst, und hat alles versucht, um mich zum Reden zu bringen, aber meine Lippen waren versiegelt."

„Er hat dich zusammengeschlagen?"

„Ja, er und zwei seiner Freunde."

Bree schüttelte schockiert den Kopf. „Ich hatte ja nicht die geringste Ahnung. Das tut mir so leid, Nathan." Massive Schuldgefühle übermannten sie. „Ich hätte nie damit gerechnet, dass Johnny herausfinden würde, dass du mir geholfen hast."

„Er wollte dich unbedingt zurückhaben. So wie damals habe ich ihn noch nie zuvor erlebt." Nathan atmete tief durch. „Du hast die richtige Entscheidung getroffen, indem du gegangen bist, aber möglicherweise war es falsch, noch einmal zurückzukommen. Johnny lebt nach wie vor in der Gegend. Wenn ihm zu Ohren kommt, dass du in der Stadt bist, wird er nach dir suchen."

„Ich kann mir nicht vorstellen, wie er davon erfahren sollte, außer, du steckst es ihm?"

„Das werde ich mit Sicherheit nicht. Ich habe ihn selbst seit dem Tag, an dem er mich verprügelt hat, nicht mehr wiedergesehen. Sobald ich aus dem Krankenhaus kam, habe ich das Viertel verlassen und Josie mitgenommen. Wir sind ans andere Ende der Stadt gezogen und ich bin danach nie mehr zurückgekehrt."

„Ich werde Chicago ebenfalls in ein paar Tagen, längstens in einer Woche, wieder verlassen. Und selbst wenn er es herausfinden sollte–mittlerweile kann ich gut auf mich selbst aufpassen. Ich bin nicht mehr das kleine, verängstigte Mädchen von früher, sondern eine ausgebildete Bundesagentin. Heute laufe ich vor bösen Jungs nicht mehr davon; ich nehme es mit ihnen auf."

Ein zögerndes Lächeln stahl sich auf seine Lippen. „Das ist ja eine ganz neue Seite an dir."

„Ich bin erwachsen geworden, Nathan, und du ebenfalls. Können wir also bitte die Vergangenheit ruhen lassen?"

„Von meiner Seite aus nur zu gerne, aber irgendwie habe ich ein komisches Bauchgefühl."

„Ich ebenfalls, seit ich erfahren habe, dass ich hier gebraucht werde. Allerdings bin ich nur hergekommen, um meinen Job zu erledigen, sonst nichts. Also Nathan, wie sieht's aus? Können wir wieder Freunde werden, oder sind wir Feinde? Menschen, die sich einst gut kannten, jetzt aber nichts mehr miteinander zu tun haben wollen?" Sie hielt inne und erwartete beinahe, dass er sich für Letzteres entschied. Er jedoch vergrub lediglich die Hände in den Hosentaschen und ließ seinen Blick von ihrem Gesicht nach unten über ihren Körper wandern. Sie konnte die lächerliche Spannung zwischen ihnen beinahe mit Händen greifen. „Nun?", hakte sie nach.

„Ich werde es dich wissen lassen, sobald ich mir selbst darüber klar geworden bin." Mit diesen Worten drehte er sich um und ging davon.

Während Bree ihm hinterher sah, stürmten die unterschiedlichsten Gefühle auf sie ein, aber eines war ihr absolut klar: Nathan war eine weitere Komplikation, die sie absolut nicht gebrauchen konnte. *Aber eine sehr sexy, attraktive Komplikation,* wies ihr Gehirn sie auf diese Tatsache hin.

Sie runzelte die Stirn. Vielleicht war sie in einem früheren Leben, als sie Teenager und eigentlich nur Freunde waren, doch ein ganz klein wenig in ihn verknallt gewesen. Allerdings hatten sie sich dann lange Zeit aus den Augen verloren, und als sie in den letzten beiden Jahren der Highschool wieder aufeinandertrafen, hatte Nathan sich verändert. Er war härter, launischer, wütender geworden und so kritisch gegenüber all ihren Entscheidungen, dass man sie eher als Feinde bezeichnen konnte.

Wie sie jetzt zueinander standen, würde sich noch zeigen, allerdings hoffte sie, sie würde nicht lange genug in Chicago bleiben müssen, um das herauszufinden.

# KAPITEL VIER

Kurz nach fünfzehn Uhr kehrte Bree zurück ins FBI-Büro und war wild entschlossen, Nathan aus ihren Gedanken zu verbannen.

Nachdem sie die Kollegen über ihre Gespräche mit Grace und Kyle Roberts sowie über die Drohanrufe ins Bild gesetzt hatte, holte sie sich in der hauseigenen Cafeteria einen Salat und setzte sich an einen leeren Schreibtisch. Während sie aß, las sie auf ihrem Computer die Berichte, die von den zahlreichen Teams, die an diesem Fall arbeiteten, eingestellt worden waren.

Agenten und Analysten hatten sämtliche ortsbekannten Kinderschänder aufgespürt, im Darknet gesurft und sich auf Chatter konzentriert, die über Kidnapping mit Lösegeldforderung oder aus anderen Motiven sprachen. Zudem hatten sie Computerprogramme erstellt, die Hayleys Fall mit den drei anderen bekannten Kindesentführungen verglichen, bei denen ebenfalls eine Rose im Spiel war. Freiwillige und polizeilich geleitete Durchsuchungen der Nachbarschaft wurden ebenfalls koordiniert, und wieder und wieder sämtliche Personen befragt, die am Abend zuvor bei der Veranstaltung anwesend waren. Zahlreiche weitere Mitarbeiter gingen jeder Spur nach, die von der Bevölkerung einging, egal wie unglaublich sie auch klingen mochte.

Trotz des enormen Personaleinsatzes waren sie im Vergleich

zum vorherigen Abend noch keinen Schritt weitergekommen und jedem war bewusst, dass in einem Fall wie diesem jede Minute zählte.

Nachdem sie mit ihrem Salat fertig war, tippte sie ihre eigenen Notizen ab und ließ ihre Gespräche mit den Jansens sowie Grace und Kyle Roberts nochmals Revue passieren. Abgesehen vom Ring hatte sie nicht viele neue Informationen gewonnen, aber dieser konnte noch von Bedeutung sein. Eines der Chicagoer Teammitglieder hatte sich bereits freiwillig gemeldet, um die Cubs zu kontaktieren und eine Liste der Glücklichen zu erstellen, die diesen Ring erhalten hatten. Es war eine lange Liste und reine Spekulation, aber immerhin etwas und zudem alles, worauf sie sich gerade stürzen konnten.

Bei diesem Gedanken fiel ihr wieder das Baseballchat-Forum ein, das sie und eine Gruppe ihrer engsten Freunde während ihrer Ausbildung in Quantico eingerichtet hatten, um ihre Aufgaben zu koordinieren. Später war es zu einem Ort geworden, um außerhalb der üblichen, professionellen Kanäle um Hilfe zu bitten, ein Ort, der nur ihnen gehörte.

Sie alle hatten sich Namen von Spielern des Mets-Teams der 1986er World-Series zugelegt, das Jamie Rowlands Lieblingsteam war. Jamie war ihr Anführer gewesen, bis er bei einem tragischen Unfall während einer Trainingsmission ums Leben kam. Sie vermisste sein lächelndes Gesicht noch immer. Während ihrer Zeit in Quantico hatten sie eine kurze Beziehung gehabt, denn er war der erste Mann seit langer Zeit, dem sie vertrauen konnte. Zwar wusste sie nicht, ob diese Verbindung von Dauer gewesen wäre, aber sein Tod hatte einen weiteren tiefen Riss in ihrem Herzen hinterlassen.

Morgen wären es auf den Tag genau fünf Jahre, seit er gestorben war. Jamies Vater Vincent und seine Schwester Cassie hatten sie eingeladen, an einer kleinen Zusammenkunft in ihrem Haus teilzunehmen, um nochmals auf sein Leben zurückzublicken, und sie hatte eigentlich geplant hinzugehen. Jetzt allerdings bezweifelte sie, dass sie es rechtzeitig zurück nach New York schaffen würde. Dabei hatte sie sich sehr darauf gefreut und gehofft, mindestens ein oder zwei ihrer Freunde wiederzusehen. Die letzten Treffen mit ihnen lagen auch schon wieder viel zu lange zurück.

Spontan zog sie ihr Telefon heraus und öffnete das Forum. Seit Juni, als Damon und Wyatt in großen Schwierigkeiten gesteckt und ihre Hilfe benötigt hatten, hatte es keinen Eintrag mehr gegeben.

Einerseits war es zwar gut, dass niemand aktuell einen Rettungsanker benötigte, aber sie vermisste ihre Kameraden. Sie waren über die ganze Welt verteilt und meist hatte sie keine Ahnung, wo sich jeder gerade aufhielt, fühlte sich ihnen jedoch noch immer verbunden. Sie hatten sich gegenseitig das Leben gerettet und gemeinsam eine Tragödie durchgestanden. Und selbst wenn es niemanden mehr gab, dem man vertrauen konnte, wussten sie stets, dass sie sich aufeinander verlassen konnten. In ihrer Welt war Vertrauen ein rares Gut, das sich im vergangenen Sommer als noch seltener erwiesen hatte, als sie einen Verräter in den eigenen Reihen aufspüren mussten.

Schnell schob sie diesen Gedanken beiseite und öffnete einen neuen Thread, wobei sie wie üblich in codiertem Baseballjargon schrieb. *Sieht so aus, als wären die Cubs auf dem besten Weg zu einem weiteren Wimpel. Kann an der morgigen Feierlichkeit nicht teilnehmen. Irgendjemand in der Nähe für ein Spiel mit mir?*

Sie unterschrieb mit ihrem Spitznamen Knight, zu Ehren von Ray Knight, einem dritten Baseman der Mets aus dem Jahr, in dem sie die World-Series gewannen. Sie hatte seinen Namen gewählt, weil sie sich selbst gerne als Ritter wähnte und da es keine Frauen im Team gab, war Parisa und ihr nichts anderes übriggeblieben, als sich ebenfalls einen männlichen Alias zuzulegen. Parisa hatte sich für Dwight Gooden entschieden, weil sie bewunderte, welch ein Star aus ihm geworden war und wie viel Geld er verdient hatte.

Lächelnd meldete sie sich aus dem Forum ab. Sie würde später prüfen, ob jemand geantwortet hatte. Es wäre nicht schlecht, mal wieder ein freundliches Gesicht zu sehen. Das Chicagoer Team hatte seine eigene Art und Weise, um zu ermitteln, und obwohl alle höflich und professionell waren, hatte sie doch eine deutliche

Spannung gespürt, als sie ihnen von dem Ring am Finger des Entführers erzählte.

Niemand, am wenigsten Tracy Cox, war begeistert gewesen, dass sie die einzige Spur zerstört hatte. Und sie hatten auch nicht gerade gut auf ihre Erwähnung der Drohanrufe reagiert, was die Frage aufwarf, ob es dabei wirklich um diesen Fall ging. Tracy schien zu glauben, sie würde versuchen, ihr die Show zu stehlen, was lächerlich war; sie wollte lediglich Hayley finden, dem Entführer das Handwerk legen und ihn für immer hinter Gitter bringen.

Wenn man vom Teufel sprach ... Bree seufzte innerlich auf, als sich die bestimmt auftretende, kritische Agentin auf dem Stuhl neben ihrem Schreibtisch niederließ. Tracy war in ihren späten Zwanzigern, hatte kurze, blonde, glatte Haare und stahlblaue Augen. Trotz ihres attraktiven Gesichts strahlte sie eine gewisse Härte und Kälte aus. Sie war zwar klug, aber gleichzeitig auch scharfzüngig und kratzbürstig, wurde schnell wütend und war besessen von Protokollen und Richtlinien.

„Du hättest mich bezüglich der Informationen über Mr. Roberts anrufen sollen, bevor du ihn eigenmächtig in seinem Büro aufgesucht hast“, begann sie. „Wir hätten ihn gemeinsam befragen können.“

Natürlich hätte Bree das tun können und vielleicht auch tun *sollen*, aber sie war es eben gewohnt, auf eigene Faust zu ermitteln. Außerdem hatten sie und Tracy noch nie gut zusammengearbeitet. „Ich wollte ihn erwischen, bevor seine Frau ihn vorwarnen konnte“, erklärte sie. Bisher hatten sie noch nicht über ihr früheres Verhältnis gesprochen und sie hoffte, dieses Thema auch weiterhin vermeiden zu können, indem sie sich strikt an die Fakten hielten.

„Aber es ist anders gekommen.“

„Leider“, gab sie zu.

„Verdächtigst du ihn tatsächlich?“, fragte Tracy. „Kyle Roberts ist ein sehr erfolgreicher Geschäftsmann, der aufgrund seiner guten Verbindungen in der obersten Liga mitmischt. Er hat sich noch nie etwas zu Schulden kommen lassen.“

„Das stimmt. Aber aufgrund der Tatsache, dass Hayley sich

nicht gewehrt und Grace den Ring an der Hand des Entführers als ein Schmuckstück wiedererkannt hat, das auch ihr Vater besitzt, dachte ich mir, ein Gespräch mit ihm könnte nicht schaden."

„Wie auch immer, eine weitere Unterhaltung mit Mr. Roberts wird nicht mehr stattfinden", entgegnete Tracy und konnte die Schadenfreude in ihrer Stimme nicht verbergen. „Sein Anwalt hat Klage eingereicht. Er sagt, dass bei dir Befangenheit vorliegt. Wenn du versuchen solltest, seinen Klienten erneut zu kontaktieren, wird er dich wegen Belästigung anzeigen."

„Wie bitte?", fragte Bree überrascht.

„Mr. Roberts hat angegeben, dass du sowohl seine Frau wie auch seinen Schwager kennst und deshalb jetzt hinter ihm her bist, um dich für eine Sache zu rächen, die sich vor Jahren zwischen dir und ihr abgespielt hat."

„Das ist doch lächerlich! Ich wollte lediglich dem nachgehen, was ich von seiner Tochter erfahren habe."

„Dafür wäre es hilfreich gewesen, wenn du einen von uns mitgenommen oder, noch besser, uns direkt nach Erhalt der Information angerufen hättest, speziell in Anbetracht der Tatsache, dass du allem Anschein nach in persönlicher Beziehung zur Familie unserer einzigen Zeugin stehst. Das hast du wohlweislich bei deinem Briefing unerwähnt gelassen."

„Weil es irrelevant war, da ich seit über zehn Jahren mit niemanden von ihnen mehr in Kontakt stand. Mr. Roberts Frau und seinen Schwager kannte ich, als wir Teenager waren. Außerdem wusste nicht einmal, dass Josie Roberts *die* Josie Bishop von früher ist, bis ich dort hinkam, um Grace zu befragen."

„Welches Problem gab es denn mit ihr?"

„Sie hatte mir Geld und Schmuck gestohlen. Damals, als Jugendliche, war sie stark drogenabhängig."

„Hattest du Anklage erhoben?"

„Nein. Es war keine große Sache und sie hat mir sogar einen Teil davon wieder zurückgegeben. Es ist mit Sicherheit kein persönlicher Rachefeldzug."

„Das hoffe ich mal. Allerdings hat Agent Hobbs mich angewiesen, dir mitzuteilen, dass wir, obwohl wir die Einblicke, die du uns in diesem Fall lieferst, zwar sehr zu schätzen wissen, du aber keine weiteren potenziellen Verdächtigen oder Zeugen befragen wirst, solange keiner von uns dabei ist. “

„Er stellt mich aufs Abstellgleis?“

Tracy zuckte die Schultern. „Nenn es, wie du willst. Natürlich kannst du nach wie vor hilfreich für uns sein, aber ab jetzt werden wir wieder die Führung und die Außeneinsätze übernehmen. Falls du auf weitere Hinweise stößt, bring sie mir. Selbstverständlich wollen wir weiter mit dir zusammenarbeiten, aber wir sind nun mal wesentlich versierter, was das Minenfeld der lokalen Chicagoer Politik anbelangt. Wenn du einen falschen Schritt machst, riskieren wir dadurch, Leute vor den Kopf zu stoßen, die möglicherweise etwas zur Aufklärung des Falls beitragen könnten.“

„Tracy, ich bin in dieser Stadt aufgewachsen. Wenn jemand weiß, wie es hier zugeht, dann doch wohl ich. Und außerdem war ich diejenige, die Grace dazu gebracht hat, sich an ein weiteres, wichtiges Detail zu erinnern“, konnte sie sich nicht verkneifen hinzuzufügen.

„Das war gute Arbeit“, antwortete Tracy unbeeindruckt.

„Sollten wir vielleicht über Quantico sprechen?“, wechselte Bree das Thema.

„Wozu? Was in aller Welt hat die Akademie damit zu tun?“

„Wenn jemand hier einen Groll zu hegen scheint, dann doch wohl du.“

„Glaubst du allen Ernstes, ich habe in den letzten fünf Jahren auch nur einen einzigen Gedanken an dich verschwendet?“, fragte sie ungläubig. „Ich war vollauf damit beschäftigt, mir eine Karriere aufzubauen und habe das ganz allein auf die Reihe bekommen, im Gegensatz zu dir, die nach wie vor mit ihrer Gang von einer Misere in die andere zu schlittern scheint.“

„Du meinst die Sache in New York mit Damon und Wyatt?“

„Und Alan Parker, unserem furchtlosen Mentor aus Quantico, bei dem sich herausgestellt hat, dass er als Doppelagent unterwegs war. Das war schon bemerkenswert. Und erstaunlich, dass du, Damon und Wyatt so von ihm angetan wart. Ihr habt ihn stets für unfehlbar gehalten.“

„Alan hat sich im Laufe der Jahre verändert“, antwortete Bree, bemüht, sich von Tracy nicht provozieren zu lassen. „Und der einzige Grund, warum du unsere *Gang*, wie du sie nennst, gehasst hast, war, weil du nie zu uns gehört hast.“

„Ich wollte nie zu euch gehören. Ihr habt euch stets zu sehr aufeinander verlassen. Ein guter Agent sollte in der Lage sein, völlig unabhängig zu denken und zu handeln.“

„Teamwork kann ebenfalls effektiv sein.“

Tracy zuckte erneut die Schultern. „Können wir uns darauf einigen, dass wir uns in diesem Punkt uneinig sind?“ Sie stand auf. „Ich habe von Jamie Rowlands Gedenkfeier gehört. Kommt Diego auch dazu?“

„Er ist eingeladen, aber ich weiß nicht, ob er hingeht. Als ich das letzte Mal von ihm hörte, hielt er sich in Ecuador auf.“ Sie sah Tracy prüfend an und erinnerte sich daran, wie sehr sie stets an Diego interessiert gewesen war. „Bist du mit ihm in Kontakt geblieben?“

„Nein, ich bin mit niemandem mehr in Kontakt.“ Sie hielt inne. „Wie auch immer, ich wäre dir dankbar, wenn du mich über alles, auf das du stößt, auf dem Laufenden hältst.“

„Natürlich“, versicherte ihr Bree, wohl wissend, dass die Kollegin ihre Entdeckung für puren Zufall hielt. Aber das war ihr egal. Sie suchte keine Anerkennung, sondern Antworten. Trotzdem war sie erleichtert, als Tracy sich entfernte.

Als sie einen Blick auf ihre Armbanduhr warf, bemerkte sie, dass es bereits nach fünf war. Eigentlich war sie nie jemand gewesen, der zeitig das Büro verließ, aber es war ein sehr langer Tag gewesen. Also beschloss sie, zurück in ihr Hotel zu gehen und von dort aus zu arbeiten.

Kaum hatte sie ihr Zimmer betreten, klingelte ihr Telefon. Erleichtert stellte sie fest, dass es Dan war. Eine freundliche Stimme war genau das, was sie jetzt brauchte. „Kontrollierst du mich?“

„Mir ist zu Ohren gekommen, dass du in Chicago Probleme verursachst. Ich hatte keine Ahnung, dass du früher dort gelebt hast. Warum hast du das nie erwähnt?“, wollte er wissen.

„Es war nicht unbedingt die glücklichste Zeit meines Lebens. Mit wem hast du gesprochen?“

„Hobbs. Er wollte wissen, ob deine Vergangenheit dort möglicherweise zu Problemen führen könnte?“

„Was hast du darauf geantwortet?“

„Dass du eine der klügsten und intuitivsten Agentinnen bist, mit denen ich je gearbeitet habe und er ein Narr wäre, wenn er nicht auf dich hört.“

„Danke, das weiß ich wirklich zu schätzen. Im Moment allerdings befinde ich mich auf dem Abstellgleis. Offenbar ist er wirklich ein Narr“, entgegnete Bree trocken.

„Er versucht lediglich, gewisse Leute bei Laune zu halten.“

„Jemanden bei Laune zu halten ist nicht mein Anliegen. Ich versuche, ein zehnjähriges Mädchen zu finden. Wir wissen doch beide, dass Hayley nicht mehr viel Zeit bleibt und es ist einfach frustrierend, wenn ich meine Untersuchungen nicht so durchführen kann, wie sie durchgeführt werden müssten.“

„Machen sie Fehler oder haben sie Dinge übersehen?“

„So würde ich das nicht nennen. Sie halten sich strikt an alle Regeln, so wie wir eben auch, aber das reicht einfach nicht. Mir zumindest nicht.“

„Verstanden. Du bist lieber an vorderster Front.“

„Ja, das bin ich“, gab sie zu und erkannte wieder einmal, dass dies einer der Gründe war, warum sie so gerne für Dan arbeitete. Er respektierte ihr Bedürfnis, Grenzen zu überschreiten, wenn es nötig war.

„Willst du meinen Rat hören, Bree?“

„Immer.“

„Tu, was du für richtig hältst. Das Kind braucht deinen Einsatz. Das mit den internen Vorschriften kannst du auch später noch regeln.“

Sie wusste seine Worte zu schätzen, denn im Moment war Hayley das Einzige, was zählte. „Genau das hatte ich auch vor.“

„Sehr gut. Jetzt würde ich aber gerne noch etwas von dir wissen.“

„Und das wäre?“, fragte sie misstrauisch.

„Was läuft da zwischen dir und dieser Familie, mit der es Probleme gibt? Sie sind mit deiner Augenzeugin verwandt?“

„Ja. Josie ist die Mutter. Josies Ehemann, Kyle, steht im Mittelpunkt des öffentlichen Interesses. Und Nathan Bishop ist der Onkel des Kindes. Josie, Nathan und ich kannten uns schon als Kinder.“

„Alles klar. Hobbs meinte, du würdest gegen eine der Personen einen persönlichen Groll hegen?“

„Das ist eine absurde Anschuldigung, die sich Kyles Anwälte ausgedacht haben. Vor langer Zeit hat Josie mir ein paar Dinge gestohlen, aber es war keine große Sache. Wir waren Straßenkinder, Dan. Wir haben uns zu einer Zeit kennengelernt, als wir uns alle im Überlebensmodus befanden.“

„Du warst ein Straßenkind?“

„So ist es.“

„Erzähl mir mehr davon.“

„Du willst das wirklich antun?“

„Angesichts der Tatsache, welche Sorgen sich das Chicagoer Team über dich macht, befürchte ich, ich muss es mir anhören.“

„Eigentlich ist es nicht relevant, aber okay, hier zumindest mal die Highlights. Als meine Mutter mich bekam, war sie gerade mal sechzehn. Sie wusste nicht, wer mein Vater war, oder falls doch, hat sie es mir zumindest nie verraten. Ihr Vater, mein Großvater, ein verwitweter Militärangehöriger, warf sie aus dem Haus, als sie schwanger wurde. Meiner Mutter fiel es nicht leicht, sich um mich zu kümmern–sie hatte Probleme mit Drogen und Beziehungen. Wir waren stets pleite und des Öfteren obdachlos. Immer wieder mussten wir irgendwo Unterschlupf suchen. Als ich zehn war, starb meine Mom an einer Überdosis. Ich kam zu meiner Tante, die aber auch in nicht viel besserer Verfassung war. Mit vierzehn landete ich in einem Pflegeheim, wo ich bis zur Volljährigkeit blieb.“

„Das ist eine wesentlich heftigere Geschichte, als ich erwartet hätte.“

„Wie auch immer, ich habe überlebt und es hat mich härter gemacht. Und es gibt keinen Ärger mit Nathan und Josie. Tatsächlich habe ich mich sogar gefreut, sie wiederzusehen. Damals war ich mir nicht sicher, ob sie es schaffen würden, aber es ist ihnen gelungen. Heute geht es ihnen gut."

„Genau wie dir."

„Zumindest an den meisten Tagen, außer heute, wo ich es geschafft habe, das komplette Chicagoer FBI gegen mich aufzubringen."

„Aber nur, weil du besser warst als sie."

„Danke, Dan. Du findest einfach immer die richtigen Worte."

„Sag das mal meiner Frau. Ihrer Meinung nach habe ich großes Talent dafür, ewig ins Fettnäpfchen zu treten."

„Aber sie liebt dich. Wie geht es ihr in der Schwangerschaft?"

„Soweit alles gut, aber sie macht mir ziemlich die Hölle heiß, dass ich öfters hier sein muss, sobald das Baby auf der Welt ist."

„Würdest du in Betracht ziehen, das FBI zu verlassen?", fragte Bree. Obwohl sie hoffte, dass dies nicht der Fall wäre, könnte sie ihn verstehen. Es war immer einfacher, kurzfristig abberufen zu werden, wenn nicht eine komplette Familie dahinterstand.

„Ehrlich gesagt–ich trage mich mit dem Gedanken", gab er zu. „Aber noch ist nichts entschieden. Sollte es soweit kommen, wärst du die perfekte Nachfolgerin für dieses Team."

„Daran will ich im Moment überhaupt nicht denken."

„Musst du auch nicht. Finde erst mal das kleine Mädchen und das Monster, bevor er erneut zuschlägt."

---

Am Donnerstagmorgen war Nathan bereits um kurz vor sieben draußen unterwegs und legte gute sechs Meilen entlang des Flusses zurück, in der Hoffnung, jeder seiner Schritte würde Bree ein Stück weiter aus seinem Kopf vertreiben. Leider funktionierte es nicht; irgendwie konnte er nicht aufhören, an sie zu denken.

Sie hatte ihren Nachnamen von Larson auf Adams geändert. Auch ihr Auftreten war ein anderes. Sie war nicht annähernd mehr so weich, liebenswürdig und unsicher wie in ihrer Jugend. Die Bree, die er gestern kennenlernen durfte, war eine starke, entschlossene Persönlichkeit, die einen der härtesten Jobs der Welt ausübte und er ertappte sich dabei, dass sie ihm so viel besser gefiel, was genau das Gegenteil von dem war, wie er eigentlich für sie empfinden wollte.

Er hatte viel zu viel Zeit in seinem Leben damit verbracht, sie zu mögen, sich nach ihr zu sehnen und zu hoffen, sie würde eines Tages endlich aufwachen und ihn wahrnehmen anstatt all der anderen Idioten, die ihr nachjagten.

Gestern Abend hatte sie ihm zu verstehen gegeben, dass er sich verändert hatte, als sie sich nach ein paar Jahren Trennung in der Highschool wiedertrafen. Womit sie zweifellos recht hatte. In dieser Zeit war viel passiert, wovon sie nichts wusste–noch immer nichts wusste–und er hatte es ihr nicht erzählen können.

Aber es waren nicht nur seine Geheimnisse, aufgrund derer sie sich entfremdet hatten, sondern auch seine Erkenntnis, wie sehr er sie wollte, während sie ganz offensichtlich kein Interesse an ihm hatte.

Stattdessen hatte sie sich für Johnny Hawke entschieden, dem ältesten von drei Brüdern, die in eine kriminelle Familie hineingeboren wurden und als Fassade für ihr Glücksspiel und ihren Drogenhandel ein Boxstudio betrieben.

Johnny war lustig, charmant und redegewandt, jemand, der gerne sein Geld und sein Auto in einem Teil der Stadt zur Schau stellte, wo ihm dies Macht verlieh. Irgendwie war Bree in diese Welt hineingezogen worden, und er kurzzeitig ebenfalls, weil er in ihrer Nähe bleiben wollte, nicht jedoch, weil er den Kontakt zu Johnny suchte.

Stirnrunzelnd steigerte er sein Tempo und bemühte sich, der Vergangenheit davonzulaufen, aber solange sie in der Stadt war, würde ihm das nicht gelingen. Bereits kurz nach dem Aufwachen hatte er die Nachrichten angeschaut; Hayley galt nach wie vor als vermisst, was bedeutete, dass auch sie vorerst hierbleiben würde.

Außerdem wusste er nicht, ob sie Kyle bereits abgehakt hatte. Um Josies willen hoffte er es, aber es gab nichts weiter, was er dagegen hätte tun können. Er musste sich von Bree und ihrem früheren Leben distanzieren. Als er das Ende seiner regulären Laufstrecke erreicht hatte, drehte er um und machte sich auf den

Heimweg. Er hatte seine Wohnung kaum betreten, als sein Handy klingelte. Es war Adrienne.

*Gut. Er brauchte eine Erinnerung daran, dass er jetzt ein anderes Leben führte.*

„Hi."

„Du hast mich gestern Abend nicht zurückgerufen", beschwerte Adrienne sich mit leicht jammernder Stimme, die ihn langsam zu nerven begann.

„Tut mir leid, ich war bei Josie." Das entsprach nicht so ganz der Wahrheit. Zwar hatte er nach dem Vorfall in Kyles Büro nochmals mit ihr telefoniert, den Rest des Abends jedoch allein zu Hause verbracht, sich ein Spiel der Cubs angesehen und versucht, nicht an Bree zu denken.

„Wie geht es Grace?", erkundigte sich Adrienne.

„Sie schlägt sich tapfer, aber es ist eine schlimme Situation."

„Das tut mir leid. Ich weiß, dass du gerade viel um die Ohren hast, aber meine College-Freundin Kari ist heute Abend in der Stadt und es wäre klasse, wenn ihr euch kennenlernen würdet. Kannst du zum Abendessen oder auf einen anschließenden Drink vorbeikommen?"

Nichts davon klang verlockend. „Möglicherweise hinterher auf einen Drink", wiegelte er ab. „Kann ich dich später zurückrufen?"

„Natürlich. Ich vermisse dich, Nathan. In letzter Zeit sehen wir uns nicht allzu oft. Es wäre schön, wenn sich das wieder ändern würde."

„Das wird es bestimmt", murmelte er und fühlte sich wie das größte Arschloch, als er auflegte. Seit dem Wiedersehen mit Bree hatte er keinen einzigen Gedanken mehr an sie verschwendet.

Es war zum wahnsinnig werden; mittlerweile sollte er doch über sie hinweg sein. Eigentlich hätte er schon vor zwölf oder sogar fünfzehn Jahren diesen Punkt erreicht haben sollen. Was nur hatte sie an sich, das ihn nicht losließ?

*Eigentlich war es ihm klar.*

Sie war das Mädchen, das er im Alter von dreizehn Jahren kennengelernt und das sein Herz im Sturm erobert hatte. Ihr Lächeln hatte sich stets angefühlt wie die Sonne, deren Strahlen nach einer unerbittlichen Serie von Stürmen die Wolken durchbrachen. Ihre Freundschaft war süß und großzügig. Gemeinsam hatten sie die Stunden vertrödelt, sich dumme Cartoons reinzogen oder bei Kartenspielen gnadenlos miteinander konkurriert.

Sie waren durch die Straßen der Stadt gestreift und hatten sich Geschichten ausgedacht, wie großartig ihr Leben eines Tages sein würde, so getan, als ob die brutale Realität eines Tages komplett verschwinden würde.

Sie war seine Flucht aus dem Hier und Jetzt gewesen, und er die ihre.

Dann jedoch war ihnen das Leben dazwischengekommen.

Jahre waren vergangen.

Als sie sich wiedertrafen, war alles anders.

Und dann gab es auch noch Johnny.

Nathan hatte stets gedacht, ihre Verliebtheit würde sich irgendwann geben, hatte gehofft, sie würde viel früher aufwachen, als es der Fall gewesen war.

Aber dann war da ihr Geheimnis, das auch zu dem Seinen wurde.

Er schüttelte die Gedanken ab und sprang unter die Dusche. Das mit dem Laufen hatte leider nicht funktioniert; vielleicht würde eiskaltes Wasser zumindest die Erinnerungen trüben.

# KAPITEL FÜNF

*Sie war nicht für die Schreibtischarbeit geschaffen,* erkannte Bree, nachdem sie am Donnerstagmorgen ein weiteres Briefing durchgestanden hatte und dann mitbekam, wie etliche Agenten durch die Tür verschwanden, um neuen Hinweisen im Fall Hayley nachzugehen. Und nochmals drei Stunden später, die sie damit zugebracht hatte, die Überwachungsvideos durchzusehen, die in der Umgebung von Hayleys Schule aufgenommen wurden, die Anrufe mit Tipps aus der Bevölkerung zu beantworten und die Liste der Ringbesitzer der Cubs durchzuarbeiten, fühlte sie sich frustriert und ruhelos.

Sie war am besten vor Ort, gut darin, Leute in ein Gespräch zu verwickeln, Zeugen zu beurteilen und Situationen einzuschätzen. Dan hatte ihr geraten, das zu tun, was sie für richtig hielt und sich später Gedanken über die Bürokratie zu machen. Sie würde seinen Rat befolgen.

Außerdem gab ihr das Herumsitzen im Büro viel zu viel Zeit, um über Nathan nachzudenken.

Es war seltsam gewesen, ihn am Tag zuvor wiederzusehen, und auch ihr Gespräch vor Kyles Büro hatte sie in vielerlei Hinsicht überrascht.

Sie fühlte sich schrecklich schuldig, dass er ihretwegen hatte

Schläge einstecken müssen, nur weil sie ihn gezwungen hatte, ihr zu helfen. Nun verstand sie auch, warum er beim ersten Wiedersehen so wütend gewesen war und nicht einmal eine simple Frage beantworten konnte, ob sie zukünftig Freunde, Feinde oder einfach nur zwei Menschen wären, die sich von früher her kannten.

Offensichtlich hatte er in Bezug auf sie sehr gemischte Gefühle. *Konnte sie ihm das verdenken?* Sie hatte ihn in den Schlamassel mit hineinzogen, zugelassen, dass man ihm weh tat und ihn anschließend aus ihrem Leben verbannt. Kein Wunder, dass er sie als egoistisch betrachtete und ihr ihre schlechten Entscheidungen vorhielt.

Jetzt allerdings war sie anders. Und ihn wieder zu treffen, erinnerte sie an die guten Zeiten, bevor all das Schlechte passiert war, die Zeiten, in denen sie beste Freunde gewesen waren. Sie hatten viel Spaß zusammen gehabt, miteinander gelacht, geredet und geträumt.

Der Kontakt brach ab, als sie ins Pflegeheim kam und deshalb wegzog. Drei Jahre vergingen, bevor sie es auf die gleiche Highschool wie Nathan schaffte, aber inzwischen hatte sich alles verändert.

Nun, eigentlich spielte das keine Rolle mehr. Sie freute sich für ihn, dass er sein Leben auf die Reihe bekommen hatte und jetzt Häuser baute, und dass seine Schwester eine liebevolle Familie ihr Eigen nannte.

Und natürlich war sie froh darüber, ebenfalls ein besserer Mensch geworden zu sein. Zumindest Nathan konnte sehen, dass sie sich verändert, verbessert und ihr Leben im Griff hatte. Seine Hilfe war nicht umsonst gewesen. Sie wünschte, sie hätte ihm das am Vortag gesagt.

Außerdem würde sie ihn nur zu gerne nochmals treffen, aber das wäre wahrscheinlich nicht sonderlich klug. Er hatte ihr klipp und klar zu verstehen gegeben, dass er nicht noch einmal von ihr in den Dreck gezogen werden wollte, und obwohl sie das nicht vorhatte, wäre es vielleicht am besten, die Dinge so zu belassen, wie sie waren.

Unruhig trommelte Bree mit den Fingern auf ihre Tastatur und schaltete dann kurzerhand den Computer aus. Sie musste raus aus dem Büro und wenigstens kurz frische Luft schnappen. Was aber könnte sie tun, dass für den Fall hilfreich wäre?

Der einzige Ort, an dem sie noch nicht gewesen war, war Hayleys Schule. Vielleicht würde ein Besuch der Örtlichkeit, wo die Entführung stattgefunden hatte, neue Erkenntnisse bringen. Nach Angaben der Ermittler, die den Bühnenbereich akribisch durchkämmt hatten, gab es nichts zu finden. Allerdings hatten die auch nicht die Stätten gesehen, an denen die anderen Kinder verschwunden waren. Möglicherweise würde sie die Szene mit anderen Augen sehen.

Entschlossen packte sie ihre Sachen zusammen und verließ das Gebäude. Anfangs versuchte sie, ein Taxi anzuhalten, leider ohne Erfolg. Dann checkte sie ihre App auf verfügbare Mitfahrgelegenheiten, aber die Preise waren horrend und die Autos knapp. Es war dreizehn Uhr–Mittagsessenszeit–und alle schienen unterwegs zu sein.

Das Rumpeln eines Zugs ein paar Blocks entfernt erinnerte sie daran, dass es noch eine weitere Option gab. Eigentlich hasste sie es, mit der L zu fahren, wie die Chicagos Hochbahn kurz und knapp bezeichnet wurde. Sie war stets überfüllt, meist heiß, oft schmutzig und stinkend, und in den wackeligen, schaukelnden Kurven wurde ihr schon des Öfteren schlecht.

In der Vergangenheit hatte dieses Körper-an-Körper-Gepferche im Zug auch einige unwillkommene Berührungen hervorgebracht und sie schauderte jetzt noch, wenn sie an diese Momente zurückdachte.

Aber irgendwie musste sie ans andere Ende der Stadt kommen …

Sie beschloss, sich noch fünf Minuten zu geben.

Während sie darauf wartete, dass die Ampel umsprang und ein Taxi des Wegs käme, klingelte ihr Telefon. Die unbekannte Nummer ließ sie erschaudern und sie bereitete sich ein weiteres Mal mental auf die gruselige, veränderte Stimme vor. Immerhin war sie inzwischen besser vorbereitet. Sie verwendete eine neuartige App, die der Techniker ihr kürzlich aufgespielt hatte, um den

Anruf aufzuzeichnen und möglicherweise doch zurückzuverfolgen zu können.

„Agentin Adams", meldete sie sich mit forscher, selbstbewusster Stimme.

„Ich habe dich bei der Pressekonferenz vermisst."

„Ja, ich war zu beschäftigt. Darf ich jetzt vielleicht erfahren, was du von mir willst?"

„Wo bliebe denn da der Spaß? Obwohl ich zugeben muss, dass ich mich im Moment ziemlich langweile. Du scheinst keine Ahnung zu haben, wer ich bin oder wo ich sein könnte. Wie kann ich davonlaufen, wenn du nicht näher an mich rankommst?"

„Warum gibst du mir nicht einen kleinen Tipp?"

„Dann wäre es ja keine Herausforderung mehr", entgegnete er und seine letzten Worte gingen im Lärm einer Lautsprecherdurchsage unter.

Brees Sinne schärften sich. Dem Klang nach befand er sich in einem Bahnhof, denn ein weiteres Rumpeln hallte durchs Telefon. Sie bemühte sich zu verstehen, was die Stimme sagte … es klang wie Park Station. Sie wusste, wo sich diese Station befand–ganz in der Nähe ihres alten Viertels. *Das konnte kein Zufall sein.*

„Sie wartet auf dich", sagte die Stimme, und erneut jagte ihr ein Schauer über den Rücken.

Es war das erste Mal, dass er Hayley erwähnte.

„Tu ihr bitte nicht weh."

„Das hängt ganz allein von dir ab."

Das Telefon klickte; er hatte aufgelegt. Bree atmete tief durch, während ihr das Blut durch die Venen rauschte. Schnell warf sie einen Blick zurück auf ihr Bürogebäude. Natürlich könnte sie wieder hineingehen und die Aufnahme abliefern, aber was dann? Bestimmt würde ein Kollege losziehen, um den Bahnhof zu überprüfen; das konnte sie ebenso selbst übernehmen. Immerhin hatte sie ohnehin in Erwägung gezogen, den Zug zu nehmen.

Also machte sie kehrt und ging den Block hinunter zur nächsten Station. Vermutlich brachte sie sich damit in das Spiel des Entführers ein, denn zweifellos hatte er den Anruf bewusst von dort getätigt, weil ihm klar war, dass sie die Durchsage ebenfalls hören würde. Da es sich aber um einen stets überfüllten, öffentlichen Ort handelte, hatte sie keine Bedenken, dass er ihr da etwas antun würde. Eigentlich wollte sie auch nur herausfinden, ob es in der Nähe des Bahnhofs Optionen gab, wo er Hayley versteckt haben könnte.

Auf dem Weg zum Zug rief sie Tracy an, die zum Glück nicht abhob. Natürlich wollte sie dem Chicagoer Team gegenüber ehrlich sein, sich aber auch nicht an ihren Recherche hindern lassen.

Also hinterließ sie zumindest eine kurze Sprachnachricht: „Der Kidnapper hat sich gemeldet. Ich will nur schnell eine Vermutung überprüfen. Ruf mich an, wenn du das abhörst und ich werde dir Einzelheiten nennen. Noch etwas Positives–ich bin mir ziemlich sicher, Hayley ist noch am Leben." Als Nächstes wählte sie die Nummer der Techniker, die ihr Telefon eingerichtet hatten. Als eine Frau antwortete, sagte sie: „Eva, hier spricht Bree. Es gab wieder einen Drohanruf. Ich schicke dir gleich die Aufzeichnung zu." Sie drückte den entsprechenden Knopf und verstaute das Handy anschließend in ihrer Tasche. Dann kaufte sie sich am Automaten ein Ticket und sprang in den nächsten Zug.

Wie erwartet war dieser, trotz der frostigen Außentemperaturen, heiß und dampfig und natürlich brechend voll. Sie klammerte sich an einen der Handläufe und die Bahn setzte sich schlingernd in Bewegung.

Innerhalb weniger Minuten bereute sie ihre Entscheidung. In ihrem Hals bildeten sich Knoten und sie spürte, wie eine Welle der Übelkeit sie überrollte, während der Zug kreischend um die nächste Kurve fuhr. Sie hätte besser doch auf ein Taxi warten und sich damit zur Park Station bringen lassen sollen, aber möglicherweise hätte das zu lange gedauert.

Vielleicht war es gar nicht schlecht gewesen, nochmals nach Chicago zurückzukommen. Vielleicht war die Konfrontation mit ihrer Vergangenheit und ihren Ängsten genau das, was sie brauchte, um sich endgültig von der Person zu lösen, die sie einst gewesen war. Sie war nicht mehr Bree Larson, sondern Bree Adams. Ein anderer Mensch.

Dank dieses mentalen Selbstgesprächs schaffte sie es sogar, nicht Hals über Kopf hinauszustolpern, als sich an der nächsten Haltestelle die Türen öffneten. Der folgende Stopp war bereits ihr Ziel. Ein oder zwei weitere Minuten sollten doch zu schaffen sein!

Schwankend setzte sich die Bahn erneut in Bewegung. Dreißig Sekunden später spürte sie, wie jemand sie berührte.

Bree drehte den Kopf, schaute nach unten und entdeckte ein kleines Mädchen, das am Saum ihres Mantels zog. Es schien etwa zehn oder elf zu sein, hatte glatte, braune Haare, ein blasses, schmutziges Gesicht und starrte sie aus großen, weit aufgerissenen, grünen Augen an.

„Mama?", sagte das kleine Mädchen.

„Was?", keuchte Bree auf und war sicher, sich verhört zu haben. „Was hast du gerade gesagt?"

„Wieso bist du nie mehr zurückgekommen, um mich zu holen?"

Diese Frage schockierte sie dermaßen, dass sie kaum atmen konnte. „Ich–was?"

„Ich habe gewartet", fuhr die Kleine fort, „sehr lange."

„Ich bin nicht … ich bin nicht deine Mutter", presste sie schließlich hervor.

Als die Bahn anhielt und die Türen sich öffneten, schlüpfte das Mädchen an ihr vorbei und verschwand in der Menge, die dem Ausgang zuströmte.

Bree zögerte eine Sekunde, stieg dann ebenfalls aus und rannte ihr hinterher. Dabei fragte sie sich, wer sie wohl sei und warum sie das gerade zu ihr gesagt hatte. Leider waren so viele Leute unterwegs, dass sie das Kind schnell aus den Augen verlor, und als sie unten am Bürgersteig ankam, konnte sie es nirgends mehr entdecken.

Die Hochbahn über ihrem Kopf setzte rumpelnd ihren Weg fort. Als sie zurück nach oben schaute, entdeckte sie an der Treppe ein Schild –*Park Station*. Damit war sie genau dort, wo sie hingewollt hatte, und ihr Ziel hatte sich als Falle erwiesen.

Allerdings hätte sie nie damit gerechnet, dass es sich bei dieser

Falle um ein kleines Mädchen handeln würde–eines, das nicht mal Hayley war.

*Wer aber war sie? Woher hatte sie gewusst, dass sie genau diesen Zug nehmen würde? Warum hatte sie exakt diese Worte ausgesprochen? Und wo zur Hölle war sie hin verschwunden?*

Ihr Blick wanderte die Straße hinauf und hinunter und sie spürte unsichtbare Augen auf sich gerichtet.

*Er war ganz in der Nähe, sie konnte es fühlen.*

Er hatte sie an diesen Ort gelockt, und die Einsätze waren gerade auf eine Art und Weise erhöht worden, wie sie es nie erwartet hätte.

Plötzlich summte ihr Handy und sie griff danach. *Rief er sie erneut an?*

Nein. Es war nur Tracy, die sie zu erreichen versuchte. Sie leitete den Anruf auf ihre Sprachbox um; im Moment konnte sie nicht mit ihr sprechen, nicht, solange sie komplett neben sich stand.

Der Entführer hatte sich genauestens informiert und wusste offensichtlich mehr über sie als jeder andere–außer einem.

Sie hatte das Gefühl, dass der Abschied von Nathan nicht von Dauer sein würde.

---

Nathan stand im dritten Stock der Doppelhaushälfte, die er in Lakeview errichtete. Als Generalunternehmer leitete er ein Team von zwei Mitarbeitern; die übrigen Arbeiten vergab er an Subunternehmer. Einer seiner Angestellten war im Urlaub und sein Vorarbeiter, Joe Kelly, gerade auf dem Sprung, einige Materialien zu besorgen. Bis zu dessen Rückkehr konnte er also kaum etwas tun.

Da der Rohbau bereits stand, die Trockenmauern jedoch noch nicht hochgezogen waren, bot sich ihm ein perfekter Blick auf die umliegende Nachbarschaft. Hoch oben und draußen zu sein, erinnerte ihn an die Zeiten, als er und Bree auf Dächern über der Stadt gesessen und von einem besseren Leben geträumt hatten.

Als er Joe mit jemandem sprechen hörte, trat er näher an den Rand und spähte hinunter auf die Straße. Es war Bree. *Sie war zurück.* Schlagartig löste sich jeder seiner Vorsätze, sie nicht mehr sehen zu wollen, sie nicht mehr in seinen Kopf zu lassen und sich von ihr keinesfalls wieder in die Vergangenheit ziehen zu lassen, in Luft auf.

Sie trug eine schwarze Stoffhose, eine weiße Bluse und einen schwarzen Blazer. Ihr Haar war heute offen und fiel ihr in lockeren Wellen über die Schultern.

Seine Brust zog sich zusammen, so wie fast jedes andere Körperteil ebenfalls.

*Warum nur musste sie so verdammt schön sein?* Sogar in ihrer seriösen FBI-Bekleidung sah sie sexy aus und nur zu gerne würde er ihr diese vom Leib reißen, um darunter die Kurven zu finden, von denen er als Teenager geträumt hatte.

*Was zur Hölle war nur los mit ihm?*

Er sollte sich endlich mal zusammenreißen. Dann jedoch wurde ihm klar: Wenn sie hier war, musste etwas Schlimmes passiert sein. Mit Sicherheit war sie nicht einfach vorbeigekommen, um Hallo zu sagen, denn sie hatte ihm am Vortag klar und deutlich zu verstehen gegeben, dass sie die Vergangenheit genauso hinter sich lassen wollte wie er.

Er sah, wie Bree Joe ihr Abzeichen zeigte. Sein Vorarbeiter warf einen kurzen, fragenden Blick zu ihm herauf, und er nickte.

Daraufhin händigte Joe ihr einen Schutzhelm aus und schickte sie die Treppe hinauf. Er ging hinüber, um sie zu begrüßen.

„Hallo“, sagte sie zaghaft, nachdem sie die oberste Stufe erreicht hatte „Ist es okay, wenn ich reinkomme?“

„Sieht so aus, als wärst du schon drinnen. Was willst du hier, Bree? Als du dich gestern von mir verabschiedet hast, klang es nicht so, als ob du vorhättest, dass wir uns in absehbarer Zeit wiedersehen.“

„Manchmal ändern sich die Dinge.“

„Welche Dinge?“

„Ich muss mit dir sprechen.“

„Über Kyle?“

„Nein. Etwas anderes.“

„Hayley?“

„Nicht direkt.“ Sie räusperte sich und wich seinem fragenden Blick aus. „Das ist aber ein großes Haus.“

„Es wird ein Doppelhaus, also zwei Hälften.“

„Und du baust es ganz allein?“

„Das ist mein Job, aber ich habe natürlich Arbeiter, die mich unterstützen.“

Sie ließ ihren Blick durch die Räume wandern. „Ist dies das Hauptschlafzimmer?“

„Ja, ist es.“

„Das würde mir auch gefallen, mit solch einer Aussicht aufzuwachen.“

„Selbst, wenn es der Ausblick auf Chicago wäre?“, fragte er trocken.

„Du hast recht–natürlich wäre es mir lieber, wenn es woanders stände.“

„Vielleicht an einem Strand in Südkalifornien, mit bunten Segelbooten, die den Wind und die Wellen fangen“, wiederholte er murmelnd die Worte, die aus einem anderen Leben zu stammen schienen.

Ihr Kopf schoss zu ihm herum und er glaubte, den Schmerz in ihren Augen zu sehen.

„Unglaublich, dass du dich daran noch erinnerst“, sagte sie.

„Ernsthaft? Du hast aus sämtlichen Zeitschriften die Fotos der Strände in Kaliforniern ausgeschnitten und deine komplette Wand damit zugepflastert: Newport, Laguna, Santa Monica, Malibu. Warst du mittlerweile mal dort?“

„Noch nicht.“

„Das überrascht mich aber. Warum nicht?“

„Ich bin noch nicht bereit für den Strand. Wie steht es mit dir? Hast du je darüber nachgedacht, Chicago den Rücken zu kehren?“

„Schon tausende Male, aber Josie wurde mit neunzehn schwanger und obwohl sie Kyle an ihrer Seite hatte, wollte ich in ihrer Nähe bleiben, um sicherzustellen, dass sie mit dieser neuen Situation umgehen kann. Plus–ich liebe ihr Kind. Grace ist eine beherzte, kleine Rakete. In gewisser Weise ähnelt sie Josie, hat aber auch ganz andere Wesenszüge–definitiv mehr Selbstvertrauen, als ihre Mutter je hatte. Zum Glück musste sie aber auch nie das durchmachen, was Josie durchgemacht hat."

„Gott sei Dank", wiederholte Bree seine Worte. „Wie haben sie und Kyle sich eigentlich kennengelernt? Sie sind doch wohl kaum in den gleichen Kreisen verkehrt. Er ist viel älter als sie, hat eine gute Ausbildung genossen und kommt, soweit ich weiß, aus einer ziemlich wohlhabenden Familie."

„Josie hat als Kellnerin im Waltham-Club gearbeitet, wo Kyle jede Menge Networking betrieb. Dann wurde sie unbeabsichtigt schwanger und war schockiert, als er ihr einen Antrag machte. Sie konnte kaum glauben, dass ein so erfolgreicher und kluger Mann sich nicht nur in sie verliebt hatte, sondern auch noch zu ihr stand. Ehrlich gesagt, ich war ebenfalls überrascht, aber er meinte, von seiner Seite aus sei es Liebe auf den ersten Blick gewesen. Es war ihm egal, wo sie herkam oder dass sie keinen College-Abschluss hatte."

„Sie ist eine wunderschöne Frau. Das war sie schon immer."

„Ja. Diese Schönheit hat ihr zwar jede Menge Schwierigkeiten eingebracht, in diesem Fall jedoch auch wieder aus allem herausgeholt. Ich muss zugeben, dass ich es Kyle wirklich hoch anrechne, dass er Josie dabei unterstützt hat, auf den rechten Weg zurückzufinden. Außerdem glaube ich, er genießt es, jemanden an seiner Seite zu haben, der zu ihm aufsieht–und das tut sie definitiv. Trotzdem mache ich mir Sorgen, dass es zwischen den beiden womöglich nicht mehr so gut läuft wie am Anfang."

„Weil er so viel und lange arbeitet?"

„Das gehört auch dazu." Er hielt kurz inne. „Warum bist du hier, Bree?"

Sie warf ihm einen schmerzerfüllten Blick zu. „Wahrscheinlich hätte ich nicht kommen sollen, aber du bist der Einzige, mit dem ich reden kann."

„Ich bin der Einzige, mit dem du reden kannst?", wiederholte er überrascht. „Gibt es da nicht ein ganzes Gebäude voller FBI-Agenten, die dir nur zu gerne zuhören würden?"

„Aber nicht zu dieser Sache."

„Welche Sache?"

Bevor sie antworten konnte, tauchte Joe wieder auf. „Ich bin jetzt dann weg, Nathan. Brauchst du noch etwas, bevor ich gehe?"

„Nein, alles gut." Er ignorierte Joes neugierigen Blick.

„In Ordnung."

Nachdem er gegangen war, verschränkte Nathan die Arme vor der Brust und wartete auf Brees Erklärung. „Wenn du so Zeit schindest, muss es wirklich was Schlimmes sein."

„Ist es auch", gab sie zu. „Ich habe das vorher nicht erwähnt, aber ich hatte ein paar Anrufe von einem Mann, von dem ich glaube, dass er der Entführer ist. Er hat seine Stimme verändert, so dass es schwierig ist, einen Tonfall oder Akzent zu entschlüsseln."

Ihre Worte schockierten ihn. *Der Entführer sprach mit ihr?* „Was hat er gesagt?"

„Jeder der Anrufe war kurz und kryptisch. Im Grunde genommen verspottet er mich, lässt es so klingen, als ob er mich beobachtet und eine Art Spiel mit mir spielt." Sie fuhr sich mit der Zunge über die Lippen. „Wie auch immer, der dritte Anruf kam vor etwa einer Stunde rein. Dieses Mal war er gesprächiger, meinte, er würde sich langweilen und wäre erstaunt, dass ich offensichtlich noch immer nicht wüsste, wo er sich aufhält. Er klang ungeduldig, so als wäre ich nicht clever genug, um mit ihm Schritt zu halten."

„Das ist verrückt", murmelte Nathan und wusste nicht, was er von all dem halten sollte.

„Anfangs war ich mir nicht sicher, ob es sich um den Kidnapper handelt. Beim ersten Mal sagte die Stimme nur, dass es mir noch leidtun würde. Der zweite Anruf kam, als ich auf dem Weg zu Josies Haus war. Er deutete an, dass er mich sehen könne und erwähnte, dass meine Haare hochgesteckt wären. Er sagte, er wünsche sich einen würdigen Widersacher und legte dann auf. Aber in keinem dieser beiden Telefonate erwähnte er Hayley."

„Aber jetzt beim dritten schon?"

„Nicht namentlich, aber er sagte, sie würde auf mich warten."

Nathan runzelte die Stirn. „Okay. Was ist dann passiert? Ich nehme mal an, da war noch mehr und das ist der Grund dafür, dass du hier bist. Du glaubst aber doch nicht, dass es Kyle war, oder?“

„Nein, tue ich nicht. Während des Gesprächs hörte ich die Durchsage eines in Kürze in den Bahnhof von Park einfahrenden Zuges. Ich beschloss, dorthin zu gehen und mir ein Bild davon zu machen, ob es in der Nähe einen Ort gibt, wo er Hayley verstecken könnte.“

„Für mich klingt das so, als ob er wollte, dass du es hörst“.

„Das vermute ich auch, aber ich dachte mir, in einem überfüllten Bahnhof mitten am Tag wäre ich sicher und könnte diesen Schritt wagen. Also stieg ich in die Hochbahn ein.“

„Du bist in die Hochbahn eingestiegen?“, wiederholte er ungläubig ihre Worte. „Aber du hasst doch Zug fahren und hast ihn stets gemieden, bist lieber, wann immer es möglich war, zu Fuß gegangen.“

„Es war in dem Moment der schnellste Weg, um dorthin zu gelangen. Wie auch immer, die Bahn war wie üblich brechend voll und ich schon fast an meinem Ziel angelangt, als ein kleines Mädchen an meinem Mantel zupfte und mich fragte ...“ Ein unentschlossenes Flackern trat in ihre Augen.

„Nein, hör nicht auf zu reden. Was hat sie dich gefragt?“

„Es fällt mir schwer, das laut auszusprechen.“

Bei diesem Blick begann sein Herz, schneller zu schlagen. „Sag es einfach.“

„Sie nannte mich *Mama* und fragte mich, warum es so lange gedauert hat, bis ich zu ihr zurückkommen bin.“

Nathan erstarrte vor Schock. „Was?“

„Du hast mich schon richtig verstanden, Nathan“, sagte Bree panisch. „Sie glaubte, ich sei ihre Mutter. Ich versuchte, ihr verständlich zu machen, dass sie sich irrte, aber sie antwortete nur, sie hätte schon lange auf mich gewartet. Sie hatte hellbraune Haare und grüne Augen–genau wie ich. Dann hielt der Zug an und sie sprang hinaus. Ich folgte ihr zwar, habe sie aber in der Menge verloren.“

„Bist du dir sicher, dass sie das zu dir gesagt hat? Manchmal ist es im Zug doch sehr laut.“

„Ich bin mir absolut sicher. Sie blickte mir direkt in die Augen und war kein bisschen verwirrt. Diese Worte waren absichtlich gewählt."

Er hatte keine Ahnung, was er darauf antworten sollte, war ebenfalls völlig verblüfft.

Bree starrte ihn gequält an. „Der Entführer hat mir eine Falle gestellt. Er wusste, dass ich zum Bahnhof kommen würde. Es war Absicht, dass ich sie treffe. Er wollte, dass ich denke ..."

„Das darfst du nicht denken. Ich bitte dich, das ist doch lächerlich!"

„Wie sollte ich nicht? Sie war ungefähr im richtigen Alter. Ich habe mich in ihr wiedererkannt, Nathan, ich schwöre, dass es so war." Ihr Blick war voller Angst. „Was, wenn dieses Mädchen tatsächlich meine Tochter war?"

# KAPITEL SECHS

Sein Herz raste wie verrückt und er rang nach Luft. Brees Worte schleudern ihn volle Kanne zurück in die Vergangenheit.

Man hatte ihr kaum etwas angesehen, als sie vor elf Jahren in diesen Bus gestiegen war, obwohl sie fast schon im sechsten Monat schwanger war. An diesem Tag hatte er sich große Sorgen um sie gemacht. Sie hatte so verängstigt und blass ausgesehen und konnte kaum Essen bei sich behalten, hatte sich vor der Abfahrt sogar noch zweimal auf der Toilette übergeben. Er wollte nicht, dass sie ging, wusste aber, dass es sein musste.

Damals wünschte er, er könne sie begleiten, ihr zumindest helfen, sich irgendwo niederzulassen, aber Josie ging es zu dieser Zeit ebenfalls nicht sonderlich gut. Er konnte nicht seine Schwester statt ihr zurücklassen und es war auch nicht so, als ob sie ihn darum gebeten hätte. Alles, was sie von ihm wollte, war ein Busticket, eine Fahrt ins Ungewisse und sein Versprechen, es niemandem zu erzählen.

„Nathan?“ Ihre Stimme brachte ihn zurück in die Gegenwart.

Er schaute in ihre von Qual beschatteten grünen Augen und sagte das Erste, was ihm in den Sinn kam. „Ich wusste gar nicht, dass dein Baby ein Mädchen war.“

„Oh.“ Ihr Mund zitterte, als sie gegen die scheinbar überwältigenden Emotionen ankämpfte. „Klar, konntest du ja auch nicht.“

„Bevor du in den Bus gestiegen bist, hast du selbst noch gemeint, du wüsstest das Geschlecht nicht.“

„Ich hatte eine Woche später einen Ultraschall.“

Es war merkwürdig, sich vorzustellen, dass Bree eine Tochter hatte, dass es irgendwo da draußen in ein kleines Mädchen gab, mit ihren Haaren und ihren Augen. Trotzdem war er sich sicher, dass es sich nicht um die Kleine in dem Zug handelte. „Du hast gesagt, sie hat sehr bedacht gesprochen. Klang es wie auswendig gelernt?“

„Vielleicht.“ Bree nickte. „Wahrscheinlich schon.“

„Woher wusste er denn, dass du tatsächlich den Zug dorthin nehmen würdest und nicht einfach ein Taxi?“

„Ich könnte mir vorstellen, dass er mich beobachtet hat.“

„Oder jemand anderes. Wenn der Anruf vom Bahnhof kam, du aber vor dem FBI-Gebäude standest, während du mit ihm telefoniertest, sind zwei Personen an der Sache beteiligt.“

„Und ein kleines Mädchen. Vielleicht hatten sie ursprünglich geplant, dass sie mich an der Station ansprechen sollte. Als sie dann jedoch sahen, wie ich in den Zug einstieg, haben sie möglicherweise kurzfristig ihren Plan geändert.“ Sie atmete scharf aus. „Keine Ahnung, aber es ist übel, mehr als übel. Diese Person weiß viel zu gut über mich Bescheid. Und wenn er die Absicht hat, mich in den Wahnsinn zu treiben, hat er definitiv Erfolg damit.“

„Warum änderst du nicht einfach deine Telefonnummer oder hörst auf, dich mit ihm zu unterhalten?“

„Das kann ich nicht! Je mehr er redet, desto wahrscheinlicher ist es, dass er einen Fehler begeht und etwas verrät, das uns hilft, ihn aufzuspüren.“

Nathan war sich dessen nicht so sicher. Für ihn klang es so, als ob der Entführer genau wusste, was er tat.

Bree strich sich eine lose Haarsträhne hinters Ohr und rückte ihren Schutzhelm zurecht. „Was mich am meisten schockiert, ist, wie tief er in meiner Vergangenheit herumgewühlt hat. Er hat ein

Geheimnis herausgefunden, dass niemand sonst kennt. Wie ist das möglich?“

„Ich habe es niemandem erzählt, ehrlich. Du vielleicht?“

„Nur zwei Leuten, während meiner Ausbildung in Quantico.“

„Tatsächlich?“ Das überraschte ihn.

„Ich hatte keine andere Wahl. Uns wurde eine Aufgabe gestellt, bei der wir die Geheimnisse des jeweils anderen aufdecken mussten. Dabei kam alles heraus. Aber eine dieser Personen ist tot und die andere, Parisa, nicht in Chicago. Außerdem würde sie eine derartige Information nie ausnutzen. Sie ist meine Freundin.“

Er konnte nur hoffen, dass sie damit recht behielt. Als er jedoch den Schmerz und die Unsicherheit in ihren Augen sah, hatte er das Gefühl, dass der Gedanke, jemand, dem sie vertraute, könne sie möglicherweise verraten haben, schlimmer war als dieses Psychospiel des Kidnappers.

Bree schlang die Arme um ihren Körper, und diese vertraute Geste ließ ihm das Herz schwer werden. Sie war schon immer von dieser Art einsamen Flairs umgeben gewesen. In ihrem Leben gab es noch nie viele Menschen, die es gut mit ihr meinten. Wie oft schon wollte er sie an sich ziehen und festhalten, hatte es aber niemals getan, stets gedacht, dass dies eine Grenze war, die er nicht überschreiten konnte–nicht überschreiten *sollte*.

Jetzt jedoch blickte sie so verloren drein, dass Nathan, ohne großartig nachzudenken, die Distanz zwischen ihnen überbrückte und sie in den Arm nahm.

Vor Überraschung erstarrte sie und blickte ihn aus weit aufgerissenen Augen an, schob ihn jedoch nicht von sich.

„Beruhig dich erst mal“, flüsterte er ihr zu und drückte ihren Kopf an seine Brust. Dabei kam sein Gesicht ihr so nahe, dass er den süßen, sexy Duft ihres Shampoos riechen konnte. „Atme einfach tief durch.“

Sie tat nicht nur das, sondern erwiderte seine Umarmung auch noch.

Er konnte es kaum glauben.

Jetzt war er derjenige, dem der Atem stockte.

*Was zum Teufel hatte er da angefangen?*

*Und wie sollte er sie danach je wieder gehen lassen?*

Bevor er eine Antwort darauf fand, zog Bree sich zurück und lächelte ihn unsicher an.

„Danke“, sagte sie.

Er wollte nicht ihren Dank, sondern sie erneut in seinen Armen spüren, aber dieser Augenblick schien vorüber.

„Nathan, ich brauche noch etwas anderes“, begann sie.

„Was denn?“ Im Moment war er bereit, alles für sie zu tun, um ihre Qualen zu lindern.

„Du musst mir versichern, dass es nicht sie war. Du musst mich dazu bringen, dass ich es glaube.“

„Sie war es nicht, Bree. Das Mädchen im Zug war nicht deine Tochter!“ Zwar hatte er keine Ahnung, wer sie war, doch mit Sicherheit nicht ihr Kind.

„Das kann nicht sein, oder?“

„Nein. Und nur, weil jemand herausgefunden haben mag, dass du ein Baby hattest, bedeutet das noch lange nicht, dass derjenige auch weiß, wo die Kleine sich aufhält. Immerhin hast du entsprechende Schritte in die Wege geleitet und dafür gesorgt, dass sie nicht in Chicago zur Welt kam.“

„Ja, ich war wirklich vorsichtig. Anstatt nach Cleveland zu gehen, wie ich dir gesagt hatte, bin ich nach Detroit gefahren. Es war die Idee der Frau von dieser Agentur, die du für mich ausfindig gemacht hattest, damit auch wirklich niemand, nicht einmal du, wusste, wo ich mich aufhalte.“

„Das wusste ich wirklich nicht.“

„Die Frau–ihr Name war Diane–versprach mir auch, dass mein Kind nicht in Illinois vermittelt werden würde, sondern so weit weg wie möglich von Johnny und seinem Wirkungskreis. Mittlerweile bin ich mir dessen aber nicht mehr so sicher. Ich muss das Mädchen aus dem Zug finden, Nathan.“

„Bree, ich kann mir nicht vorstellen, dass sie deine Tochter ist. Ein Kind würde sich nie so verhalten, es sei denn, es wurde entsprechend instruiert. Und wenn sie wirklich geglaubt hätte, du wärst ihre Mutter, wäre sie nicht vor dir davongelaufen.“

„Dann hat sie jemand benutzt, um an mich ranzukommen, was

bedeuten könnte, dass sie in Schwierigkeiten steckt. Ich muss nach ihr suchen."

„Wie denn?"

Während sie über seine Frage nachdachte, konnte er sehen, wie die Angst aus ihrem Blick wich und Stärke, Entschlossenheit und Kampfgeist an ihre Stelle traten–eine andere Seite von Bree, an die er sich nur zu deutlich erinnerte. Sie wusste genau, wie sie ihre Gefühle verbergen konnte, um sich nur noch auf die Realität des Augenblicks zu konzentrieren. Es war eine bitter notwendige Charaktereigenschaft gewesen, um ihre unberechenbare und traurige Kindheit zu überleben.

„Ich werde die Überwachungskameras am Bahnhof überprüfen", beschloss sie. „Vielleicht haben sie aufgezeichnet, wie das Mädchen weglief oder sich mit jemandem traf."

„Gute Idee. Aber wäre es nicht möglich, dass der Entführer genau das beabsichtigt–dass du sie jagst und von Hayley ablässt?"

Sie blickte ihn an. „Das ist mit Sicherheit Teil seines Plans, aber zumindest weiß ich, wie die Kleine aussieht. Wenn sie mich zu ihm führen kann …"

„Dann könnte sie, wie du sagtest, wirklich in großen Schwierigkeiten sein", erwiderte er düster. „Darf ich dich was fragen? Wie kommt es, dass dieser Typ so sehr auf dich fixiert ist?"

„Es ist mir gelungen, sein letztes Opfer in Philadelphia ausfindig zu machen und zu retten, bevor er sie ebenfalls umbringen konnte. Natürlich war die Presse vor Ort und mein Gesicht tauchte in sämtlichen Nachrichten auf. Damit wurde ich zu seinem Gegner."

Die Vorstellung, dass irgendein geistesgestörter Kidnapper Bree nachstellte, gefiel ihm ganz und gar nicht. „Was unternimmt das FBI, um dich zu schützen?"

„Ich kann gut auf mich selbst aufpassen. Im Moment versucht er auch nicht, mich zu verletzen, sondern will mich zu einer Figur in seinem Spiel machen."

„Im Moment vielleicht, aber es könnte damit enden, dass er dich umbringt."

„Meine Sorge gilt gerade ausschließlich Hayley und dem unbekannten Mädchen im Zug. Ich sollte jetzt gehen."

„Bree, warte. Ich habe dich noch nicht den Namen einer weiteren Person aussprechen hören, die ebenfalls in diese Sache verwickelt sein könnte."

Ihr Gesicht wurde blass. „Johnny weiß nichts von dem Baby; das hast du doch vorhin selbst gesagt."

„Ich habe lediglich gesagt, dass *ich* es ihm nicht erzählt habe, aber ..." Nathan zuckte mit den Schultern. „Hast du ihn überprüft? Weißt du, was er mittlerweile so treibt?"

„Nein. Ich wollte nie mehr etwas von ihm wissen."

„Weil du Angst hattest, du könntest zu ihm zurückkehren?"

Ihre Augen blitzten zornig auf. „Mit Sicherheit nicht! Mit ihm bin ich durch. Ich mag jung, dumm und einsam gewesen sein, als ich das erste Mal mit ihm zusammenkam, aber ich war doch erst sechzehn, Nathan. Zwei Jahre später wusste ich viel mehr über ihn und kannte auch seine dunkle Seite."

„Du warst viel zu gut für Johnny."

„Ich glaube, damals war ich das nicht", flüsterte sie. „Zu dieser Zeit war ich für niemanden gut genug."

Bei diesem Geständnis krampfte sich sein Herz zusammen, aber wie konnte er ihr die Schuld dafür geben? Bree war von allen Leuten, die sich um sie kümmern sollten, einfach abgeschoben worden. „Doch, das warst du, nur leider hast du dir stets die Falschen ausgesucht."

„Das habe ich nicht!"

„Vielleicht solltest du ihn dir trotzdem mal vornehmen?"

„Ich denke nicht, dass er mit der ganzen Sache etwas zu tun hat. Dieser Entführer war bisher nur im Nordosten aktiv. Johnny dagegen lebt in Chicago."

„Er hätte seinen Radius ausweiten können. Man weiß nie ..."

„Mein Bauchgefühl sagt mir, dass er es nicht ist."

„Bitte entschuldige, wenn ich nichts auf dein Bauchgefühl gebe, sobald es um ihn geht."

„Das kann ich dir nicht verübeln, aber im Moment gehe ich einfach davon aus, dass er nichts damit zu tun hat. Und ob das

Mädchen im Zug nun meine Tochter ist oder nicht, ich werde sie finden. Jetzt sollte ich besser zurück ins Büro gehen."

„Würdest du mich anrufen, wenn du was rausfindest?"

„Ich dachte, du wolltest, dass ich mich aus deinem Leben heraushalte?"

„Das scheint ja ohnehin nicht zu funktionieren, oder?"

„Ich wusste einfach nicht, an wen ich mich wenden sollte."

„Und ich bin froh, dass du hergekommen bist. Jetzt allerdings hast du mich neugierig gemacht und ich möchte wissen, was da abläuft." Nathan zog sein Telefon aus der Tasche und reichte es ihr. „Speicher deine Nummer ein."

Sie tippte sie ein und schickte sich dann selbst eine kurze Nachricht, um auch seine Kontaktdaten zu haben. „Ich werde es dich wissen lassen, wenn ich etwas herausfinde", versprach sie.

Kaum hatte sie diese Worte ausgesprochen, als sein Handy klingelte. Sie gab es ihm zurück und er sah Adriennes Namen auf dem Display aufblinken.

„Geh ruhig ran", forderte Bree ihn auf. „Ich muss sowieso los."

„Das kann warten." Er stellte das Telefon auf lautlos und steckte es wieder ein. „Lass mich dich nach unten bringen."

Nachdem sie am Fuß der Treppe angelangt waren, nahm er ihr den Schutzhelm ab und geleitete sie zur Straße.

„Ich werde mir lieber ein Auto bestellen", sagte Bree. „Von Zügen habe ich für eine Weile die Nase voll." Sie studierte die Karte auf ihrem Handy. „Eines ist nur fünf Minuten von hier entfernt."

„Ich bleibe hier und warte mit dir."

Nach diesem Kommentar schwiegen beide, bis Bree sich nicht mehr zurückhalten konnte: „Ist Adrienne deine Freundin?"

„Wir sind in den letzten Wochen öfters miteinander ausgegangen, aber als Freundin würde ich sie nicht unbedingt bezeichnen."

„Nach wie vor unverbindlich, wenn es um Beziehungen geht?"

„Ich habe mich noch nie gerne in eine bestimmte Schublade drängen lassen."

„Das stimmt. Warst du jemals kurz davor zu heiraten?"

„Nein. Ich war zu sehr damit beschäftigt, meine Firma aufzubauen. Und du?"

„Vor ein paar Jahren gab es mal jemanden in meinem Leben, aber er ist gestorben."

Nathan dachte kurz über ihre Worte nach. „War dieser Typ mit dir zusammen in Quantico? Die andere Person, die dein Geheimnis kannte?"

„Ja. Sein Name war Jamie Rowland. Er war ein Militärangehöriger, der sich zum FBI-Agenten ausbilden ließ, und wir waren eine kurze Zeit liiert. Keine Ahnung, ob die Beziehung für immer gehalten hätte, denn weder er noch ich waren auf der Suche nach etwas Festem. Aber er war lustig, großmütig und einfach ein wirklich guter Mensch. Sein Tod war eine Tragödie. Es geschah während einer Trainingsübung. Danach hätte ich beinahe alles hingeschmissen, aber mir war klar, dass Jamie gewollt hätte, dass ich weitermache. Also tat ich es."

Er spürte Eifersucht auf diesen Unbekannten in sich aufsteigen. Als sie mit Johnny zusammen gewesen war, hatte er zumindest jemanden Konkretes gehabt, den er aus allen möglichen Gründen hassen konnte. Dieser Militärheld und Gerechtigkeitskämpfer jedoch schien jede Menge Eigenschaften gehabt zu haben, die für ihn sprachen.

„Das tut mir leid", murmelte er.

„Na ja, wir waren nur ein paar Wochen zusammen, aber er hat definitiv mein Leben beeinflusst, mich ermutigt, etwas Positives aus meinem schmerzhaften Geheimnis zu machen. Er ist auch der Grund dafür, warum ich mich der Suche nach vermissten Kindern verschrieben habe. Klar, ich weiß, meine Tochter wurde nicht vermisst, weil ich sie aus freien Stücken aufgegeben habe, aber ich kann nachvollziehen, wie es sich anfühlt, einen Teil von sich selbst zu verlieren. Und wenn ich einer Familie helfen kann, wieder ein Ganzes zu werden, dann tue ich das auch."

„Ich bin mir sicher, dass du einen großartigen Job machst und möchte mich entschuldigen, dass ich mich bei unserer ersten Begegnung in Josies Haus wie ein Arschloch aufgeführt habe, aber du hast mich einfach aus der Fassung gebracht", gab er zu.

„Mir erging es doch genauso. Ich hatte ebenfalls nicht erwartet, dich dort anzutreffen und wirklich keine Ahnung, dass Josie Graces Mutter ist. Man hatte mir nur ihren Vornamen genannt; ich glaube nicht einmal, dass die Namen der Eltern in den Unterlagen erwähnt waren. Andererseits passierte alles sehr schnell. Gestern um sechs Uhr morgens erhielt ich einen Anruf, ich solle in den nächsten Flieger steigen und nach Chicago kommen. Seitdem geht alles Schlag auf Schlag."

„Wann hast du das erste Mal von dem Entführer gehört?"

„Tatsächlich kam sein erster Anruf, kurz bevor mich mein Chef über Hayleys Verschwinden informierte."

„Das ist ja interessant. Also wusste er anscheinend, dass sie dich anfordern würden."

„Manchmal denke ich, dass es bei diesem ganzen Fall nur um mich und meine Vergangenheit geht. Aus diesem Grund hat er sich auch Chicago ausgesucht und ist aus dem Nordosten weitergezogen. Er wollte mich zu einer Figur seines kranken Spiels machen und wusste, dass ich hier am verwundbarsten wäre. Aber das werde ich nicht zulassen. Ich werde Hayley und dieses Mädchen aus dem Zug finden, und dafür sorgen, dass dieser Typ für den Rest seines Lebens im Gefängnis landet."

„Das glaube ich dir gerne."

Sie checkte ihr Telefon und stöhnte auf. „Jetzt heißt es immer noch fünf Minuten."

„Tja, um diese Tageszeit ist viel Verkehr. Deshalb sind die Züge in der Regel auch schneller." Während er sprach, schaute er sich unauffällig um und fragte sich, ob jemand sie sogar jetzt beobachtete.

Bree folgte seinen Blick. „Soweit ich weiß, ist mir niemand gefolgt, und ich war auf dem Weg hierher auch besonders wachsam."

Auch Nathan konnte niemanden entdecken, der in einem Auto saß oder sich in einem Hauseingang herumdrückte. Trotzdem war er mehr als angespannt.

„Was macht Adrienne eigentlich beruflich?", versuchte Bree, ihn abzulenken.

„Sie ist Eventplanerin."

„Das hört sich interessant an."

„Ja, es scheint ihr Spaß zu machen." Wie er so neben ihr stand, konnte er sich kaum noch daran erinnern, wie Adrienne aussah. *Wie war das möglich?* Noch vor zwei Tagen hätte er sie sich als seine Freundin vorstellen können, jetzt erschien sie ihm im Vergleich zu seiner Jugendliebe und deren brennender Leidenschaft nur noch wie ein blasser Abklatsch. Natürlich brachte diese Leidenschaft auch jede Menge Probleme mit sich. Bree stand für Drama und Schmerz–Adrienne für Unbeschwertheit und Leichtlebigkeit.

*Hatte es in seinem Leben nicht schon genug Dunkelheit gegeben?*

„Hast du ihr von deiner Kindheit erzählt, deinem Stiefvater?", fragte sie.

„Warum sollte ich? Das ist nicht wichtig für unsere Beziehung. Und außerdem sind wir noch lange nicht an dem Punkt angelangt, wo wir so intime Geheimnisse miteinander teilen. Ich habe ihr noch nicht einmal gebeichtet, dass ich Rosenkohl hasse."

Bree runzelte die Stirn. „Du magst keinen Rosenkohl?"

„Nein, und dabei ist es egal, ob er angebraten, gedünstet oder mit Knoblauch und Käse überbacken wurde–ich finde ihn einfach nur eklig!"

„Das klingt sehr endgültig", sagte sie und ein kleines Lächeln umspielte ihre Lippen. „Warum hast du ihr das nicht gestanden?"

„Weil sie ihn liebt, so wie eigentlich alle Gemüsesorten. Sie ist sehr auf ihre Gesundheit bedacht. Von daher erschien es mir noch zu früh, mich zu einem solch dunklen Geheimnis zu bekennen."

„Wie willst du je eine ehrliche Beziehung führen, wenn du nicht mal in Punkto Gemüse Farbe bekennen kannst?"

„Ehrlichkeit wird überbewertet."

„Das sehe ich anders."

„Ach, tatsächlich? Denkst du, wenn du Leuten Dinge sagst, die sie eigentlich gar nicht hören wollen, mögen sie dich mehr?"

„So würde ich das nun auch wieder nicht formulieren, aber

vielleicht braucht Adrienne einen Mann, der ihre Liebe zu Rosenkohl teilt."

„Also glaubst du, ich beraube sie der Chance, ihr perfektes Gemüse-Match zu finden? Dann sollte ich die Beziehung vielleicht besser gleich beenden."

„Oder du machst reinen Tisch. Seit wann seid ihr zusammen?"

„Seit zwei Monaten."

„Das ist eigentlich eine ziemlich lange Zeit."

„Findest du?"

„Wie ist sie so?"

„Warum interessiert dich das eigentlich?"

„Einfach so. Früher warst du mit jeder Menge Blondinen zusammen. In der Highschool hattest du jede Woche ein neues Mädchen."

„Es ging das Gerücht um, dass Blondinen mehr Spaß hätten, und ich war eben ein Teenager."

„Hast du dir jemals überlegt zu heiraten?"

„Oha, jetzt lehnst du dich aber etwas zu weit aus dem Fenster."

„Auch du wirst nicht jünger, Nathan. Immerhin bist du schon Dreißig."

„So alt ist das nun auch wieder nicht. Außerdem bin ich mit meiner Karriere beschäftigt. Und was ist deine Ausrede?"

„Ich ebenso, ständig unterwegs. Von einem Augenblick auf den anderen werde ich in eine andere Stadt abbeordert. Es gibt nicht viele Kerle, die so etwas mitmachen." Sie hielt inne, als ein silberner Prius die Straße entlangkam. „Da kommt ja mein Auto."

Er war sowohl erleichtert als auch betrübt, dass es Zeit war, sie gehen zu lassen.

Bree lächelte ihn dankbar an. „Nochmals vielen Dank fürs Zuhören, Nathan. Jetzt geht es mir schon viel besser."

Es mochte ja sein, dass sie sich besser fühlte; bei ihm allerdings war das Gegenteil der Fall.

Und auch wenn er nicht wusste, was er von dem mysteriösen Mädchen im Zug halten sollte, war ihm doch eines klar: Bree steckte in Schwierigkeiten.

*Würde er zu seinen alten Gewohnheiten zurückkehren und*

*erneut versuchen, sie zu beschützen, sie zu retten? Oder sich dieses Mal einfach abwenden und sie sich selbst überlassen?*

Dazu war sie mittlerweile zweifellos in der Lage; er musste es einfach nur zulassen.

*Tja ... das war nicht wirklich eine Frage ...*

Nachdem Bree gegangen war, versuchte Nathan, sich wieder auf seine Arbeit zu konzentrieren. Als aber die nachmittäglichen Schatten länger wurden und es auf fünf Uhr zuging, packte er seine Werkzeuge weg und stieg in seinen Truck. Anfangs fuhr er in Richtung nach Hause, drehte dann jedoch auf halbem Weg um und entschied sich, noch kurz im Craig‘s vorbeizuschauen, einer kleinen Sportbar im Stadtteil River North.

Er hatte Alan Craig in der Mittelschule kennengelernt und sie waren den Großteil ihrer Teenagerjahre Freunde gewesen. Nachdem jedoch Johnny ihn krankenhausreif geschlagen hatte, verließ er die alte Nachbarschaft und all seine Freundschaften blieben auf der Strecke.

Zehn Jahre waren vergangen, bevor er Alan vor einigen Monaten auf einem Markt wieder begegnet war. Seitdem hatte er ein paar Mal bei ihm abgehangen und sich gefreut, dass Alan die Bar, die ursprünglich seinem Großvater gehörte, nach River North verlegt hatte, wo sie bei Einheimischen und Touristen gleichermaßen beliebt war.

Als er das Craig's betrat, nahm ihn dessen warme, freundliche Atmosphäre sofort gefangen. An den holzgetäfelten Wänden befanden sich Sporttrophäen aller Chicagoer Mannschaften–den Cubs, den Bears, den Bulls, den White Sox und den Blackhawks. Zusätzlich zu einem langen Tresen mit drei Fernsehern dahinter standen in der Mitte des Raumes noch etwa ein Dutzend Tische mit Blick auf weitere Flachbildschirme, von denen die meisten ein Spiel der White Sox zeigten, das gerade anfing.

Es waren etwa fünfzehn Leute anwesend: eine Gruppe junger, männlicher Führungskräfte, die aussahen, als hätten sie gerade eine

Buchhaltungs- oder Anwaltskanzlei verlassen, drei Frauen in ihren Zwanzigern, die sich durch eine Platte von Craigs berühmten Chicken Wings arbeiteten, sowie ein paar weitere Paare und Singles, die an der Bar saßen.

Er ließ sich auf einen der freien Hocker gleiten und Alan nickte ihm zu. Er hatte dunkelrote Haare, blasse Haut, und sein Gesicht war mit Sommersprossen übersät. In letzter Zeit schien er ein paar Pfunde zugelegt zu haben, wahrscheinlich, weil er selbst zu viel von seinen Hähnchengerichten kostete. Vielleicht aber auch deshalb, weil er vor ein paar Monaten mit seiner Freundin Beth zusammengezogen war.

„Lange nicht mehr gesehen", begrüßte er Nathan grinsend. „Dachte schon, du hättest mich wieder einmal vergessen und es würde erneut zehn Jahre dauern bis zum nächsten Treffen."

„Keine Chance. Ich hatte nur viel Arbeit."

„Freut mich zu hören, dass das Geschäft gut läuft. Kann ich dich zu einem Farmhouse Ale vom Fass überreden?"

„Gebongt."

„Wie läuft's sonst so?", erkundigte sich Alan, während er ein Glas füllte und es vor ihn hinstellte.

„Nicht gerade toll."

Sein Freund zog die Augenbrauen hoch. „Probleme mit Josie?"

„Diesmal nicht, zumindest nicht direkt. Hast du von dem Mädchen gehört, das während des Schulkonzerts entführt wurde?"

„Ja, ich habe es in den Nachrichten gesehen. Schlimme Sache. Kennst du sie näher?"

„Allerdings. Sie ist mit Josies Tochter befreundet, und ich mit ihrem Vater."

„Das tut mir leid. Sind sie nahe dran, sie zu finden?"

„Hoffen wir mal." Er nahm einen Schluck seines Bieres. „Das FBI hat sich eingeschaltet."

„Das ist doch schon mal gut, oder?"

„Einerseits ja, aber eine der Agentinnen, die an dem Fall arbeitet, ist Bree."

„Was?" Alan riss überrascht die Augen auf. „Machst du Witze? Doch nicht Bree Larson?"

„Sie hat ihren Nachnamen in Adams umgeändert, aber ja, sie ist es. Kam vorbei, um Grace, Josies Tochter, zu befragen, da sie Zeugin der Entführung war. Ich konnte es kaum glauben, als ich sie auf der Veranda vor mir stehen sah."

Alan schüttelte den Kopf. „Nicht zu fassen, dass sie fürs FBI arbeitet. Das sind ja mal Neuigkeiten. Wie hat sie ausgesehen?"

„Wirklich gut", gestand Nathan und trank einen weiteren großen Schluck von seinem Bier.

Sein Gegenüber lachte. „Mann, du hast immer noch was für sie übrig."

„Sei nicht albern!"

„Ach komm, Nathan. Ich kannte dich damals schon. Zwischen euch hat es doch schon immer geknistert. Ich wusste zwar nie genau, was da ablief, aber da war was."

Alans Worte erinnerten ihn an das, was Bree am Abend zuvor angesprochen hatte, als sie meinte, sie wisse nicht genau, was sie seien–Freunde, Feinde oder einfach nur zwei Menschen, die sich von früher her kannten. Es schien, als ob sie alle drei irgendwann einmal an diesem Punkt gewesen waren. Nach dem letzten Gespräch mit ihr fühlte es sich jedoch definitiv mehr wie Freundschaft an, nachdem sie ihre Verletzlichkeit gezeigt und zugegeben hatte, dass ihre Beziehung zu Johnny ein großer Fehler gewesen war.

„Ist sie Single?", fragte Alan neugierig.

„Hat sie zumindest behauptet, aber das ist nicht wichtig."

„Was ist dann wichtig?"

„Johnny Hawke."

„Das hätte ich mir denken können, dass sein Name fällt, nachdem du Bree erwähnt hast." Alan blickte sich unauffällig um, um sicherzugehen, dass der andere Barkeeper mit Kunden beschäftigt war und lehnte sich dann nach vorne. „Hat er etwas mit der Entführung zu tun? Wird Bree ihn zur Strecke bringen?"

„Keine Ahnung, ob er seine Finger im Spiel hat, aber irgendjemand bedroht sie, jemand aus unserer Vergangenheit–und er würde einen guten Verdächtigen abgeben. Es sei denn, du kannst mir bestätigen, dass er mittlerweile im Gefängnis sitzt oder–besser noch–tot ist."

Alan runzelte die Stirn. „Sorry, aber soweit ich gehört habe, läuft sein Geschäft besser denn je. Er hat die Boxhalle seines Vaters in Hayward übernommen und betreibt zusätzlich zusammen mit seinen Brüdern eine Kfz-Werkstatt. Von dort aus scheint er auch seine krummen Dinger abzuwickeln–Drogen, Waffen, Glücksspiel … das übliche. Die Familie ist dank ihm noch mächtiger als früher. Ich glaube aber nicht, dass er noch in der alten Nachbarschaft lebt. Er besitzt jetzt andere, teurere Immobilien."

Nathan seufzte. „Nicht gerade das, was ich hören wollte, aber danke."

„Außerdem ist er mit Sierra Littman zusammen. Erinnerst du dich an sie?"

„Klar." Sierra war mit Josie und Bree befreundet gewesen. Auch sie hatte immer an den falschen Orten nach Liebe gesucht und war anscheinend irgendwann an Johnny hängengeblieben. „Nur zu gerne würde ich jetzt sagen, dass sie mir leidtut, aber sie war keine nette Person, hat immer nur gelogen und Unfrieden gestiftet."

„Das stimmt leider."

„Haben die beiden Kinder zusammen?"

„Bin mir nicht sicher. Seine Familie ist ziemlich gewachsen, aber ich weiß nicht, ob es seine eigenen oder die seiner Brüder sind."

Das war interessant. Bree glaubte zwar nicht, dass Johnny darin verstrickt war, aber wenn doch, hatte er anscheinend Zugriff auf alle möglichen Kinder, die so eine Farce, wie es das Mädchen im Zug getan hatte, durchziehen konnten.

„Bitte erwähne niemandem gegenüber, dass ich gefragt habe", bat er.

Alan warf ihm einen angewiderten Blick zu. „Traust du mir so etwas zu? Ich weiß doch, was er dir angetan hat. Mein Rat ist, genauso weiterzumachen wie bisher: Halte dich fern von deiner früheren Nachbarschaft, deiner Vergangenheit und vor allem von Bree. Sie hatte dich schon einmal fast auf dem Gewissen."

„Es war nicht ihre Schuld!“

„Du hast sie beschützt.“

Nathan legte den Kopf schief und blickte Alan nachdenklich an. „Ich habe dir nie erzählt, warum Johnny mich verprügelt hat.“

„Man musste kein Hellseher sein, um zu wissen, dass es etwas mit ihr zu tun hatte, zumal sie etwa zur gleichen Zeit spurlos verschwunden ist. Aber, hey, wenn sie jetzt FBI-Agentin ist, kann sie Johnnys Arsch vielleicht ein für alle Mal hinter Gitter bringen, es sei denn, sie hat noch Gefühle für ihn. Was denkst du?“

„Das kann ich mir nicht vorstellen, aber ich glaube, sie möchte ihm nicht unter die Augen kommen.“

„Das wäre wahrscheinlich auch ratsam. Apropos Frauen –wie läuft‘s so mit der großen Blondine, die du vor ein paar Wochen dabei hattest?“

„Verdammt! Adrienne“, murmelte er und blickte auf die Uhr. Er hatte ihr zwar schon gesagt, dass er nicht zum Essen kommen würde, jedoch wartete sie immer noch auf seine Rückmeldung bezüglich der Drinks. Und das Letzte, was er wollte, war, mit ihr und ihrer Freundin vom College abzuhängen, wenn er in Gedanken ganz wo anders war.

„Ab der Minute, als du Bree wiedergesehen hast, war sie Geschichte, oder?“

„Das habe ich nicht gesagt.“

„Musstest du auch gar nicht. Tu dir selbst einen Gefallen, Nathan: Werde dir endlich darüber klar, was du von dieser Frau willst, und dann hol es dir.“

„Das ist nicht so einfach.“

„Könnte es aber sein. Du weißt es nicht, bis du alles auf eine Karte setzt, wozu du bei ihr allerdings nie bereit warst.“

„Ich dachte nicht, dass ich sie je wiedersehen würde.“ Sein Telefon summte, und als er es aus seiner Tasche holte, sah er Brees Namen auf dem Bildschirm aufblinken. „Wenn man vom Teufel spricht ...“

Alan lächelte. „Vielleicht ist das deine zweite Chance, es diesmal richtig zu machen.“

„Oder es erneut zu vermasseln.“

„Nun, wie es scheint, hast du gleich Gelegenheit dazu, es herauszufinden.“ Er zog sich zurück und Nathan ging ran.

„Hallo?“

„Die Sicherheitskamera hat den Rücken des kleinen Mädchens eingefangen, als sie den Bahnhof verließ. Sie ging die Straße hinunter in ein Café, kam aber nicht wieder heraus“, informierte Bree ihn mit aufgeregter Stimme. „Ich fahre jetzt dort hin. Jemand könnte sie gesehen haben oder wissen, wer sie ist.“

„Ich würde gerne mit dir mitkommen. Lass mich dich abholen.“

„Ich bin mir sicher, das liegt nicht auf deinem Weg.“

Das war er sich ebenfalls, aber um keinen Preis würde er sie das allein durchziehen lassen. „Ich kann in etwa fünfzehn Minuten an deinem Büro sein.“

„Gut, ich warte vor dem Gebäude auf dich.“

„Bleib lieber drinnen. Ich schreib dir eine Nachricht, wenn ich da bin.“ Er stand auf, nahm einen Zehner aus seiner Brieftasche und legte ihn auf den Tresen. „Bis demnächst, Alan.“

„Das ist viel zu viel!“

„Im Vergleich zu der Therapiesitzung, die du mir gerade gegeben hast, eigentlich noch zu wenig.“

Alan lachte. „Viel Glück.“

„Danke. Ich denke, ich werde es brauchen.“

# KAPITEL SIEBEN

Trotz Nathans Bitte, bis zu seiner Ankunft drinnen zu warten, packte Bree ihre Sachen zusammen und ging schnellen Schrittes zum Aufzug.

Mittlerweile war das Chicagoer Team noch weniger erfreut über ihre Anwesenheit als zuvor. Nach ihrer Rückkehr ins Büro hatte es eine hitzige Diskussion mit Tracy und dem stellvertretenden leitenden Sonderagenten gegeben. Denen gefiel es ganz und gar nicht, dass der Entführer ausgerechnet sie angerufen oder dass sie sich allein zur Park Station aufgemacht hatte. Zwar waren sie froh, dass sie den Anruf aufzeichnen konnte, aber die Analyse war noch nicht abgeschlossen und die einzige Spur führte zu einem Café, das sich einige Kilometer von besagtem Bahnhof entfernt befand. Weder in den Abfallbehältern noch im Café selbst wurde ein weggeworfenes Telefon gefunden. Der Kidnapper hatte sie also erneut ausgetrickst.

Was Bree bei ihrem Bericht allerdings ausgelassen hatte, war die Sache mit dem Kind im Zug. Als sie um Zugang zu den Überwachungskameras rund um den Bahnhof bat, hatten alle angenommen, sie würde nach Hayley suchen. Natürlich tat sie das, aber ebenso nach dem braunhaarigen, grünäugigen Mädchen in dem zerlumpten, grauen Sweatshirt und der zerrissenen Jeans.

Vielleicht war es falsch, ihnen nicht reinen Wein einzuschenken, aber sie hatte sich nicht überwinden können, ihr persönliches Geheimnis Leuten zu beichten, die sie kaum kannte. Außerdem hatte sie genauso viel Erfahrung wie jeder in diesem Team, wenn nicht sogar mehr, und sobald sie zu der Überzeugung kam, ihr Geheimnis könne Hayleys Leben retten, würde sie sie einweihen. Im Augenblick allerdings musste sie die Dinge selbst in die Hand nehmen und versuchen, die Kleine aus dem Zug zu finden. Wenn ihr dies gelingen würde, wäre sie dem Entführer einen großen Schritt nähergekommen.

Sie ging nach unten und wartete in der Lobby auf Nathan. Erneut wanderten ihre Gedanken zurück zu dem Mann, der so viele Male eine zentrale Rolle in ihrem Leben gespielt hatte. Vielleicht wäre sie an diesem Nachmittag besser nicht zu ihm gegangen, aber er schien ihr die einzige Person zu sein, an die sie sich wenden konnte. Er wusste nicht nur von dem Baby, sondern kannte sie–die wahre Bree, die sonst niemand hinter ihrer Fassade vermutete.

Und es hatte sich so verdammt gut angefühlt, sich an ihn zu lehnen. Selbst jetzt noch konnte sie seine Arme um sich spüren, und bei dieser Erinnerung begannen ihre Nerven zu kribbeln. Sie und Nathan hatten über die Jahre hinweg immer wieder seltsame Momente der Anziehung verspürt, diesen jedoch nie nachgegeben. *Und das sollten sie auch jetzt nicht tun.*

Sie hätte ihn wirklich nicht aufsuchen sollen. Damit hatte sie ihn in eine gefährliche Situation gebracht.

*War das fair? War er ihretwegen nicht schon einmal durch die Hölle gegangen, als Johnny ihn fast umgebracht hatte?*

Allerdings war es für derartige Überlegungen jetzt zu spät. Sie konnte sehen, wie sein Truck in die Ladezone einbog, und gleich darauf kündigte ihr Handy summend seine Textnachricht an. Nach einem schnell getippten O. K. ging sie zur Tür hinaus.

Als sie neben ihn auf den Beifahrersitz schlüpfte und seine braunen Augen auf sich ruhen spürte, lächelte sie ihn nervös an und wurde von einer weiteren Woge der Anziehungskraft überrollt. *Das war alles andere als gut.*

Schnell blickte sie weg, fummelte an ihrem Sicherheitsgurt herum und ermahnte sich erneut, dass sie sich nur darauf konzentrieren durfte, das Mädchen zu finden.

„Bist du okay?“, erkundigte sich Nathan.

Sie zwang sich zu einem neutralen Gesichtsausdruck. „Es geht mir gut.“

„Hast du den anderen FBI-Agenten von deinen Erlebnissen erzählt?“

„Lediglich von dem Anruf. In mein Geheimnis werde ich sie erst dann einweihen, wenn ich mir sicher sein kann, dass es hilft, Hayley ausfindig zu machen.“

„Eine gute Entscheidung“, antwortete er zuversichtlich.

„Ach, ist sie das?“, fragte sie überrascht. „Soweit ich mich erinnere, warst du mit meinen Entscheidungen nicht immer wirklich einverstanden.“

„Das ist wohl wahr, aber mit dieser bin ich es. Ich weiß, dass du Hayleys Leben unter keinen Umständen aufs Spiel setzen würdest, nicht einmal, um dein Geheimnis zu wahren.“

„Vielen Dank. Das einzig Gute an diesem kranken Spiel ist ... Ich bin überzeugt, sie ist noch am Leben, wodurch sich unsere Chancen, sie zu finden, erhöhen.“

„Hoffen wir mal, dass du recht behältst. Wie heißt eigentlich das Café, wo wir hinwollen?“

„Hummingbird Café. Ich habe es bereits gegoogelt; sie haben bis zwanzig Uhr geöffnet und bieten Frühstück, Mittag- und auch Abendessen an. Die Besitzer sind Viola und Jonas Montclair, ein afroamerikanisches Ehepaar mittleren Alters, das das Restaurant vor fünf Jahren eröffnet hat.“

„Gut recherchiert, aber sind diese Details denn wichtig?“

„Keine Ahnung. Ich suche einfach nach einem Weg, um vorwärtszukommen. Da die Kleine nicht mehr aus dem Café herausgekommen ist, könnte sie noch immer dort sein. Oder aber es gibt eine Hintertür.“

„Wenn das der Fall wäre, hätte sie die Örtlichkeit innerhalb weniger Sekunden durchquert und wäre niemandem aufgefallen.“

„Deprimierende Vorstellung und ich kann nur hoffen, dass dem nicht so war. Sie war nicht älter als zehn oder elf, und sie war allein. Von daher denke ich, dass sie in der Nähe wohnt und die Gegend kennt. Sie trat recht selbstbewusst auf."

„Interessant. Vorhin sagtest du noch, sie hätte mit Bedacht gesprochen und jetzt fällt dir dazu noch ein, dass sie selbstbewusst daherkam. Für mich klingt das nicht so, als ob sie vor etwas Angst hätte oder in Schwierigkeiten stecken würde."

„Tut es nicht, da gebe ich dir recht, aber vielleicht ist sie zu jung, um zu bemerken, dass sie benutzt wird?"

„Das ist auch wieder wahr." Er hielt kurz inne. „Übrigens, ich war vorhin kurz bei Alan Craig. Erinnerst du dich an ihn?"

„Natürlich, aber ich dachte, du hättest mit niemandem aus unserer Vergangenheit mehr Kontakt?"

„Alan ist tatsächlich mittlerweile der Einzige. Nachdem wir uns als Teenager aus den Augen verloren hatten, bin ich ihm letztes Jahr zufällig wieder begegnet. Er betreibt eine Bar in River North und nannte sie Craig's, nach dem Lokal in unserem Viertel, das seinem Großvater gehörte. Er wohnt mit seiner Freundin zusammen, und Beth ist ein Schatz."

„Ihr wart so eng damals–wie konnte es da passieren, dass eure Freundschaft zerbrach?"

„Nachdem Johnny mich krankenhausreif geschlagen hatte, brach ich zu allen den Kontakt ab, aus Angst, er könne noch weitere Personen verletzen. Alan wusste, was mir passiert ist. Ich habe sogar eine Nacht in seinem Haus verbracht, bevor ich Josie holen und wegziehen konnte."

Als Nathan ihr dies erzählte, spürte Bree, dass es einen Grund dafür gab, der ihr mit Sicherheit nicht gefallen würde. „Und wozu hast du ihn ausgerechnet heute aufgesucht?", fragte sie, obwohl sie die Antwort bereits kannte.

Nathan blickte kurz zu ihr hinüber. „Ich wollte herausfinden, ob Alan etwas über Johnnys aktuelle Aktivitäten weiß, da er ein paar Freunde hat, die noch immer dort in der Gegend leben."

„Hast du ihm gesagt, warum du nach Johnny fragst?"

„Nicht wirklich."

Seine Antwort gefiel ihr ganz und gar nicht. „Du hast ihm gesagt, dass ich in der Stadt bin, oder?“

„Ich habe lediglich erwähnt, dass du nach dem vermissten Mädchen suchst.“

„Und dann hast du ihn über Johnny ausgequetscht. Verdammt, Nathan, er wird eins und eins zusammenzählen. Du sagtest, er wusste, dass du verprügelt wurdest, aber kannte er auch den Grund dafür?“

„Nein! Ich habe dir doch versichert, dass ich niemandem etwas erzählt habe. Vorhin meinte er nur, dass er sich schon gedacht hätte, dass es etwas mit dir zu tun hatte, weil du damals so spurlos verschwunden bist und Johnny wie ein Verrückter nach dir suchte.“

Bree schüttelte den Kopf. „Es wäre mir lieber gewesen, du hättest ihn da rausgehalten.“

„Er wird nichts sagen, keine Sorge. Nichtsdestotrotz, bist du nicht ein klein wenig neugierig zu hören, was ich in Erfahrung bringen konnte?“

Eigentlich war sie das nicht, aber wenn es hilfreich für den Fall wäre ... „Also gut, schieß los.“

„Johnny hat die Firma von seinem Vater übernommen und zu einem großen, kriminellen Familiengeschäft ausgebaut. Er ist sehr mächtig geworden.“

„Wie beeindruckend.“

„Außerdem ist er jetzt mit Sierra Littman zusammen.“

„Die Dinge haben sich nicht wirklich verändert, oder? Sie hat schon damals immer um seine Aufmerksamkeit gebuhlt. Sind die beiden verheiratet? Haben sie Kinder?“

„Ich glaube, sie leben lediglich zusammen, aber Alan erwähnte eine Menge Kinder. Es könnten seine sein, genauso gut aber auch die von seinen Brüdern.“

„Es war schon immer Johnnys Wunsch gewesen, Söhne zu haben, die das Familienerbe fortführen. Ich habe oft versucht, ihm verständlich zu machen, dass er besser sein könnte als seine Brüder, dass mehr Gutes in ihm steckte. Er jedoch pflegte nur zu sagen, ich sei verrückt; es gäbe nichts, was erstrebenswerter wäre als Macht, und die besaß seine Familie zweifellos.“

„Und die auch er mehr als alles andere auf der Welt haben wollte."

„Nehme ich mal an. Aber ist es nicht das, was wir uns damals alle wünschten? Wir waren knapp zwanzig und standen kurz vor dem Erwachsenenalter. Wir wollten unser Schicksal kontrollieren, brauchten aber trotzdem Geld, Ausbildung und Möglichkeiten." Sie drehte den Kopf zur Seite und schaute auf die vorbeifliegenden Häuser und Straßen der Stadt. „Erinnerst du dich an all die Nächte, in denen wir früher nur herumgezogen sind, besonders im Sommer, wenn es so heiß war? Gefühlt waren es viele Kilometer, aber wir kamen nirgendwo an, so als würden wir gegen diese unsichtbaren Zäune laufen, die die Haustiere davon abhalten, ihre Gärten zu verlassen. Wir kamen nie über eine bestimmte Bordsteinkante hinaus oder um eine gewisse Ecke herum. Die Zukunft lag stets außerhalb unserer Reichweite."

„Du hast es auf den Punkt gebracht." Er hielt kurz inne. „Ich weiß, du glaubst nicht, dass Johnny seine Finger im Spiel hat, aber er würde nur zu genau wissen, wie man ein Kind dazu bringen kann, sich auf solch eine Betrügerei einzulassen. Das hatte er schon früher drauf."

Stirnrunzelnd wandte Bree sich ihm wieder zu. „Ich bezweifle es zwar nach wie vor, kann deine Überlegungen aber nachvollziehen."

„Nur so ein Gedanke, den du im Hinterkopf behalten solltest."

Nach einem kurzen Moment des Schweigens fuhr Bree fort: „Ich finde, ich sollte mich nochmals bei dir entschuldigen für das, was ich dir mit meinem Verschwinden angetan habe, Nathan. Obwohl ich so sehr mit meinen eigenen Problemen beschäftigt war, hätte mir klar sein müssen, in welche Gefahr ich dich dadurch brachte. Es war nicht richtig von mir, meine Schulden einzufordern."

„Du hast Josie vor dem Gefängnis bewahrt. Ich schuldete dir was. Punkt."

„Ja, aber du hast weit mehr getan, als nötig gewesen wäre. Ich hätte dich nie so unter Druck setzen dürfen."

„Na ja, eines Tages werde vielleicht ich es sein, der dich um einen Gefallen bittet, und dann kannst du es mir zurückzahlen."

„Das würde ich auf jeden Fall versuchen, Nathan, auch wenn du mir das jetzt nicht glaubst."

Er wandte seinen Blick von der Straße ab und sah sie erneut an. „Doch, das glaube ich dir."

Seine Worte wärmten ihr Herz. „Da freut mich sehr."

Ewige Sekunden lang konnten sie ihre Blicke nicht voneinander lösen und Bree hatte plötzlich das Gefühl, als ob die Mauer, die sie voneinander trennte, in sich zusammenfiel.

Dann jedoch spannte Nathan den Kiefer an und wandte seine Aufmerksamkeit wieder dem Verkehr zu.

*Vielleicht war sie doch noch da?*

Als sie sich der Park Station näherten, wurde ihr bewusst, wie nahe sie ihrem alten Viertel kamen. Zwar waren sie noch nicht direkt dort, aber es lag höchstens ein oder zwei Kilometer entfernt. Mit Sicherheit war dieser Bahnhof aus einem ganz bestimmten Grund ausgewählt worden.

Nathan brauchte einige Minuten, um einen Parkplatz zu finden. Dann gingen sie die Straße hinunter und unter den Bahngleisen hindurch. Während der Zug über ihrem Kopf dahinrumpelte, wanderten Brees Gedanken erneut zurück zu dem, was sich vor ein paar Stunden ereignet hatte. Noch immer konnte sie klar und deutlich die Stimme des Mädchens hören und die Frage in ihren Augen sehen. Dann jedoch war sie in der Menge verschwunden.

„Ich nehme an, das Café ist das Gebäude mit dem Vogel darauf", mutmaßte Nathan und deutete mit der Hand in Richtung Ende der Häuserkette.

„Genau."

Während sie darauf zuliefen, fragte sie sich, ob jemand sie beobachtete oder womöglich sogar auf sie wartete und rückte instinktiv näher an ihn heran.

Oder war er es, der sich ihr näherte?

Plötzlich nahm er ihre Hand in die seine und sie machte aufgrund der unerwarteten Berührung und der überraschenden Hitze, die er ausstrahlte, einen Satz zur Seite.

„Ich will lediglich sicherstellen, dass wir zusammenbleiben", beantwortete er ihre unausgesprochene Frage.

Eigentlich sollte sie loslassen, aber ihre Finger schienen ein Eigenleben zu entwickeln und verflochten sich mit den seinen. Und–es fühlte sich richtig an, sogar noch besser als richtig, wenn sie ehrlich zu sich selbst war.

Sie war so sehr daran gewöhnt, allein zu agieren, aber in diesem Moment fühlte es sich wirklich gut an, ihn an ihrer Seite zu wissen.

Als sie das Café erreicht hatten, öffnete Nathan die Tür für sie und ließ sie zuerst eintreten. Trotz der Tatsache, dass das Restaurant hell und charmant eingerichtet war, mit einem Dutzend Tischen und einer Vitrine neben der Kasse, gefüllt mit Kuchen und Keksen, kam es ihr vor, als würde sie in eine Falle tappen. Schnell ließ sie ihren Blick durch den Raum wandern. Ungefähr fünfzehn Personen saßen darin, aber keine davon war ein Kind im richtigen Alter.

Bree ging hinüber zur Theke, wo sie von einer jungen Frau Anfang zwanzig begrüßt wurde.

„Kann ich Ihnen helfen?", fragte die Frau.

„Möglicherweise. Ich bin auf der Suche nach diesem Mädchen." Sie zog ihr Telefon heraus, mit dem sie einen Screenshot von ihr aufgenommen hatte. Zwar zeigte das nur ihren Rücken, aber sie hoffte, die Frau würde sie anhand der Kleidung trotzdem wiedererkennen. „Sie war vor ein paar Stunden zwischen dreizehn und vierzehn Uhr in diesem Café. Hatten Sie da Schicht?"

„Stimmt, Ja, ich habe sie gesehen. Sind Sie Ihre Mutter? Die FBI-Agentin?"

Bei dieser Frage begann Brees Puls zu rasen „Wer hat Ihnen das erzählt?"

„Das Kind. Es sagte, sie würden später noch vorbeikommen und bat mich, Ihnen das zu geben." Sie griff unter die Theke und zog ein Stück Papier hervor.

Sie nahm der Bedienung einen Flyer aus der Hand. „Was ist das?", fragte sie verwirrt.

„Keine Ahnung. Die Kleine gab mir zwanzig Dollar und trug

mir auf, es ihrer Mutter, der braunhaarigen FBI-Agentin mit den grünen Augen, auszuhändigen. Sie sah Ihnen übrigens total ähnlich.“ Sie hielt inne. „Entschuldigen Sie mich–ich muss mich um die anderen Gäste kümmern ...“

Bree starrte nach wie vor verwirrt auf den Flyer, trat dann jedoch zur Seite, damit die Angestellte einen jungen Vater und seinen Sohn bedienen konnte.

„Frauenhaus *Offenes Herz*“, murmelte sie, und Übelkeit drohte sie zu übermannen. Ihr wurde heiß und sie fühlte sich plötzlich verschwitzt, schwindlig und schwach… „Ich muss mich setzen.“ Mit diesen Worten stolperte sie auf den nächstgelegenen, freien Tisch zu und ließ sich auf einen der Stühle fallen.

Nathan nahm ihr gegenüber Platz und griff nach dem Zettel. Stirnrunzelnd studierte er ihn und sah sie dann an. „Der Typ zieht wirklich alle Register. Da hat es jemand richtig auf dich abgesehen. Jemand aus deiner Vergangenheit *–unserer* Vergangenheit“, fügte er hinzu und ein harter Ausdruck trat in seine hellbraunen Augen. „Das Offene Herz ist der Zufluchtsort, wo wir uns kennengelernt haben.“

„Ich weiß. Ich war damals zwölf und mit meiner Tante dort. Du warst dreizehn und kamst mit Josie und deiner Mom hin.“

„Eines von vielen Malen, wo sie den Versuch unternahm, meinen Stiefvater zu verlassen“, sagte er mit harter Stimme. „Länger als ein paar Wochen hielt sie nie durch, ging immer wieder zu ihm zurück und nahm uns jedes Mal mit. Aber während dieser kurzen Zeit …“

„Fühlte sich alles beinahe normal an“, murmelte Bree und erwiderte seinen Blick. „Nach der Schule haben wir immer Karten gespielt–Herz und Pik.“

„Und Poker“, erinnerte er sie. „Ich habe dir beigebracht, wie man einen Stud mit sieben Karten spielt.“

„Und du hast dir Geschichten ausgedacht, um Josie zu unterhalten, damit sie keine Angst hatte. Über Soldaten und weiße Ritter, gespickt mit magischen Zaubersprüchen, die uns beschützen sollten.“

„Aber sie waren nicht real.“ Nathan legte den Flyer zurück auf den Tisch und blickte sie nachdenklich an. „Du weißt, was du damit machen sollst.“

„Ich soll das Frauenhaus aufsuchen.“

„Willst du allen Ernstes wieder durch diese Türen gehen, Bree?“

Sie dachte lange über diese Frage nach. „Eigentlich nicht.“

„Und trotzdem wirst du es tun, oder?“

„Es ist der nächste Schritt. Ich muss dieses Mädchen finden. Möglicherweise ist sie dort.“

„Ist sie mit Sicherheit nicht! Das wäre zu einfach. Ich finde, du solltest aufhören, auf sein Spiel einzugehen.“

„Dieser Gedanke kam mir auch schon.“

„Höre ich da ein *aber* heraus?“

„Aber das Büro in Chicago hat jede Menge Agenten auf Hayleys Fall angesetzt und wenn ich jetzt diesen Hinweisen folge, wird er möglicherweise irgendwann einen Fehler begehen, vielleicht etwas verraten, das uns zu Hayley führt.“

„Er scheint mir nicht der Typ zu sein, dem schnell ein Fehler unterläuft.“

„Da magst du natürlich recht haben, aber wenn ich nicht hingehe, werde ich mit Sicherheit die ganze Nacht wachliegen und mich fragen, was ich dort vorgefunden hätte.“ Sie schwieg und ließ ihren Blick durch den Raum wandern. „Es gibt tatsächlich eine Hintertür. Das kleine Mädchen muss da hindurch verschwunden sein. Obwohl, jetzt sieht sie verschlossen aus.“ Bree stand auf, ging noch einmal hinüber zum Tresen und wartete auf eine weitere Gelegenheit, mit der Bedienung zu sprechen. „Gibt es an der Hintertür eine Sicherheitskamera?“

„Grundsätzlich schon, aber die hat letztes Jahr den Geist aufgegeben und der Besitzer hat sie bis heute nicht reparieren lassen.“

„Haben Sie mitbekommen, ob das kleine Mädchen mit jemanden zusammen war? Hat sie sich hier im Café mit jemandem getroffen?“

„Nein. Soweit ich weiß, war sie allein. Tut mir leid.“

„Danke.“

Als sie zum Tisch zurückkehrte, erhob Nathan sich ebenfalls. „Ich bringe dich zum Frauenhaus."

„Das musst du nicht. Ich kann mir genauso gut ein Taxi nehmen." Sie fuhr sich mit der Zunge über die Lippen und wusste, dass sie ihn wegschicken sollte, aber allein schon dieser Gedanke verursachte ihr Unbehagen. Es war so viel besser, wenn er bei ihr war.

„Weder nimmst du dir ein Taxi, noch gehst du dort allein hin!"

„Du hast in dieser Sache nichts zu sagen", fühlte sie sich gezwungen, ihn daran zu erinnern.

„Du ebenso wenig, Bree. Die verantwortliche Person ist diejenige, die dich auf diese kranke Schnitzeljagd schickt."

Sie runzelte die Stirn. „Du hast recht. Es ist krank, und ich will das Mädchen finden, weil sie in diesem Spiel als Bauer agiert. Und selbst wenn sie nicht meine Tochter ist, muss ich dafür sorgen, dass ihr nichts passiert."

„Dann lass uns losgehen zum Frauenhaus; dort sehen wir weiter." Er griff erneut nach ihrer Hand. „Und, ja, ich werde dich festhalten, bis wir wieder am Truck sind, also keine Widerrede."

Auf die Idee wäre sie auch gar nicht gekommen, aber das würde sie ihm natürlich nicht auf die Nase binden. „Wenn du dich dadurch besser fühlst, okay."

# KAPITEL ACHT

NATHAN FÜHLTE sich nur so lange besser, bis er Brees Hand loslassen und sie in seinen Truck steigen lassen musste. Als er um das Fahrzeug herumlief, bekam er Gänsehaut und eine starke Vorahnung machte sich in ihm breit, die nur noch schlimmer wurde, als er sich hinters Steuer setzte und den Motor anließ.

Bree wurde auf eine destruktive, erschreckende Art und Weise angegriffen, die sie zwang, die dunkelsten Momente ihrer Vergangenheit erneut zu durchleben. Er wusste nicht, ob er ihre Entscheidung, das Chicagoer FBI-Team aus all dem herauszuhalten, billigen sollte, aber andererseits verstand sie sich besser auf ihr Geschäft als er. Also sollte er sich auf ihr Urteil verlassen. Was er allerdings nicht tun würde, war, sie allein zu dem Frauenhaus gehen zu lassen.

Und auch wenn er sich einredete, ihr zu helfen würde auch Hayley helfen, wusste er doch tief in seinem Innersten, dass er nur aus dem Grund bei ihr war …, weil er einfach nicht von ihr lassen konnte. Das hatte er noch nie geschafft. Sicherlich, manchmal hatte er sich zurückgezogen, beispielsweise dann, als sie mit Johnny zusammen war, aber auch da war er stets in ihrer Nähe geblieben, für den Fall, dass sie ihn brauchte.

Und genau so war es gekommen. Er hatte dafür gesorgt, dass

sie die Stadt verlassen konnte. Und obwohl er sie in dem Glauben ließ, sie hätte ihn erpresst, entsprach das nicht der Wahrheit. Ihr zu helfen, aus seinem Leben zu verschwinden, war die schwerste Entscheidung gewesen, die er je getroffen hatte. Selbst als sie jemand anderem gehörte, war sie doch Teil seines Lebens gewesen. Er konnte ihr Lächeln sehen, sie lachen hören ...

Die Gewissheit, dass dies für immer vorbei war, hatte ihn innerlich zerrissen und nur der Gedanke, dass sie dadurch Johnnys Einfluss entkommen war und sie und ihr Kind sich in Sicherheit befanden und ein besseres Leben vor sich hatten, half ihm, all dies zu überstehen.

Auf keinen Fall wollte er, dass sie wieder in den Treibsand geriet, der einst ihr Leben gewesen war.

Allerdings war sie noch nicht bereit aufzugeben, ebenso wenig wie er.

Nathan warf ihr einen verstohlenen Blick von der Seite zu und fragte sich, was wohl gerade in ihrem Kopf vorging. Seit sie in das Auto gestiegen waren, hatte sie kein Wort gesprochen, sondern nur stur geradeaus auf die dunklen Straßen der Stadt gestarrt, die ihnen mit jedem weiteren Kilometer, den er zurücklegte, vertrauter wurden. Mack's Deli tauche vor ihnen auf. Wie oft hatten sie all ihr Kleingeld zusammengekratzt, um sich einen Mack-Special leisten zu können, der eigentlich nur aus einem Berg industriell verarbeiteten Fleisches und Käse bestand: Wurst, Peperoni, Schweizer Käse, einem Haufen Salat, ein paar Tomaten und einer Menge roter Zwiebel. Sie hatten diese Sandwiches geliebt, sich zumeist eines dieser riesigen Trümmer geteilt, es mit einer Limonade hinuntergespült und anschließend noch ein paar Gummibärchen hinterhergeschoben.

Da grenzte es schon fast an ein Wunder, dass sie bei dem, was sie sich damals einverleibt hatten, überleben konnten.

An anderen Tagen wiederum hatten sie kaum etwas zu essen gehabt. Nur zu gut erinnerte er sich an das nagende Gefühl des Hungers tief in seinem Inneren und diese Leere. Und doch war der Hunger nicht annähernd so schlimm gewesen wie einige der anderen Emotionen, die er durchstehen musste. Ein leerer Magen war ihm allemal lieber gewesen als die Alternative, sich mit seinem Stiefvater, diesem fiesen Mistkerl, herumschlagen zu müssen.

Nathan war beinahe versucht umzudrehen und so schnell wie möglich von hier zu verschwinden, als Bree sich ihm zuwandte, so als ob sie sein plötzliches Unbehagen gespürt hätte.

„Ich weiß“, murmelte sie. „All das ist einfach nur ätzend. Da haben wir es beide endlich geschafft, diesem Schlamassel zu entkommen und werden jetzt in die schmerzhafteste Zeit unserer Vergangenheit zurückgeworfen.“

„Bist du dir sicher, dass du das jetzt durchziehen möchtest? Vielleicht solltest du es einfach nochmals überdenken oder darüber schlafen und dich morgen früh entscheiden?“

„Ich kann es mir nicht leisten, Zeit zu verlieren, Nathan. In diesem Frauenhaus wartet ein weiterer wichtiger Hinweis auf mich, und den muss ich mir holen.“

„Wie kannst du dir dessen so sicher sein?“

„Weil er mich nicht dorthin schicken würde, wenn es nichts Wichtiges gäbe, dass er mir zeigen möchte.“

„Oder er will dich einfach nur verletzen.“

„Ich glaube nicht, dass er schon so weit ist. Noch ist er dabei, die Falle aufzubauen und das Spiel zu genießen, das er so sorgfältig ausgearbeitet hat. Er will mich zappeln sehen, mich dabei beobachten, wie ich mich frage, ob dieses Mädchen tatsächlich meine Tochter sein könnte, mich sorge, ob ich sie rechtzeitig finde.“

„Okay, ich glaube, ich muss nochmals was ansprechen“, unterbrach Nathan sie abrupt.

„Und das wäre?“

„Du hast dich in diese fixe Idee verrannt, dass die Kleine im Zug deine Tochter war.“

„Das stimmt so nicht. Mir ist durchaus klar, dass sie es wahrscheinlich *nicht* ist.“

„Aber innerlich bist du dir unsicher.“

„Nun, du hast doch selbst gehört, wie die Bedienung in dem Café sagte, sie sah aus wie ich, oder?“

„Klar, ich verstehe schon. Sie hatte hellbraune Haare und grüne Augen, so wie tausende andere Mädchen auch."

„Worauf willst du hinaus?", fuhr sie ihn an.

Nathan fasste seinen Entschluss blitzschnell. An der nächsten Kreuzung bog er ab und hielt am Seitenstreifen an.

„Warum bleiben wir hier stehen?"

„Weil wir dieses Gespräch führen müssen und ich währenddessen nicht fahren möchte."

„Okay. Was hast du mir zu sagen?"

Er legte den Leerlauf ein und drehte sich zu ihr um. „Was ist mit Hayley?"

„Wie meinst du das?"

„Falls dieser Entführer sie in seiner Gewalt hat, warum hat er dann nicht einfach sie benutzt, um an dich ranzukommen?"

„Na ja–weil sie sich wahrscheinlich nicht darauf eingelassen hätte. Dieses Mädchen könnte gekauft worden sein. Möglicherweise ist sie ein Straßenkind, dass sich damit ein paar Dollar verdienen wollte. Sie war zumindest nicht verängstigt. Hayley hätte das nicht durchziehen können."

„Okay, Das macht Sinn. Aber was ist mit Hayley?", wiederholte er seine Frage. „Komm schon, Bree. Es muss dir doch auch schon in den Sinn gekommen sein, dass sie ebenfalls das richtige Alter hat, um deine Tochter sein zu können? Und sie wurde adoptiert. Wenn dieser Entführer weiß, dass du ein Kind hattest und dich auf jede nur erdenkliche Art und Weise quälen will–hast du noch nie daran gedacht, dass genauso gut sie es sein könnte?"

Ihre Augen glitzerten in der aufsteigenden Dämmerung. „Natürlich habe ich daran auch schon gedacht, aber ihre Geburtsdaten stimmen nicht überein. Hayley kam fünf Tage vor meiner Tochter in Joliet, Illinois, auf die Welt."

„Fünf Tage sind keine sehr lange Zeit."

„Aber mein Baby wurde in Detroit geboren, und die Mutter, die auf Hayleys Geburtsurkunde aufgeführt ist, wurde bereits überprüft. Wir konnten nachweisen, dass sie an exakt diesem Tag in diesem Krankenhaus entbunden hat. Nichts deutet darauf hin, dass sie mein Kind sein könnte. Sie sieht mir nicht einmal ähnlich."

„Warum hat der Kidnapper dann gerade sie ausgewählt? Warum kam diese Person, von der du sagtest, dass sie bisher im Nordosten ihr Unwesen trieb, nach Chicago und hat gerade Hayley als ihr nächstes Opfer auserkoren?"

„Ich glaube, er kam wegen mir nach Chicago. Nachdem ich ihm seine letzte Entführung versaut habe, wollte er Rache üben und hat offensichtlich genauestens über mich recherchiert. Wahrscheinlich dachte er sich, hier in meiner Heimatstadt wäre ich verwundbarer, nicht nur aufgrund meiner Vergangenheit, sondern auch, weil ich ohne mein übliches Team, das ihn seit Monaten jagt, mehr oder minder auf mich selbst gestellt wäre."

Auch das machte Sinn.

„Und warum er sich ausgerechnet für Hayley entschieden hat?", fuhr Bree fort. „Alles, was ich dazu sagen kann, ist, dass sie den übrigen Opfern ähnelt. Gut, ihr Haar ist braun und nicht blond, aber sie hat braune Augen, genau wie die anderen drei Mädchen und ist ungefähr im gleichen Alter. Sie lebt in einem gut bürgerlichen Viertel, besucht eine private Schule und kommt aus einer glücklichen Familie–wie auch die anderen drei Kinder. Ihre Entführung verlief nach dem gleichen Muster; Sie wurde aus einer Schule entführt, einem Ort, an dem sie eigentlich sicher hätte sein sollen."

„War eines dieser anderen Mädchen ebenfalls adoptiert?"

„Nein, aber wie hätte er das im Voraus wissen sollen?"

„Also liegt der Fall dieses Mal anders."

„Ja, und ein weiterer Unterschied ist, dass er mich in sein Spiel einbezieht, genauso wie dieses andere kleine Mädchen aus dem Zug." Sie atmete scharf aus. „Wenn ich all das laut ausspreche, klingt es verrückt, das ist mir auch klar, aber es wäre durchaus möglich, dass dieser Typ wahnsinnig ist."

„Okay, soweit habe ich es verstanden. Hayley passt ins Muster. Aber wenn er doch weiß, dass du dein Kind aufgegeben hast, warum hat er dann nicht versucht, sie zu finden und in seine Gewalt zu bringen?"

„Vielleicht ist ihm das nicht gelungen? Er könnte in Erfahrung gebracht haben, dass ich schwanger wurde, die Stadt verließ und ein Baby bekam, aber er weiß nicht, wo mein Kind sich befindet. Meine Tochter ist in Sicherheit und weit weg von hier“, bekräftigte sie, obwohl ihre Stimme verzweifelt klang.

Nathan verstand, dass sie das glauben musste und wollte ihr diese Hoffnung auch nicht nehmen, war aber trotzdem nicht so überzeugt davon wie sie.

„Können wir jetzt weiterfahren?“, drängte Bree.

„Nur noch eine Sekunde. Erzähl mir mehr über Detroit.“

„Da gibt es nicht viel zu erzählen. Ich wohnte in einem Studio-Apartment, das etwa so groß war wie ein Schrank, hatte einen Teilzeitjob in einem Taco-Laden und war dort bis zur Entbindung für drei Monate beschäftigt.“ Sie atmete erneut tief durch. „Meine Tochter aufzugeben, war die schwierigste und schmerzhafteste Sache, die ich je getan habe. Ich lag stundenlang in den Wehen und war ganz allein auf mich gestellt. Eigentlich hätte ich mittlerweile an so etwas gewöhnt sein müssen, aber trotzdem war es einsam und furchteinflößend. Als sie dann da war, hörte ich sie schreien, und unmittelbar darauf wurde sie mir weggenommen.“

Eine einzelne Träne löste sich aus ihrem Augenwinkel, und Nathan konnte ihren Schmerz nachempfinden.

Energisch wischte sie sie mit den Fingern weg. „Alles, was ich zu sehen bekam, war ein winziges Bündel in einer Krankenhausdecke. Ich konnte nicht mal die Farbe ihrer Augen oder Haare erkennen.“

„Warum nicht? Warum haben sie dir nicht erlaubt, sie zu halten und dich von ihr zu verabschieden?“

„Bevor ich in den Kreißsaal kam, sagte ich ihnen, dass ich sie nicht sehen wollte. Aber nachdem man sie mir weggenommen hatte, wünschte ich, ich hätte nicht darauf bestanden. Ich dachte, es wäre einfacher, wenn sie einfach verschwinden würde, aber dem war nicht so. Den Großteil der Nacht und die folgenden Monate war ich nur am Heulen.“

„Du hättest nicht allein sein sollen. Warum hast du mich nicht angerufen?“

„Ich habe mich bei niemandem gemeldet. Es war mir wichtig, einen Schlussstrich unter mein altes Leben zu ziehen.“

„Was ist danach passiert? Bist du in Detroit geblieben?“

„Nein. Drei Wochen später habe ich die Stadt verlassen. Es war zu schmerzhaft für mich, in der Wohnung zu bleiben, in der ich schwanger war. Monatelang hatte es nur sie und mich gegeben. Ich hatte keine Freunde, selbst das erschien mir damals zu riskant. Jede Nacht las ich meinem Baby etwas vor, spielte Musik für sie und versicherte ihr, dass ein großartiges Leben auf sie wartete. Als sie dann weg war, konnte ich die Umgebung nicht mehr ertragen.“

„Also hast du Detroit den Rücken gekehrt und bist wohin gegangen?“

„Nach Colorado. Man hatte mir für die Geburt eines gesunden Babys einen Bonus von fünftausend Dollar ausgezahlt. Damit schrieb ich mich an einer Hochschule ein, ergatterte einen Teilzeitjob und schaffte es schließlich sogar bis an die Universität von Colorado Boulder, wo ich Strafjustiz und Psychologie studierte. Ich habe mir ein neues Leben erschaffen, und einige Jahre nach meinem Abschluss wurde ich beim FBI angenommen. Erst da fand ich mein eigenes Ich wieder. Jetzt bin ich an den unterschiedlichsten Waffen ausgebildet, kann kriminelles Verhalten einschätzen und Nahkämpfe für mich entscheiden. Ich brauche niemanden mehr, der mich rettet. Und in den letzten fünf Jahren habe ich gute Arbeit geleistet. Ich mag mich, so wie ich jetzt bin.“

„Ich dich ebenfalls“, gab er zu.

Bree lächelte ihn an. „Tatsächlich? Obwohl ich dich damals so sehr enttäuscht habe? Du standest meinen Entscheidungen stets sehr kritisch gegenüber.“

„Johnny war nicht gut für dich.“

„Leider habe ich das erst viele Jahre später herausgefunden. Ich hasse es, dass wir erneut so mit der Vergangenheit konfrontiert werden, Nathan.“

„Genau das scheint der Typ ja zu beabsichtigen.“

„Was ich nach wie vor nicht verstehe, ist, wie der Entführer meine Geheimnisse kennen kann. Aber eigentlich spielt das auch keine Rolle. Ich muss ihn nur finden, bevor er Hayley oder diesem anderen kleinen Mädchen etwas antut. Uns bleibt nur noch wenig Zeit. Die anderen Kinder haben den siebten Tag nicht überlebt.“

„Dann sollten wir uns besser beeilen.“

---

Sie konnte nicht glauben, dass sie Nathan von der Nacht erzählt hatte, in der ihr Kind auf die Welt kam. Das hatte sie zuvor noch niemandem anvertraut, und jetzt wurde sie von ihren Gefühlen überwältigt, erinnerte sich an die ersten Minuten nach der Geburt, wie sie sich danach gesehnt hatte, das Gesicht ihres Babys zu sehen, seine Augen, seinen ersten, neugierigen Blick auf die Welt.

Während des gesamten ersten Jahres hatte sie jeden Tag an die Kleine gedacht und gebetet, die richtige Wahl getroffen zu haben. Im Laufe der Zeit hatte sie sie zwar nie vergessen, jedoch einen Weg für sich gefunden, um mit ihrem Leben weiterzumachen, in der Gewissheit, das Richtige getan zu haben. Sie stellte sie sich vor, wie sie bei liebevollen Eltern aufwuchs, in einem schönen Zuhause, mit hübschen Kleidern, gutem Essen und umgeben von Glück und Geborgenheit.

*War das ein törichter Traum gewesen?*

*Hatte die Wahl der totalen Geheimhaltung, um sie vor Johnny zu schützen, ihre Tochter tatsächlich in noch größere Gefahr gebracht, weil sie sich auf jemanden verließ, der sich nicht unbedingt an Gesetze hielt?*

Sie musste es wissen und ihre Tochter um jeden Preis finden. Sie hatte Nathan versichert, dass es sich bei dem Kind im Zug weder um ihre Kleine noch um Hayley gehandelt hatte, weil keine der Fakten auch nur eines der beiden Szenarien unterstützte. Zwar hatte er nichts darauf erwidert, jedoch war ihr der Zweifel in seinem Blick nicht entgangen.

Nur zu gern wollte sie glauben, dass ihr kleines Mädchen noch immer den Traum lebte, den sie ihr ermöglicht hatte, indem sie sie weggab. Aber jetzt wollte sie es sicher wissen und der einzige Weg, das herauszufinden, war, das Spiel dieses Irren mitzuspielen, bis sich ihr die Chance bot, selbst zum Zug zu kommen.

Kurz darauf parkte Nathan den Wagen unter einer Straßenlaterne, einen Block vom Frauenhaus entfernt und sie konnte nur hoffen, dass bei ihrer Rückkehr Reifen, Felgen und alles Weitere noch vorhanden wären, wofür es in diesem Viertel keine Garantie gab.

Als sie den Bürgersteig entlangliefen, griff Nathan erneut nach ihrer Hand und sie wusste nicht so recht, was sie davon halten sollte. Nichtsdestotrotz gefiel es ihr, wahrscheinlich sogar ein wenig zu sehr. Im Moment jedoch galt es, sich um andere Dinge Sorgen zu machen; mit ihrem Verhältnis–welcher Natur auch immer es sein mochte–würde sie sich später befassen.

Als ihr Blick auf die hellblaue Tür mit dem Schild *Frauenhaus Offenes Herz* fiel, begann ihr Puls erneut zu rasen. Für diese spezielle Unterkunft hatte man extra ein altes, dreistöckiges Hotel umgebaut. Sie war für alleinerziehende Mütter mit Kindern gedacht, und anstatt der ein oder zwei großen Säle voller Feldbetten, wie man sie in den meisten solcher Unterkünfte vorfand, gab es achtzehn individuelle Zimmer, in denen jeweils ein bis vier Familienmitglieder untergebracht werden konnten.

Ein Zimmer zu besitzen, das sie nur mit ihrer Tante teilte, vermittelte ihr damals ein gewisses Gefühl von Normalität. Im Erdgeschoss befand sich ein Multimedia-Salon mit Kartentischen, einem großen Fernseher und vielen Spielen sowie ein kleineres, ruhigeres Zimmer, wo man lesen und seine Hausaufgaben erledigen konnte. Die Erwachsenen besaßen ihre eigene Computerecke und zusätzlich einen privaten Rückzugsort, wenn sie mal eine Pause von den Kindern brauchten. Außerdem waren da noch eine Küche und ein Esszimmer, wo richtig vernünftige Mahlzeiten serviert wurden.

Vier Monate hatten sie hier verbracht, bevor sie in eine Wohnung umgezogen waren. Bree war damals nur ungern wieder gegangen, aber die Aufgabe des Heims war es nun mal, seinen Bewohnern den Start in ein neues Leben zu erleichtern, worin sie auch wirklich gut waren. Leider war für sie und ihre Tante dieses neue Leben schon nach sieben Monaten wieder vorbei. Dann war ihre Tante in einer Entzugsklinik gelandet und sie hatte man in einer Pflegeeinrichtung untergebracht, der ersten von vielen, allesamt enttäuschend.

Als sie sich der Tür näherten, verlangsamte Nathan seine Schritte und verstärkte den Griff seiner Finger.

Sie blieb stehen und bedachte ihn mit neugierigem Blick. „Ist alles in Ordnung?"

Er presste die Lippen zusammen. „Ich hätte nie gedacht, dass ich jemals hierher zurückkehren würde."

„Aber an diesem Ort ist doch nichts Schlimmes passiert", erinnerte sie ihn. „Richtig?"

„Stimmt."

„Die Direktorin–wie hieß sie gleich noch mal?"

„Lucy Harper."

„Ach ja. Miss Lucy, wie wir sie immer nannten. Ob sie wohl noch hier ist? Sie kam mir damals, als ich zwölf war, schon wie Hundert vor."

„Ich schätze mal, sie war um die fünfzig", entgegnete er mit einem angespannten Lächeln.

„Und knallhart. Ich erinnere mich noch, wie sie miese Freunde und Ehemänner davonjagte, einfach jeden, von dem Gefahr ausging. Es war das erste Mal, dass ich so etwas erlebte."

„Sie hatte stets einen Baseballschläger hinter dem Schreibtisch stehen und drohte, meinen Stiefvater damit zu verprügeln, sollte er es wagen, nochmals hier aufzutauchen. Hätte sie das doch nur getan. Das hätte uns allen viel Schmerz erspart."

Bree kannte nicht sämtliche Details seines Lebens, wusste aber, dass er eine Menge Ärger mit seinem Stiefvater gehabt und das erst aufgehört hatte, als dieser starb.

„Wie geht es deiner Mutter jetzt?", fragte sie zögerlich.

„Sie ist an einem guten Ort, aber lass uns jetzt nicht über sie sprechen, sondern erst mal das hier hinter uns bringen."

Sie nickte, und gemeinsam gingen sie zur Tür.

Als sie das Gebäude betraten, fühlte es sich an, als würden sie in der Zeit zurückreisen. Sie musste sich daran erinnern, dass sie kein verängstigtes kleines Kind mehr war, das nach einer Unterkunft oder einem sicheren Ort suchte. Sie war jetzt FBI-Agentin, die versuchte, das Leben eines Entführungsopfers zu retten. Nur das zählte.

Entschlossen ging sie hinüber zur Rezeption, an der eine Frau saß. Sie trug ein Namensschild, das sie als Christie auswies, hatte blonde Haare, blaue Augen und schien in ihren späten Dreißigern zu sein.

„Wie kann ich Ihnen helfen?“, fragte Christie.

„Mein Name ist Bree Adams. Ich bin Spezialagentin beim FBI.“ Sie zeigte Christie ihr Abzeichen, und deren Gesicht nahm umgehend einen misstrauischen Ausdruck an. „Ich arbeite an einem Fall, bei dem es um ein vermisstes Kind geht.“

„Das aus den Nachrichten?“

„Ja, aber es gibt noch ein weiteres kleines Mädchen, um das wir uns Sorgen machen und ich habe einen Hinweis bekommen, dass sie sich möglicherweise hier im Frauenhaus aufhält. Dies ist ein Foto von ihr. Leider sieht man sie darauf nur von hinten, aber vielleicht erkennen Sie sie trotzdem?“ Sie reichte Christie ihr Handy.

Diese betrachtete das Bild. „Sicher ist Ihnen bekannt, dass ich keine persönlichen Informationen über unsere Bewohner herausgeben darf. Das dient deren Sicherheit.“ Mit diesen Worten gab sie Bree ihr Telefon zurück. „Tut mir wirklich leid.“

Dem unbehaglichen Glitzern ihrer Augen nach hatte sie das Kind erkannt.

„Das verstehe ich vollkommen“, antwortete Bree, „aber hier geht es um Leben oder Tod und ich weiß, dass Sie uns gern helfen würden.“

„Die Kleine ist in Gefahr?“

„Genau.“

„Ich könnte die Direktorin fragen …“ begann Christie, hielt jedoch inne, als sich die Tür zum Büro hinter ihr öffnete.

Schockiert erkannte Bree in der älteren Frau mit den weißen Haaren und den stechenden blauen Augen die Person, über die sie und Nathan gerade noch gesprochen hatten. „Miss Lucy“, murmelte sie. „Sie sind noch hier.“

Lucy Harper ließ ihren Blick zuerst über ihr Gesicht und dann über das von Nathan wandern. „Na so was. Ihr beide kommt mir bekannt vor. Lasst mich nachdenken.“ Sie bedachte Bree erneut mit einem langen Blick. „Bree Larson.“

„Ich kann nicht glauben, dass Sie sich an mich erinnern.“

„Braunes Haar und schöne grüne Augen, die immer so voller Hoffnung dreinblickten“, sagte Lucy und wandte sich dann an Nathan. „Und du bist Nathan … oh, wie war doch gleich dein Nachname?“

„Bishop.“

„Natürlich. Nathan Bishop, der überfürsorgliche, große Bruder und hingebungsvolle Sohn.“

„Sie haben ein ausgezeichnetes Gedächtnis“, stelle dieser anerkennend fest. „Bei meinem Aufenthalt hier war ich dreizehn Jahre alt; das liegt Ewigkeiten zurück.“

„Ich habe die Menschen, die hier bei uns wohnten, stets als Familie betrachtet. Und ich muss zugeben, dass das Gesicht deiner Mutter mich noch immer verfolgt, Nathan. Als sie uns damals verließ, habe ich mir große Sorgen um sie gemacht. Sie kam nie mehr zurück und ich war mir nicht sicher, ob das ein gutes oder schlechtes Zeichen war. Darf ich fragen, wie es ihr geht?“

„Sie ist okay“, erwiderte er vage.

Diese Worte hätten auch Bree beruhigen sollen, aber sie hatte das Gefühl, dass Nathan etwas verschwieg. Jetzt war jedoch nicht der Zeitpunkt, in ihn zu dringen.

„Das freut mich sehr zu hören“, sagte Lucy. „Aber nun zu euch. Was hat euch hierhergeführt? Ihr seht nicht aus, als ob ihr noch Hilfe nötig hättet.“

„Sie sind vom FBI“, schaltete Christie sich ein.

„Genauer gesagt ich“, korrigierte Bree sie. „Ich bin auf der Suche nach einem Mädchen. Sie ist in Gefahr, und ich muss sie finden. Mir ist schon klar, dass Sie keine vertraulichen Informationen weitergeben dürfen, aber es ist wirklich wichtig. Ich habe ein Bild von ihr und es Christie bereits gezeigt.“

Lucy nickte ihrer Mitarbeiterin ermutigend zu. „Nur zu, erzähl es ihr.“

„Die Kleine heißt Emma Lowell“, sagte Christie. „Sie kam vor zwei Nächten mit ihrer Schwester Tasha zu uns. Tasha zeigte mir ihren Ausweis; sie ist achtzehn Jahre alt. Emma bestätigte mir, sie sei zehn. Sie erzählten, dass ihre Mutter krank sei und die Miete nicht bezahlen könne und sie daher eine Zuflucht bräuchten, bis sie aus dem Krankenhaus entlassen würde."

„Sie haben nicht das Jugendamt verständigt?", erkundigte sich Bree.

„Nein, da Emma mit ihrer volljährigen Schwester zusammen war, haben wir das nicht getan", verteidigte sich Christie. „Wir versuchen, Familien dabei zu helfen, zusammen zu bleiben und nicht, sie auseinanderzureißen."

„Bree weiß das", ergänzte Lucy und blickte sie spitz an. „Nicht wahr?"

„Selbstverständlich. Und ich bin auch nicht hier, um Unruhe zu stiften. Ich möchte lediglich Emma finden. Ist sie zufällig da?"

Christie schüttelte den Kopf. „Nein. Sie und ihre Schwester haben uns vor ein paar Stunden verlassen. Sie sagten, sie hätten eine bessere Bleibe gefunden. Beide machten einen recht glücklichen Eindruck, so als ob sich die Dinge auf unerwartete Weise zum Guten gewendet hätten."

„Haben sie sonst noch etwas gesagt, wie etwa, wo sie jetzt hinwollten?"

Christie überlegte kurz. „Emma erzählte etwas von einer Rolle in einem Theaterstück, die sie bekommen hätte. Mehr weiß ich leider auch nicht."

*Eine Rolle in einem Theaterstück oder eine Rolle in einem Täuschungsmanöver?*

„Wurde ihr Zimmer bereits gereinigt?" Womöglich hatte die Kleine etwas zurückgelassen. Sie konnte sich nicht vorstellen, dass der Flyer sie zum Frauenhaus lotsen sollte, nur um dort nichts weiter vorzufinden. „Vielleicht haben sie ja etwas vergessen?"

„Die Putzkolonne kommt erst morgen früh. Da wir momentan nicht ausgebucht sind, hatte es keine Eile."

„Darf ich sehen, wo die beiden gewohnt haben?"

„Nun, ich denke, da spricht nichts dagegen", sagte Lucy. „Du, Nathan, musst allerdings hier unten bleiben. Wie du dich vielleicht erinnerst, sind erwachsene Männer oben nicht erlaubt."

„Das verstehe ich völlig“, erwiderte er.

Sie blickte ihn entschuldigend an. „Es wird nicht lange dauern.“

„Lass dir ruhig Zeit. Ich werde warten.“

Als Bree mit Lucy die Treppe hinaufging, fiel ihr auf, dass das Frauenhaus definitiv modernisiert worden war. Die Wände waren frisch gestrichen und der alte, fleckige Teppich, der immer gestunken hatte, war durch einen sauberen Fliesenboden ersetzt worden.

„Wie fühlt es sich an, wieder hier zu sein?“, erkundigte sich Lucy und blickte sie scharf an.

„Eigenartig. Aber damals war es ein guter Ort für meine Tante und mich.“

„Was ist mit deiner Tante passiert?“

„Keine Ahnung.“

„Du hast keinen Kontakt mehr zu ihr?“

„Nein. Ich habe sie seit Jahren nicht mehr gesehen. Nachdem wir hier auszogen, ging es mit ihr bergab. Genau wie meine Mutter war auch sie abhängig, schaffte es nicht, sich zusammenzureißen und konnte sich nicht mehr um mich kümmern. Ich landete im Pflegeheim. Anfangs hoffte ich noch, sie würde wieder auf die Beine kommen und nach mir suchen, aber das ist nie passiert.“

„Auf jeden Fall freue ich mich, dass es dir gut geht. Arbeitest du gern für das FBI?“

„Ja, ich liebe meinen Job. Die meiste Zeit suche ich nach vermissten Kindern, was nicht immer einfach ist, aber auch sehr befriedigend.“

Die Direktorin lächelte. „Ich bin mir sicher, dass sie alle sehr glücklich darüber sind, jemanden wie dich an ihrer Seite zu haben. Du warst schon immer ein stures, kleines Ding. Diese Eigenschaft kommt dir jetzt bestimmt zugute.“

„Das hoffe ich zumindest.“

„Und Nathan? Seid ihr zwei zusammen? Ich weiß noch, wie eng ihr damals miteinander wart.“

„Wie können Sie das noch wissen, wo doch so viele Menschen hier durchkommen? Das ist unglaublich.“

„Ich schaue mir die Leute an, höre ihnen zu. Ich erinnere mich fast immer an ihre Namen und zumindest an einen Teil ihrer Geschichte. Tatsächlich ist es viel schwieriger, einige der Dinge zu vergessen, die ich sehe und höre, als sie zu behalten."

Sie sah eine Traurigkeit in Lucys Augen und konnte sich nur zu gut vorstellen, welche Horrorgeschichten sie im Laufe der Jahre gehört und durchlebt haben musste. „Die Menschen, die hierherkommen, haben großes Glück, auf Sie zu treffen."

„Auch ich war einst ein Straßenkind und kenne und verstehe die Bedürfnisse, die Verzweiflung und die Träume der Leute, die den Weg zu uns finden. Ich tue, was ich kann, um ihnen das Leben zumindest für eine kurze Zeit ein wenig zu erleichtern."

„Sie machen einen großartigen Job. Dies war der beste Ort, an dem ich je leben durfte." Bree hielt inne. „Wissen Sie noch mehr über Emma als das, was Christie uns erzählen konnte?"

„Leider nein, ich habe weder Emma noch ihre Schwester kennengelernt, weil ich die letzten paar Tage viel unterwegs war." Vor Zimmer 2102 blieb sie stehen. „Da wären wir."

Bree atmete scharf ein. „Hier haben die beiden gewohnt? Aber das...das war früher meine Suite."

„Tatsächlich? Das wusste ich gar nicht. Ist ja merkwürdig."

Sie hingegen betrachtete es weder als merkwürdig noch als Zufall. „Haben die beiden um genau diesen Raum gebeten?"

„Keine Ahnung, aber ich werde Christie fragen. Allerdings kann ich mir das kaum vorstellen. Sie waren noch nie zuvor hier gewesen, von daher ist es ja nicht so, als ob sie in ihr Lieblingszimmer zurückgewollt hätten." Lucy öffnete die Tür und forderte sie auf einzutreten.

Als Bree sich in dem Raum mit den zwei Doppelbetten umsah, kam er ihr viel kleiner vor, als sie ihn in Erinnerung hatte. Beide Betten waren ungemacht, die Decken zerwühlt, und auf der Kommode standen ein Pizzakarton und ein paar leere Getränkedosen.

Und auf dem Kopfkissen lag–ein großer, weißer Umschlag.

Sie ging mit einem wachsenden Gefühl von Beklemmung darauf zu, das sich sogar noch verstärkte, als sie auf der Vorderseite des Briefes in krakeligen Buchstaben ihren Namen entdeckte. Da hatte sie also ihren Hinweis! Im Inneren befanden sich zwei Zeitungsausschnitte. Es dauerte einen Moment, bis sie erkannte, dass die Ausschnitte ein Foto waren, das in der Mitte entzweigerissen worden war. Und es zeigte sie! Nach der High School hatte sie, um sich etwas Geld zu verdienen, ein wenig gemodelt. Mit einem der Jobs hatte sie es sogar bis in die lokale Zeitung geschafft und auf dem Bild war zu sehen, wie sie auf einer Charity-Modenschau über den Laufsteg ging.

Sie konnte kaum glauben, dass jemand diesen alten Bericht ausgegraben, das Foto in zwei Teile zerrissen und hier für sie deponiert hatte.

„Darf ich fragen, was eigentlich los ist?", erkundigte sich Lucy. Die ältere Frau blickte besorgt drein.

„Jemand versucht mit allen Mitteln, mich in den Wahnsinn zu treiben."

Sie zeigte ihr das zerfetzte Foto und Lucy runzelte die Stirn.

„Ich verstehe nicht–was hat das zu bedeuten?"

„Dass irgendjemand meine Vergangenheit kennt und sie Stück für Stück ausgräbt. Ich erhielt einen Hinweis, der mich hierherführte, und nun finde ich das vor. Das einzige Problem ist, dass ich nicht weiß, wohin ich mich als nächstes wenden soll."

„Was haben Emma und Tasha damit zu tun?"

„Keine Ahnung, Emma erzählte etwas von einer Rolle in einem Theaterstück, die sie ergattert hätte. Vielleicht wurden sie dafür bezahlt, hierher zu kommen, nach diesem Zimmer zu fragen, mir diese Nachricht zu hinterlassen, und dann wieder zu verschwinden. Ich hoffe nur, das bedeutet, dass sie in Sicherheit sind." Sie sah sich noch einmal genauer in dem Zimmer sowie dem angrenzenden Bad um, fand aber nichts weiter von Interesse. „Vielen Dank, dass Sie mir erlaubt haben, mich hier oben umzusehen", sagte sie, als sie sich wieder nach unten begaben.

„Wenn ich noch irgendwie helfen kann, lass es mich bitte wissen."

„Könnten Sie mir Bescheid geben, falls Emma oder Tasha nochmals auftauchen?"

„Selbstverständlich.“

Sie gab Lucy ihre Telefonnummer und ging dann hinüber zu Nathan, der von der Bank bei der Tür aufstand und sie fragend anblickte.

Sie reichte ihm das zerrissene Foto und er kniff die Augen zusammen. „Ich erinnere mich an dieses Event.“

„Ich auch. Damals hoffte ich, ich würde berühmt werden, weil ich es in die Zeitung geschafft hatte.“

„Johnny nannte dich sein Supermodel“, entgegnete er knapp. „Was zur Hölle hat all das zu bedeuten? War da eine Nachricht dabei?“

„Nein. Ich denke, es bedeutet, dass sie mich auseinanderreißen können, wann immer es ihnen passt, oder ist das zu wörtlich?“

Er gab ihr die Ausschnitte zurück: „Lass uns von hier verschwinden.“

Bree steckte den Umschlag in ihre Tasche und gemeinsam gingen sie nach draußen. Als ein kalter Wind durch die Straße fegte, begann sie zu zittern. Die Temperatur war um mindestens zehn Grad gesunken. Es war bereits nach neunzehn Uhr und sie war froh, dass der Truck in der Nähe parkte und unbeschädigt zu sein schien.

„Was hast du jetzt vor?“, fragte Nathan, nachdem sie sich angeschnallt hatten.

„Ehrlich gesagt, ich weiß es nicht“, seufzte sie. „Ich muss nachdenken, bin aber auch müde, hungrig und angepisst, dass ich als Marionette eines Puppenspielers agieren muss, den ich nicht einmal kenne.“

„Gegen den Puppenspieler kann ich leider nichts tun, gegen den Hunger schon. Wie wäre es mit Abendessen?“

„Ich glaube, ich muss tatsächlich etwas essen, aber du brauchst nicht den Babysitter zu spielen, Nathan.“

„Ich könnte ebenfalls was Essbares vertragen. In welchem Hotel bist du abgestiegen?“

„Es liegt sich in der Michigan Avenue, nahe am Fluss.“

„Ich kenne ein Restaurant in der Nachbarschaft, das nichts mit unserer Vergangenheit zu tun hat.“

„Perfekt.“ Vielleicht wäre sie mit etwas im Magen eher in der Lage, einige der Hinweise zu einem Muster zusammenzufügen, das Sinn ergab. Und hoffentlich würde sie das zu demjenigen führen, der sie auf diese traurige Reise in die Vergangenheit geschickt hatte.

# KAPITEL NEUN

In dem gemütlichen Restaurant, eine der berüchtigten Chicagoer Pizzen vor sich, dick belegt mit Gemüse und scharfen Peperoni, begann Bree, sich allmählich etwas zu entspannen. Das war zum einen natürlich dem Essen und dem Glas Wein zuzuschreiben, das sie viel zu schnell getrunken hatte, vor allem aber auch Nathans Gegenwart.

Sie hatte beinahe vergessen, wie sehr sie ihn in der Kindheit gemocht hatte, wie gut man sich mit ihm unterhalten konnte und wie er stets zu wissen schien, was sie dachte oder wohin ihre Gedanken wanderten, noch bevor ihr das selbst klar war. Sie hatten beschlossen, für die Dauer des Dinners die Vergangenheit ruhen zu lassen und so hörte sie ihm amüsiert zu, wie er von seiner Baufirma erzählte oder von seinen Plänen, im Frühjahr an einem Triathlon teilzunehmen. Außerdem schien er Grace zu vergöttern und sprach mit großer Zuneigung darüber, wie sehr sie Bücher und Dramen liebte und wie sie ihn, wann immer er auf sie aufpasste, zu irgendwelchen erfundenen Spielen zu überreden vermochte.

Für Nathan hatte seine Familie schon immer an erster Stelle gestanden. Sie glaubte nicht, dass sie jemals eine Person getroffen hatte, die so weit gehen würde wie er, um die Menschen seines

Blutes zu beschützen. Ihre nächsten Angehörigen zumindest hätten das nie für sie getan.

Energisch schob sie diese Überlegungen beiseite und konzentrierte sich lieber auf sein überaus attraktives Gesicht: seine hellbraunen Augen, die sich je nach Laune verdunkelten, seine ausgeprägte Kinnlinie, die ihm einen unglaublich sturen Ausdruck verleihen konnte, sein sexy, verstrubbeltes, braunes Haar und den Mund, der sowohl unglaublich scharfe wie auch liebevolle Worte aussprechen konnte.

Zwar waren die Jahre nicht spurlos an ihm vorbeigegangen und hatten ein paar Falten in seinem Gesicht hinterlassen, aber seine Lippen sahen voll und einladend aus und sie fragte sich, wie es wohl sein würde, ihn zu küssen. Und sie schien nicht die Einzige zu sein, die sich diese Frage stellte. Ihre Kellnerin hatte wesentlich öfters an ihrem Tisch vorbeigeschaut als sie es hätte tun müssen, nur um sich zu erkundigen, ob sie noch etwas bräuchten–und dabei stets nur ihn angesehen.

Sie hatte Nathan immer schon für attraktiv befunden, aber als sie älter wurden, hatte er eine hohe Mauer zwischen ihnen aufgebaut, speziell um sich selbst und jeden Bereich seines Lebens. In seinen frühen Teenager-Jahren war er da viel offener und aufgeschlossener gewesen. Zum Ende der Highschool hin aber hatte er sich zurückgezogen und war nur noch gereizt und sichtlich genervt von ihrem Verhalten.

„Hallo, Erde an Bree?“ Seine Stimme durchbrach ihre Tagträume.

Sie bemerkte, dass sie ihm noch immer auf den Mund starrte. „Tut mir leid. Ich habe nur nachgedacht.“

„Worüber?“

Sie blickte ihm in die Augen. „Genau genommen, über dich–wie sehr du dich auf eine gewisse Art und Weise verändert hast und dennoch du selbst geblieben bist.“

„Möchte ich wirklich, dass du mir das näher erklärst?“, fragte er trocken und trank einen Schluck von seinem Bier.

„Ehrlich gesagt, ich weiß nicht, ob ich das überhaupt könnte. Es ist schon merkwürdig, wie wir uns immer wieder in kritischen

Augenblicken unseres Lebens über den Weg laufen. Das erste Mal haben wir uns im Frauenhaus getroffen. Meine Mutter war ein paar Jahre zuvor gestorben, und ich lebte bei meiner Tante, die eigentlich genug mit sich selbst zu tun hatte; du, deine Mutter und deine Schwester versuchten, einer gewalttätigen Beziehung zu entfliehen. Als wir Freunde wurden, war alles plötzlich so viel leichter zu ertragen. Du warst damals wie Grace, hast es ebenfalls geliebt, Geschichten zu erzählen und Fantasieszenen zu spielen, und ich war nur zu gern ein Teil davon. Du hast mir den Glauben wiedergegeben, dass alles nur besser werden kann."

Nathan senkte den Kopf. „Du mir ebenfalls."

„Ganz bestimmt nicht."

„Doch! Du besaßt die Fähigkeit, dir alles so zurechtzulegen, wie du es gerade brauchtest, was ich damals aber noch nicht richtig verstand. Und du konntest dich voll und ganz auf das einlassen, was wir in diesem speziellen Moment taten und nur das interessierte dich, egal, ob es darum ging, mich bei Brettspielen zu schlagen oder einem Straßenverkäufer mit ein paar echten Tränen eine Brezel abzuschwatzen. Du warst eine echte Überlebenskünstlerin."

„Da bin ich aber froh, dass du dieses Wort benutzt hast. Einen Moment lang dachte ich, du würdest Freak sagen", neckte ihn Bree.

Er grinste. „Wahrscheinlich wäre das sogar passender, aber es ist einfach das, was du gerade tust, was mir schon von jeher den Tag versüßt hat."

„Und das wäre?"

„Dein Lächeln. Anfangs bekam ich es leider nicht sehr häufig zu Gesicht und betrachtete es daher als Herausforderung zu sehen, ob ich es nicht doch schaffen könnte, es öfters aus dir herauszukitzeln."

„Wirklich?" Sie hätte sich nie träumen lassen, dass sie ihm so wichtig gewesen war.

„Ja, denn wenn du lachtest und glücklich warst, war ich es ebenfalls."

Seine Worte berührten sie tief. „Mir erging es nicht anders."

Sie hielt inne und legte nachdenklich den Kopf schief. „Aber alles war anders, als wir uns in der Highschool wiedertrafen. Wir hatten uns jahrelang aus den Augen verloren und ich war so aufgeregt, als ich dich zum ersten Mal wiedersah. In der Zwischenzeit war ich in drei Pflegeheimen untergebracht gewesen und hatte zwei andere Schulen besucht, aber als ich dich im Fitnessstudio entdeckte, war es, als wäre meine Welt plötzlich wieder in Ordnung. Ich dachte mir, alles wird gut–Nathan ist hier."

Sein Blick verfinsterte sich. „Das hast du mir nie erzählt."

„Ich wollte einfach nicht, dass du dir darauf etwas einbildest. Aber dieses erste, großartige Gefühl verblasste im Laufe des nächsten Jahres. Sobald ich mit Johnny zusammenkam, wolltest du nicht mehr viel mit mir zu tun haben."

„Nur, weil ich nicht begreifen konnte, dass du so blind warst, was sein wahres Ich anbelangte."

„War das damals denn wirklich so offensichtlich?", fragte sie herausfordernd. „Ich meine, Johnny war witzig, nicht wahr, und außerdem bei jedem beliebt. Klar wussten wir, dass seine Eltern möglicherweise Kriminelle waren, aber viele Kinder hatten Eltern, die Scheiße bauten–deine und meine eingeschlossen."

Nathan runzelte die Stirn. „Er war lustig, das stimmt schon, hatte aber etwas Rücksichtsloses und Grausames an sich, das dir nicht auffiel oder das er in deiner Gegenwart zu verbergen wusste. Anfangs hoffte ich noch, eure Beziehung wäre so schnell vorbei, wie sie begonnen hatte, denn zu dieser Zeit hielt so gut wie nichts länger als ein paar Wochen, aber ihr beide kamt euch einfach immer näher. Wie oft habe ich versucht, dich zu warnen, aber du hast einfach nicht mehr mit mir geredet."

„Nein, das warst du", konterte sie. „Stets äußerst kritisch und wenn ich nicht das tat, was du wolltest, warst du fertig mit mir."

„Du hast dich gewissermaßen weggeworfen; das konnte ich einfach nicht mit ansehen, weil ich es schon zu oft erleben musste", entgegnete er hart. „Ich hasste das Gefühl der Hilflosigkeit, jemanden, der mir etwas bedeutete, dabei zusehen zu müssen, wie er geradewegs in sein Verderben rannte."

Als sie die Schatten in seinen Augen sah, spürte Bree, dass es nicht nur um sie ging. „Du hast mir noch nichts von deiner Mom erzählt. Geht es ihr gut? Lebt sie noch in Chicago?"

Nathan räusperte sich und setzte sich aufrechter hin. „Wir wollten doch nicht mehr über die Vergangenheit reden, oder?"

„Das war während des Essens." Sie deutete mit dem Kinn in Richtung der leeren Teller. „Damit sind wir fertig."

„Ja, und wir sollten wahrlich besser los", sagte er und griff nach der Rechnung.

„Lass uns halbe-halbe machen."

„Schon okay, ich übernehme das." Er zog seine Brieftasche hervor und legte das Bargeld auf den Tisch. „Bereit zum Gehen?"

Eigentlich nicht. Ihr Gespräch war so nett verlaufen, und jetzt hatte er einfach den Stecker gezogen. Da er jedoch bereits aufgestanden war, blieb ihr keine andere Wahl, als ebenfalls in ihren Mantel zu schlüpfen und ihm nach draußen zu folgen.

„Ich werde zu Fuß zum Hotel zurückgehen", sagte sie, als sie auf dem Bürgersteig standen. Das Restaurant lag direkt am Fluss und nur wenige Blocks von ihrer Unterkunft entfernt.

„Ich begleite dich."

„Nicht nötig, ich brauche keinen Bodyguard. Wahrscheinlich könnte ich mittlerweile jemanden schneller außer Gefecht setzen als du."

„Ach, tatsächlich?"

„Allerdings. Ich bin sehr gut ausgebildet."

„Mir ist aber nicht aufgefallen, dass du eine Waffe unter der Jacke trägst."

„Die brauche ich normalerweise auch nicht, wenn man mich zu einem Schreibtischjob verdonnert."

„Vielleicht solltest du in Anbetracht all dessen, was gerade abläuft, auch besser dortbleiben."

„Das sollte ich wohl", stimmte Bree zu, während sie gemeinsam den Pfad am Fluss entlanggingen.

Ein hell erleuchtetes Partyboot tauchte auf dem dunklen Kanal auf und Fetzen der Musik wehten zu ihnen herüber. „Diese Gegend ist wirklich bezaubernd. Ich kann gar nicht verstehen, warum ich früher nie hierhergekommen bin."

„Tja, der unsichtbare Zaun“, erinnerte er sie.

„Wahrscheinlich. Und wenn wir es dann doch mal taten, dann nur zu dem Zweck, ein paar abgelenkte Touristen um etwas Bargeld zu erleichtern.“

Nathans Augenbrauen schossen in die Höhe. „Du hast mir nie erzählt, dass du das getan hast.“

„Tatsächlich auch nur ein- oder zweimal, und ich war auch nicht sehr gut darin. Außerdem plagten mich danach schlimme Gewissensbisse. Du hast das nie probiert?“

„Nein.“

„Na ja, du hattest ja schon immer wesentlich höhere moralische Wertvorstellungen als ich.“

„Das stimmt doch überhaupt nicht“, entgegnete er scharf und er klang plötzlich wütend.

„Was habe ich denn Falsches gesagt?“

„Nichts. Vergiss es.“

„Was ist los? Deine Reaktion kommt mir ziemlich heftig vor.“

„Das ist die Regel, wenn ich mit dir zusammen bin“, entgegnete er trocken.

„Anscheinend schaffe ich es wirklich immer wieder, dich in Rage zu bringen.“ Als das Hotel vor ihnen auftauchte, blieb sie stehen und lehnte sich ans Geländer. Eigentlich wollte sie noch nicht dorthin zurück. „Wie schön es hier ist. Eigentlich habe ich Chicago nur als hässlich in Erinnerung, aber es hat wirklich seine hübschen Seiten.“

„Die Gegend um den Fluss herum hat sich wirklich gemacht– neue Restaurants und Bars, viel Platz, um spazieren zu gehen, zu joggen oder einfach nur abzuhängen.“ Er gesellte sich zu ihr und warf ihr einen neugierigen Blick zu. „Etwas habe ich mich schon die ganze Zeit über gefragt. Wann hast du deinen Namen in Adams abgeändert?“

„Damals in Detroit. Die Frau, die mir bei der Adoption half, hat auch das für mich in die Wege geleitet. Sie hat alle meine Unterlagen aktualisiert und gemeint, ich bräuchte einen komplett neuen Start, um meinem bisherigen Leben zu entfliehen. Damit hatte sie definitiv recht. Also habe ich auf sie gehört und es durchgezogen."

„Aber das FBI hat doch bestimmt deine Vorgeschichte überprüft, oder? Dabei sind sie doch gewiss auf deinen früheren Namen gestoßen."

„Natürlich, aber das spielte keine Rolle. Ich hatte ihn ja nicht geändert, weil ich etwas gesetzeswidriges getan hatte, sondern einfach nur, weil ich einen neuen wollte."

„Und wieso ausgerechnet Adams?", frage Nathan. Dann jedoch grinste er über das ganze Gesicht. „Warte, ich glaub, ich weiß die Antwort darauf. Es war wegen dieses Films–*die Addams-Family.* Den hast du dir damals im Frauenhaus bestimmt ein Dutzend Male reingezogen. Du mochtest dieses Mädchen–wie war gleich noch mal ihr Name?"

„Wednesday. Sie war seltsam und magisch zugleich und hat immer das gesagt, was sie gerade dachte. Allerdings schreibe ich mich nicht mit zwei *d's*. Es wäre seltsam rübergekommen, und außerdem wollte ich zum ersten Mal in meinem komplett neu anfangen und normal sein. Ich war schon viel zu lange eine mehr als sonderbare Person gewesen", fügte sie lachend hinzu.

„Du warst nicht sonderbar, Bree, sondern einfach nur bezaubernd. Und das bist du immer noch."

Sein Blick ruhte auf ihrem Gesicht und ließ sie erröten.

„So etwas solltest du nicht sagen, Nathan."

„Warum nicht?"

„Weil …" Wie sollte sie diesen Satz beenden? „Wir–wir sind Freunde, na ja, vielleicht nicht direkt Freunde, aber wir ..." Sie stockte erneut und suchte nach Worten.

„Man kann uns nicht festlegen. Wir trotzen jeglicher Definition."

„Da hast du wohl recht." Als seine Augen zu ihren Lippen wanderte, wurde ihr Mund trocken. „Und überhaupt weiß ich nicht, was du eigentlich möchtest?"

„O doch, das tust du."

Abrupt richtete er sich auf und ließ seine Hände über ihre Taille gleiten, was einen Hauch von Vorfreude in ihr auslöste. Er blickte sie lange und intensiv an, und ihr Puls begann zu rasen. Dann senkte er den Kopf–so betont langsam, dass ihre Nerven zu schreien begannen.

Endlich fanden seine Lippen den Weg zu den ihren und es fühlte sich an, als ob sie schon ein Leben lang auf diesen Kuss gewartet hätte.

Nathan nahm ihren Mund in Besitz, als wäre er sein Eigentum, und es war unglaublich, wie sehr ihr das gefiel. Seine Sehnsucht nach ihr war offensichtlich und zog ein ähnlich tiefes Gefühl ihrerseits nach ihm nach sich, wie sie es nie erwartet hätte.

Als er dann den Kopf neigte, um sie noch intensiver küssen zu können, gab sie nach, schlang ihre Arme um seinen Hals, öffnete den Mund, vergaß sämtliche Gründe, warum sie das nicht tun sollten und hielt stattdessen an all denen fest, die ihr die Richtigkeit ihres Tuns vor Augen führten.

Nathan, der fantasievolle Junge, und Nathan, der stets wütende Teenager, verschmolzen zu einer Person, diesem unglaublich sexy, kraftvollen und starken Mann, der sie gerade so küsste, als wolle er nie wieder von ihr ablassen.

Aber natürlich tat er es doch irgendwann, und als er den Kopf hob, funkelten seine Augen im Mondlicht.

Bree starrte ihn erstaunt und verwirrt an. „Jetzt ist es also passiert."

Seine Hände lösten sich von ihrer Taille und er trat einen Schritt zurück. „Ich werde mich nicht dafür entschuldigen."

„Darum habe ich dich auch nicht gebeten."

„Du hast meinen Kuss erwidert", stellte er fest, und Überraschung klang in seiner Stimme mit.

„Wolltest du das nicht?"

„Doch, natürlich, aber ich ..." Ihm versagte kurzzeitig die Stimme, dann jedoch sprach er weiter: „Ich hätte eigentlich nicht damit gerechnet." Er fuhr sich mit der Hand durchs Haar. „So viele Jahre habe ich auf diese Gelegenheit gewartet, dich zu küssen."

Seine Worte brachten ihr Herz erneut zum Rasen. „Das–das wusste ich gar nicht."

„Ich denke doch“, entgegnete er leise, „aber dein Herz gehörte jemand anderem.“

Ihre Blicke trafen sich, verweilten auf dem jeweils anderen. *Zu manchen Zeiten waren sie sich so nah gewesen, zu anderen wieder so fern. Hatte er recht? Hatte sie nicht schon immer gewusst, dass er in ihr stets mehr als nur eine Freundin sah? Hatte sie nicht selbst manchmal vermutet, dass hinter seinem jugendlichen Ärger einfach nur Eifersucht steckte? Obwohl es sich oft auch wie Ablehnung angefühlt hatte.*

„Damals in der Highschool war es schwer, aus dir schlau zu werden.“

„Möglicherweise.“ Er drehte sich um und schaute hinaus aufs Wasser. „Ist aber jetzt egal.“

Sie konnte spüren, wie er sich zurückzog, und das gefiel ihr ganz und gar nicht. Als sie ihm eine Hand auf den Arm legte, wendete er sich ihr erneut zu. „Lassen wir einfach mal unsere Vergangenheit außen vor. Das, was gerade passiert ist, war–gut.“

Seine Augen leuchteten auf. „Das war es.“

„Vielleicht sollten wir uns darauf einigen und es einfach dabei belassen ...“

„Das Problem ist, dass ich nicht weiß, ob ich das schaffe.“

Plötzlich summte sein Telefon. Er zog es aus der Tasche, runzelte die Stirn und schaltete den Anrufer stumm.

„Wer war das?“, erkundigte sich Bree.

„Das spielt keine Rolle.“

„Adrienne, nicht wahr?“ Als sie die Antwort in seinem Gesicht las, stieß sie einen tiefen Seufzer aus. Sie hatte völlig vergessen, dass er mit jemandem zusammen war. „Ruf sie zurück.“

„Wir sind hier noch nicht fertig.“

„Das sollten wir aber. In deinem Leben gibt es eine Frau und ich werde wieder von hier verschwinden, sobald dieser Fall gelöst ist. Es macht keinen Sinn, jetzt etwas miteinander anzufangen.“

„Das haben wir bereits vor langer Zeit getan, Bree, und eines schönen Tages werden wir es zu Ende bringen.“

„Vielleicht war das gerade das Ende. Wir hatten unseren Kuss.

Er war großartig. Belassen wir es einfach dabei.“ Sie setzte sich erneut in Bewegung und er schloss sich ihr nur widerwillig an.

Bis zum Eingang des Hotels sprachen sie kein Wort, dann jedoch brach es aus ihm heraus: „Was, wenn ich dir sagen würde, ich möchte nicht, dass es das war? Was würdest du darauf antworten?“

Sie atmete scharf aus und kämpfte mit der Versuchung. „Ich würde sagen–dann komm mit mir auf mein Zimmer, aber ...“, fügte sie schnell hinzu, als sie seine Aufregung bemerkte, „es gibt da jemanden in deinem Leben, dem du wichtig bist. Dein Zuhause ist hier, ich dagegen will nie mehr in dieser Stadt leben. Es führt zu nichts, Nathan, sieh es doch ein. Und als ich dich gestern in Josies Haus wiedertraf, hast du ganz richtig reagiert mit den Worten: 'Lass uns versuchen, das Leben des jeweils anderen nicht komplett auf den Kopf zu stellen.' Daran werde ich mich halten und dir deshalb jetzt und hier Gute Nacht wünschen.“

Er presste die Lippen aufeinander. „Deine erste Antwort hat mir wesentlich besser gefallen.“

Sie lächelte und stahl sich einen letzten, schnellen Kuss. „Noch einen für den Rückweg“, sagte sie, drehte sich um und betrat ihr Hotel.

# KAPITEL ZEHN

BREE NAHM den Aufzug hinauf zu ihrem Zimmer und schloss die Tür hinter sich ab. Sie warf ihre Tasche auf die Kommode, ließ sich aufs Bett fallen und starrte an die Decke. In ihrem Kopf drehte sich alles und ihre Gefühle waren ein völliges Chaos.

*Sie hatte Nathan geküsst.* Das war kaum zu glauben. Die Vergangenheit und die Gegenwart drohten zu kollidieren …

Sie wünschte, sie könne sagen, ihre Entscheidung, die Dinge mit einem Kuss zu beenden, war richtig gewesen, aber dem war nicht so.

All ihre Sinne schrien nach mehr, und obwohl ihr Verstand ihr bestätigte, das Richtige getan zu haben, indem sie sich zurückzog, kribbelte ihr Körper allein bei der Vorstellung, Nathans Mund auf dem ihrem und seine Hände überall auf ihrem Körper zu spüren.

Stöhnend setzte sie sich auf. Ihr war klar, dass sie sich im Kreis drehte.

Eigentlich sollte sie sich gerade auf wichtigere Dinge konzentrieren.

Also holte sie ihren Computer hervor und schaltete ihn ein. Da sie keine E-Mails vorfand, die einer umgehenden Antwort bedurften, ging sie ins Internet und loggte sich in das Baseballforum ein.

Sie war neugierig zu erfahren, ob sich jemand auf ihre kürzliche Nachricht gemeldet hatte.

Lächelnd entdeckte sie einen Post von Parisa.

*Wie schade, dass wir uns heute nicht sehen konnten. Habe noch immer die gleiche Nummer, falls du reden möchtest. Verbringe einen langweiligen Abend damit, Wyatt zu beobachten, wie er Frauen abschleppt. Könnte eine Pause gebrauchen. Ruf mich an.*

Als sie sah, dass die Nachricht erst vor einer halben Stunde eingegangen war, zog sie ihr Prepaid-Handy hervor und tippte Parisas Nummer ein.

Mit ihr hatte sie sich in Quantico ein Zimmer geteilt. Als schöne, dunkelhaarige und glutäugige Frau besaß Parisa die Fähigkeit, sich problemlos in die unterschiedlichsten Kulturen einzufügen. Dazu kamen auch noch die entsprechenden Sprachkenntnisse –sie sprach fließend Französisch, Portugiesisch, Spanisch und Farsi sowie einige russische Dialekte. Als Tochter eines ehemaligen Diplomaten hatte sie bereits überall auf der Welt gelebt und damit internationale Erfahrungen sammeln können, die ihr bei ihrem Job zugutekamen. Sie verbrachte einen Großteil ihrer Zeit im Ausland und es war über ein Jahr her, seit sie sie das letzte Mal gesehen hatte.

Sie nahm Brees Anruf nur Sekunden später an. „Hallo?“

„Ich bin es, Bree.“

„Warte mal eine Sekunde.“

Bree hörte Musik im Hintergrund; dann wurde es ruhiger, obwohl man nun deutlicher den Lärm von der Straße vernahm.

„Das ist besser“, befand Parisa.

„Wo bist du denn?“

„In einer Bar in der Nähe der Uni. Wir sind nach Jamies Erinnerungsfeier hierhergekommen.“

„Wie war es?“

„Einerseits traurig, andererseits aber auch seltsam fröhlich. Es war bittersüß, so viele alte Freunde wiederzutreffen, aber leider unseren liebsten Freund nicht mehr dabeizuhaben.“

„Waren viele Leute da?“

„Mehr als ich erwartet hätte–nicht nur unsere engste Gruppe, sondern auch diverse andere, mit denen wir in Quantico ausgebildet wurden. Es war schön, alle mal wiederzusehen. Jetzt allerdings haben sich Damon und Sophie abgesondert, und zwei der Studentinnen hängen gebannt an Wyatts Lippen. Ich vermisse Bree, meine Seelenverwandte."

„Es fühlt sich an, als läge das Ewigkeiten zurück."

„Wie wahr", stimmte Parisa zu.

„Was ist mit Diego?"

„Er hat es leider nicht rechtzeitig geschafft."

„Ach, wie schade. Und wie geht es den Rowlands?"

„Ihre Intention war es, ein fröhliches Abendessen mit all seinen Freunden zu veranstalten, aber man konnte nur zu deutlich sehen, dass Vincent noch immer an dem Verlust seines Sohnes zu knabbern hat. Cassie scheint es besser wegzustecken."

„Er macht sich Vorwürfe, dass er seinen Sohn dazu gedrängt hat, beim FBI in seine Fußstapfen zu treten. Wenn Jamie diese Entscheidung nicht getroffen hätte, wäre er vielleicht noch am Leben."

„Möglich. Er hat jedenfalls schwer daran zu tragen", bekräftigte Parisa.

„Wie geht es Wyatt? Nach diesem Projekt im letzten Sommer in New York, das so viel Staub aufgewirbelt hat, wollte er mir nicht sagen, wohin es ihn als Nächstes zieht."

„Derselbe alte Wyatt–geheimnisvoll und grüblerisch. Schwierig herauszufinden, was er denkt oder tut. Mir gegenüber hat er lediglich etwas von einigen Sondereinsätzen erwähnt–was immer das bedeuten mag. Abgesehen davon habe ich nicht die geringste Idee, was er so treibt. Seit wir in dieser Bar sind, bemüht er sich nach Kräften, irgendeine Tusse zu finden, die er abschleppen kann." Sie hielt kurz inne. „Aber es war schön, endlich Sophie zu treffen. Sie passt prima zu Damon."

„In der Tat. Ich habe sie auch erst näher kennengelernt, nachdem sie und Damon Ende des Sommers von ihren archäologischen Ausgrabungen zurückkamen."

„O ja, sie haben einige ihrer Funde in nervtötenden Details

beschrieben“, lachte Parisa. „Wer hätte je gedacht, dass Damon sich für alte Knochen interessieren könnte?“

„Nun, er ist verliebt.“

„Und was man nicht alles aus Liebe tut …“, bekräftigte Parisa.

„Was ist mit dir? Welche Pläne hast du?“

„Ich fliege am Sonntag nach London.“

„Um was genau zu tun?“

„Das weiß ich noch nicht. Aber lass uns lieber über dich sprechen, Bree. Dein Beitrag klang leicht verzweifelt. Ist alles in Ordnung?“

„Nein“, seufzte sie. „Ich wurde nach Chicago abbeordert, um bei einem Entführungsfall zu beraten.“

„Damon hat mir erzählt, dass du hinter jemandem her bist, der als der Weiße-Rose-Kidnapper bezeichnet wird.“

„Genau. Bisher hatte er nur den Nordosten unsicher gemacht, sich aber plötzlich für einen Szenenwechsel und Chicago entschieden. Und so wie es scheint, hat er mich zu einer der Figuren in seinem kranken Spiel auserkoren. Er ist meinem Geheimnis auf die Spur gekommen, von dem ich dir während des Trainings erzählt habe, und zwingt mich nun, erneut in meine Vergangenheit einzutauchen, ohne dass ich ihn aufhalten kann.“

„Ernsthaft? Ich dachte, das wäre alles so tief vergraben wie nur irgend möglich.“

„Ich ebenfalls. Das Leben eines Mädchens, möglicherweise sogar zweier Mädchen, steht auf dem Spiel und ich weiß nicht, ob es damit vorbei sein wird. Der Entführer versucht alles, mich glauben zu machen, dass eines dieser Kinder meine Tochter ist, die ich damals weggegeben habe.“

„Mein Gott, Bree, das klingt ja schrecklich.“

Sie konnte die Sorge in Parisas Stimme hören. „Ich habe keine Ahnung, wie er all das über mich herausfinden konnte, schlimmer noch, ich weiß nicht, was er damit vorhat.“

„Vielleicht bekam der die Infos von einer anderen Person aus deiner Vergangenheit. Bist du jemandem begegnet?“

„Ja, in der Tat, aber Nathan hat nichts mit diesem Kerl zu tun. Er versucht sogar, mir zu helfen.“

„Nathan, aha? Und woher kennst du ihn?“

„Wir sind im gleichen Viertel aufgewachsen. Tatsächlich ist er die einzige Person, die über das Baby Bescheid wusste. Er war es auch, der mich aus Chicago rausgeschafft und eine private Adoptionsagentur für mich aufgetrieben hat.“

„Kannst du dir ganz sicher sein, dass er auf deiner Seite steht, Bree? Für mich klingt das so, als wäre er die undichte Stelle.“

„Nie im Leben! Ich vertraue ihm vollkommen“, sagte sie und ihr wurde bewusst, dass es genauso war.

„Deine Stimme hat sich gerade verändert“, stellte Parisa fest. „Sie klingt jetzt weicher, sinnlicher. Ist dieser Nathan mehr als nur ein Freund?“

„Das war er nie–bis vor circa zwanzig Minuten.“

„Jetzt kommen wir endlich zum interessanten Teil“, lachte die Freundin.

„Nicht wirklich. Ich habe alles abgeblockt.“

„Warum um alles in der Welt hast du das getan?“

„Es macht keinen Sinn, sich auf etwas einzulassen, das zu nichts führt, oder?“

„Hmm, ich weiß nicht. Im Hier und Jetzt zu leben ist nicht immer schlecht, besonders in unserer Branche. Aber was Liebe anbelangt, bin ich wahrscheinlich nicht der richtige Ansprechpartner; ich scheine mich immer in die Falschen zu vergucken.“ Sie hielt inne. „Warte mal kurz, Wyatt will etwas von mir.“

Nur einen Moment später erklang dessen Stimme über den Lautsprecher. „Wo zum Teufel steckst du, Bree? Du solltest heute Abend hier sein.“

„Ich wünschte, ich könnte es. Wie geht es dir, Wyatt? Was hast du so getrieben in letzter Zeit?“

„Bin untergetaucht.“

„Wirst du dafür bezahlt?“ Von den fünf von ihnen war Wyatt derjenige, der die meiste Undercover-Arbeit übernahm, obwohl sein letzter Einsatz ihn beinahe das Leben gekostet hätte.

„Du glaubst doch nicht, dass ich etwas umsonst mache, oder?“

„Gutes Argument.“

„Alles in Ordnung in Chicago?“

„Ich bin mir noch nicht sicher. Versuche noch, gewisse Dinge herauszufinden. Aber weißt du, wer noch hier ist? Tracy Cox.“

„Die kühle, berechnende Tracy?“, staunte Wyatt. „Ist sie mittlerweile etwas umgänglicher?“

„Nicht die Spur. Sie scheint es zu genießen, dass ich jetzt ihr unterstellt bin.“

„Das ist natürlich mal was ganz anderes. Auf der Akademie warst du ihr stets eine Schrittlänge voraus. Aber ich muss gestehen–sie war zwar ein richtiger Kotzbrocken, aber dennoch clever.“

„Ich werde mich bemühen, das im Hinterkopf zu behalten. Übrigens hat sie sich nach Diego erkundigt. Ich habe mich immer gefragt, ob zwischen den beiden was lief.“

„Nicht, dass ich wüsste ... Okay, ich muss los. Lass uns wissen, falls du etwas brauchst.“

„Das werde ich“, versprach sie.

Nur Sekunden später hatte sie wieder Parisa am Telefon. „Wie Wyatt schon gesagt hat–falls du Hilfe brauchst, Bree, melde dich. Ich bin noch ein paar Tage in der Stadt. Ruf mich einfach an oder hinterlasse eine Nachricht im Forum.“

„Danke für das Angebot. Es klingt, als ob ihr Spaß hättet", sagte sie wehmütig.

„Noch mehr Spaß hätten wir, wenn du ebenfalls hier wärst. Nun, dann müssen wir uns eben zu einem anderen Zeitpunkt mal treffen.“

„Unbedingt.“

„Pass auf dich auf. Und was diesen Typen anbelangt–Nathan? Sei vorsichtig, was Männer aus deiner Vergangenheit anbelangt. Es ist immer besser, nach vorne zu schauen als zurück.“

„Auch daran werde ich denken.“ Als Bree ihr Telefon sinken ließ, ging es ihr sowohl besser als auch schlechter.

Es war schön gewesen, mal wieder mit Parisa zu plaudern, aber jetzt fühlte sie sich noch einsamer als zuvor. Sie wünschte, sie könnte mit ihren Freunden zusammen sein und auf Jamie anstoßen. Sie wünschte, Hayley wäre sicher zu Hause bei ihrer Familie und ein kleines Mädchen namens Emma nie in dieses kranke Spiel hineingezogen worden. Vor allem jedoch wünschte sie, sie wüsste, wo ihre Tochter war und ob sie sich in Sicherheit befand.

Und am allermeisten wünschte sie eine Eingebung, wie sie in Sachen Nathan weitermachen sollte ...

---

*Bree, Bree, Bree ...*

Ihr Gesicht ging Nathan die ganze Nacht über nicht aus dem Kopf. Bei jeder Drehung im Bett versuchte er, den Gedanken an sie oder ihre Küsse abzuschütteln, aber es gelang ihm nicht wirklich.

Die Küsse waren so viel besser gewesen, als er es sich je erträumt hätte, und er sehnte sich nach Weiteren. Was ihn am meisten überraschte, war die Art und Weise, wie Bree den Kuss erwidert hatte, ohne Schüchternheit oder Zurückhaltung–voller Leidenschaft, Feuer und Verlangen. Und als sie ihm dann noch gestand, sie würde ihn nur zu gerne mit nach oben in ihr Zimmer mitnehmen, war er versucht gewesen, diese Idee zu forcieren, ihr durch die Hoteltüren zu folgen und ihr klarzumachen, dass morgen keinen Rolle spielte...wenn sie nur heute Nacht hätten.

Aber er hatte es nicht getan.

Ein uralter Selbstverteidigungsmechanismus hatte eingesetzt und ihn daran erinnert, dass diese Frau mehr als nur ein paar Mal auf seinem Herzen herumgetrampelt war.

Als die Morgendämmerung hereinbrach, gab er seinen Versuch, doch noch Schlaf zu finden, endgültig auf. Stattdessen schlüpfte er in ein Sweatshirt und seine Joggingschuhe und ging zur Tür hinaus. Er rannte hinunter zum See und dann am Ufer entlang, in der Hoffnung, seinen Gedanken davonlaufen zu können, aber mit jedem zurückgelegten Kilometer kamen ihm neue Ideen.

*Was, wenn er sie noch einmal küssen würde? Was, wenn er sie dazu brächte, mit ihm zu schlafen? Was, wenn er ihr zeigen könnte, was sie all die Jahre verpasst hatte?*

*Aber wohin zum Teufel sollte das führen?*

Irgendwann würde sie wieder Abschied nehmen und sich für ein weiteres Jahrzehnt nicht mehr blicken lassen, wenn sie überhaupt je zurückkam ... Dieses Mal war es ja auch nur ein Zufall gewesen und definitiv nicht deshalb, weil sie es ohne ihn nicht aushielt.

Umgekehrt war es übrigens genauso gewesen. Er hatte mit seinem Leben weitergemacht und sie aus seinen Gedanken verdrängt. Außerdem hatte er jetzt Adrienne.

*Adrienne!* Er hatte sie am Abend zuvor weder zurückgerufen noch auf ihre Nachrichten geantwortet. Mit Sicherheit war sie stinksauer, dass er sich nicht mit ihr und ihrer Freundin treffen wollte, aber er hatte sich zu diesem Besuch einfach nicht durchringen können. Nicht nach dem, was zwischen ihm und Bree vorgefallen war.

Es war noch nie seine Art gewesen, sich auf mehr als eine Frau gleichzeitig einzulassen,

und die Tatsache, dass er sich nach Brees Wiederauftauchen kaum noch an Adrienne erinnern konnte, war eigentlich ein Zeichen dafür, dass er die Dinge mit ihr beenden sollte.

Aber war das die intelligenteste Idee?

Adrienne war unkompliziert, lustig, umgänglich und charmant. Sie stammte aus einer normalen Familie, hatte weder dunkle Geheimnisse noch emotionale Narben oder Wunden, die noch nicht verheilt waren und war auch kein Magnet, der Schwierigkeiten magisch anzog.

*Genau so jemanden sollte er an seiner Seite haben.*

Aber nein ... er musste sich natürlich wieder auf eine Frau einlassen, die ihm schon immer ein Dorn im Auge war und wegen der man ihn fast umgebracht hätte. Und so wie es schien, hatte sich daran nichts geändert. Bree war von Gefahr und Schatten umgeben, und er hatte sich erneut in ihren Problemen verstrickt.

*Was also sollte er tun?*

*Sie einfach stehen lassen? Es ihr selbst überlassen, wie sie aus der Sache wieder rauskam?*

*Adrienne zurückrufen und sich entschuldigen? Sich nach der*

*Arbeit mit ihr treffen? Ihr versichern, dass er das mit letzter Nacht wiedergutmachen würde?*

Er beschleunigte seine Schritte und sprintete den letzten Kilometer, in der Hoffnung, doch noch die richtigen Antworten zu finden.

Wieder zu Hause angekommen, sprang er kurz unter die Dusche, zog sich anschließend an und grübelte über seine nächsten Schritte nach, Schritte, die mit keiner der Frauen etwas zu tun haben sollten.

Da er seinen Teil dazu beitragen wollte, Hayley zu helfen, sollte er vielleicht die Jansens aufsuchen.

Obwohl Bree die Möglichkeit, Hayley könnte ihr Kind sein, direkt abgetan hatte, war er persönlich davon noch nicht so ganz überzeugt. Und da das Chicagoer FBI-Team beschlossen hatte, Bree zukünftig aus der direkten Recherche rauszuhalten, sollte er vielleicht auf eigene Faust Nachforschungen anstellen. Auch wenn es so gut wie aussichtslos erschien, er würde es einfach probieren.

Nach einem kurzen Stopp in einer Bäckerei, zu der Mark und er nach dem Laufen gelegentlich gingen und wo er Kaffee und Gebäck besorgte, machte er sich auf dem Weg zu ihrem Haus.

Es überraschte ihn, dass er die Straße leer und ruhig vorfand. In den letzten zwei Tagen hatte es hier von Übertragungswägen und Reportern nur so gewimmelt. Er konnte nur hoffen, dass dies nicht bedeutete, die Medien hätten das Interesse an Hayleys Geschichte verloren. Allerdings war es auch erst neun Uhr morgens und sie mochten vielleicht später noch aufkreuzen.

Als Mark ihm die Tür öffnete, erschrak Nathan zutiefst. Sein Freund war in den letzten zwei Tagen um zehn Jahre gealtert, hatte dunkle Schatten unter den Augen, blasse, teigige Haut, und aus seinem Blick sprach die pure Verzweiflung.

Er fühlte sich schrecklich, dass er ihnen nichts anderes als Backwerk und Kaffee anbieten konnte. „Ich wollte nur schnell etwas abgeben, Mark. Eventuell mögen Connor und Morgan etwas Süßes, und für dich habe ich deinen üblichen Kaffee dabei."

„Danke." Mark nahm ihm das Tablett mit den Bechern aus der

Hand. „Wie aufmerksam von dir. Möchtest du nicht hereinkommen?“

„Wenn ich nicht störe?“

Mark deutete ihm an einzutreten und schloss die Tür hinter ihm. „Ich würde mich freuen, mal mit jemandem ein paar Worte wechseln zu können. Lindsays Eltern haben die Kinder gestern Abend zu sich geholt. Es ist gut, dass sie hier rauskommen. Eigentlich dachte ich, es würde dann auch für uns einfacher, wenn weniger Leute hier sind, aber jetzt empfinde ich die Stille als erschreckend.“

„Ist Lindsay hier?“, fragte Nathan, während er ihm den Flur hinunter in die Küche folgte.

„Ich hoffe, sie ist endlich mal eingeschlafen. Sie hat schon wieder die ganze Nacht in Hayleys Schlafzimmer verbracht, ihre Stofftiere im Arm gehalten und sie hin und her gewiegt. Es geht ihr gar nicht gut.“

„Das tut mir wirklich leid, Mark.“

„Danke.“

In der Küche ließ Nathan sich auf einem der Stühle am Tresen nieder. Als er all die Schachteln mit Donuts, Gebäck, Keksen und Kuchen darauf entdeckte, erkannte er, dass seine Idee nicht unbedingt originell war. „Sieht so aus, als ob ihr bereits gut versorgt wurdet.“

„Die Leute wissen nicht, was sie tun sollen, also bringen sie uns Essen vorbei. Du solltest erst mal all die Aufläufe im Kühlschrank sehen. Und die Ironie an dem Ganzen ist, dass ich noch nie in meinem Leben weniger Appetit hatte als gerade jetzt. Aber deinen Kaffee nehme ich gerne an. Ich wollte gerade ohnehin eine neue Kanne aufsetzen.“ Mark nahm sich einen der Pappbecher und setzte sich ihm gegenüber.

„Gibt es Neuigkeiten?“, erkundigte sich Nathan.

Sein Freund schüttelte nur den Kopf. „Leider nein. Ich weiß nicht, ob du es gesehen hast, aber wir haben gestern Abend einen öffentlichen Aufruf in den Nachrichten gestartet. Dadurch kamen erneut einige Hinweise rein, aber keiner davon hat bisher zu etwas geführt. Heute Morgen erst habe ich wieder einmal sowohl mit der

Polizei als auch mit dem FBI gesprochen und sie haben mir versichert, dass sie nach wie vor jede Minute Hayleys Fall widmen. In etwa einer Stunde startet eine weitere Suchaktion mit Freiwilligen. Sie wollen den Radius, der gestern bereits durchsucht wurde, nochmals erweitern. Das letzte Kind, das entführt wurde, hatte man in einem leerstehenden Haus gefunden, also konzentrieren sie sich nun auf derartige Gebäude.“ Erschöpft fuhr er sich mit der Hand durchs Haar. „Ich kann einfach den Gedanken nicht ertragen, dass Hayley irgendwo im Dunkeln und in der Kälte in einem verdammten, abbruchreifen Haus sitzt. Aber noch schlimmer ist die Vorstellung, dass ihr etwas passieren könnte.“

Marks Schmerz war übermächtig und Nathan hatte sich nie im Leben hilfloser gefühlt, weil er nicht wusste, wie er ihn trösten sollte. Es gab nichts, was er sagen konnte, damit dieser sich besser fühlte, und allein schon der Versuch glich beinahe einer Beleidigung.

Diese tiefe Trauer miterleben zu müssen, bestärkte ihn nur noch mehr in seinem Vorsatz, alles zu tun, was in seiner Macht stand, um Hayley zu finden. „Wie es scheint, suchen jede Menge Leute nach deiner Tochter“, sagte er leise und wollte ihm damit etwas Trost spenden, egal wie hohl diese Worte auch klingen mochten.

„Die Polizei ist richtig gut, besser als ich es erwartet hatte.“

„Wie kommst du denn darauf?“, fragte er neugierig.

„Ich fand die Bullen bisher nicht sonderlich hilfreich. Wir hatten im letzten Monat in unserer Straße viele Autoeinbrüche und sie konnten niemanden dingfest machen.“

„Euer Auto wurde aufgebrochen?“ Nathan lief ein unangenehmes Kribbeln den Rücken hinunter.

„Eigentlich Lindsays SUV. Zum Glück hatte sie nichts von Wert drinnen, lediglich einige Kinderspielsachen, ein Paar Fußballschuhe und eine teure Sonnenbrille. In dieser Nacht wurden noch fünf weitere Autos geknackt und einer unserer Nachbarn hatte sein Tablet im Wagen liegen. Das war natürlich weg.“ Mark hielt inne, als Lindsay den Raum betrat.

Sie trug schwarze Leggings und einen übergroßen, langärmeligen Pullover, der ihre magere Gestalt einhüllte. Genau wie ihr Mann sah auch sie völlig erschöpft aus und ihre Augen und Nase waren gerötet vom vielen Weinen.

„Oh“, sagte sie und hielt inne, als sie Nathan entdeckte. „Nathan. Ich habe gar nicht bemerkt, dass jemand gekommen ist.“

„Er hat uns Kaffee und Gebäck vorbeigebracht“, erklärte Mark.

„Danke“, entgegnete sie tonlos.

Mark nahm den zweiten Kaffeebecher aus dem Pappträger und reichte ihn ihr. „Warum fängst du nicht erst mal damit an?“

Dankbar griff sie danach. „Koffein ist mittlerweile mein bester Freund.“

„Kann ich sonst noch irgendetwas für euch tun, Leute?“, fragte Nathan.

„Das FBI erwähnte, Grace hätte sich daran erinnert, dass der Mann einen Ring der Cubs am Finger trug“, sagte Mark. „Hat sie sich sonst noch an irgendetwas erinnert?“

„Nein, leider nicht.“

„Dafür kann man ihr keinen Vorwurf machen“, sagte Lindsay und lehnte sich gegen den Tresen.

„Möchtest du dich setzen?“, fragte Nathan und wollte sich erheben, um ihr seinen Stuhl zu überlassen, aber sie hob abwehrend die Hand. „Nein, ist schon gut. Ich muss mich bewegen, um wieder zu Kräften zu kommen. Für Hayley muss ich stark sein.“

„Du bist stark.“

Das Telefon auf dem Küchentresen klingelte und beide machten einen Satz darauf zu. Mark erreichte es als Erster.

„Ist es die Polizei?“, fragte Lindsay ungeduldig.

„Nein. Nur das Büro“, erwiderte Mark. „Ich gehe kurz ran, okay?“

„Klar“, antwortete sie monoton.

Trotz ihrer Aussage, sie müsse wieder zu Kräften kommen, ließ sie sich auf dem Stuhl ihres Mannes nieder, kaum dass dieser die Küche verlassen hatte.

„Ist mit Grace alles okay?“, fragte sie. „An diesem Abend haben wir sie praktisch nur noch angeschrien. Das muss sie sehr verschreckt haben und ich habe deswegen auch ein ganz schlechtes Gewissen."

„Das musst du nicht. Grace geht es gut. Sie wünscht sich so sehr, dass Hayley nach Hause kommt."

„Obwohl sie ein Jahr auseinander sind, sind sie enge Freundinnen geworden, seitdem sie zusammen mit dem Ballett angefangen haben. Beide lieben es zu tanzen, und das hat sie zusammengeschweißt."

„Grace kann es nicht lassen, ständig durch die Gegend zu wirbeln, selbst wenn sie ihre Hausaufgaben machen sollte."

„Unsere Kleine ist genauso."

„Hast du als Kind auch getanzt?"

„Nein, nie. Ich habe zwei linke Füße und es hat mich auch nie interessiert, aber Hayley fühlte sich zum Ballett hingezogen, kaum dass sie laufen konnte. Sie liebt es über alles." Lindsay biss sich auf die Unterlippe. „Aber jetzt denke ich natürlich, wenn ich sie nicht auf die Bühne gezwungen hätte, wäre all das nicht passiert. Hayley wollte an der Aufführung eigentlich gar nicht teilnehmen. Der Gedanke, vor so vielen Leuten auftreten zu müssen, machte sie nervös. Sie tanzt am liebsten nur für sich selbst. Ich jedoch wollte nicht, dass sie sich diese Chance entgehen lässt, und alle anderen waren ja ebenfalls dabei. Wenn ich nicht gedrängt hätte ..." Sie brach abrupt ab. „Alles wäre anders gekommen, wenn ich nur andere Entscheidungen getroffen hätte."

„Ich kann mir kaum vorstellen, was du durchmachst, Lindsay. Es muss die Hölle auf Erden sein."

„Das ist es auch. Ich spüre, wie sie nach mir ruft, Nathan. Jedes Mal, wenn ich die Augen schließe, höre ich ihre Stimme, die mich anfleht, sie zu holen. Das bricht mir das Herz. Sie ist doch unser kleines Wunder. Nur durch einen Zufall durfte ich ihre Mutter werden und jetzt fühle ich mich, als wäre ich gescheitert. Ich habe sie nicht so beschützt, wie ich es hätte tun sollen. Ich wollte ihr ein besseres Leben bieten, als ihre Mutter es je hätte tun können, aber das ist mir nicht gelungen."

Er war schockiert, dass Lindsay so offen über Hayleys Adoption sprach. Laut Bree wusste niemand außer der Familie darüber

Bescheid, und das Kind selbst hatte keine Ahnung, dass die Jansens nicht ihre leiblichen Eltern waren. Aber Lindsay war offensichtlich verstört. Sie murmelte weiter vor sich hin und war sich dessen, was sie von sich gab, anscheinend gar nicht richtig bewusst. Nun aber, da sie es so offen angesprochen hatte, musste er darauf reagieren.

„Ich wusste nicht, dass Hayley adoptiert wurde“, sagte er und fand, dass dies die normalste Antwort war, die er geben konnte.

„Oh.“ Plötzlich erkannte sie, was sie da erzählt hatte. „Ja, wurde sie, aber das hätte ich besser nicht erwähnen sollen. Nicht viele Leute wissen davon. Ich selbst habe seit Jahren nicht mehr wirklich daran gedacht, aber seit man sie uns weggenommen hat und die Polizei so viele Fragen über ihre leiblichen Eltern stellt, kommt das alles wieder hoch.“

„Glauben die Beamten, dass die biologischen Eltern etwas damit zu tun haben?“

„Ich denke nicht. Die Mutter ist kurz nach Hayleys Geburt gestorben und keiner weiß, wer der Vater ist. Es ist auch nie jemand auf uns zugekommen.“

„Was weißt du über ihre leibliche Mutter?“

„Sie war sehr jung, siebzehn, glaube ich, hatte keine Eltern mehr. Sie sagte, sie wolle ihr Kind freigeben, damit es einmal ein besseres Leben hätte.“

„Hast du sie je kennengelernt?“

„Nein, es war eine versiegelte Adoption und lief über eine Agentur. Mark hat sich um die meisten Details gekümmert. Nach so vielen Enttäuschungen war es für mich schwer, mir weiterhin Hoffnungen zu machen.“

„Das muss wirklich hart für dich gewesen sein.“

„Ja. Allerdings–nachdem wir Hayley bekamen, habe ich der Mutter einen Brief geschrieben. Ich saß im Kinderzimmer, von dem ich nie geglaubt hatte, dass es jemals ein Baby beherbergen würde. Unsere Kleine schlief so friedlich in ihrer Wiege. Also griff ich nach Stift und Papier und schrieb diesem jungen Teenager, um mich zu bedanken. Ich versprach ihr, das Leben ihres Kindes mit meinem eigenen zu beschützen, ihr alles zu geben, was in meiner

Macht steht. Aber offensichtlich habe ich versagt." Lindsay blinzelte die Tränen zurück. „Eigentlich sollte man meinen, irgendwann hat man keine Tränen mehr, oder?"

„Ich glaube nicht, dass es bei Herzschmerz Grenzen gibt. Hast du den Brief jemals abgeschickt?"

„Nein, ich hatte ja keine Adresse. Ich wollte ihn der Agentur geben, aber Mark fand die Idee nicht so gut. Er sagte, wir sollten die Dinge so belassen, wie sie arrangiert wurden–keinerlei Kontakt. Und da wir nicht riskieren wollten, dass die Mutter ihre Meinung ändert, habe ich ihn einfach beiseitegelegt. Eines Tages werde ich ihn Hayley geben. Ich hoffe nur, sie wird mich nicht dafür hassen, dass ich ihr das mit der Adoption all die Jahre verschwiegen habe."

„Wann hattest du geplant, es ihr zu sagen?"

„Keine Ahnung. Wir wollten es nicht tun, solange sie so klein ist, also haben wir es immer weiter vor uns hergeschoben. Sie ist erst zehn, aber es fühlt sich irgendwie fast schon zu spät und gleichzeitig doch noch zu früh an. Aber darüber kann ich mir im Moment keinen Kopf machen." Lindsay warf ihm einen schmerzerfüllten Blick zu. „Meinst du, es war falsch, dass wir es ihr verschwiegen haben?"

„Ich würde mir nicht erdreisten, dazu Stellung zu nehmen, aber ich weiß, dass du eine großartige Mutter bist. Und das, was passiert ist, war nicht deine Schuld."

„Wie kann es das nicht sein? Es geschah, während ich auf sie hätte aufpassen sollen." Sie atmete tief ein. „Immer wieder stelle ich mir vor, wie verängstigt sie sein muss–und sie hat nicht einmal ihr Häschen bei sich."

„Ist das ihr Lieblingsstofftier?"

„Ja. Es ist ein winziges Ding, muss aber überall mit hin. Sie liebt ihn über alles. Er war ein Geschenk meiner Mutter, als sie noch ein Baby war. Leider ging er vor ein paar Wochen verloren und war deshalb nicht auf dem Schulkonzert dabei."

„Wie ist das passiert?"

„Er lag in unserem Auto, als es aufgebrochen wurde. Ich verstehe nicht, wie jemand ihn an sich nehmen konnte, aber andererseits hat diese Person alles mitgehen lassen, was den Kindern gehörte. Ich vermute mal, er verkauft das Zeug irgendwo. Hayley war so traurig. Es war das erste Mal, dass sie nicht mehr aufhören konnte zu weinen. Normalerweise ist sie ein recht glückliches Kind.“ Lindsay hielt inne, als Mark in die Küche zurückkehrte.

Nathan war überrascht von seinem veränderten Erscheinungsbild. Er hatte den Jogginganzug gegen Stoffhose und Hemd getauscht, und sein Blick war entschlossen. Beinahe machte es den Anschein, als hätte er seine frühere Energie wiedergefunden und ein neues Ziel vor Augen.

„Gehst du weg?“, fragte Lindsay überrascht.

„Ich muss für etwa eine halbe Stunde ins Büro.“

„Warum? Was kann es denn gerade jetzt so Wichtiges geben?“, verlangte sie zu wissen.

„Es handelt sich um meinen größten Kunden, Schatz. Alles, was ich tun muss, ist, etwas von meinem Arbeitscomputer herunterziehen und Brian auszuhändigen. Dann komme ich direkt wieder nach Hause.“

„Brian kann das nicht selbst erledigen?“

„Nein, das kann er nicht, tut mir leid. Ich verspreche, ich bin bald zurück. Und, um ehrlich zu sein, ich brauche mal eine Pause, ein paar Minuten außer Haus. Ich habe mein Handy dabei. Sollte etwas sein, ruf mich an.“

„Ich verstehe einfach nicht, wie man in dieser Situation an die Arbeit denken kann.“

Die Hausglocke unterbrach ihre angespannte Unterhaltung. „Ich gehe schon, okay?“, schlug Nathan vor, der spürte, dass die beiden einander noch mehr zu sagen hatten. Schnellen Schrittes verließ er die Küche und ging den Flur hinunter. Als er die Tür öffnete, war er überrascht, Josie auf der Veranda stehen zu sehen. „Josie–was machst du denn hier?“

Ich wollte nur mal nachschauen, wie es Lindsay und Mark geht. Und du?“

„Ebenfalls.“

„Ist Bree auch hier?“

„Nein.“

Sie blickte ihn abschätzend an. „Aber du hast nochmals mit ihr gesprochen, stimmt's? Ist sie immer noch hinter Kyle her? Er hat mir erzählt, was sich in seinem Büro abgespielt hat und mir versichert, seine Anwälte seien dran und ich solle mir keine Sorgen machen. Kann ich ihm das glauben?"

„Das kannst du."

„Gut, weil ich mir nicht vorstellen kann, irgendjemand könnte denken, dass Kyle etwas mit Hayleys Entführung zu tun hat. Ich hoffe nur, dass niemand diese Vermutung Mark oder Lindsay gegenüber geäußert hat."

„Eher nicht, da sie nichts in der Art zu mir gesagt haben."

Ihr Blick drückte Erleichterung aus. „Gott sei Dank! Sind sie hier? Sind sie gerade beschäftigt?"

„Sie sind hier. Genau genommen muss Mark kurz ins Büro und Lindsay ist darüber alles andere als glücklich. Könntest du vielleicht bei ihr bleiben?"

„Natürlich. Musst du zur Arbeit?"

Nathan zögerte. „Irgendwann."

Seine Schwester betrachtete ihn prüfend. „Es geht um Bree, oder? Sie hat dich wieder in ihren Bann gezogen. Du musstest sie nur einmal anschauen und bist wieder genau da, wo du früher schon warst."

„Bree konzentriert sich einzig und allein darauf, Hayley zu finden, und ich ebenfalls."

„Ich möchte nicht, dass du wieder verletzt wirst, Nathan. Du hast doch jetzt Adrienne."

„Mach dir um mich keine Sorgen. Ich weiß schon, was ich tue."

„Das sagst du immer, und meistens glaube ich dir auch. Wann immer es jedoch um Bree ging, lag die Sache anders. Du warst blind vor Liebe oder Verlangen oder was auch immer."

Er überließ Josie das letzte Wort, denn tief in seinem Inneren wusste er, dass sie recht hatte. In Bezug auf Bree hatte er jede Menge Fehler gemacht, und mit dem Kuss am gestrigen Abend standen die Chancen auf einen weiteren mehr als gut. „Wir sehen uns später."

Als er die Straße überquerte und zu seinem Truck lief, bemerkte er überrascht, wie Bree ein paar Häuser weiter aus einem Auto stieg. Er ging auf sie zu, um sie zu begrüßen. „Ich dachte, du wärst zum Innendienst verdonnert worden?“

„Eigentlich schon, aber ich muss mit den Jansens sprechen.“

„Ist etwas passiert?“, fragte er schnell.

„Ja. Heute Morgen haben ich zwei Nachrichten erhalten.“ Sie drehte ihr Telefon, damit er den Bildschirm sehen konnte.

Das erste Bild zeigte ein etwas einjähriges Baby vor einem Weihnachtsbaum. Es trug ein rosa Kleidchen, hatte eine rosa Schleife auf dem Kopf und ein glückliches Lächeln auf seinen Zügen. Über dem Foto stand in schwarzer Schrift das Wort *Ich.*

„Wer ist das?“, fragte er.

„Keine Ahnung. Da ist noch eines.“ Sie wischte über den Bildschirm.

Darauf war ein circa dreijähriges Kleinkind zu sehen. Es saß mit dem Rücken zur Kamera, sodass man, abgesehen von dem hellbraunen Haar, nichts weiter erkennen konnte, befand sich aber offenbar auf einem Spielplatz und pustete Seifenblasen. Über diesem Bild stand das Wort *bin.*

„Was hat das zu bedeuten?“

„Ich denke, er will mir damit sagen, wer meine Tochter ist, da der Satz mit *Ich* und *bin* anfängt“, antwortete sie. „Mit Sicherheit lautet das nächste Word *deine.* Zwischen den ersten beiden Nachrichten lagen dreißig Minuten, und jetzt warte ich auf die nächste. Allerdings sind inzwischen sechzig Minuten verstrichen. Ich muss wissen, ob das Hayley ist. Auf den Fotos in ihrer FBI-Akte ist sie ja ungefähr zehn Jahre alt. Lindsay hat ein Baby-Bild von ihr, das sie mir beim ersten Mal sogar zeigte, aber ich habe es nicht genau genug betrachtet, um mir sicher sein zu können, dass es sich um ein- und dasselbe Kind handelt. Ich muss es noch einmal sehen und brauche Lindsay oder Mark, um mir zu bestätigen, ob es sich hier um ihre Tochter handelt.“

„Wer sollte es denn sonst sein?“

„Emma“, sagte sie und zuckte hilflos mit den Schultern. „Ich weiß, dass du dem nicht zustimmst, aber ich kann den Vorfall im Zug einfach nicht ignorieren."

„Es wäre natürlich möglich, obwohl ich nach wie vor der Meinung bin, dass Emma eher eine kleine Betrügerin ist und sie sowie ihre Schwester diesem kranken Typen ebenfalls nur als Spielfiguren dienen. Vielleicht hat ihre Schwester ja ein Verhältnis mit dem Entführer."

„Der Gedanke ist mir auch schon gekommen. Und ich könnte mir auch durchaus vorstellen, dass meine Tochter krumme Dinger dreht. Als ich zehn war, hätte ich Geld ebenfalls genommen und irgendeiner Frau erzählt, sie sei meine Mutter, ohne zweimal darüber nachzudenken. Aber ich hasse die Vorstellung, dass meine Kleine eine schlimme Kindheit hat."

Als er den Schmerz in ihren Augen sah, überkam ihn eine Welle des Mitleids. „Das ist doch genau das, was der Kidnapper bezweckt–dir diese Idee in den Kopf zu setzen, dich dazu zu bringen, dass du deine Entscheidung in Frage stellst und vor Schuldgefühlen schier wahnsinnig wirst."

„Leider scheint es zu funktionieren, aber ich versuche, meine Gefühle außer Acht zu lassen. Hier geht es um Hayley."

„Hast du diese Nachrichten deinen Kollegen beim FBI gezeigt?"

„Ich habe sie an Agentin Cox weitergeleitet. Tracy ist mein Hauptansprechpartner im Chicagoer Team. Ich habe sie informiert, dass ich bei den Jansens vorbeischaue, um zu überprüfen, ob das Bilder von Hayley sind."

„Was hat sie geantwortet?"

„Bisher noch gar nichts, aber ich wollte nicht länger warten."

*Bree hatte sich also entschieden, die Dinge selbst in die Hand zu nehmen.* Das konnte er ihr nicht verdenken. Diese Fotos waren die wichtigsten Hinweise, die sie bisher hatten.

„Sind Lindsay und Mark zu Hause?", fragte sie. „Und sind wieder so viele Menschen um sie herum?"

„Eigentlich nicht. Meine Schwester Josie ist gerade gekommen und leistet Lindsay eine Weile Gesellschaft. Während ich drinnen war, erhielt Mark einen Anruf, er müsse kurz ins Büro kommen, um ein paar Unterlagen zu übergeben oder so was in der Art. Lindsay ist darüber alles andere als erfreut, aber beide sind auch extrem erschöpft und gestresst. Ich denke, Mark sucht wahrscheinlich nach einer Ausrede, um mal kurz raus zu kommen. Er hat mir erzählt, sie war wieder die ganze Nacht wach und hat geweint."

„Was für eine schreckliche Situation."

„Ja. Aber ich habe ebenfalls ein paar Dinge in Erfahrung bringen können. Eigentlich wollte ich dich gerade anrufen, als ich dich entdeckt habe."

„Und die wären?"

Bevor er antworten konnte, öffnete sich die Eingangstür und Mark verließ schnellen Schrittes das Haus. Anstatt sich direkt seinem Auto zuzuwenden, das in der kurzen Einfahrt parkte, ging er auf die andere Seite des Gebäudes und griff nach einem Rucksack, der dort auf dem Boden stand.

„Was tut er denn da?", murmelte Nathan.

„Das kann nichts Gutes bedeuten", sagte Bree und runzelte die Stirn.

Nun rannte er zu seinem Wagen, warf den Rucksack auf den Beifahrersitz und fuhr davon.

„Was zur Hölle sollte das denn?", sprach Nathan seine Frage laut aus.

„Wir müssen ihm folgen", entschied Bree und lief bereits auf seinen Truck zu. „Gib mir den Schlüssel. Ich fahre."

„Aber ich kann auch fahren", protestierte er.

„Du hast keine Übung darin, jemanden zu verfolgen; ich schon." Sie streckte die Hand aus.

Er warf ihr den Schlüssel zu und kletterte auf den Beifahrersitz, während sie sich hinters Steuer klemmte.

Als sie krachend den Gang einlegte, zuckte er zusammen und klammerte sich am Türgriff fest, während sie in halsbrecherischem Tempo die Straße entlangbretterte und um die Ecke bog.

# KAPITEL ELF

„Da ist er“, sagte Nathan, als er nur Momente später Marks Auto vor sich entdeckte. „Er biegt in die Crawford-Straße ein.“

„Ich sehe ihn.“

„Warum bitte verfolgen wir ihn eigentlich?“

„Weil er sich auffällig verhalten hat.“

Bree bahnte sich in unverändert hoher Geschwindigkeit ihren Weg durch den Verkehr, aber sein Sprinter war für eine derartige Verfolgungsjagd nicht wirklich geeignet.

„Er könnte doch tatsächlich zur Arbeit gehen, oder?“, sinnierte er.

„Mit einem Rucksack, den er im seitlichen Garten versteckt hatte?“, fragte sie herausfordernd. „Das kann ich mir nicht vorstellen.“

Er eigentlich ebenfalls nicht. „Was dann?“

„Ich glaube, er hat mich neulich belogen, als er mir versicherte, er hätte nichts von dem Entführer gehört. Oder aber er wurde erst nach unserem Gespräch von ihm kontaktiert. Ich könnte wetten, dass sich in dem Rucksack jede Menge Bargeld befindet.“

„Du meinst, er überbringt das Lösegeld?“ Diese Idee schien ihm unglaublich.

„Das wäre meine Vermutung. Dir und Lindsay hat er gesagt, er müsse ins Büro?"

„Ja. Er erhielt einen Anruf, als wir zusammen in der Küche saßen, ging allerdings zum Telefonieren in ein anderes Zimmer und war etwa fünfzehn Minuten lang weg. Als er zurückkam, hatte er sich umgezogen und sah irgendwie so aus, als ob er unter Strom stünde."

*Hatte Mark einen Anruf vom Entführer erhalten? Aber warum hätte er dann nichts gesagt? Warum würde er nicht lieber die Polizei oder das FBI verständigen, oder hätte sich zumindest seiner Frau anvertraut?*

Als Bree erneut auf zwei Rädern um eine Kurve preschte, presste er die Hand gegen die Tür. „Ginge es nicht auch etwas langsamer?"

„Ich habe alles im Griff, vertrau mir."

„Das ist nicht so einfach, wenn man bedenkt, dass ich derjenige war, der dir das Fahren beigebracht hat."

„Mittlerweile beherrsche ich es wesentlich besser."

Das war ihm auch schon aufgefallen. Es gab kein Zögern, jede ihrer Bewegungen saß perfekt. Sie war eine Frau, die eine Mission zu erfüllen hatte und die keinesfalls ihr Ziel aus den Augen verlieren wollte. Zum ersten Mal sah er sie so, wie sie wirklich war: Eine gut ausgebildete, furchtlose und entschlossene FBI-Agentin.

„Wo will er nur hin?", fragte er, als Mark erneut und unerwartet abbog.

„Wahrscheinlich zu irgendeinem verlassenen, leerstehenden Gebäude. Der Kidnapper liebt solche Häuser."

„Gab es schon einmal eine Lösegeldforderung?"

„Nein, aber dieser Fall ist in mehrfacher Hinsicht anders. Ich wünschte nur, ich würde mich in Chicago besser auskennen. Seit ich das letzte Mal hier war, hat sich doch einiges verändert."

„Einiges und doch wieder nicht so viel", entgegnete Nathan, und während sie weiter in Richtung Stadtrand fuhren, kam ihm ein realistisches Ziel in den Sinn, „Möglicherweise will er zu Silos in der Damen-Straße", sagte er und meinte damit die einst majestätischen, mittlerweile jedoch verfallenen, fünfzehnstöckigen Getreidesilos. Diese waren in den Siebzigerjahren aufgegeben worden, hatten sich jedoch im Laufe der Jahre zu einem begehrten Objekt für Graffiti-Künstler, Obdachlose und kriminelle Aktivisten entwickelt. „Du hast doch gesagt, er mag verlassene Häuser, und diese sind sicherlich seit Jahrzehnten eine beliebte Zuflucht für Verbrecher. Obwohl ich eigentlich dachte, man hätte sie bereits vor einer ganzen Weile dichtgemacht."

„Polizisten haben das Gebäude schon in der ersten Nacht überprüft, aber es wäre durchaus möglich, dass der Kidnapper Hayley erst später hergebracht hat. Oder aber er hat diese Örtlichkeit ganz willkürlich für die Geldübergabe ausgewählt und das Mädchen ist irgendwo anders versteckt. Ich muss das Team entsprechend informieren. Könntest du mir bitte mal mein Handy geben?"

Als er ihre Tasche öffnete, entdeckte er darin eine 9-mm-Glock und sein Magen zog sich zusammen–eine weitere Erinnerung daran, dass Bree jetzt ein anderes Leben führte. Er ließ seine Hand an der Waffe vorbeigleiten und griff nach dem Telefon. Dann reichte er es ihr und stellte die Tasche auf der Konsole zwischen sich ab.

Bree drückte einen Knopf und sagte: „Tracy? Ja, ich möchte über die Fotos sprechen, aber nicht jetzt. Warum? Weil ich gerade Mark Jansen verfolge. Ich glaube, er hat vor, den Entführer zu treffen."

Sie hielt inne und er konnte einen Wortschwall am anderen Ende der Leitung ausmachen.

„Ich rufe dich wieder an, wenn ich genau weiß, wo er hinwill", versicherte sie ihrer Kollegin. „Meine Vermutung ist, es sind die alten Silos, aber ich melde mich noch mal, wenn ich Gewissheit habe."

Nathan vernahm weitere lautstarke Kommentare, aber Bree beendete das Telefonat und warf ihr Handy zurück in die offene Tasche.

„Tracy klang nicht allzu erfreut", stellte er fest.

„Tracy ist nie erfreut, wenn es um meine Person geht, aber das ist mir egal. Das könnte der Durchbruch sein, auf den wir gewartet haben. Da habe ich jetzt echt keine Zeit für Firmenpolitik oder Rücksichtnahme auf verletzte Gefühle. Außerdem spielt es keine Rolle, wer Hayley findet; wir müssen einfach nur ihr Leben retten. Und ich kann diese Arbeit ebenso gut wie jeder der Agenten hier erledigen, wenn nicht sogar besser."

Er lächelte, und Bree warf ihm einen konsternierten Blick zu.

„Was?", verlangte sie zu wissen.

„Mir gefällt dein Selbstvertrauen, das ist alles. Du bist ein völlig anderer Mensch geworden."

„Darauf bin ich auch stolz."

„Ich ebenfalls."

Sie räusperte sich. „Also, du hast doch gesagt, du hättest bei den Jansens etwas herausgefunden? Was war das?"

„Oh, stimmt. Lindsay hat mir erzählt, dass Hayley adoptiert wurde."

„Einfach so aus freien Stücken?"

„Nicht direkt. Sie hat irgendwas gemurmelt, dass sie Hayleys leibliche Mutter enttäuscht hätte, da sie die Kleine nicht beschützen und ihr ein besseres Leben bieten konnte. Ihr war gar nicht bewusst, was sie da von sich gab, bis ich sie direkt darauf ansprach. Dann hat sie es zugegeben."

„Okay, aber das sind nicht wirklich neue Informationen."

„Dazu komme ich jetzt gleich", entgegnete er trocken. Bree hatte noch nie viel Geduld gehabt, wenn sie im Begriff stand zu handeln. „Lindsay erwähnte, dass Hayley wahrscheinlich ihr Lieblingsspielzeug, ein Häschen, vermissen würde, das sie immer bei sich hatte, außer an besagtem Abend, weil es vor ein paar Wochen aus ihrem SUV gestohlen wurde."

„Warte mal kurz. Es gab einen Autoeinbruch? Davon stand überhaupt nichts in der Akte."

„Mark sagte, er hätte es der Polizei schon vor einigen Wochen gemeldet. In dieser Nacht wurden auch noch andere Autos in ihrer unmittelbaren Umgebung aufgebrochen und diverse Wertsachen entwendet. Angeblich schien die Polizei zu denken, dass da nicht viel zu machen wäre."

„Das ist in der Regel leider wahr", murmelte sie, „aber die Tatsache, dass ihr Lieblingsstofftier gestohlen wurde ..."

„Glaubst du, das hat was mit der Entführung zu tun? Das würde ja bedeuten, dass diese Aktion bereits Wochen im Voraus geplant wurde."

„Sämtliche Entführungen, die der Weiße-Rose-Kidnapper bisher durchgezogen hat, waren akribisch geplant gewesen. Meiner Meinung nach könnte das durchaus damit in Verbindung stehen. Hayley wurde von jemandem aus ihrer Schule gelockt, bei dem sie weder in Panik verfiel noch herumschrie oder sich wehrte. Also kannte sie ihn entweder–oder er benutzte etwas, das ihr lieb und teuer war, um damit ihr Vertrauen zu gewinnen und sie zum Mitkommen zu überreden. Ich denke, es handelt sich um das Häschen, dass er vorher aus dem Auto ihrer Mutter gestohlen hatte."

„Das macht Sinn."

Bree drückte erneut das Gaspedal durch und schoss mit voller Geschwindigkeit um eine weitere Kurve, und Nathan brach schon wieder der Schweiß aus. Er wusste nicht, ob Mark bemerkt hatte, dass er verfolgt wurde, aber auch er fuhr rasant und ignorierte sämtliche roten Ampeln, um an sein Ziel zu gelangen.

Als die Silos vor ihnen auftauchten, begann sein Puls genauso zu rasen wie das Auto. „Was hast du vor, wenn wir dort sind?"

„Keine Ahnung."

„Echt jetzt? Du weißt es noch nicht, hast keinen Plan?"

„Der wird sich ergeben, je nachdem, was wird vorfinden."

„Das habe ich ja bereits früher gesehen, wie großartig so etwas funktioniert."

„Es ist aber nicht mehr früher und du wirst mir vertrauen müssen, Nathan. Mittlerweile verfüge ich über bessere Instinkte, die mich bisher noch nie im Stich gelassen haben."

Es war das zweite Mal, seit sie in das Auto gestiegen waren, dass sie ihn darum bat und ihm wurde bewusst, dass sie diese Worte von ihm hören musste. „Ich vertraue dir, Bree."

Sie blickte ihn skeptisch an, nickte dann jedoch und konzentrierte sich wieder auf die Straße.

Als Bree sich den Silos näherte, verringerte sie die Geschwindigkeit, da sie nicht wollte, dass Mark sie bemerkte. Immerhin wäre es möglich, dass er Nathans Truck erkannte, wenn er einmal über die Schulter blickte, obwohl er eher darauf aus zu sein schien, schnellstmöglich seinen Bestimmungsort zu erreichen.

Aber selbst, wenn er nicht auf Verfolger achtete–wer auch immer ihn dort zu treffen gedachte, war mit Sicherheit vorsichtiger. Sie hatte nicht die Absicht, den Entführer zu verschrecken.

Zwar wusste sie nicht, ob Hayley ebenfalls am Übergabeort sein würde und ging nicht davon aus, konnte aber die Möglichkeit nicht völlig ausschließen, dass der Typ sie gegen das Lösegeld einzutauschen gedachte. Aufgrund ihrer Erfahrung mit derartigen Fällen und auch der Tatsache, dass die Kidnapper in der Regel auf mehr als nur Geld aus waren, erschien es ihr aber eher unwahrscheinlich. Warum sonst würde er sie bedrohen, sie sämtliche schmerzhaften Dinge ihrer Vergangenheit erneut durchleben lassen und ihr Babyfotos schicken?

Diese ganze Lösegeldsache ergab einfach keinen Sinn, es sei denn, sie hatte sich in Bezug auf Mark und auf das, was er vorhatte, geirrt. Allerdings ging ihr der Anblick des großen Rucksacks nicht aus dem Kopf.

„Es sieht so aus, als wolle er in Richtung Südeingang", sagte Nathan und unterbrach ihre Gedankengänge.

Bree nahm ihr Telefon heraus und stellte erneut eine Verbindung zu Tracy her. „Er steht im Begriff, die Silos durch den südlichen Eingang zu betreten", informierte sie die Kollegin. „Wir sind direkt hinter ihm. Seid vorsichtig, wenn ihr eindringt. Wir wissen nicht, ob Hayley nicht ebenfalls da ist."

„Warte auf unser Eintreffen", wies Tracy sie an.

Bree gab keine Antwort. Vielleicht würde sie warten, vielleicht auch nicht. Sie wollte die Sache auf die Art und Weise durchziehen, die einen guten Ausgang versprach.

Also reduzierte sie die Geschwindigkeit noch weiter und blieb ein ganzes Stück hinter Mark zurück, der gerade einige hundert

Meter vor ihnen durch einen defekten Zaun fuhr. Dann bog sie in eine Seitenstraße ab, versteckte den Truck hinter einem Müllcon tainer am äußersten Ende eines Lagerhauses und stellte den Motor ab.

Sie nahm die Waffe aus ihrer Tasche und sah Nathan an. „Ich werde mich mal umsehen. Du bleibst hier."

„Das kannst du direkt vergessen", entgegnete er und stieg ebenfalls aus. „Deine Kollegin hat dir gesagt, du sollst auf sie warten."

„Nathan, ich will nicht riskieren, dass dir etwas passiert."

„Und ich will nicht, dass dir was passiert. Also bleiben wir zusammen. Wenn du gehst, komme ich mit."

Sie hatte keine Zeit, um mit ihm zu streiten, und wenn sie es ihm verbieten würde, würde er ihr zehn Sekunden später sowieso folgen. „Also gut, aber bleib dicht hinter mir und mach keine unbedachten Bewegungen."

„Verstanden."

Sie schlichen an einer Backsteinmauer entlang und krochen dann zwischen zwei Säulen hindurch, die direkt vor dem Eingang standen, in den Mark eingebogen war. Nur wenige Meter weiter entdeckten sie sein Auto. Es stand auf einer offenen Fläche, eingerahmt und versteckt von den hoch aufragenden Silos.

Dann stieg er aus dem Wagen aus, blickte sich um und sah hinunter auf das Telefon in seiner Hand.

„Er wartet auf einen Anruf", flüstere Nathan.

Bree nickte, während sie außer Sichtweite blieben.

Ihre Nerven waren zum Zerreißen gespannt ob dieser gespenstigen Stille. Alles, was sie hören konnte, war der Wind, der durch die großen, verlassenen Zementkonstruktionen heulte. Es fühlte sich an, als wären sie ganz allein hier, was aber natürlich nicht stimmte. Mark war ebenfalls anwesend und er wartete auf jemanden–jemand, der sich vielleicht schon irgendwo verborgen hielt.

Sie musste näher ran. Sicheren Trittes bewegte sie sich vorwärts und behielt Mark dabei genau im Auge. Sie wollte, dass der Entführer sein Gesicht zeigte, bevor er sie entdeckte. Ein falscher Zug, und die Situation könnte in jeglicher Hinsicht eskalieren. Sie musste Hayleys Vater beschützen und den Entführer lange genug am Leben lassen, bis er ihnen verraten konnte, wo das Mädchen sich befand. Außerdem konnten jeden Moment das FBI und die Polizei hier einfallen und ein noch größeres Chaos anrichten.

Sie wünschte, sie könnte mit ihnen kommunizieren, aber zum jetzigen Zeitpunkt würde selbst das leiseste Flüstern sie verraten.

Ein Wagen näherte sich dem Eingang und kam einen knappen Meter neben Marks Auto zum Stehen. Die Staubwolke, die er aufwirbelte, verdeckte zuerst die Identität des Fahrers. Als sie sich lichtete, stieg ein Mann aus. Er trug eine dunkle Ski-Maske, hielt eine Pistole in Händen und blieb hinter der Wagentür stehen.

Bree konnte Nathans Anspannung spüren, als sein Körper sich neben ihr nach vorne schob.

„Warte noch", murmelte sie angesichts seiner Ungeduld, „wir müssen erst wissen, wo Hayley ist." Das kleine Mädchen schien nicht in der Limousine zu sitzen, aber möglicherweise war sie ja im Kofferraum.

„Ich habe das Geld", schrie Mark.

„Zeig es mir", forderte der Mann ihn auf.

Während die beiden Männer miteinander beschäftigt waren, kroch Bree noch ein paar Zentimeter weiter nach vorne und richtete sich in einer Position ein, die ihr freie Sicht auf den Entführer ermöglichte. Sie würde ihn zu Fall bringen, jedoch nicht töten, denn sie brauchte ihn lebend, damit er ihnen Hayleys Versteck verraten konnte.

Bevor sie allerdings den Abzug drücken konnte, trat Mark in ihre Schusslinie.

„Wo ist Hayley?", brüllte er.

„Gib mir das Geld, dann bekommst du deine Tochter zurück", entgegnete der Mann.

„Ich will sie sehen. Wo ist sie?"

„In Sicherheit. Wirf jetzt die Tasche zu mir rüber."

Mark schleuderte sie durch die Luft und sie landete etwa fünf Meter vor den Füßen des Entführers. „Ich habe alles getan, was du wolltest. Jetzt gib mir meine Tochter."

Bree wechselte die Position, um einen passenden Schuss abgeben zu können, aber Mark bewegte sich unkontrolliert hin und her, sodass es ihr unmöglich war, ihr Ziel anzupeilen.

Der Schütze kam hinter der Autotür hervor und trat nach vorne, um die Tasche zu holen. Sie wartete auf ihre Gelegenheit.

„Sag mir, wo sie ist“, forderte Mark ihn auf. „Bitte. Sie ist doch nur ein kleines Mädchen.“

Der Mann hob den Rucksack vom Boden auf und begann, langsam rückwärts zu gehen.

*Er hatte vor zu verschwinden und Mark ohne sein Kind zurücklassen.*

Sie hielt den Atem an, bereit zu feuern … Noch ein Schritt, und sie hätte ihn.

Dann jedoch stieß Mark einen beinahe animalischen, frustrierten Wutschrei aus, als hätte er soeben begriffen, dass seine letzte Hoffnung dahinschwand und stürmte auf den Kidnapper zu, erneut direkt in ihre Schusslinie.

Der Mann feuerte seine Waffe auf ihn ab und er ging zu Boden.

Bree schoss sofort zurück und traf den Schützen an der rechten Schulter. Überrascht ließ er die Pistole fallen, stolperte rückwärts und verlor den Rucksack mit dem Geld.

Sie sprang auf und rannte zu ihm hinüber.

Mark war am Leben und wand sich vor Schmerzen.

„Ich habe ihn“, hörte sie Nathans Stimme direkt hinter sich. Er ließ sich neben dem Freund auf den Boden fallen, während sie zu dem Kidnapper hinüberlief.

Das Gesicht des Mannes war immer noch von der Maske verdeckt, aber sie konnte Panik in seinen Augen erkennen, als er sich bemühte, sich aufzurichten.

„Wo ist Hayley?“, verlange sie zu wissen und zielte erneut auf ihn. „Du hast eine Sekunde Zeit, um es mir zu sagen, bevor ich dich umbringe.“

„Du wirst nie ...“

Seine Worte brachen ab, als ihn eine Kugel direkt zwischen die Augen traf. Er kippte nach hinten und war auf der Stelle tot.

Bree wirbelte herum.

*Woher war der Schuss gekommen?*

Nathan war nach wie vor bei Mark und kümmerte sich um dessen Wunden, und weit und breit waren weder FBI noch Polizei in Sicht.

*Es gab einen zweiten Schützen. Aber warum hatte er seinen Kumpanen erschossen und nicht sie? Oder Mark? Oder Nathan?*

Sie musste die anderen beschützen. Flink scannte sie die Umgebung und suchte nach dem Glitzern von Metall im Sonnenlicht, aber die Kugel hätte sonst wo abgefeuert werden können.

*Und jede Sekunde könnte ein weiterer Schuss fallen.*

# KAPITEL ZWÖLF

Nathan starrte Mark an und Furcht durchströmte ihn, als er in die glasigen, von Schock geweiteten Augen seines Freundes blickte. Er hatte ihm die Hände auf den Bauch gedrückt und riesige Mengen Blutes strömte durch seine Finger.

Er hörte, wie Bree eine Ambulanz rief und betete, dass diese schnell kommen möge, weil er nicht abschätzen konnte, wie viel Zeit Mark noch blieb. Beherzt zog er seine Jacke aus und presste das Material auf die Wunde. Was mit dem Schützen passiert war, wusste er nicht, nahm jedoch an, dass er tot oder zumindest bewusstlos war.

Bree hatte bereits den Kofferraum des Schützenwagens überprüft, der, wie beinahe erwartet, leer war.

Jetzt hatte sie sich schützend vor sie gestellt und war genauso angespannt wie zuvor.

*Ihr war bewusst, dass die Gefahr noch nicht vorüber war.*

Er wollte gar nicht darüber nachdenken, was das bedeuten könnte, denn es gab keine Möglichkeit, Mark an einen sichereren Ort zu bringen. Bevor ihnen das gelingen würde, wäre er verblutet.

„Alles kommt wieder in Ordnung“, versicherte er ihm mit so viel Zuversicht in der Stimme, wie er nur aufbringen konnte. Immerhin hatte er in seinem Leben schon einige Schussverletzungen gesehen, und diese hier war richtig böse. Aber er musste ihn irgendwie dazu bringen durchzuhalten.

„Hayley“, würgte Mark hervor. „Liebe sie so sehr. Sag ihr das.“

„Das wirst du ihr selbst sagen. Du musst jetzt stark sein, mein Freund. Bleib bei mir.“

„Ich–ich war verzweifelt.“

„Ich weiß.“

„Sag Lindsay… Es tut mir leid. Musste ... die Chance ergreifen. Sagten, sie würden Hayley töten, wenn ich nicht allein käme … und das Geld mitbrächte. Hätte es wissen müssen ... Falle.“

„Wir werden deine Tochter finden. Mach dir keine Sorgen.“

Erleichterung machte sich in ihm breit, als Polizeiautos und Zivilfahrzeuge herangerast kamen, gefolgt von stampfenden Füßen und Beamten mit gezogenen Waffen sowie Sanitätern, die mit einer Trage auf ihn zu rannten. *Gott sei Dank!*

Er stand auf und trat zurück, während die Notärzte übernahmen und Mark stabilisierten, so dass sie ihn in den Krankenwagen heben konnten. Er sah, wie dieser immer und immer wieder das Bewusstsein verlor und betete, dass es ihm gelungen sein mochte, die schlimmste Blutung zu stoppen. Als er auf seine blutgetränkten Hände hinabblickte, überkam ihn heftige Übelkeit.

Eine Polizistin trat an ihn heran und reichte ihm ein Handtuch. „Sind Sie verletzt?“, fragte sie.

„Nein, ich habe mich lediglich um ihn gekümmert“, antwortete er und säuberte sich notdürftig.

„Können Sie mir sagen, was passiert ist?“

Er atmete tief ein. „Ich weiß gar nicht, wo ich anfangen soll.“ Verstohlen blickte er zu Bree hinüber, die, umgeben von FBI-Agenten, bei dem Schützen stand, der offensichtlich tot war. So glücklich er darüber war, dass der Typ niemand anderen mehr verletzen konnte, so sehr sorgte er sich darüber, was mit Hayley passieren würde, wenn er nicht mit dem Geld zurückkam.

„Fangen wir doch einfach mal damit an, wie Sie hierhergekommen sind“, unterbrach die Polizistin seine Gedankengänge.

„Ich bin meinem Freund gefolgt, Mark Jansen. Seine Tochter wurde entführt. Ich beobachtete, wie er in großer Eile sein Haus verließ und sich dabei merkwürdig verhielt, und ich beziehungsweise wir beschlossen, ihm zu folgen. Ich und Agentin Bree Adams", erklärte er und deutete mit dem Kopf in Richtung der Gruppe von FBI-Agenten. „Den Rest kann sie Ihnen erzählen."

„Trotzdem muss ich auch Ihre Seite der Geschichte hören."

„Moment mal, was ist los?", fragte er, als nicht nur immer weitere Autos herangerast kamen, sondern auch noch Polizisten und Agenten in das Innere der verlassenen Silos stürmten.

„Wir suchen die Umgebung ab."

„Nach Hayley? Glauben Sie, dass sie hier irgendwo steckt?"

„Das wissen wir nicht, aber sie ist nicht die Einzige, nach der wir suchen."

Plötzlich ging ihm ein Licht auf: der zweite Schuss, Brees rasende Bewegungen danach, die Art, wie sie sich vor ihm und Mark positioniert hatte. „Da war noch ein weiterer Schütze, nicht wahr?"

Die Polizistin blickte ihn argwöhnisch an. „Haben Sie jemanden gesehen?"

„Nein, aber ich habe den Schuss gehört. Eigentlich dachte ich, er kam von Bree–Agentin Adams. Ich bin an Marks Seite geeilt, deshalb konnte ich auch nicht erkennen, von wo er abgefeuert wurde."

„Sie müssen später mit aufs Revier kommen und viele weitere Fragen beantworten", warnte ihn die Beamtin schon mal vor.

„Sicher, was immer nötig sein sollte."

„Bleiben Sie hier." Sie ließ ihn stehen und begab sich zu einem anderen Polizisten, der hier anscheinend das Sagen hatte.

Trotz ihres Befehls, sich nicht von der Stelle zu rühren, ging er zu Bree hinüber, sobald sich der Kreis von Agenten um sie herum aufgelöst hatte.

Ihr musste man ähnliches befohlen haben, weil sie plötzlich ganz allein dastand, den Blick auf den toten Schützen gerichtet.

Schnell trat er neben sie. „Ist alles in Ordnung mit dir, Bree?"

„Alles gut", erwiderte sie abgelenkt. „Ich kenne diesen Mann, Nathan."

„Wie bitte?" So allmählich fragte er sich, wie oft ihn das

Gefühl der völligen und totalen Überraschung noch treffen würde. Als er sie dann jedoch umrundete, um den Schützen ebenfalls genauer zu betrachten, kroch ihm eine eisige Kälte die Wirbelsäule hinauf und zerrte an seinem Verstand.

Man hatte ihm die Ski-Maske abgenommen–und während Blut aus einer Stirnwunde das Gesicht des Mannes bedeckte und sich seinen Weg durch schmutziges, blondes Haar und einen ungepflegten Bart gebahnt hatte, waren ihm die noch im Tod weit aufgerissenen, haselnussbraunen Augen doch nur zu vertraut. Auch er kannte ihn, hatte ihn jedoch nicht mehr gesehen, seit er das Viertel verlassen hatte. „Calvin …"

„Baker", beendete sie den Satz und blickte ihn an. „Früher gehörte er zu Johnnys Truppe. Er war zwei Jahre jünger, und Johnny war sein Idol. Immer wieder fragte er ihn, ob er irgendwelche Jobs für ihn erledigen dürfe."

„Dieser Kerl steht also in direkter Verbindung mit ihm", murmelte Nathan.

„Früher zumindest", entgegnete Bree schnell.

Er runzelte die Stirn. „Wie üblich–immer verteidigst du ihn, suchst nach einer anderen Erklärung."

Sie wurde wütend. „Das tue ich doch gar nicht; ich konzentriere mich lediglich auf die Tatsachen. Keiner von uns weiß, was Calvin Baker in den letzten zehn oder elf Jahren getrieben hat."

Damit hatte sie natürlich recht und er beschloss, die Sache auf sich beruhen zu lassen –zumindest vorerst. „Die Polizei sagte, dass da noch ein weiterer Schütze war."

„Ja. Er hat den tödlichen Schuss abgefeuert. Ich wollte den Kerl lediglich außer Gefecht setzen, damit wir ihn verhören können. Ich hätte schneller reagieren und vor allem Mark aufhalten sollen, bevor er überhaupt hierherfuhr."

Er sah die Schuld in ihren Augen und ihm erging es nicht viel anders, aber die Situation war angespannt, dynamisch und völlig unvorhersehbar gewesen. „Wenn du ihn davon abgehalten hättest, hierher zu kommen, hätten wir Baker nicht gefunden. Er mag zwar tot sein, ist aber dennoch ein wichtiger Hinweis. Möglicherweise führt er uns auf eine Spur, mit wem er zusammengearbeitet hat.

Das wiederum könnte uns Hayleys Versteck einen Schritt näherbringen."

„Ich hoffe nur, dass Mark überlebt."

„Ich auch", stimmte Nathan ihr zu. „Warum glaubst du hat der zweite Schütze Baker niedergestreckt und nicht dich? Du standest völlig ungeschützt. Oder warum nicht Mark oder mich?"

„Er wollte ihn davon abhalten zu reden und hatte wahrscheinlich nicht genug Zeit, um uns alle auszuschalten. Falls er in einem der Silos war, hat er bestimmt die Polizeiautos die Straße entlangkommen sehen."

„Wie geht es jetzt weiter?"

„Sie suchen jeden Zentimeter des Geländes nach Beweisen ab."

„Und dich wollen sie nicht dabeihaben?"

„Mir wurde gesagt, ich solle mich raushalten. Tracy meinte, ich hätte bereits genug geholfen", erwiderte sie grimmig.

„Wie viel Ärger wirst du dafür bekommen?"

„Vermutlich jede Menge, aber das ist mir egal. Was ich tun möchte, ist, weiter an dem Fall zu arbeiten." Sie hielt inne und schaute sich um. „Lass uns von hier verschwinden."

„Können wir denn einfach so gehen?" Ihr Vorschlag überraschte ihn. „Die Polizistin, die mit mir gesprochen hat, wies mich an, in der Nähe zu bleiben."

„Nun, im Moment bist du mit mir zusammen, und ich bin immerhin noch Bundesagentin. Ich möchte ins Krankenhaus fahren und mich nach Marks Zustand erkundigen. Lindsay ist mit Sicherheit auch schon dort und ich will ihr noch immer die Fotos zeigen, die vorhin per Nachricht reinkamen."

„Wenn sie bestätigt, dass das Kind auf den Bildern Hayley ist und du jetzt weißt, dass Calvin Baker, Johnnys ehemaliger Geschäftspartner, in eine Lösegeldforderung verwickelt war–wirst du dann die Tatsache in Betracht ziehen, dass Johnny derjenige sein könnte, der dich quält?"

„Das tue ich bereits jetzt schon, Nathan. Ich bin ja kein Idiot", fuhr sie ihn an.

„Das ist mir schon klar, aber es kommt mir trotzdem so vor, als hättest du, was ihn betrifft, die Scheuklappen noch immer nicht abgenommen.“

„Das habe ich schon vor vielen Jahren getan. Komm, lass uns von hier abhauen, solange wir noch die Gelegenheit dazu haben.“

Sie musste bei dem Polizisten, der den Tatort absperrte, nur einmal kurz ihre Dienstmarke aufblinken lassen und schon waren sie aus den Silos draußen und überquerten die Straße. Der Transporter stand noch immer dort, wo sie ihn abgestellt hatten, und Nathan streckte die Hand nach den Schlüsseln aus.

Bree reichte sie ihm kommentarlos und er setzte sich hinters Steuer. Es fühlte sich gut an, zumindest über etwas wieder die Kontrolle zu haben. „So weit, so gut“, sagte er. „Niemand hat uns aufgehalten.“

Bree lächelte ihn schwach an. „Noch nicht.“

„Ich finde, du hast dich dort hinten richtig gut geschlagen. Es war Mark, der immer im Weg stand. Er war ständig in Bewegung und verhinderte dadurch deinen Schuss. Und wenn du noch länger gewartet hättest, wäre er jetzt mit Sicherheit tot. Er wäre aus dieser Sache nicht mehr lebend herausgekommen.“

„Ich frage mich nur, ob ich ihn nicht hätte herausziehen sollen, bevor Baker ankam.“

„Dazu war keine Zeit, Bree. Und wenn es keinen zweiten Schützen gegeben hätte, wäre der Kerl jetzt noch am Leben und wir hätten eine weitere Spur.“

„Aber leider war da diese andere Person, ein Gefährte von ihm und rücksichtslos genug, um seinen eigenen Partner umzulegen, nur um ihn am Sprechen zu hindern“, entgegnete sie grimmig.

„Ja“, stimmte er zu und machte sich erneut Sorgen darüber, wie der Verlauf der heutigen Ereignisse sich auf Hayley auswirken würde.

„Was ich auch nicht verstehe, ist diese Lösegeldforderung“, murmelte sie. „Die passt einfach nicht ins Muster.“

„Ich denke, du wirst das bisherige Muster und das Regelwerk in diesem Fall außer Acht lassen müssen.“

„Damit hast du wohl recht.“ Sie warf ihm einen schnellen

Blick zu. „Allerdings bin ich mir nicht sicher, ob das für den Rest des FBIs eine akzeptable Option ist."

„Verstehen deine Kollegen nicht die Komplexität der Situation, mit der du gerade konfrontiert warst und schätzen deinen Einsatz?"

„Sollten sie, aber ich bin nicht Teil dieses Teams. In New York wäre das anders. Dort habe ich Freunde, die mich unterstützen würden. Aber das Chicagoer Team hat sich von Tag eins an über meine Anwesenheit geärgert. Es gefällt ihnen nicht, dass der Entführer auf mich fixiert ist und ich diejenige bin, die Hinweise erhält. Sie sind nicht glücklich über mein Gespräch mit Kyle oder meine Beziehung zu dir. Und definitiv sind sie nicht begeistert von dem, was sich gerade hier zugetragen hat. Je mehr Tage vergehen, ohne dass wir Hayley finden, desto mehr Druck lastet auf jedem. Und jetzt ist auch noch der Vater des vermissten Mädchens im Krankenhaus und kämpft um sein Leben." Sie hielt inne. „Vielleicht habe ich es wirklich vermasselt."

„Es war wohl kaum deine Entscheidung, das Ziel des Kidnappers zu werden und du hattest keine Ahnung, dass ich mit den Jansens oder der einzigen Zeugin in Verbindung stehe." Er schwieg kurz, dachte nach und fuhr dann fort. „Weißt du, wenn Johnny dahinterstecken sollte, ist es ziemlich ironisch, dass ich mit Grace verwandt bin. Ab dem Moment, als er erkannte, dass wir Freunde waren, wollte er mich aus deinem Leben draußen haben. Und jetzt sind wir durch sie wieder zusammengekommen."

„Echt Ironie des Schicksals. Es passte ihm nicht, dass ich außer ihm noch andere Freunde hatte. Als Teenager fand ich dieses Besitzdenken noch total süß." Sie seufzte frustriert auf. „Keine Ahnung. Vielleicht ist es tatsächlich er. Wenn ich jemanden auswählen müsste, der mich wirklich hassen könnte, ist er der Einzige, der mir einfällt."

Nathan war froh, dass sie es endlich zugegeben hatte.

„Wie auch immer, ich werde mich mit den Folgen meiner Handlungen auseinandersetzen, wenn mir keine andere Wahl bleibt. Aber bis sie mich suspendieren, werde ich meinen Job so gut wie möglich erledigen. Woran erinnerst du dich sonst noch in Bezug auf Calvin Baker?"

„Dass er häufig in Kämpfe verwickelt war und mit Drogen handelte. Ansonsten an nichts Spezifisches. Er war jetzt keiner von denen, mit dem ich die ganze Zeit über abgehangen habe.“ Er warf ihr einen verstohlenen Blick zu. „Woran erinnerst du dich? Du hast ihn doch bestimmt besser gekannt als ich.“

„Er war stets bemüht, Johnny zu gefallen, bot sich ununterbrochen an, im Fitnessstudio zu helfen oder all das zu übernehmen, was erledigt werden musste. Johnny war absolut genervt, dass Cal ihm ständig irgendwelche Nachrichten schickte und ich wiederum, dass er ständig am Telefon hing. Aber das lag nicht nur an Cal. Zu Beginn unserer Beziehung leitete er das Studio für seinen Vater– zumindest nahm ich das an. Später fand ich dann heraus, dass er in diverse kriminelle Aktivitäten verwickelt war und nie in Erwägung gezogen hatte, aus dem Familien-Business auszusteigen.“

„Mir war nicht bewusst, dass er das je vorhatte.“

„Normalerweise war es seine Reaktion auf meinen Vorschlag, doch etwas aus seinem Leben zu machen. Johnny war schlau, aber er setzte sein Hirn nie richtig ein, war zu ehrgeizig und zu gierig.“ Bree atmete tief durch. „Damals dachte ich immer, er hätte so viel mehr zu bieten als ich je hatte. Er besaß Geld, ein Auto und hatte ein legitimes Heim. Zugegeben, es war nicht der Brüller, aber immerhin besser als alles, was ich je besaß. Jetzt im Nachhinein wird mir klar, dass er nur ein kleiner Ganove in einer unbedeutenden Organisation war, die nie genug Geld machte, um ihre Besitzer aus der Unterschicht herauszuholen, in der sie lebten. Die Hawkes mögen unser Viertel beherrscht haben, nicht jedoch die Stadt–jedenfalls nicht damals. Ich muss herausfinden, wie viel Macht er mittlerweile besitzt und möchte, dass du eines weißt, Nathan–sollte Johnny mit drinnen hängen, wird er dafür bezahlen, das schwöre ich dir. Stelle das bitte nicht in Zweifel.“

„Ich glaube dir.“

„Vielen Dank.“ Sie richtete sich in ihrem Sitz auf, als ihr Telefon summend eine eingehende Nachricht ankündigte. „O Gott!“

„Ist sie vom Entführer?“

„Ja. Er hat ein weiteres Foto geschickt.“

Nathan fuhr rechts ran und Bree reichte ihm das Handy. Das Bild zeigte ein circa sechs- oder siebenjähriges Mädchen. Wieder einmal wandte sie der Kamera den Rücken zu, aber trug ein Fußballtrikot mit der Nummer Elf darauf. Über dem Bild stand das Wort *deine.*

Er starrte das Foto einige Sekunden lang an und gab ihr dann das Telefon zurück. „Ich bin mir ziemlich sicher, dass es sich um Hayley handelt."

„Wir können aber ihr Gesicht nicht erkennen."

„Das nicht, aber der Park, in dem sie sich befindet, sieht aus wie der Ort, wo Grace immer Fußball spielt. Und der liegt nur zwei Blocks von Hayleys Zuhause entfernt."

„Dir ist schon klar, wie das nächste Wort lauten wird, oder?"

„Ja, ich denke schon, aber es wird noch eine Weile dauern, bis es kommt. Er will dich zappeln lassen, möchte, dass du all das hinterfragst und dir Sorgen machst."

„Das Sorgen und Hinterfragen werde ich nicht abstellen können, aber ich lasse mich nicht länger verarschen."

Er bemerkte ein neues Feuer in ihren Augen. Wahrscheinlich war das Bild gedacht gewesen, sie zu entmutigen, hatte jedoch genau das Gegenteil bewirkt. Bree war geladen und bereit für den Kampf, und Scheitern war keine Option.

---

Als sie auf den Parkplatz des Krankenhauses einbogen, ließ Bree das Telefon in ihrer Handtasche verschwinden. Sie wusste nicht, wie viel Zeit ihr blieb, bevor Tracy und die anderen Agenten hier auftauchten, hoffte jedoch, vorher noch allein mit Lindsay sprechen zu können.

Am Informationsschalter erhielten sie die gewünschten Informationen und begaben sich direkt in die Chirurgie im fünften Stock. Vor einem kleinen Warteraum patrouillierte ein Polizist und Bree war beruhigt, dass jemand auf Lindsay aufpasste.

Sie zeigte dem Beamten ihr Abzeichen, der ihr und Nathan daraufhin gestattete, den Raum zu betreten.

Dort trafen sie auf Lindsay und ihren Vater, der die zerbrechliche, kleine Frau beschützend in seinen Armen hielt und ihnen wütend entgegenblickte.

Als Lindsay sie entdeckte, sprang sie auf. „Habt ihr Hayley gefunden?“

Bree hasste es, ihr sämtliche Hoffnung nehmen zu müssen, die in ihren Augen aufleuchtete. „Noch nicht“, sagte sie mit der Betonung auf dem ersten Wort.

„Mir ist schleierhaft, was da passiert ist. Die Polizei sagte, dass Mark bei den Silos Lösegeld übergeben wollte und dabei angeschossen wurde. Dabei hat er mir doch erzählt, er müsse ins Büro, und dir doch ebenfalls“, fragte sie, an Nathan gewandt.

„Das hat er“, stimmte dieser zu, „ist aber nicht dorthin gefahren. Offensichtlich hatte er einen Anruf von dem Kidnapper erhalten.“

„Aber wer hat auf Mark geschossen? Und wo ist Hayley? Was geht hier eigentlich vor sich?“, fragte Lindsay und ihr Blick bettelte um weitere Informationen.

„Warum setzen wir uns nicht erst mal“, schlug Bree vor. „Ich hätte da noch einige Fragen an Sie.“

„Noch mehr Fragen?“, polterte ihr Vater dazwischen. „Wäre es nicht langsam mal an der Zeit für ein paar Antworten?“

„Wir tun alles, was in unserer Macht steht“, antwortete sie, obwohl ihr klar war, dass ihre Worte die beiden nicht trösten würden. „Ich kann Ihnen zumindest so viel sagen: Die Person, mit der Mark sich getroffen hat, ist tot, aber es sieht ganz danach aus, als ob er nicht allein gehandelt hätte. Und Hayley war nicht bei ihm.“

Lindsay biss sich auf Unterlippe. „Ist sie jetzt in noch größerer Gefahr, weil sie das Geld nicht bekommen haben?“

„Ich wünschte, ich könnte Ihnen diese Frage beantworten, aber ich weiß es nicht. Hoffentlich nicht.“

„Sie hoffen es“, wiederholte Lindsays Vater verächtlich. „Als ob uns das etwas nützen würde.“

„Ist schon okay, Dad“, sagte Lindsay beschwichtigend. „Ich würde gerne allein mit ihnen sprechen. Vielleicht könntest du mal

Mom anrufen und nachfragen, wie es den Kindern geht? Sag ihr, sie soll ihnen nicht den Fernseher einschalten. Ich will nicht, dass sie auf diese Weise die Neuigkeiten über ihren Vater erfahren."

„Bist du dir sicher, dass du das allein durchziehen möchtest?"

„Ja, das schaffe ich schon."

„Also gut. Ich bin gleich wieder da."

Nachdem ihr Vater gegangen war, wandte Lindsay sich wieder ihnen zu. Dabei fiel ihr Blick auf Nathans Hemd. Ihr Gesicht wurde blass. „Du hast Blut an deinem Ärmel. Ist das ...?" Sie schlug sich die Hand auf den Mund und stolperte zurück zu dem Platz, von dem sie sich grade erst erhoben hatte. „Es ist Marks Blut, oder? Ich kann meinen Ehemann nicht auch noch verlieren. Das würde ich nicht verkraften."

Bree setzte sich neben sie, während Nathan sich einen Stuhl heranzog und sich gegenüber von ihr niederließ.

„Das ist ein wirklich gutes Krankenhaus, Lindsay, und die Ärzte werden nichts unversucht lassen, um das Leben deines Mannes zu retten", sagte Nathan.

„Du warst dort, als er angeschossen wurde?" Sie blickte erneut verwirrt drein. „Wie ist das möglich? Du warst doch bei mir zu Hause und bist noch vor ihm gegangen."

„Das ist richtig, aber dann bin ich auf der anderen Straßenseite auf Bree gestoßen. Während wir uns unterhielten, sahen wir Mark aus dem Haus kommen und einen Rucksack aus dem seitlichen Garten holen. Er verhielt sich merkwürdig; also beschlossen wir, ihm zu folgen. Ich wünschte, wir hätten das, was geschehen ist, verhindern können. Aber ich weiß, er ist ein Kämpfer."

„Hat er etwas gesagt?"

„Er sagte, es täte ihm leid, dass er dir nicht anvertraut hätte, wo er vorhatte, hinzugehen. Er wäre einfach verzweifelt gewesen und hoffte, du würdest es verstehen", antwortete Nathan.

Lindsays Mundwinkel begannen zu zittern. „Das klingt wie ein Abschied."

„So hat er es bestimmt nicht gemeint. Er wird alles tun, um zu überleben", entgegnete Nathan mit Nachdruck. „Ich weiß, dass er das wird."

„Dann beten wir mal, dass du recht behältst."

„Mir ist klar, wieviel Angst Sie haben", schaltete Bree sich ein und zog damit ihre Aufmerksamkeit wieder auf sich, „und nur zu gerne würde ich Sie in Ruhe lassen, aber ich brauche Informationen und Sie sind die Einzige, die sie mir geben können."

„Was wollen Sie wissen?"

„Ich möchte Ihnen gerne ein paar Fotos zeigen." Sie zog ihr Handy heraus.

„Fotos von Hayley?"

„Keine Ahnung. Genau das möchte ich herausfinden." Sie zeigte Lindsay das erste Bild. „Ist sie das?"

Diese nickte. „Ja. Es war ihr erstes formelles Porträt. Meine Eltern brachten sie zu einem Fotografen in der Stadt und machten es mir zum Muttertag als Geschenk." Sie fuhr sich mit der Zunge über die Lippen. „Warum haben Sie das bekommen, und warum steht da das Wort *Ich*?"

„Ich bekam es als Textnachricht aufs Handy. Es gibt noch zwei weitere." Bree scrollte zum nächsten Bild. „Ist sie das ebenfalls?"

„Ja", kam die gepresste Antwort.

„Und das hier?", zeigte sie ihr das Bild, dass sie vor wenigen Minuten erst erhalten hatte.

„O Gott, was geht hier vor sich?", fragte Lindsay und hielt sich erneut die Hand vor den Mund. „Warum schickt Ihnen jemand Fotos von Hayleys gesamten Leben, und was haben die Worte *Ich–bin–deine* zu bedeuten? Welches kommt als nächstes?"

Als sie der Frau in die Augen schaute, wurde Bree klar, dass sie es ihr sagen musste. Eigentlich wollte sie es nicht tun und wusste auch gar nicht, wie sie anfangen sollte, besonders in diesem Moment, wo ihre Nerven einem seidenen Faden glichen.

Sie blickte zu Nathan hinüber und flehte ihn im Stillen an, ihr zu sagen, was sie tun sollte, aber er schaute ähnlich verunsichert drein.

Falls sie sich irrten und sie gar nicht Hayleys Mutter war, hätten sie Lindsay ganz umsonst aufgeregt. Wenn sie recht hätten, würde sich dadurch alles verändern. Nichts wäre mehr wie vorher.

*War sie bereit dafür?*

„Was kommt als nächstes?“, wiederholte diese ihre Frage, dieses Mal energischer, und ließ ihren Blick zwischen den beiden hin und her wandern. „Was genau verschweigt ihr mir?“

„Das weiß ich selbst noch nicht“, begann Bree vorsichtig.

Lindsay sah sie zweifelnd an. „Das glaube ich Ihnen nicht. Sie haben eine Vermutung, was da vor sich geht. Sagen Sie es mir einfach, ganz egal, um was es sich handeln mag.“

Sie zögerte eine letzte Sekunde und entschied dann, ihr reinen Wein einzuschenken. „Ich schätze, das nächste Wort lautet *Tochter*.“

Ihr Gegenüber starrte sie ungläubig an. „*Ich–bin–deine–Tochter*? Aber warum sollte er das Ihnen schicken? Ich befürchte, ich kann Ihnen nicht ganz folgen. War diese Nachricht für mich bestimmt?“

Bree fuhr sich mit der Zunge über die Lippen und wusste, dass sie ihr Leben noch weiter ruinieren musste. „Nein, sie war an mich gerichtet.“

„An Sie? Was soll das bedeuten?“

„Vor zehn Jahren habe ich mein Baby zur Adoption freigegeben und der Kidnapper scheint damit sagen zu wollen, dass das Kind, das er in seiner Gewalt hat, mein leibliches Kind ist und ich seine biologische Mutter bin.“

„Wie bitte?!“ Lindsays Augen weiteten sich und alles Blut wich aus ihrem Gesicht, bis sie wie ein Geist aussah. „Das–das ist unmöglich.“

Bree schluckte den stetig wachsenden Knoten hinunter, der sich in ihrer Kehle bildete und wusste, dass sie einen Weg finden musste, alle Worte herauszubekommen, um ihr Geheimnis der einen Person zu erzählen, die es wahrscheinlich am nötigsten hören musste.

„Nun, ich hätte es auch nicht für möglich gehalten, Als ich Sie zum ersten Mal traf, hatte ich keine Ahnung, dass Hayley möglicherweise das Kind sein könnte, das ich zur Adoption freigab. Ich kam nach Chicago, weil Hayleys Fall den drei anderen glich, an denen ich zuvor gearbeitet hatte. Mittlerweile bin ich mir aber ziemlich sicher, dass die weiße Rose nur aus dem Grund zurückgelassen wurde, um mich hierher zu locken."

„Nichts davon ist wahr!" Lindsay schüttelte vehement den Kopf. „Hayleys biologische Mutter ist tot."

„Es wäre möglich, dass die Aufzeichnungen–die Geburtsurkunde–manipuliert wurden."

„Wozu?"

„Weil die Adoption inoffiziell ablieft. Sie haben sich sozusagen ein Kind auf dem Schwarzmarkt besorgt. War Ihnen das klar?"

„Keinesfalls! Es war eine seriöse Agentur, die private Adoptionen vermittelte. Überall an ihren Wänden hingen Fotos von zufriedenen Kindern und glücklichen Familien."

„Diese vermeintliche Agentur ist nur wenige Monate, nachdem Sie Hayley bekommen haben, in Konkurs gegangen."

„So etwas passiert immer wieder. Na und? Sie irren sich. Tut mir leid, aber Sie liegen falsch. Und vielleicht wird die nächste Nachricht gar nicht *Tochter* lauten. Er könnte auch etwas anderes schreiben."

Lindsay kämpfte hart, um an ihrer Realität festzuhalten und Bree konnte ihr das nicht verübeln. Trotzdem würde am Ende die Wahrheit ans Licht kommen.

„Ich habe Ihnen all das nicht erzählt, um Sie zu verletzen. Ich bin genauso schockiert wie Sie, dass Hayley meine Tochter sein könnte, besonders, weil mir ausdrücklich zugesichert wurde, dass mein Baby nicht an eine Familie in Illinois vermittelt werden würde."

„Aber wir leben in Illinois und haben Hayley aus einem Krankenhaus in Joliet abgeholt. Haben Sie Ihr Baby dort auf die Welt gebracht?"

„Nein, ich habe in Detroit entbunden. Aber Sie haben Hayley erst bekommen, als sie bereits einige Tage alt war, oder?"

„Das stimmt, aber sie kam in dieser Klinik auf die Welt." Lindsay hielt inne. „Ich meine–das habe ich zumindest immer angenommen." Plötzlich klang ihre Stimme unsicher.

„Wir haben beide Vermutungen angestellt, die nicht der Realität entsprachen", sagte Bree sanft. „Ich war eine Teenager-

Mutter und habe mein Kind freiwillig abgegeben, um ihr ein besseres Leben zu ermöglichen. Und ich hätte mir immer gewünscht, dass sie in so eine Familie wie die Ihre kommt."

„Warum haben Sie sie überhaupt zur Adoption freigegeben? Nur, weil Sie so jung waren?"

Bree hatte mit dieser Frage gerechnet, aber es war noch immer schmerzhaft, sie zu hören. „Ich war gerade mal achtzehn und hatte ein sehr schwieriges Leben geführt. Meine Mutter bekam mich ebenfalls sehr jung, und ich wuchs in Chaos, Armut und Kriminalität auf. Als ich zehn war, starb sie und ich kam für einige Jahre zu meiner Tante. Als diese sich ebenfalls nicht mehr um mich kümmern konnte, landete ich in Pflegeheimen. Als ich herausfand, dass ich schwanger war, wusste ich sofort, dass ich meinem Baby nicht die gleiche Kindheit antun wollte. Ich wünschte mir, dass sie genau das bekommt, was Sie Hayley gegeben haben–liebende Eltern, Großeltern, Geschwister und ein hübsches rosa und violettes Schlafzimmer mit so vielen Stofftieren, wie sie sie sich wünschte." Als sie an das liebevoll eingerichtete Kinderzimmer denken musste, traten ihr die Tränen in die Augen.

Lindsay erging es nicht viel anders. „Ich habe mein Bestes gegeben, aber jetzt–Sie müssen mich hassen."

„Ich hasse nicht Sie, sondern die Leute, die ihr das angetan haben. Sie sind diejenigen, die dafür zur Verantwortung gezogen werden müssen."

„Sie sind die leibliche Mutter meiner Kleinen", murmelte Lindsay vor sich hin, als ob sie immer noch versuchte, aus der ganzen Sache schlau zu werden. „Aber sie hat nicht mal ihre grünen Augen; ihre sind braun." Sie hielt inne. „Der Vater–wir konnten nie etwas über ihren Vater in Erfahrung bringen."

Das war das Letzte, was Bree ihr jetzt erzählen wollte. „Der ist im Moment nicht wichtig. Ich wollte ihnen einfach nochmals versichern, dass ich Hayley finden und sie Ihnen zurückbringen werde."

„Wirklich zu mir? Wollen Sie sie nicht selbst behalten?", flüsterte sie, und aus ihrem Blick sprach die pure Angst. „Sie sind doch Ihre Mutter. Vielleicht werden Sie sie ja für sich beanspruchen?"

*Würde sie das tun?*

Sie schüttelte energisch den Kopf und verdrängte diese stille Frage. „Nein, *Sie* sind ihre Mutter.“ Trotzdem musste sie die Tränen zurückdrängen, die so verzweifelt aus ihr herauszubrechen drohten, und als sie Lindsay anblickte, sah sie in deren Augen die gleichen herzzerreißenden Gefühle. „Und Mark ist ihr Vater“, schaffte sie es hinzuzufügen. „Er wird wieder gesund, und Hayley kommt zurück nach Hause. Wir werden Ihre Familie wieder zusammenbringen.“

„Können Sie mir das versprechen?“

So etwas zuzusichern ging gegen alles, was sie je gelernt hatte, aber sie tat es trotzdem. „Ich verspreche es.“

Angespanntes Schweigen breitete sich zwischen ihnen aus, dann jedoch öffnete sich die Tür und Lindsays Vater kehrte zurück. Bree war erleichtert angesichts dieser Unterbrechung, um somit weiteren Fragen ausweichen zu können. Für den Moment hatte sie ihr genug gesagt.

„Alles in Ordnung hier drinnen?“, erkundigte er sich. Anscheinend bemerkte er die angespannte Stimmung und fragte sich, ob dies mit Mark, Hayley oder etwas anderem zu tun hatte.

Lindsay warf ihr einen hilflosen Blick zu, so als wüsste sie nicht, was sie ihrem Vater darauf antworten sollte.

Bree wollte sich nicht auch noch auf ein Gespräch mit ihm einlassen, also sagte sie nur: „Ich melde mich wieder.“

„Halten Sie einfach Ihr Versprechen, das ist alles, worum ich Sie bitte.“

Nathan lehnte sich nach vorne und umarmte sie. „Ich bete für Mark.“

„Danke“, erwiderte sie gepresst.

Als sie den Raum verließen, hielt Bree kurz an der Tür inne. Lindsays Vater setzte sich neben seine Tochter und legte ihr einen Arm um die Schultern, worauf diese die Kontrolle verlor und hemmungslos zu schluchzen begann.

„Ich habe alles nur noch schlimmer gemacht“, murmelte sie.

Nathan griff nach ihrer Hand und zog sie mit sich fort. Sie

gingen ein paar Meter den Flur hinunter, weg vom Polizisten. „Du musstest es ihr sagen, Bree."

„Es war so ziemlich das Furchtbarste, was ich je getan habe", erwiderte sie, und er blickte sie verständnisvoll an, „aber ich fand einfach, sie sollte es wissen."

„Das war auch völlig richtig. Allerdings wünschte ich, du hättest ihr nichts versprochen, was du womöglich nicht halten kannst."

„Doch, das werde ich", antwortete sie heftig. „Ich werde meine Tochter retten, koste es, was es wolle."

„Das will ich auch gar nicht abstreiten. Ich weiß, dass du alles tun wirst, was in deiner Macht steht. Allerdings ist mir aufgefallen, dass du ihr nichts über Johnny erzählt hast."

„Ich wollte sie nicht noch mehr verängstigen, indem ich ihr auch noch beichte, dass Hayleys Vater ein Verbrecher ist. Aber allen anderen gegenüber werde ich das nun wohl eingestehen müssen. Aus den Bildern auf meinem Handy ergibt sich ein Satz, der mich direkt als ihre Mutter benennt. Wenn ich meinen Verdacht jetzt nicht äußere, bringe ich sie damit womöglich noch mehr in Gefahr. Ich muss reinen Tisch machen und die Polizei und das FBI einweihen, damit wir sie finden können."

„Mir ist schon klar, dass du das nie wolltest, aber jetzt scheint der richtige Zeitpunkt dafür gekommen zu sein. Was meinst du, sollten wir von hier verschwinden, bevor ..." Er ließ seinen Satz unbeendet. „Dafür ist es jetzt wohl zu spät."

Sie nickte und deutete mit dem Kopf in Richtung Aufzug, aus dem gerade drei Mitglieder des Chicagoer FBI-Büros ausstiegen, gefolgt von zwei Männer in Anzügen. Einer war der leitende Ermittler des Falles, Vance Cooper, aber der andere Mann schien neu dabei zu sein. Für sie jedoch war er ein alter Bekannter. „Ist das Inspektor Benedict?", fragte sie Nathan und war skeptisch überrascht.

„Scheint so", entgegnete er. „Was hat der denn mit der Sache zu tun?"

Bree wusste es ebenfalls nicht, und es gefiel ihr ganz und gar nicht. Benedict war ein enger Freund von Johnnys Vater gewesen und sie hatte ihn stets für einen zwielichtigen Cop gehalten. Die Tatsache, dass er gerade jetzt auftauchte, nachdem Calvin Baker, Johnnys ehemaliger Partner, als der Lösegeldforderer überführt worden war, machte sie nervös.

*War er hier, um Einzelheiten auszuspionieren, die er dann an Johnny weitergeben konnte?*

„Sei vorsichtig mit dem, was du ihm erzählst“, ermahnte sie Nathan. „Lass dir nicht anmerken, dass du dich an Calvin erinnerst.“

„Mach dir keine Sorgen; ich weiß schon, wie ich mit den Bullen zu reden habe, ohne dass sie was aus mir rausbekommen.“

„Keine Ahnung, wann ich mich wieder bei dir melden kann. Deine Vernehmung wird die Polizei übernehmen, während ich wahrscheinlich vom FBI festgehalten werde. Ich wünschte, ich könnte dich vor ihren Fragen schützen ...“

„Darüber mache ich mir überhaupt keine Gedanken“, schnitt er ihr das Wort ab. „Ich werde ihnen lediglich erzählen, was passiert ist, wie es dazu kam, dass wir Mark zu den Silos folgten und wie du den Schützen ausgeschaltet hast, bevor er ihn töten konnte.“

„Es wäre besser gewesen, ich hätte dich nicht mitgenommen. Warum habe ich mir nicht einfach deinen Truck geschnappt und dich am Gehsteig zurückgelassen?“

„Als ob dir das gelungen wäre“, antwortete er trocken. „Keine Sorge, ich werde ihnen bestätigen, dass ich freiwillig mitgekommen bin und im Gegenteil dich gezwungen habe, mich dabei sein zu lassen. Jetzt hör auf, dir wegen meiner Person einen Kopf zu machen. Mir geht es gut. Und sobald du es ebenfalls überstanden hast, werde ich auf dich warten.“

Dieser Gedanke gefiel ihr.

„Und, Bree“, fügte er hinzu, „das Versprechen, das ich dir damals am Busbahnhof gegeben habe, steht noch immer. Du kannst dein Geheimnis erzählen, wem und wann immer du willst. Meine Lippen jedoch bleiben versiegelt.“

„Als du das letzte Mal geschwiegen hast, wurdest du deswegen fast zu Tode geprügelt. Dieses Mal könntest du dafür im Gefängnis landen. Ich möchte nicht, dass du für mich lügst.“

„Die Bullen wissen längst nicht so viel wie wir, und das FBI ebenfalls nicht. Mein Gespräch ist wahrscheinlich vorbei, noch bevor sie in Erfahrung bringen konnten, dass du Hayleys leibliche Mutter bist.“

„Damit könntest du Recht haben.“

„Ich kann schon auf mich selbst aufpassen“, fügte Nathan hinzu, „und du konzentrierst dich auf dich. Und denk stets daran, dass du nichts falsch gemacht hast, Bree. Vor langer Zeit hast du dich leider in den falschen Kerl verliebt, aber alles andere war richtig und ist es immer noch. Die einzige Chance, die Hayley hat, um zu überleben, bist du. Lass dich nicht vom Gegenteil überzeugen.“

Ihr Herz schwoll an vor Dankbarkeit. Nathan war schon immer die einzige Person gewesen, auf die sie zählen konnte. „Wir sprechen uns später“, antwortete sie. Aber den Gesichtsausdrücken ihrer Kollegen nach zu urteilen, würde das nicht allzu bald der Fall sein.

# KAPITEL DREIZEHN

Wie Bree vorausgesagt hatte, hatten die Polizeibeamten sich auf Nathan konzentriert und ihn mit aufs Revier genommen, während sie zurück im FBI-Gebäude ihren Kollegen Rede und Antwort stehen musste.

Die letzten fünf Stunden hatte sie in einem Konferenzraum verbracht und jedes Detail ihrer Vergangenheit offengelegt: ihre Beziehung zu Johnny, die Schwangerschaft als Teenager, ihre Zeit in Detroit sowie Informationen über die Frau, die die Adoption eingefädelt hatte. Dann waren sie auf das letzte Jahr eingegangen: die bisherigen Entführungsfälle, die Berichterstattung in Philadelphia und die Nachrichten, die sie vom Entführer erhalten hatte. Schließlich hatten sie sich auch noch auf ihre heutigen Handlungen konzentriert: ihre Ankunft im Haus der Jansens, ihre Diskussion mit Nathan, die dazu führte, dass sie Mark gemeinsam zu den Silos gefolgt waren und die Schüsse, die abgefeuert wurden–einer, um den Täter außer Gefecht zu setzen sowie der zweite, der ihn tötete.

Während der überwiegende Teil der Befragung von Tracy und/oder Special Agent Hobbs geleitet wurde, kamen immer wieder verschiedene andere Agenten in den Konferenzraum, um Fragen zu stellen und/oder neueste Erkenntnisse über die Ermittlungen am Tatort an den Silos sowie Marks Gesundheitszustand zu liefern. Er war aus dem OP heraus, zwar nach wie vor in kritischem Zustand, aber immerhin stabil. Bree war unglaublich dankbar dafür, dass er es schaffen würde.

Alle Nachrichten und Fotos, die sie vom Kidnapper erhalten hatte, wurden genauestens analysiert, aber sie bezweifelte, dass man etwas finden würde. Der Typ war zu schlau und ihnen stets einen Schritt voraus. Eigentlich würde es sie nicht mal überraschen, wenn er Erfahrung in der Strafverfolgung hatte. Er schien genau zu wissen, wie er seine Aktionen vor dem FBI verschleiern konnte, einer Organisation mit enormen Ressourcen und technologischem Know-how.

Das vierte Foto–das, was mit Sicherheit als Text das Wort *Tochter* zeigte –, war noch immer nicht eingetroffen, aber sie hegte keinen Zweifel daran, dass es irgendwann käme. Noch war das Spiel nicht vorbei. Der Entführer war noch längst nicht fertig mit ihr.

Als am frühen Abend die Schatten im Besprechungsraum länger wurden, schaltete Tracy das Licht ein und setzte sich ans andere Ende des langen Tisches, um einen Anruf anzunehmen. Mittlerweile waren nur noch sie beide anwesend und Tracy schien mehr zuzuhören als selbst zu reden, was ungewöhnlich für sie war, da sie stets jede Menge zu sagen hatte.

Bree warf einen verstohlenen Blick auf ihre Armbanduhr. Es war schon fast sechs und sie erschöpft und halb verhungert. Außerdem hatte sie es allmählich satt, für Tracy und einen Haufen Kollegen, die sie ohnehin nicht sonderlich mochten, weil sie ihnen die Ermittlungen vermasselt und wichtige Informationen vorenthalten hatte, den braven, kleinen FBI-Soldaten zu spielen. Kaum zu glauben, dass seit ihrer Ankunft in Chicago gerade mal achtundvierzig Stunden vergangen waren, obwohl es sich wie eine Ewigkeit anfühlte, seit sie in den Flieger gestiegen war.

Alles hatte sich rasend schnell ereignet. Vielleicht waren sie sauer, weil sie sie einige Stunden lang nicht auf dem Laufenden gehalten hatte, aber sie war einfach wütend darüber gewesen, dass man sie so lange im Büro festhielt und anstatt einer gleichwertigen Agentin wie eine Verbrecherin behandelt hatte.

„Sind wir fertig?“, erkundigte sie sich, als Tracy endlich ihr Telefonat beendet hatte und erneut ihr gegenüber Platz nahm.

„Beinahe. Das war Inspektor Benedict. Er sagte, Calvin Baker hätte bis vor einer Woche in einer Wohnung in der Hayward Street gewohnt.“

„Dort befindet sich auch das Fitnessstudio–also der Boxclub, der der Familie Hawke gehört.“

„Das ist uns bekannt“, war die knappe Antwort. „Der Vermieter gab zu Protokoll, dass Baker letzte Woche ausgezogen sei und die halbe Monatsmiete in bar auf dem Tisch zurückgelassen habe. Über seinen weiteren Verbleib ist nichts bekannt. Die Nachbarn konnten keine Angaben dazu machen.“

„Das ist in diesem Viertel nichts Ungewöhnliches. Konntet ihr sonst noch was in Erfahrung bringen?“

„Baker war in den letzten zehn Jahren immer wieder im Gefängnis. Er hat sich so ziemlich alles zu Schulden kommen lassen, von Drogengeschäften über Waffenhandel, Autodiebstahl und tätliche Angriffe.“

„Und seine Verbindung zu Johnny Hawke?“

„In letzter Zeit nichts.“

*War das nicht praktisch, zumal die Information von Inspektor Benedict höchstpersönlich kam?*

„Was genau weißt du eigentlich über Inspektor Benedict?“, wollte Bree wissen. „Vor langer Zeit war er nämlich ein enger Vertrauter von Johnnys Vater. Dann taucht er plötzlich heute im Krankenhaus auf. Er war überhaupt nicht in diesen Fall involviert–warum wurde er hinzugezogen? “

„Weil er ebenfalls gegen das organisierte Verbrechen kämpft und Baker vor vier Jahren nach einer Drogenrazzia hinter Gitter brachte. Wir haben ihn auf der Suche nach weiteren Informationen kontaktiert und ihn um Hilfe gebeten, Bree.“

Sie runzelte die Stirn. „Trotzdem kommt mir das seltsam vor. Ich könnte schwören, dass er damals, als ich noch hier lebte, ein mehr als zwielichtiger Beamter war. Immer wieder sah ich ihn mit Johnny und seinem Vater sprechen. Irgendwas lief da zwischen ihnen.“

Tracy zuckte mit den Achseln. „Wenn dem so sein sollte, stellt er es clever an, denn immerhin übt er seinen Job schon über zwanzig Jahr aus."

„Wie auch immer, ich möchte mit ihm sprechen, und mit Johnny ebenfalls." Zwar graute ihr davor, aber es musste sein.

„O nein, du wirst mit niemandem mehr sprechen", erwiderte Tracy scharf. „Mein Team wird die Interviews durchführen."

„Aber ich kenne Johnny besser als irgendjemand sonst."

„Offensichtlich", erwiderte sie sarkastisch. „Aber du wärst bei diesen Verhören mit Mr. Hawke emotional befangen. Von daher übernehmen wir ab jetzt."

„Er würde mir mit Sicherheit mehr sagen als euch."

„Ach tatsächlich, würde er das? Vergiss nicht, du hast ihm sein Kind gestohlen."

Bree seufzte auf und wusste, dass sie dem nichts entgegensetzen konnte. „Also gut. Damit wären wir dann wohl fertig. Mehr gibt es dazu nicht zu sagen." Sie schob ihren Stuhl zurück und stand auf.

Tracy blickte sie feindselig an und erhob sich ebenfalls. „Das hast du nicht zu entscheiden, Bree."

„Ich denke schon, denn obwohl du mich wie eine Verdächtige behandelst, stehe ich immer noch auf eurer Seite."

„Für mich hat es eher den Anschein, als ob du ein doppeltes Spiel treiben würdest", konterte Tracy. „Du hättest uns deinen Verdacht, das kleine Mädchen könnte deine Tochter sein, direkt mitteilen müssen."

„Das wurde mir selbst erst bewusst, kurz bevor ich zu den Silos fuhr … aber das haben wir ja jetzt schon hunderte Male durchgekaut. Ich bin nicht nach Chicago gekommen, um Unruhe zu stiften, sondern weil ich hierhergelockt wurde. Für Hayleys Entführung ist nicht der Weiße-Rose-Kidnapper verantwortlich; jemand hat sich lediglich sein Muster zu eigen gemacht, damit es genauso aussieht wie bei den früheren Fällen, und genau deshalb wurde ich angefordert. Und es gilt nach wie vor, ein kleines Mädchen zu finden, egal, ob sie nun meine Tochter ist oder nicht."

„Dessen bin ich mir bewusst."

„Warum verschwendest du dann deine Zeit damit, mich zu verhören, anstatt nach ihr zu suchen?"

„Weil du alles verbockt hast und ich jetzt hinter dir aufräumen darf."

„Das habe ich nicht", fuhr Bree ihre Kollegin an, „und wenn du nicht seit unserer gemeinsamen Ausbildung an der Akademie diesen Groll gegen mich hegen würdest, würdest du dich komplett anders verhalten."

„Nein, das würde ich nicht, Bree. Ich halte mich an Vorschriften und Regeln und handle nicht aus dem Bauch heraus, sondern benutze meinen Kopf. Ich denke logisch und plane jede meiner Aktionen genauestens im Voraus. Niemals würde ich mit einem zivilen Freund in einen Truck springen und ihn zu einer Lösegeldübergabe mitnehmen."

„Ich brauchte ein Fahrzeug, und Nathan war zufälligerweise gerade da. Zu diesem Zeitpunkt wusste ich auch noch nicht, wo es hingeht. Aber ich habe jetzt keine Lust mehr, mich noch weiter zu erklären. Die Vernehmung ist vorüber. Ich habe dir alles erzählt, was ich weiß, und wenn ich ohnehin von der aktiven Ermittlung ausgeschlossen bin, gehe ich jetzt zurück in mein Hotel. Allerdings hätte ich gerne mein Handy wieder. Falls der Entführer sich nochmals meldet, muss ich erreichbar sein."

Über dieses Thema hatten sie bereits lange diskutiert. Während Tracy komplett dagegen war, hatte Agent Hobbs entschieden, dass sie es behalten sollte, um die Verbindung mit dem Kidnapper aufrechtzuerhalten.

Widerwillig reichte ihr die Kollegin das Telefon. „Wirst du uns informieren, falls weitere Anrufe oder Nachrichten eingehen?"

„Sobald sich etwas tut."

„Ich bin nach wie vor der Ansicht, dass wir dich überwachen sollten."

Ein weiteres Thema, über das sie schon ausführlich gesprochen hatten. „Ich brauche keine sichtbare Präsenz zwischen mir und dem Entführer", erinnerte sie Tracy. „Er soll denken, dass er nach wie vor an mich rankommen kann."

„Was aber auch bedeutet, dass er das tatsächlich kann." Diese Bemerkung konnte Tracy sich nicht verkneifen.

„Ich werde schon auf mich aufpassen." Mit diesen Worten schnappte Bree sich ihre Tasche und verließ den Raum, bevor Tracy noch mehr Gründe finden konnte, die ihre weitere Anwesenheit rechtfertigten.

Draußen winkte sie ein Taxi heran. Sie waren kaum losgefahren, als ihr plötzlich klar wurde, warum man ihr das Telefon nicht abgenommen hatte. Man wollte sie überwachen!

*Nicht mit mir!* Schnell deaktivierte sie das GPS. Jetzt konnten sie zwar noch alle ihre Anrufe verfolgen und orten, sie selbst jedoch nicht aufspüren.

„Ich würde gerne mein Ziel ändern", wies sie den Fahrer an und nannte ihm eine neue Adresse. Dann lehnte sie sich zurück und schaute aus dem Fenster auf die Stadt, die sie dermaßen niederdrückte.

Tracys prahlerische Worte darüber, eine bessere Agentin zu sein als sie, nur weil sie die Sache logisch anging, erschien ihr lachhaft. Ihr war klar, dass sie Hayley nie zurückbekommen würden, wenn sie sich strikt an Vorgaben und Protokolle hielten. Sie selbst musste zurück in den Dreck zu den Straßenkindern steigen, zu denen sie einst selbst gehörte.

---

Als Nathan am Freitagabend um kurz nach neunzehn Uhr seine Wohnungstür öffnete, freute er sich aufrichtig, Bree vor sich stehen zu sehen. Seit sie vor Stunden das Krankenhaus verlassen hatten, hatte er nichts mehr von ihr gehört. Sie sah erschöpft aus. Ohne großartig nachzudenken, zog er sie herein, kickte die Tür hinter sich zu und nahm sie in die Arme.

Sie legte ihren Kopf an seine Schulter, und für einen Augenblick standen sie einfach nur still da und hielten sich gegenseitig umklammert.

Er konnte die Spannung in ihrem Körper spüren, den Stress der letzten Tage, die Angst, die Sorge–einfach alles. Aber er hatte eben schon immer gut mit ihr harmoniert und es auch früher nicht geschafft, seine Gefühle von den ihren zu trennen. Wenn es ihr schlecht ging, spürte er ebenfalls ihr Leid und ihre Sorgen. Das war einfach Tatsache. Es hatte angefangen, als er dreizehn Jahre alt war, und anscheinend hatte sich nichts daran geändert.

Dabei spielte es keine Rolle, dass sie sich vor dieser Woche jahrelang nicht mehr gesehen hatten.

*Bree, das Mädchen seiner Träume.*

*Sie war hier und lag in seinen Armen, und das war alles, was zählte.*

Sie hob den Kopf und blickte ihn aus ihren schönen, grünen Augen an. „Hallo."

Er lächelte sie an. „Ich hatte schon befürchtet, das FBI hätte dich irgendwo weggesperrt."

„Nun, sie sind definitiv nicht glücklich über meine Anwesenheit. Es war bereits die Rede davon, mich zu suspendieren, aber da ich ihre einzige Verbindung zu dem Entführer bin, haben sie mir erst mal meine Waffe und mein Abzeichen gelassen. Für wie lange allerdings, das steht in den Sternen." Sie ließ ihn los und trat einen Schritt zurück. „Dann werde ich mir mal ansehen, wie du so wohnst."

„Viel gibt es da nicht zu sehen."

Sie lief den kurzen Flur hinunter, der in seine Ein-Zimmer-Wohnung führte, legte ihre Tasche auf dem Küchentresen ab und ging geradewegs in Richtung Balkon.

„Was für eine Aussicht", rief sie erfreut aus, durchquerte das kleine Wohnzimmer und öffnete die Schiebetüren.

Er folgte ihr nach draußen und lächelte angesichts ihres veränderten Verhaltens, während sie die Stadt aus dem fünfunddreißigsten Stock in sich aufnahm.

„Der Ausblick ist atemberaubend, Nathan", sagte sie und deutete mit den Händen in Richtung der Skyline. „Ich liebe die Lichter."

„Viel besser als die Dächer, auf die wir uns früher immer zurückgezogen haben, oder?"

„So viel besser. Über die zwölfte Etage sind wir nie hinausgekommen. Das ist verrückt."

„Ich muss ehrlich zugeben, es war diese Aussicht, die mich dazu verleitet hat, mehr Miete zu zahlen als ursprünglich geplant. Obwohl ich eines Tages gerne ein eigenes Haus besitzen und Wurzeln schlagen möchte … Aber als ich mich für dieses Apartment entschied, suchte ich nach etwas, das mir das Gefühl gab, über allem zu stehen."

„Von hier oben überblickst du die ganze Welt."

„Jedoch nicht den Strand. Ich sehe keine Segelboote", erinnerte er sie an ihre Kindheitsträume. „Für den Moment allerdings ist es perfekt."

„Sogar noch besser als perfekt." Bree atmete tief durch. „Es war ein verdammt langer Tag".

„Das ist noch untertrieben."

Sie wandte sich zu ihm um und sagte: „Ich habe gehört, dass Mark aus dem OP entlassen wurde. Wie lange bist du im Krankenhaus geblieben?"

„Bis vor etwa einer Stunde. Er ist noch nicht ganz außer Gefahr, scheint aber stabil zu sein."

„Gott, bin ich erleichtert, das zu hören."

„Ich ebenfalls." Er sah die unausgesprochene Frage in ihrem Blick. „Lindsay hat nicht viel zu deiner Enthüllung gesagt, sondern mich lediglich gebeten, es niemandem sonst in der Familie zu erzählen. Ich habe ihr versichert, dass ich kein Sterbenswörtchen verraten würde, aber da die Polizei und das FBI über die Verbindung zwischen dir, Hayley und dem Kidnapper Bescheid wissen, ich auch nicht wüsste, wie lange man es geheim halten könne."

„Wahrscheinlich nicht allzu lange."

„Ich habe sie jedoch auch noch mal daran erinnert, dass Hayley zu finden das Einzige ist, was im Moment zählt. Alles andere kann später geklärt werden." Er hielt kurz inne. „Sie wollte wissen, woher ich dich kenne, fragte sich, in welcher Beziehung wir zueinanderständen und was ich von dir hielte."

„Was hast du darauf geantwortet?"

„Ich sagte ihr, dass wir bereits von Kindesbeinen an befreundet wären und dass du ein wirklich guter Mensch bist. Außerdem, dass ich dabei war, als du beschlossen hast, deinem Baby ein besseres Leben zu ermöglichen und auch weiß, wie schwer es dir gefallen ist … wie sicher du dir aber trotzdem warst, das Richtige zu tun."

Sie erwiderte seinen Blick. „Vielen Dank für dieses Leumundszeugnis."

„Das war nichts als die Wahrheit. Du bist ein guter Mensch und eine noch bessere Agentin. Hoffentlich ist das auch dem FBI klar."

Bree zuckte mit den Achseln. „Das wird sich zeigen." Dann schwieg sie kurz. „Ich glaube, Lindsay macht sich Sorgen darüber, dass ich Hayley zurückfordern könnte."

„Und/oder sie für das verantwortlich machen könntest, was passiert ist", fügte er hinzu. „Sie schleppt jede Menge Schuldgefühle mit sich herum."

„Ich mache doch weder sie noch Mark für die Entführung verantwortlich! Mit ihnen hat das rein gar nichts zu tun. Die Jansens haben ihr ein wunderbares Leben ermöglicht. Sie hat genau die Familie bekommen, die ich mir immer für sie gewünscht habe. Trotzdem kann ich einfach nicht glauben, dass sie wieder in Chicago gelandet ist. Ich war mir sicher, alles Menschenmögliche getan zu haben, um mein Kind aus Johnnys Einflussbereich herauszuhalten. Genau aus diesem Grund hatte ich mich auch für Detroit entschieden. Was für einen Sinn hatte es, dass ich dorthin ging, wenn die Kleine letztendlich doch hierher vermittelt wurde?"

„Keine Ahnung. Vielleicht war das Geld der ausschlaggebende Faktor? Es wäre interessant zu wissen, was Mark und Lindsay für die Adoption bezahlt haben."

„Zehntausend Dollar", erwiderte Bree, „an eine inzwischen nicht mehr existierende Agentur. Das habe ich überprüft. Aber ich vermute, dass es eine zusätzliche Barzahlung gab, die nirgends festgehalten wurde."

„Wahrscheinlich."

Sie seufzte tief auf. „Um nicht komplett durchzudrehen, sage ich mir immer wieder, dass Johnny seinem eigenen Kind nichts antun würde. Familie und Blutsverwandte bedeuten ihm alles."

„Das denke ich auch und ich glaube auch nicht, dass er Emma

verletzen würde“, entgegnete Nathan und schnitt damit erneut das Thema mit dem kleinen Mädchen im Zug an. „Ich weiß, dass du dir um sie ebenfalls Sorgen machst, aber bestimmt ist sie nur jemand aus der Nachbarschaft, die freudig die Chance ergriffen hat, sich ein bisschen Geld zu verdienen. Wahrscheinlich hat ihre ältere Schwester sie dafür vorgeschlagen.“

„Das wäre natürlich möglich.“

„Also dann, willst du mir nicht erzählen, wie es bei dir gelaufen ist?“

„Eine Million Fragen, wovon ich die meisten mehr als einmal beantwortet habe. Das FBI und die Polizei arbeiten hart daran, Calvin Bakers Aufenthaltsorte in den letzten Monaten ausfindig zu machen. Letzte Woche ist er spurlos aus seiner Wohnung verschwunden. Inspektor Benedict, der ebenfalls im Bereich des organisierten Verbrechens ermittelt, hat meiner Kollegin, Agentin Cox, glaubhaft versichert, dass Baker nichts mit Johnny Hawkes unlauteren Machenschaften zu tun hat.“

„Was du ihm aber nicht abnimmst?“

„Nein, weil ich mir ziemlich sicher bin, dass er nach wie auf der Gehaltsliste der Hawkes steht.“

„Gut möglich. Ich habe ebenfalls mit ihm gesprochen, direkt nachdem du gegangen bist, also noch bevor er wissen konnte, dass Hayley deine Tochter ist. Seine Fragen bezogen sich auf das, was sich vor dem Haus der Jansens abspielte, unsere Vorgehensweise an den Silos, ob Mark noch irgendetwas sagen konnte, bevor er ins Krankenhaus gebracht wurde. Ich denke, er wollte einfach in Erfahrung bringen, ob Mark wusste, wer die Entführer waren und ob er diese Informationen mit mir geteilt hat.“

„Hoffentlich hast du nein gesagt.“

„Natürlich, denn das entspricht ja auch der Wahrheit. Er hat mir nichts erzählt, meinte lediglich, dass ihm das, was er getan hatte, leidtäte.“

„Hat Benedict dich auch über mich ausgefragt?“

„Ja. Er wusste bereits, dass du in Chicago aufgewachsen bist, dass du und ich in unserer Jugend Freunde waren und dass Kyle Klage gegen dich eingereicht hat.“

Sie zog eine Augenbraue hoch. „Das ist eine ganze Menge an Informationen für einen Kriminalbeamten, der gerade erst in den Fall eingestiegen ist."

„Genau meine Meinung. Wie auch immer, ich habe ihm erzählt, dass wir uns wiedertrafen, als du vorbeikamst, um meine Nichte zu befragen."

„Hat er meine Beziehung zu Johnny erwähnt?"

„Nein, und ich habe dieses Thema ebenfalls tunlichst vermieden."

„Vielen Dank dafür."

„Kein Problem. Mein Eindruck von Benedict ist, dass er aalglatt und mega clever ist. Das Timing seines Eintritts in den Fall gefällt mir ganz und gar nicht und ich glaube, wir sollten ihn nicht unterschätzen."

„Da stimme ich dir zu, zumal das FBI mit Sicherheit ihn und die Polizei über meine Beziehung zu Johnny unterrichten wird."

„Und er wird diese Information direkt weiterleiten."

„Wenn nicht er, dann das FBI selbst. Sie haben geplant, Johnny heute Abend noch zu vernehmen."

„Ohne dich?"

Bree nickte, und Zorn sprach aus ihrem Blick. „Ja, weil sie denken, ich wäre emotional befangen."

„Auch wenn dir diese Idee nicht gefällt, entspricht das wahrscheinlich der Wahrheit."

Sie presste die Lippen aufeinander. „Kann gut sein. Immerhin ist es nicht so, dass ich kein persönliches Interesse am Ausgang dieses Falles habe. Hayley ist meine Tochter–meine Tochter", wiederholte sie, als müsse sie sich erst noch selbst davon überzeugen.

„Genau, und du liebst sie. Von daher bist du voreingenommen. Du würdest alles tun, um sie zurückzubekommen."

„Das würde ich tatsächlich", gab sie zu, „und dafür sogar ein Treffen mit Johnny in Kauf nehmen."

„Es wird ihn nicht großartig überraschen zu hören, dass das FBI glaubt, Hayley wäre eure gemeinsame Tochter. Das weiß er bestimmt bereits. In dieser Sache tappt er nicht im Dunklen, Bree, jede Wette. Baker hat für ihn gearbeitet, ganz egal, was Benedict uns einzureden versucht. Wir wissen Bescheid über ihre frühere Beziehung; immerhin waren wir dabei.“

Sie nickte. „Da bin ich völlig deiner Meinung.“

„Was für eine wundersame Wandlung. Normalerweise flippst du direkt aus, wenn es um Johnny geht.“

Sie schnitt eine Grimasse. „Ich verteidige ihn nicht. Und ich habe auch keine Angst mehr vor ihm. Wenn er der Schlüssel ist zur Lösung dieses Falls ist, werde ich mich mit ihm auseinandersetzen.“

Nathan bemerkte die stahlharte Entschlossenheit in ihren Augen und hatte keinen Zweifel daran. „Sind noch weitere Fotos reingekommen?“

„Seit dem Dritten nichts mehr. Die Kollegen haben mir mein Telefon gelassen, weil es die einzige Verbindung zum Kidnapper ist.“ Sie schwieg kurz. „Allerdings habe ich das GPS deaktiviert, bevor ich hierherkam.“

„Also wissen sie nicht, wo du dich aufhältst?“

„Sie könnten zwar die Anrufe orten, falls ich sie annehme, aber das ist auch schon alles. Dennoch vermuten sie bestimmt, dass ich bei dir bin“, fügte sie mit einem gequälten Lächeln hinzu. „Egal, ich brauche einfach ein wenig Zeit, um mich wieder zu sammeln. Irgendwie fühlte sich diese Aktion, das GPS zu deaktivieren, so an, als hätte ich mir einen Teil meiner Macht zurückgeholt. Dumm, oder?“

„Absolut verständlich. Hättest du in dieser Phase des Sammelns Lust auf etwas zu essen? Ich habe auf dem Rückweg vom Krankenhaus ein paar Sachen vom Chinesen besorgt.“

„Chow Mein und gebratenen Reis mit Hühnchen?“

„Genau das“, sagte er lächelnd, als sie ihre langjährigen Favoriten nannte. „Außerdem noch mongolisches Rindfleisch und Teigtaschen.“

„Das klingt fantastisch, aber gerade im Moment genieße ich lieber noch die frische Luft. Vielleicht in ein paar Minuten?“

„Natürlich. Ich muss die Sachen eh erst noch einmal aufwärmen.“

„Du bist einfach großartig, Nathan. Ich hatte bisher noch keine Gelegenheit, dir das zu sagen, aber die Art und Weise, wie du die Situation bei den Silos im Griff hattest und dich um Mark gekümmert hast, wie du mit der Polizei umgegangen bist und mir dann auch noch bei dem Gespräch mit Lindsay im Krankenhaus zur Seite standest ... Zudem hast du jede neue Theorie, dir mir in den letzten Tagen durch den Kopf ging und über die ich dich ewig zugetextet habe, klaglos über dich ergehen lassen. Du bist über dich hinausgewachsen und ich fühle mich ziemlich schuldig, dich in diese Sache hineingezogen zu haben.“

„Mach dir keine Sorgen um mich. Auch ich will Hayley finden–für sie, für dich, für die Jansens, für Josie und auch für Grace, deren Herz aufgrund des Verschwindens ihrer Freundin noch immer gebrochen ist.“ Er atmete tief durch. „Vor allem aber möchte ich dir helfen, Bree. Du hast es sowas von nicht verdient, in den Wahnsinn getrieben zu werden. Ich will dich dabei unterstützen, denjenigen zu finden, der dich bedroht und ihn zur Strecke bringen.“

„Danke, Nathan. Es tut gut, mit dir zu sprechen. Du lässt die Dinge immer so aussehen, als ob sie zu schaffen wären. Auf dem Weg hierher habe ich geschäumt vor Wut auf meine Firma, weil sie mich wie eine Kriminelle behandeln, mich über mich selbst geärgert, weil ich die Situation bei den Silos nicht besser im Griff hatte und nicht in der Lage war zu erkennen, dass der Entführer mit Johnny in Verbindung steht, und weil ich mich von Emma in die Irre führen ließ, anstatt zu begreifen, dass Hayley meine Tochter ist. Dir war das alles schon viel früher klar.“

„Aber doch nur, weil du die Idee nicht ertragen konntest, dass man dein Kind entführt haben könnte. Da war Emma die sicherere Wahl. Du hast erkannt, dass sie okay ist, nicht gefangen gehalten wird und lediglich ein Teil dieser Betrügerei war.“

„Wahrscheinlich. Ich weiß, dass da noch mehr kommt und das habe ich auch dem FBI mitgeteilt. Das Spiel ist noch nicht vorbei. Er hat noch weitere Asse im Ärmel und ich muss in der Lage sein, darauf zu reagieren. Trotzdem haben sie mich von den Ermittlungen ausgeschlossen. Ich kann nicht einmal mehr auf meine internen Quellen zugreifen. Sie haben meinen Zugang und meine Sicherheitsfreigabe gesperrt, nur weil ich die biologische Mutter des Entführungsopfers bin und damit anfällig für Erpressung. Irgendwie kann ich das ja verstehen, aber ich fühle mich isoliert und bin wütend, frustriert und überfordert."

Nathan erkannte, dass sie sich schon wieder in die ganze Sache reinsteigerte. „Du kannst nichts anderes tun, als für den Moment zu leben, Bree. Das Unausweichliche lässt sich nicht aufhalten. Lass die Konfrontation einfach zu und wenn sie ausgestanden ist, richte dich auf und mach weiter."

Auf ihren Lippen breitete sich ein Lächeln aus. „O mein Gott! Das war mal wieder typisch Nathanizismus."

„Ich trau mich gar nicht zu fragen, was damit gemeint sein könnte", entgegnete er vorsichtig.

„Du hattest von jeher so schlaue Sprüche drauf und es damit immer geschafft, dass Josie und ich uns besser fühlten. Wir nannten sie stets die Weisheiten des Nathan oder Nathanizismus. Einmal, als wir alle zusammen im Frauenhaus waren, hast du so etwas ähnlich Weises über den Donner gesagt. Ich erinnere mich noch ganz genau–wir drei drängten uns in dem Zimmer im Erdgeschoss zusammen, als die Lichter ausgingen und ein Donner das Gebäude erschütterte. Du saßt zwischen mir und Josie, hast unsere Hände gehalten und gesagt: „Wir werden es überstehen. Alles wird gut. Er wird über uns hinwegrollen und seinen Weg fortsetzen."

„Also ich kann mich daran nicht mehr erinnern", log er, womit ein gewisser Selbstschutz einsetzte. In Wahrheit war das die erste Nacht gewesen, in der er je ihre Hand gehalten hatte, und die konnte er nie wieder vergessen.

„Nun, ich schon. Du hast mir gutgetan und ich dir ebenso, zumindest für eine gewisse Weile."

„Mehr als nur für eine Weile. Und dieses Donnergrollen werden wir ebenfalls überstehen. Auch wenn du offiziell nicht mehr an dem Fall mitarbeiten darfst, weiß ich doch, dass dich das nicht davon abhalten wird, weiter auf eigene Faust zu ermitteln. Und ich bin hier, um dir zu helfen. Morgen legen wir wieder los, oder auch schon früher, solltest du einen weiteren Hinweis erhalten."

„Ja, wieso dauert es so lange? Möglicherweise musste der Kidnapper wegen der Ereignisse bei den Silos sein Spiel unterbrechen, aber es ist Stunden her, seit ich das dritte Foto erhalten habe. Wo bleibt das nächste?"

„Vielleicht haben sie Angst, du könntest ihnen zu nahekommen."

„Oder sie wollen mich nur noch weiter in den Wahnsinn treiben."

„Du bist noch nicht bereit, Johnny als den Entführer in Betracht zu ziehen, oder?"

„Es war offensichtlich, dass sich zwei Leute bei den Silos befanden und ich vermute, dass der andere sich mit Hayley im Hintergrund hielt, von daher spreche ich in der Mehrzahl. Vielleicht hat er ja das Sagen, aber wir wissen nicht, ob er der eigentliche Kidnapper ist. Ich kann mir nicht vorstellen, dass er in die Schule gegangen ist und sich die Kleine geschnappt hat."

„Richtig. Das klingt eher nach einem Job für einen seiner Handlanger. Er war in dieser Nacht mit Sicherheit irgendwo anders und hat dafür ein perfektes Alibi."

Bree runzelte die Stirn, sagte aber nichts dazu und wandte ihren Blick wieder der Aussicht zu.

Nathan fragte sich, was wohl gerade in ihrem Kopf vorging, aber ihrem angespannten Gesichtsausdruck nach zu urteilen konnte es nichts Angenehmes sein. „Gut möglich, dass du wieder zurück in deine dunkle Vergangenheit gezogen wirst, Bree, aber du wirst weder untergehen noch darin gefangen bleiben. Das werden wir beide nicht zulassen. Mittlerweile sind wir stark, stärker als je zuvor, vor allem auch, weil wir zusammen sind. Johnny ist kein Gegner mehr für uns, egal, wie groß seine Armee inzwischen auch sein mag."

Sie drehte sich zu ihm um und ihre Spannung schien sich zu lösen. „Du hast recht. Und wir haben nicht nur einander. Meine Firma ist vielleicht nicht gerade begeistert von mir, aber sie wird da sein, wenn wir sie brauchen." Sie hielt inne. „Hättest du etwas dagegen, wenn ich die Nacht hier verbringe? Ich möchte ungern zurück in mein Hotel.“

„Überhaupt nicht. Das wollte ich gerade selbst vorschlagen.“

„Prima, dann werde ich bleiben.“

Ihre Blicke begegneten sich, und die Luft zwischen ihnen begann zu knistern. Nathan war klar, dass er etwas sagen sollte, hatte aber keine Ahnung, was, und auch Bree schienen plötzlich die Worte zu fehlen.

Obwohl er hier im fünfunddreißigsten Stock stand, hatte er keine Angst, über das Geländer stürzen zu können, sondern nur davor, sich auf sie einzulassen.

Die Anziehung zwischen ihnen war schon beinahe mit Händen greifbar–dieses unerbittliche Verlangen und die Begierde, die so viele Jahre lang unerfüllt geblieben waren. Eigentlich war es weder der richtige Zeitpunkt noch der richtige Ort, aber gab es die überhaupt?

In der Vergangenheit hatte er so viele Momente wie diesen ungenutzt verstreichen lassen und es stets bereut. Er wollte keine verpassten Gelegenheiten mehr.

„Nathan?“, flüsterte sie, und ihre Stimme klang wie das sanfte Flüstern des Windes.

*War das eine Bitte oder eine Frage?*

„Ich will dich, Bree.“ Damit war es heraus–auf den Punkt gebracht. Worte, auf denen sie herumtrampeln oder sie akzeptieren konnte. Eigentlich konnte er es kaum fassen, dass er dieses Bekenntnis, das so viele Jahre lang sein Geheimnis gewesen war, laut ausgesprochen hatte.

Ihre grünen Augen verdunkelten sich und sie öffnete leicht die Lippen. Dennoch schien es eine gefühlte Ewigkeit zu dauern, bis sie zum Sprechen ansetzte.

*Würde das Warten sich lohnen?*

„Ich will dich ebenfalls“, hauchte sie.

*Es hatte sich definitiv gelohnt.*

Nathan schluckte hart und war sich nicht sicher, ob er richtig gehört hatte, aber ihre Augen leuchteten einladend im Mondlicht. Das ermutigte ihn, und so verringerte er den Abstand zwischen ihnen und umfasste ihr Gesicht. Seine Finger spielten mit einer seidigen Strähne ihres braunen Haares und seine Daumen streichelten über die weiche Haut ihrer Wangen. Als Brees Mund sich öffnete, glich ihr Atem einer Wolke aus sexy Hitze in der kühlen Nachtluft.

Er senkte den Kopf, ließ sich alle Zeit der Welt und wollte jeden Moment genießen, denn wer konnte schon wissen, ob es jemals wieder dazu kommen würde.

Als er seine Lippen auf die ihren presste, hüllte eine köstliche Wärme ihn ein. Alles andere um ihn herum–die Lichter, der Verkehr, die Stadt–verblasste. Es gab nur noch sie beide, und genau das war es, was er sich immer gewünscht hatte.

Sie öffnete erneut ihren Mund und lud ihn mit einer ungeduldigen Süße ein, die ihn schier um den Verstand zu bringen drohte.

Wenn es darum ging, das zu bekommen, was sie wollte, hatte Bree es schon immer kaum erwarten können. Nie war sie methodisch oder bedacht an etwas herangegangen, sondern immer direkt kopfüber eingetaucht. Er jedoch hatte immer zweimal nachgedacht, bevor er ihr folgte –*wenn* er ihr denn folgte.

Heute jedoch war es anders. Keiner von ihnen gab den Ton an. Es war ein gegenseitiges Geben und Nehmen, Drücken und Ziehen, und jeder Kuss verschmolz mit dem nächsten.

Seine Hände liebkosten ihr Haar, ruhten auf ihren Schultern und wanderten dann an ihren Armen hinab bis zu ihren Fingern, die sich mit den seinen verflochten, bevor ihre Münder sich wieder und wieder trafen. Es war der perfekte Kuss, die perfekte Berührung, die perfekte Verbindung.

*Er fühlte weder die kühle Nachtluft noch die Kälte in seinem Leben,*

*nur noch sie.*

*Ihren Mund. Ihre Hände. Seine Bree.*

Vielleicht wäre es nicht für immer, würde es nicht einmal bis morgen anhalten, aber er nahm das an, was sie bereit war zu geben.

„Lass uns reingehen“, murmelte er ihr ins Ohr, zog sie zurück in seine Wohnung und schloss die Tür hinter ihnen.

Bree zog ihren Mantel aus und warf ihn über den nächstbesten

Stuhl. Ihre Waffe und ihr Abzeichen landeten auf dem Couchtisch und sie machte sich daran, ihre Bluse aufzuknöpfen. Nathan kam es so vor, als würde sie sich nicht nur aus ihren Kleidern befreien, sondern ebenso von dem Druck und den Fallstricken ihres Lebens.

Sie ließ ihr Oberteil zu Boden fallen, und er war völlig hin und weg von ihrem hauchdünnen, weißen Seiden-BH. *Äußerlich mochte sie ja geschäftsmäßig rüberkommen, aber was sich darunter verbarg ...*

„Du bist im Verzug, Nathan", neckte sie ihn mit funkelnden Augen. „Genau wie damals bei dem Strip-Poker-Spiel. Ich stand bereits im Höschen da, während du gerade mal dein Hemd verloren hattest."

„Das lag daran, dass du nicht pokern konntest. Die Aufregung, wenn du ein gutes Blatt in Händen hieltest, hat dich stets verraten. Dein Manko sind deine ausdrucksstarken Augen."

Sie schnitt eine Grimasse. „Okay, du meinst also, du warst der besserer Pokerspieler? Und welche Ausrede hast du heute Abend?"

„Ich genieße den Anblick", sagte er, als sie sich aus ihrer schwarzen Hose schälte und einen passenden weißen Spitzentanga sowie lange, schlanke Beine enthüllte, die er nur zu gerne um seine Taille gewickelt spüren würde.

Trotz seiner Worte reichte es ihm nun, einfach nur zuzusehen. Er trat nach vorne, holte sich einen weiteren Kuss ab und legte ihr die Hände auf ihre süßen Pobacken. Und dann tat sie genau das, was er sich gewünscht hatte, warf ihre Arme um seinen Hals und wickelte ihre Beine um seine Hüften, während er sie ins Schlafzimmer trug.

Er warf sie auf die Matratze und entledigte sich in Windeseile seiner Kleider, während sie auch noch ihre Spitzen-Dessous auszog.

Sie so zu sehen, nackt auf seinem Bett, in Erwartung, dass er zu ihr kam, die wunderschönen braunen Haare auf dem Kissen ausgebreitet und der Blick ihrer grünen Augen so entschlossen und leidenschaftlich–ihm blieb beinahe das Herz stehen.

„O Gott, Bree", murmelte er, „du bist einfach unglaublich."

„Komm endlich her zu mir und lass mich dir beweisen, wie unglaublich ich sein kann."

„Wir tun es tatsächlich", murmelte er und konnte es noch immer nicht fassen.

„Und wie wir es tun, Nathan, ", sagte sie und zog ihn zu sich herab. „Küss mich endlich. Es fühlt sich so an, als hätte ich schon mein ganzes Leben auf diesen Augenblick gewartet."

*Ihm erging es nicht anders.*

# KAPITEL VIERZEHN

*Das Zusammensein mit Nathan war überraschend, heiß und wirklich wirklich befriedigend gewesen*, stellte Bree fest, als sie sich an seine Seite kuschelte, den Kopf an seine Schulter schmiegte und Arme und Beine über seinen Körper legte.

Ihr war nicht klar gewesen, was sie erwarten würde. Nathan war stets so vieles für sie gewesen. Zum einen der freundliche, süße, fantasievolle Junge, der sie beschützt und ihr ein Gefühl von Sicherheit vermittelt hatte. Weiterhin der lustige, attraktive Teenager, den alle Mädchen wollten, der aber immer nur mit ihr abhing. Dann auch der grüblerische, mysteriöse, mürrische Mann, der alles, was sie tat, zu missbilligen schien. Das war jedoch damals gewesen …

Als sie vor ein paar Tagen nach Chicago zurückgekehrt war, hatte er wütend und zurückhaltend reagiert, sich dann jedoch erneut in ihr Leben und ihre Probleme hineinziehen lassen und war wieder zu einem Freund geworden, zu jemandem, an den man sich anlehnen, mit dem man über alles reden und dem man vertrauen konnte.

*Und jetzt war er ihr Liebhaber.*

Bree zitterte bei der Erinnerung an seine Hände auf ihrem Körper, seinen Mund auf ihren Lippen und ihren Brüsten, seine geflüsterten Worte der Leidenschaft, während sie sich in perfekter Synchronisation einander hingaben.

Oft waren sie sich nicht einig gewesen; heute Abend jedoch hatten sie beide dasselbe gewollt–nämlich *alles*. Sie hatte sich schon ewig, wenn überhaupt jemals, nicht mehr so mit jemandem verbunden gefühlt und es war beinahe ein Schock, feststellen zu müssen, dass es ausgerechnet Nathan war, der ihr dieses Gefühl der Vollständigkeit vermittelte.

Und doch machte es Sinn. Wenn jemand in ihr wie in einem offenen Buch lesen konnte, dann er. Er hatte stets gewusst, was sie wollte, sie dagegen meist Probleme gehabt herauszufinden, was ihn bewegte. Heute Abend jedoch ging es nicht um die Vergangenheit, sondern die Gegenwart, das hier und jetzt–und es war fantastisch gewesen.

Plötzlich fing ihr Magen laut zu knurren an, was ihr allerdings etwas unangenehm war. Nathan jedoch lachte nur.

Als sie den Kopf hob und in seine lächelnden Augen sah, spürte sie einen Hauch von Selbstzufriedenheit, dass er so glücklich war, und das einzig und allein wegen ihr. „Ich glaube, ich wäre jetzt bereit für das chinesische Essen."

„Kommt sofort, sobald ich mich wieder bewegen kann", antwortete er gedehnt. „Das war einfach unglaublich, Bree."

„Ja, wir haben perfekt harmoniert. Am liebsten würde ich es gleich wieder und wieder und wieder mit dir tun", entgegnete sie und tippte ihm bei jeder Wiederholung des Wortes *wieder* spielerisch auf die Brust.

„Das klingt nach einem ausgezeichneten Plan."

„Aber zuerst …"

Er stöhnte auf. „Essen?"

Sie nickte, stieg aus dem Bett und lächelte vor sich hin, als Nathan beim Anblick ihres nackten Hinters einen anerkennenden Pfiff ausstieß.

Als sie aus dem Badezimmer zurückkam, schlüpfte sie in seinen dunkelgrünen Bademantel und begab sich zu ihm in die Küche.

Er hatte sich ebenfalls etwas angezogen, Boxershorts und

Jeans, aber glücklicherweise das Hemd weggelassen. Als er die Kühlschranktür öffnete, trat sie hinter ihn, schlang ihre Arme um seine Taille und drückte ihm einen Kuss auf den nackten Rücken. „Freut mich, dass du dich gegen ein Oberteil entschieden hast; so kann ich während des Essens die Aussicht genießen."

Er drehte sich in ihren Armen um. „Dein Anblick gefällt mir ebenfalls. Vielleicht solltest du den Morgenmantel besser wieder ausziehen?"

„Keine Chance! Ich weiß, was dann passieren wird, und jetzt möchte ich erst mal meine Nudeln haben."

Er lachte und drückte ihr eine der Schachteln in die Hand. „Ich hole uns nur noch ein paar Teller, dann können wir alles aufwärmen."

Aber Bree hatte die Box bereits geöffnet. „Ich mag es genauso gern kalt; außerdem bin ich zu hungrig, um zu warten."

„Du hast mir heute Abend bereits mehrmals bewiesen, wie ungeduldig du sein kannst", sagte er und grinste sie boshaft an.

„Vor ein paar Minuten hast du dich aber noch nicht beschwert." Sie wickelte ein paar Nudeln auf ihre Gabel und schob sie sich in den Mund. „Lecker. Die schmecken köstlich."

Nathan schaufelte noch das Essen aus den anderen Schachteln auf einen Teller, erhitzte es in der Mikrowelle und setzte sich dann neben sie.

„Oh, davon möchte ich ebenfalls etwas", sagte sie und warf einen gierigen Blick auf das mongolische Rindfleisch.

Spielerisch stupste er ihre Gabel beiseite. „Du bevorzugst es doch kalt, oder?"

„Heiß mag ich es ebenso gern", erwiderte sie, klaute sich mit einer schnellen Bewegung ein Stück von dem Fleisch, schob es sich in den Mund und genoss den scharfen, würzigen Geschmack. „Wenn man kurz vorm Verhungern ist, schmeckt alles gut."

„Und außerdem hattest du gerade richtig guten Sex", ergänzte er trocken.

„Das ebenfalls", stimmte sie lachend zu. „Warum haben wir es eigentlich nicht schon früher miteinander getrieben?"

Sein Blick verdunkelte sich. Er erhob sich und ging zum Kühlschrank. „Den Grund dafür kennst du doch am besten. Möchtest du etwas zu trinken?“

Bree entschloss sich, seinen Themenwechsel aufzugreifen. „Was hast du denn?“

„Bier, Orangensaft oder Leitungswasser.“

„Dann nehme ich einen Orangensaft.“

Er füllte zwei Gläser und brachte sie an den Tisch.

„Tut mir leid, dass ich wieder mal die Vergangenheit zur Sprache gebracht habe“, entschuldigte sie sich und trank einen großen Schluck.

„Wir sind unsere Vergangenheit, und davor gibt es kein Entkommen. Wenn die letzten Tage etwas gezeigt haben, dann doch wohl das.“

„Ich weiß.“ Die nächsten Minuten aßen sie schweigend und Bree überlegte verzweifelt, wie sie die Unterhaltung wieder in Gang bringen konnte. Als sie mit ihren Nudeln fertig war, machte sie ihrem Ärger Luft. „Du bist immer noch so drauf“, grollte sie.

„Wie drauf?“, fragte er misstrauisch.

„Du kommst mir näher, bist lustig und süß–und dann machst du dicht, weichst mir aus, schaust mich finster an und verschwindest für Wochen aus meinem Leben.“

„Das habe ich noch nie getan!“

„O doch, das hast du–ständig sogar. Gerade ebenfalls. Wieder einmal hast du mich in dein Herz gelassen und schiebst mich kurz darauf von dir weg.“

„Es ist ja nicht so, als ob du jemals darin hättest bleiben wollen“, antwortete er knapp.

„Was soll das denn heißen?“

„Für dich gab es doch immer nur Johnny.“

„Okay, pass auf. Ich werde nicht versuchen, die Geschichte neu zu schreiben. Ja, ich war eine Zeit lang in Johnny verliebt, das wissen wir beide, aber das hatte nie etwas mit dir und mir zu tun. Und es war auch nicht so, als hätte er uns auseinandergebracht. Du hast mich aus deinem Leben ausgeschlossen, lange bevor er daherkam. Als ich dich nach all der Zeit in der Highschool wiedertraf, dachte ich, dass wir uns erneut gefunden und ich mich glücklich schätzen könne, meinen besten Freund zurückzuhaben–diesen wundervollen Jungen, auf den ich zählen konnte und bei dem ich stets ich selbst sein durfte. Und für eine Weile war dem auch so. Aber dann bist du erneut verschwunden. Und es passierte just in einer dieser langen Pausen zwischen uns, dass ich mich auf Johnny einließ."

„Ach, ist das jetzt alles meine Schuld?"

„So habe ich das nicht gemeint. Ich versuche lediglich, dir begreiflich zu machen, wie es sich für mich angefühlt hat."

Er starrte sie mit düsterem Blick an und es hatte den Anschein, als wollte er etwas sagen, brachte die Worte aber nicht über die Lippen. „Lass uns nicht mehr davon sprechen."

„Warum nicht?"

„Weil ich lieber dieses *wieder* und *wieder* und *wieder* hören möchte, das du vorhin angesprochen hast und befürchte, dieses Gespräch könnte eher in die entgegengesetzte Richtung führen."

„Ich finde eigentlich, dass das Ausräumen von Missverständnissen der Vergangenheit eine gute Basis wäre. Lass uns doch einfach mal völlig ehrlich gegenüber sein."

Nathan stöhnte auf. „Aha, völlig ehrlich also?"

„Ja. Und wir sollten nicht nur über deine Abneigung gegenüber Rosenkohl sprechen, obwohl ich dich bestimmt davon überzeugen könnte, dass er so, wie ich ihn koche, gar nicht mal schlecht schmeckt."

„Ich habe schon sämtliche Varianten probiert."

„Na gut. Aber zurück zu wichtigeren Themen. Ich weiß, dass du mit vielen meiner Entscheidungen damals nicht einverstanden warst und mir ist auch klar, dass ich deine Missbilligung zumindest teilweise verdient hatte. Ich habe impulsiv gehandelt und mich auf Beziehungen eingelassen, nur um nicht allein zu sein, hatte Angst vor der Stille, der Lautlosigkeit und viel zu viel Zeit zum Nachdenken, um mir bewusst zu werden, wie schlimm mein Leben war."

„Ich weiß, deine Kindheit war hart, Bree."

„Vor allem einsam", sagte sie, und erneut überkam sie dieser tiefe, qualvolle Schmerz der Erinnerung. „Ich fühlte mich immer wie auf einer Insel. Zwar waren stets Leute um mich herum, aber nicht wirklich bei mir. Ich wünschte mir so sehr, mit ihnen zusammen und Teil ihres Lebens zu sein, aber niemand wollte mich, weder meine Familie und schon gar nicht die Pflegeheime, die eh nur auf das Geld aus waren."

Nathans kniff die Augen zusammen. „Es tut mir leid, dass es so schlimm war."

„Das muss es nicht; es war ja nicht deine Schuld. Um ehrlich zu sein, hatte niemand Schuld. Ich wurde einfach als Tochter einer Mutter geboren, die keine Mutter sein konnte. Und dann beschloss ich, die Dinge noch schlimmer zu machen, indem ich in ihre Fußstapfen trat, die falschen Männer auswählte und die gleichen Fehler beging wie sie–schwanger zu werden, ohne für ein Kind sorgen zu können. Ich war dumm und rücksichtslos, und nur du konntest sehen, dass ich auf eine Klippe zusteuerte." Sie hielt inne. „Du warst stets der Spiegel meiner schlechten Entscheidungen. Ein Blick in dein Gesicht reichte aus, um zu wissen, dass ich den falschen Weg eingeschlagen hatte, aber selbst das hat mich nicht davon abgehalten."

„War ich wirklich so urteilend?", fragte er leise.

„Das warst du–vor allem im letzten Jahr, bevor ich wegging. Aus diesem Grund haben wir auch kaum noch Zeit miteinander verbracht. Ich wollte nicht in deine Augen schauen und darin all das erkennen, was ich falsch machte. Und du wiederum hattest wahrscheinlich keine Lust, mir dabei zuzusehen, wie ich mein Leben wegwarf. Du hast dich schon immer auf einem moralischen Level befunden, das weit über dem meinen lag."

„Das stimmt doch gar nicht", protestierte er scharf. „Du hast das gestern schon einmal erwähnt, aber du irrst dich."

Bree fragte sich verwundert, warum er plötzlich so hitzig reagierte. „Inwiefern? Ist das nicht der Grund, warum du dich von mir zurückgezogen hast, warum wir von heute auf morgen keine Freunde mehr waren? Weil du nicht mit jemandem so Verkorkstem wie mir abhängen wolltest?"

„Nein, das war es nicht, jedenfalls nicht ausschließlich." Stirnrunzelnd schüttelte den Kopf.

„Was dann?“, bohrte sie nach, als er nicht gewillt schien weiterzureden. „Was habe ich verpasst?“

Nathan stand von seinem Stuhl auf, ging hinüber zum Fenster und starrte hinaus in die Nacht, und ihr kamen Bedenken, sie könne womöglich an etwas gerührt haben, das er lieber für sich behalten hätte. Ein ungutes Gefühl machte sich in ihr breit, aber es war bereits zu spät, um zurückzurudern. Was immer in seinem Kopf vorgehen mochte, was auch immer er zurückhielt, sie wollte es hören.

Also erhob sie sich ebenfalls und ging zu ihm hinüber. „Nathan, bitte sprich mit mir.“

Er wandte sich zu ihr um und sie sah die Qual in seinen Augen.

„Was ist los?“, fragte sie verwirrt. „Habe ich etwas Falsches gesagt?“

„Nein, hast du nicht.“

„Warum dann dieser große Schmerz in deinen Augen?“

Er presst die Kiefer zusammen. „Ich habe es bisher noch nie jemandem erzählt.“

Ihr Unbehagen vertiefte sich. „Was hast du nie jemandem erzählt?“

„Was passiert ist.“

„Dann sprich jetzt mit mir darüber“, drängte Bree ihn. „Lass mich daran teilhaben.“

Er zögerte beinahe zu lange. „Ich habe mich nicht von dir zurückgezogen, weil ich deine Entscheidungen nicht gutheißen konnte. Natürlich war ich nicht mit allen einverstanden, aber ich hatte einen viel egoistischeren Grund. Ich wollte dich nicht anlügen müssen.“

„Mich anlügen?“ Ihre Verwirrung wuchs. „Komm schon, Nathan, spuck‘s aus. Du sprichst in Rätseln. Weswegen anlügen?“

Er verschränkte die Arme vor der Brust, so als würde er eine Rüstung anlegen. „Weil wir in unseren Gesprächen immer absolut ehrlich zueinander waren, teilweise brutal ehrlich. Kein Thema war jemals für uns tabu.“

„Genau das war das Großartige an unserer Freundschaft, was

ich später am meisten vermisst habe. Warum also hast du mich aus deinem Leben ausgeschlossen?"

„Weil ich ein Geheimnis hatte."

„Welche Art von Geheimnis?" Seine Worte überraschten sie.

„Es hatte etwas mit meinem Stiefvater zu tun."

Brees Magen zog sich zusammen. Sein Stiefvater war eine schreckliche Person gewesen; also was auch immer er zu verbergen versuchte, es musste schlimm sein. „Okay", erwiderte sie zögernd, „willst du es mir jetzt sagen?"

„Als meine Mutter meinen Stiefvater heiratete, war ich zehn und Josie acht Jahre alt. Ihr Bestreben war, uns wieder einen Vater zu schenken, nachdem mein leiblicher Dad gestorben war. Stattdessen bekamen wir ein Monster. Sie steckte uns in eine Falle, aus der wir nicht mehr entkommen konnten und hatte weder die Kraft noch den Willen, uns von ihm wegzubringen. Außerdem war sie überzeugt davon, dass wir ohne ihn nicht überleben könnten. Deshalb kehrte sie immer wieder zu ihm zurück."

Ihr wurde das Herz schwer. Plötzlich war er wieder der kleine Junge, den sie damals kennengelernt hatte, der so viel durchmachen musste und stets versucht hatte, seine Mutter und seine Schwester vor dem Bösen zu schützen, das bei ihnen lebte. „Ich weiß, er hat euch alle sehr verletzt."

„Ja. Mom hätte er beinahe zweimal getötet. Ich musste mit ansehen, wie sie sich von einer lebendigen, glücklichen Frau in eine traurige, verzweifelte Hülle ihrer selbst entwickelte. Und Josie war …" Es fiel ihm sichtlich schwer weiterzusprechen. „Sie musste noch viel mehr ertragen als ich."

Bree wartete darauf, dass er fortfuhr, weil sie spürte, dass noch viel mehr kommen würde. Das meiste von dem, was er gerade gesagt hatte, kannte sie bereits.

„Du weißt ja, dass er bei einem Autounfall ums Leben kam?"

Sie nickte. „Wir aßen gerade Pizza, als du den Anruf von deiner Mutter erhieltest."

„Nun, es war nicht direkt ein Unfall."

Seine düsteren Worte schürten ihr Unbehagen noch weiter.

„Aber du hast dieses Auto, durch das er getötet wurde, nicht gefahren, Nathan. Du warst in jener Nacht bei mir."

„Ja, aber etwas früher an diesem Tag tauchten zwei Männer bei uns auf, die meinen Stiefvater suchten. Sie arbeiteten für einen Buchmacher namens Jose Ortiz und trugen mir auf, ihm auszurichten, dass ihm, wenn er nicht zahlte, etwas Schlimmes widerfahren würde. Wahrscheinlich dachten sie, ich würde ihn überreden, seine Schulden zu begleichen, damit das nicht eintrat."

Sie hörte die Härte in seiner Stimme und ahnte bereits, wohin das alles führen würde, konnte ihm aber nicht helfen. Er musste seinen Weg dorthin allein finden.

„Beinahe hätte ich gar nichts unternommen und sie einfach gehen lassen. Sie waren bereits an ihrem Wagen, als ich aus dem Haus und den Bürgersteig entlangrannte. Ich sagte ihnen, dass sie ihn in Smokey's Bar in Sycamore finden könnten, wenn sie mit ihm persönlich reden wollten. Dann ging ich wieder hinein. Meine Mom war in der Küche. Sie war beunruhigt, weil sie es aufgrund ihrer Depressionen an diesem Tag nicht geschafft hatte, das Haus zu putzen und weinte, weil sie Angst hatte, mein Stiefvater könne deshalb ausflippen. Ich half ihr mit dem Abwasch, sagte ihr, dass sie sich keine Sorgen machen solle und hoffte im Stillen, dass diese Nacht anders enden würde als alle bisherigen." Nathan atmete tief durch. „Stundenlang tat sich nichts. Ich wartete auf seine Rückkehr oder zumindest einen Anruf, aber nichts dergleichen geschah. Also zog ich los, um mich mit dir zum Pizzaessen zu treffen und befürchtete schon, dass mein großer Plan ein Reinfall war. Ich dachte, sie hätten ihm tatsächlich noch eine Chance gegeben und rechnete schon mit dem Schlimmsten, wenn er herausbekäme, wer ihnen seinen Aufenthaltsort verraten hatte."

„Aber das hatten sie nicht", erriet Bree. „Sie haben ihn überfahren."

„Ja. Später erfuhr ich, dass sie tatsächlich in der Bar waren und das Gespräch mit meinem stark betrunkenen und streitsüchtigen Stiefvater gesucht hatten. Zeugen sagten aus, es hätte eine böse Auseinandersetzung gegeben, aber er sei allein weggegangen. Zwei Blocks weiter wurde er über den Haufen gefahren, und niemand hatte etwas gesehen. Er starb direkt auf der Straße. Als meine Mutter mich anrief und ich zu ihr ins Krankenhaus kam, weinte sie zwar, aber ich konnte auch die Erleichterung in ihren Augen sehen. Endlich musste sie keine Angst mehr haben."

„Du hast ihr nie gesagt, dass du es warst, der die Männer dorthin geschickt hat?"

„Nein. Ich habe es niemandem erzählt, nicht einmal Josie–bis jetzt."

Sein Vertrauen berührte sie tief. „Ich bin froh, dass du es mir gesagt hast", flüsterte sie

Er sah sie direkt an. „Zwar habe ich den Wagen nicht gefahren, Bree, aber mir war bewusst, dass sie ihm etwas antun oder ihn möglicherweise sogar umbringen würden–und ich habe dabei geholfen. Als die Polizei uns befragte, habe ich die beiden Männer mit keiner Silbe erwähnt und stattdessen so getan, als wüsste ich nichts über seine Schulden. Meine Mutter musste das nicht mal, weil sie davon wirklich keine Ahnung hatte und Josie stand sowieso die Hälfte der Zeit dermaßen unter Drogen, dass sie einfach nur froh war, wieder zu Hause schlafen zu können." Er atmete zitternd aus. „Als ich erkannte, welche Last durch seinen Tod von uns genommen wurde, wünschte ich nur, ich hätte bereits früher einen Weg gefunden, ihn loszuwerden. Ich hatte selbst diverse Chancen, ihn zu töten, habe es jedoch nie getan. Für diese Schwäche hasste ich mich."

„O Nathan, du warst nicht schwach."

„Wie sonst würdest du es denn bezeichnen?"

„Du bist kein Killer. Es ist nicht so einfach, jemandem das Leben zu nehmen. Die meisten Menschen können es nicht."

„Das hätte es aber sein sollen, so schlimm verletzt, wie er uns hat."

Die tiefen Schuldgefühle, die aus seinem Blick sprachen, erregten ihr Mitleid. „Du warst ein kleiner Junge. Und deine Mutter liebte diesen Mann, obwohl sie ihn gleichzeitig auch hasste und fürchtete. Ich erinnere mich noch genau, wie hin- und hergerissen du warst, als ich dich zum ersten Mal traf. Du wolltest, dass sie in Sicherheit ist, sie aber gleichzeitig auch glücklich sehen und wusstest nicht, wie man beides bewerkstelligen konnte. Aber du warst auch erst dreizehn."

„Aber irgendwann wurde ich älter und alles nur noch schlimmer, vor allem, nachdem wir aus dem Frauenhaus zurückkehrten."

„Trotzdem warst du noch so jung." Sie trat näher an ihn heran und legte ihm die Hände auf die Schultern. „Ich wünschte wirklich, du hättest es mir früher schon gesagt."

„Ich habe es nicht über mich gebracht. Du hieltest mich stets für deinen Spiegel der Wahrheit, und du warst der meine. Ich wollte einfach nicht, dass du enttäuscht von mir bist oder denkst, ich wäre fähig, jemanden zu töten. Im Prinzip war ich nicht besser als Johnny, habe es nur einfach nicht zugegeben."

„Jetzt ergibt plötzlich alles einen Sinn–warum du dich manchmal so distanziert verhalten hast. Ich habe das immer auf mich bezogen. Wie egoistisch war das denn?"

„Weil ich es dich glauben lassen wollte."

„Wenn ich es früher schon gewusst hätte, wäre alles ganz anders abgelaufen."

„Vielleicht aber auch nicht."

Sie runzelte die Stirn. „Was soll das denn bedeuten?"

„Da wir schon mal dabei sind, ganz ehrlich zueinander zu sein– es gab noch einen weiteren Grund, mich von dir fernzuhalten."

„Dein Hass auf Johnny?"

„Nein. Meine Liebe zu dir."

Ihr Herz begann zu rasen. „Du warst doch nicht in mich verliebt, Nathan."

„Doch, das war ich, hilf- und hoffnungslos", gestand er. „Damals war mir das allerdings nicht richtig klar. In Kindertagen warst du meine Freundin, aber dann in der Highschool ... ich wollte dich einfach nur küssen. Allerdings war mir klar, dass dies das Ende unserer Freundschaft bedeutet hätte und von daher wusste ich nie, wie ich mich dir gegenüber verhalten sollte."

„Warum hast du nie etwas in diese Richtung verlauten lassen, nicht einmal die kleinste Andeutung? Und du warst doch auch mit anderen Mädchen zusammen?"

„Weil ich erkannt hatte, dass du meine Gefühle nicht erwiderst und ich mir zumindest einen kleinen Teil meines Stolzes bewahren wollte. Dann erschien Johnny auf der Bildfläche und es gab erst recht keinen Grund mehr, etwas zu sagen. Du hattest deine Wahl getroffen."

„Meine Wahl? Ich hatte ja gar keine Gelegenheit zu wählen."

„Du weißt doch genau, wie ich das meine." Bevor sie den Mund öffnen konnte, um darauf etwas zu erwidern, hob er die Hand. „Etwas möchte ich gerne noch klarstellen."

„Und das wäre?", fragte sie misstrauisch.

Er nahm sie in die Arme. „Heute Abend ging es nicht um die Vergangenheit. Ja, uns verbindet eine Geschichte und ja, sie ist kompliziert, aber dieser Wunsch, heute Abend mit dir zusammen zu sein, betraf nur die Gegenwart. Heute habe ich nur für den Moment gelebt."

„Ich ebenfalls", murmelte Bree, glücklich über seine Worte. „Und du hast recht; es ging nicht um die Vergangenheit. Wir sind nicht mehr dieselben, die wir mit dreizehn, sechzehn oder achtzehn waren. Mittlerweile sind wir erwachsen, haben uns ein Leben aufgebaut und uns zu Individuen entwickelt. Als Teenager waren wir noch nicht füreinander bereit, aber ich bin froh, dass es jetzt passiert ist. Und ich bereue nichts."

Nathan beugte sich zu ihr herab und gab ihr einen langen, zärtlichen Kuss. „Ich habe noch keine Minute bereut, die ich mit dir verbringen durfte, Bree."

„Jetzt übertreibst du aber", entgegnete sie lächelnd.

„Es ist so–keine einzige Minute, egal ob wir stritten, uns Spiele ausdachten, nicht mal beim Strip-Poker, obwohl mich das beinahe umgebracht hat. Wie ich diese Nacht überleben konnte, ist mir bis heute schleierhaft."

„Jemand hat unser Spiel unterbrochen."

„Stimmt. Deshalb habe ich es geschafft." Er legte den Kopf schief und blickte sie nachdenklich an. „Irgendwie kann ich es kaum glauben, dass dir nie aufgefallen ist, was ich für dich empfinde."

„Mir war durchaus bewusst, dass es sich zwischen uns manchmal seltsam anfühlte, aber damals besaß ich noch nicht die

Fähigkeit, die Dinge aus einem anderen Blickwinkel zu sehen. Ich vermute mal, dass auch ich Bedenken hatte, unsere Freundschaft könnte daran zerbrechen. Außerdem war ich nie gut darin, mich auf Menschen einzulassen und hatte keine Vorstellung davon, was Sex und Liebe wirklich bedeuten. Und ich hatte null Selbstvertrauen und konnte mir nicht vorstellen, dass mich jemand auf Dauer wirklich lieben könnte. Ich denke, das war auch der Grund warum Johnny mich so umgehauen hat. Er war kühn, was seine Absichten betraf, und zeigte offen, was er für mich fühlte. Ich musste nicht herumrätseln. Und es fühlte sich einfach gut an, begehrt zu werden."

Nathans Blick verdunkelte sich. „Ich wünschte, ich hätte dir meine Gefühle ebenfalls zeigen können, aber damals habe ich mit so vielen Bällen gleichzeitig jongliert–mich bemüht, meine Familie zusammenzuhalten, versucht, mein Geheimnis zu verbergen. Ich dachte, wenn ich auch nur ein Wörtchen darüber verlauten ließe, dass ich meinen Stiefvater ans Messer geliefert habe, könnte ich im Gefängnis landen. Und mir war klar, dass Mom und Josie es ohne mich nicht schaffen würden."

„Das verstehe ich völlig. Alles ergibt jetzt einen Sinn. Wir waren beide kaputte Typen, Nathan, aber heute sind wir das nicht mehr. Wir haben uns gefangen, und obwohl wir unsere schlechten Zeiten hatten, haben wir sie überstanden, ohne großartig Schaden zu nehmen. Und das, was Johnny für uns noch bereithält, werden wir ebenfalls schaffen."

„Diese Einstellung gefällt mir", sagte er zustimmend. „Du hast völlig recht. Unsere Zeit ist jetzt."

„Morgen ist ein neuer Tag." Sie lächelte. „Das hast du immer gesagt. Ein weiterer *Nathanismus*."

„Ich habe wirklich in Floskeln geredet, nicht wahr?"

Bree zuckte mit den Achseln. „Deine Sprüche haben es stets geschafft, dass ich mich besser fühlte."

„Wie auch immer, es dauert noch ein paar Stunden, bis die Sonne aufgeht, von daher ..."

„Von daher …?", wiederholte sie seine Worte und er gab ihr einen langen, heißen Kuss, der ihr die Sinne raubte.

Es war aber nicht nur der Kuss, sondern vor allem die gegenseitige Offenheit. Sie fühlte sich ihm tief verbunden, so als ob es ihr schon immer bestimmt gewesen wäre, an seiner Seite zu sein.

„Lass uns das mit zurück ins Schlafzimmer nehmen“, sagte er. „Dieses Mal möchte ich es langsam angehen lassen.“

„Ernsthaft? Meinst du, du schaffst das?“

„Du bist doch die Ungeduldige“, entgegnete er lachend. „Ich möchte die Dinge lieber genießen.“

„Ich doch ebenfalls.“

Das Lächeln, das ihre Worte begleitete, war wie die Sonne, die sich nach einem langen, kalten Chicagoer Winter endlich wieder einmal zeigte. Und genau dort hatte Nathan den größten Teil seines Lebens verbracht, sowohl im wörtlichen als auch im übertragenen Sinn. Und Bree ebenfalls. Aber das war Geschichte.

Er küsste sie erneut, und als er sie an sich zog, konnte sie sein Verlangen spüren.

„Das wirst du auf keinen Fall durchhalten können“, neckte Bree ihn.

„Aber nur, weil du so verdammt schön bist. Das mit dem langsam angehen verschieben wir, glaube ich, aufs nächste Mal.“

„Für einen alten Mann von dreißig Jahren besitzt du ein gesundes Selbstbewusstsein.“

Er nahm sie in die Arme, hob sie hoch und trug sie ins Schlafzimmer hinüber. „Ich werde dir zeigen, was alt ist ...“

„Na los, mach doch“, forderte sie ihn heraus.

Sie wollte nicht nur mit ihm schlafen, sondern auch all das Böse vertreiben. Sie wollte diejenige sein, die seinen Lebensschmerz linderte und ihn glücklich machte.

*Aber was kam danach? Sie mochten vielleicht eine Vergangenheit und eine Gegenwart haben, aber hatten sie auch eine Zukunft?*

Energisch verdrängte sie diesen Gedanken aus ihrem Kopf. Wie Nathan bereits gesagt hatte–die Realität würde sie früher als erwartet einholen.

# KAPITEL FÜNFZEHN

Das gemeinsame Aufwachen mit Bree am Samstagmorgen war wie ein Traum, der endlich wahr geworden war. Aber als Nathan sie im Licht des frühen Morgens beim Schlafen beobachtete, kam er nicht umhin, sich zu fragen, wie es wohl mit seinem Herzen stände, wenn all dies hier vorbei wäre.

Was irgendwann passieren würde ...

Bree war nur wegen ihrer Tochter in Chicago, und als er an die arme kleine Hayley dachte, kam er sich schäbig vor, dass er sich in Anbetracht ihrer Lage auch nur eine Sekunde lang um sein eigenes Glück sorgte. Das kleine Mädchen zu finden war im Moment alles, was zählte, und sobald die Sonne aufgegangen war, mussten sie sich wieder darauf konzentrieren.

Er konnte nur hoffen, dass Johnnys Wut ausschließlich Bree galt und die Kleine irgendwo in einem Versteck in Sicherheit war.

Natürlich war es auch nicht gerade prickelnd zu wissen, dass Bree das Ziel war, aber nachdem er sie in Aktion erlebt hatte, war ihm klar, dass sie gut auf sich selbst aufpassen konnte. Sie brauchte ihn nicht, um sie zu beschützen, und obwohl er genau das nur zu gerne getan hätte, war es auch beruhigend zu wissen, dass sie es nicht von ihm erwartete–dass er als Ritter in glänzender Rüstung für sie eintrat. Diese Rolle hatte er für Mutter und Schwester bereits viel zu lange spielen müssen. Nicht, dass er sich nicht vor eine Faust oder eine Kugel werfen würde, um Brees Leben zu retten, aber er wusste auch, dass sie das Gleiche für ihn tun würde.

Ihre Beziehung war die ehrlichste, die er je hatte. Sie kannte ihn einfach zu gut, und nachdem er ihr sein letztes Geheimnis anvertraut hatte, fühlte er sich, als wäre ihm eine riesige Last von den Schultern genommen worden und auch noch der letzte Stein der Mauer, die zwischen ihnen stand, gefallen.

Sie hatten sich ein zweites und drittes Mal geliebt und die Schatten der Vergangenheit waren verschwunden: Es gab keine Geheimnisse mehr, keine Lügen, keine weiteren Missverständnisse.

Und er wollte einfach nur *immer* und *immer wiede*r mit ihr zusammen sein.

Als er sich an die übertriebene Verwendung desselben Wortes erinnerte, musste er lächeln. Vielleicht konnten sie ja noch eine weitere Runde schaffen, bevor es Zeit wurde aufzustehen. Dann jedoch begann ihr Handy auf dem Nachttisch zu summen, und seine Hoffnung schwand dahin.

Bree hob den Kopf, schenkte ihm ein glückliches, verschlafenes Lächeln und er wünschte, er könne diesen kurzen Moment festhalten, bevor die Realität mit all ihren Problemen sie erneut einholte.

Er deutete mit dem Kinn in Richtung Telefon, das nicht aufhören wollte zu vibrieren.

Mit einem Satz war sie hellwach, zog sich das Laken über die Brüste und griff nach dem Handy. „Hallo?", meldete sie sich und räusperte sich erst einmal, um auch noch den letzten Rest Schlaf aus der Stimme zu bekommen. „Dan?"

Lange Zeit lauschte sie nur seinen Worten.

„O mein Gott", murmelte sie dann erschüttert, „Aber ehrlich gesagt überrascht mich das nicht wirklich."

Die Stimme am anderen Ende der Leitung klang männlich und er nahm an, dass es sich bei Dan um einen FBI-Agenten handelte. Den Gefühlen nach, die sich in ihrem Gesicht widerspiegelten, gab es Neuigkeiten, und die schienen alles andere als gut zu sein.

„Ja, ich weiß, ich habe dir viel zu erzählen. Alles ist so schnell passiert. Und diese schreckliche Nachricht macht jetzt auch völlig Sinn, denn damit ist klar, dass der Entführer hier eindeutig ein Nachahmer ist. Ich wünschte, ich könnte euch helfen, aber ich kann nicht aus Chicago weg, bevor ich Hayley nicht gefunden habe." Sie hörte erneut nur zu. „Ich vermisse euch ebenfalls. Haltet mich bei euren Ermittlungen auf dem Laufenden; ich werde das Gleiche tun." Sie beendete das Gespräch und legte das Telefon zurück auf den Tisch.

„Wer war das?", erkundigte sich Nathan und setzte sich ebenfalls auf.

„Dan Fagan, mein New Yorker Chef und einer meiner engsten Freunde. Heute Morgen wurde in Brooklyn ein zehnjähriges Mädchen aus einer Vorschuleinrichtung entführt. Wie üblich blieb eine weiße Rose am Tatort zurück."

Er versteifte sich. „Wie schrecklich."

„Allerdings, aber auch eine weitere Bestätigung, dass Hayleys Entführung von jemandem nachgeahmt wurde. Ich wünschte, ich könnte mein Team bei der Suche nach diesem Mädchen aus Brooklyn unterstützen, aber ..."

„Du musst zuerst deine Kleine finden."

„Ja. Und außerdem habe ich vor Dan und meinen Kollegen in New York großen Respekt; sie werden hervorragende Arbeit leisten, selbst wenn ich nicht vor Ort bin. Allerdings möchte ich diesen Kerl ebenfalls unbedingt dingfest machen."

Er starrte sie an und in seinem Kopf machte sich ein nagendes Gefühl breit, das er nicht völlig zu verdrängen vermochte. „Irgendwie ist es seltsam, dass Johnny sich so viel Mühe gegeben hat, dich wieder hierher zu locken. Das scheint mir ein sehr umständlicher Weg zu sein, den er da eingeschlagen hat. Warum hat er diesen anderen Kidnapper imitiert? Wie konnte er mit Sicherheit wissen, dass du kommen würdest und die Chicagoer Kollegen den Fall nicht allein abhandeln würden?"

„Weil ich bei der letzten Sache in den nationalen Nachrichten war, würde ich mal annehmen. Vielleicht hat er mich da gesehen und ist dann erst auf die Idee gekommen."

„Aber dazu hätte er von Hayley wissen müssen, bevor er dich sah und diesen kranken Plan ausgeheckt hat."

Bree runzelte die Stirn. „Du bist doch derjenige gewesen, der von Anfang an daran festgehalten hat, dass Johnny der Kidnapper sein könnte. Hast du jetzt plötzlich Zweifel?"

„Das nicht direkt, und angesichts Bakers gestrigen Auftritts denke ich nach wie vor, dass er seine Finger im Spiel hat, aber die ganze Organisation ergibt für mich einfach keinen Sinn."

„Für mich hat sich das schon immer falsch angefühlt, deshalb war ich auch so zurückhaltend damit, auf den Johnny-Zug aufzuspringen. Die Drohanrufe waren eine Sache, ebenso das Mädchen im Zug. Aber warum schickt er mich in das Frauenhaus, lässt mir das Foto von mir auf der Charity-Modenschau zukommen? Was hatte das zu bedeuten?"

„Das Foto war entzweigerissen, was auch wieder einer Bedrohung gleicht. Er wollte dir damit aufzeigen, dass er so einiges über dich weiß, woher du kommst, wo du gelebt und was du so getrieben hast."

Bree nickte, doch ihr Blick drückte nach wie vor ernsthafte Zweifel aus. „Eigentlich hätte ich gedacht, Johnny wäre direkter."

„Vielleicht ist jemand anderes für die gruselige Kreativität in diesen Plan verantwortlich."

„Jemand anderes …", murmelte sie und dieser Teil seiner Aussage ließ ihre Augen aufblitzen.

„Worüber denkst du nach?"

„Sierra. Du hast mir doch erzählt, dass sie jetzt mit ihm zusammen ist. Sie hat mich früher mal gehasst."

„Na ja, sie hasste jede Menge Leute. Auch ich stand auf ihrer Feindesliste ziemlich weit oben."

„Vielleicht, weil du nicht mit ihr schlafen wolltest?"

„Das habe ich tatsächlich weder gewollt noch getan", stimmte er zu. „Außerdem war Sierra schon damals kein besonders schlaues Mädchen."

„Stimmt, aber sie konnte überaus durchtrieben und hinterhältig sein. Ich muss sie finden, Nathan. Nur durch sie kommen wir auch in meinem persönlichen Fall weiter."

„Komm schon–sie lebt mit Johnny zusammen und würde ihm nie in den Rücken fallen."

„Das kommt ganz darauf an, was wir ihr anbieten."

„Und was wäre das?"

„Das weiß ich im Moment noch nicht. Lass mich darüber nachdenken. Aber da ich Johnny nicht direkt konfrontieren kann, ohne mich gegen die Anordnung des FBIs aufzulehnen, muss ich es bei jemand anderem versuchen. Da wäre sie eine gute Wahl."

„Sie würde damit direkt zu ihm rennen."

„Das Risiko besteht, aber unter diesen Umständen muss ich es auf mich nehmen und meinen Instinkten vertrauen–und du leider ebenfalls."

„Ich vertraue dir voll und ganz. Immerhin habe ich dich sogar meinen Truck fahren lassen, oder?"

Ein kleines Lächeln breitete sich auf ihren Zügen aus. „Ich glaube, diese Entscheidung habe ich dir einfach aus der Hand genommen."

„Wohl wahr, und mein Truck wird nie derselbe sein wie früher."

„Er musste dringend mal durchgeblasen werden", entgegnete sie lachend. „Die Spinnweben sind jetzt mit Sicherheit weg."

„Du bist eine sehr gute Fahrerin geworden."

„In Quantico war ich eine der Besten."

„Wie war das Training eigentlich so?", fragte Nathan neugierig. Es fiel ihm noch immer schwer zu verstehen, wie aus dem Mädchen, das er einst kannte, die Frau geworden war, die jetzt vor ihm stand.

„Sehr intensiv. Ich hätte nie erwartet, dass sie so in unsere Köpfe eindringen könnten, wie sie es tatsächlich getan haben. Es gab jede Menge Psychospielchen, viele emotionale Barrieren wurden niedergerissen. Und wenn man mit Menschen rund um die Uhr zusammenlebt und -arbeitet, lernt man sie wirklich gut kennen. Es ist eine unglaubliche Erfahrung, wie einen das zusammenschweißt. Meine aktuell besten Freunde sind alle aus der Zeit in der Akademie."

Er bemerkte einen Anflug von Traurigkeit in ihren Augen und

erinnerte sich an ihren verstorbenen Freund. „Siehst du sie häufig?“

„Damon arbeitet ebenfalls vom New Yorker Büro aus, ihn also schon. Wyatt war früher dort, aber seine Undercover-Identität ist aufgeflogen und er musste sich anderweitig orientieren. Obwohl ich glaube, dieses Wochenende ist er mal wieder da, weil am Donnerstagabend eine Gedenkfeier für Jamie stattfand. Ich wünschte, ich hätte dabei sein können. Mit Parisa habe ich kürzlich erst telefoniert, aber das war nicht dasselbe.“

„Es sind also vier von euch?“

„Da gibt es noch jemanden. Diego ist der fünfte im Bunde. Er hat im letzten Jahr in Südamerika gearbeitet. Zwar sind wir über die ganze Welt verteilt, aber wenn einer von uns in Schwierigkeiten steckt, sind alle, soweit möglich, zur Stelle. Letzten Sommer ist das Wyatt und Damon passiert und ich konnte ihnen bei der Lösung des Falles helfen.“

„Vielleicht sollten wir sie anrufen und herbitten.“

„Das hatte ich mich auch schon überlegt, aber ich wollte sie nicht von Jamies Feier abhalten. Seine Familie wäre sicherlich sehr traurig gewesen, wenn der Großteil seiner Truppe nicht erschienen wäre. Allerdings bin ich mir sicher, dass ihnen meine Abwesenheit nicht ungelegen kam. Jamies Vater war nie ein Fan von mir gewesen. Er fand, ich würde seinen Sohn vom Training ablenken und dieser sich wegen mir nicht ausreichend auf die Ausbildung konzentrieren, die nötig war, um zu seinem würdigen Nachfolger zu werden und in seine Fußstapfen zu treten.“

„Du kannst durchaus eine Ablenkung darstellen.“

Bree schob sich eine lose Haarsträhne hinters Ohr. „Du aber ebenfalls, Nathan.“

„Wollen wir uns dann eventuell gegenseitig noch eine Weile ...“

„Nur zu gerne, aber ...“

„Schon klar, wir müssen loslegen“, sagte er leicht enttäuscht.

„Ein anderes Mal, versprochen?“

„Ganz bestimmt.“ Er zog sie für einen schnellen Kuss an sich. „Du darfst sogar als Erste duschen.“

„Welch ein Gentleman“, antwortete sie lachend und stand auf, hielt dann jedoch nochmals kurz inne. „Irgendwie habe ich das Gefühl, dass heute ein total verrückter Tag wird, und bevor er beginnt, wollte ich dir einfach nochmals sagen, dass die letzte Nacht wunderbar war.“

„Das war sie.“

„Was auch immer als Nächstes passiert …“

„Schon klar“, sagte er, wohl wissend, dass das nicht der richtige Zeitpunkt war, um zu weit in die Zukunft zu blicken. „Wir lassen es einfach auf uns zukommen. Während du dich fertig machst, werde ich Lindsay anrufen und schauen, ob ich etwas über Marks Zustand herausfinden kann.“

„Gute Idee. Ich frage mich, ob sie ihm bereits erzählt hat, dass ich Hayleys Mutter bin.“

„Möglicherweise wartet sie damit, bis er wieder bei Kräften ist. Andererseits–er ist ihr Fels in der Brandung. Kann sein, dass sie es nicht vor ihm verbergen kann.“

„Die Nachricht hat sie ziemlich erschüttert. Ich wünschte, ich hätte mir mehr Zeit genommen, um ihr zu versichern, dass sie als Hayleys Mom einen guten Job gemacht hat.“

„Sicher ergibt sich nochmals eine Gelegenheit dazu, genauso wie auch sie bestimmt nochmals mit dir sprechen möchte, um dir zu danken.“

„Mir?“, fragte Bree überrascht.

„Gestern, als die Adoption zum ersten Mal zur Sprache kam, erzählte sie mir, dass sie wenige Tage, nachdem sie das Baby nach Hause holen durften, einen Brief an die leibliche Mutter geschrieben hat. Sie wollte ihr für das wundervolle Geschenk danken, das sie erhalten hatte–die Tochter, die sie nach dieser kurzen Zeit bereits über alles liebte. Ihr war bewusst, wie glücklich sie sich schätzen durfte, dass du ihr dein Kind gegeben hast.“

Ein Schatten legte sich über Brees Augen. „Ich wünschte, ich hätte ihn lesen dürfen.“

„Das kannst du vielleicht sogar noch. Sie hat ihn nie abgeschickt. Mark hat es ihr ausgeredet, denn er wollte keine Kommunikation starten, hatte Befürchtungen, dass dies die Dinge ändern könne."

„Das kann ich gut nachvollziehen."

„Bree, darf ich dir eine schwierige Frage stellen?"

„Eine schwierige Frage?", wiederholte sie misstrauisch seine Worte. „Okay, schieß los."

„Kannst du in dieser Sache wirklich objektiv sein und kluge Schachzüge planen, wo du doch weißt, dass das Leben deiner Tochter auf dem Spiel steht? Wäre es nicht tatsächlich besser, das weitere Vorgehen deinen Kollegen zu überlassen?"

„Das waren drei Fragen", antwortete sie ärgerlich. „Und ich denke nicht, dass Objektivität in diesem Fall hilfreich wäre, weil er keinem der bisherigen gleicht. Er ist anders, er ist persönlich, und es geht um mich. Ehrlich gesagt glaube ich nicht, dass jemand anderes außer mir in der Lage ist, Hayley zu finden."

„Du bist also der Meinung, der Entführer wird dir sagen, wo er die Kleine versteckt hält?"

Sie nickte. „Ja, wenn er dazu bereit ist. Er möchte, dass ich Hayley sehe, und wenn es mir nicht selbstständig gelingt, sie ausfindig zu machen, wird er mir weitere Hinweise zukommen lassen, bis ich das Rätsel lösen kann."

„Und dich direkt in eine Falle locken."

„Nicht, wenn ich darauf vorbereitet bin."

„Also gut. Dann lass es uns in Angriff nehmen. Schnappen wir uns den Kerl." Plötzlich las er die Bedenken in ihrem Blick. „Denk nicht mal daran zu versuchen, mich loszuwerden. Auch wenn ich keine entsprechende polizeiliche Ausbildung habe, werde ich dir nicht von der Seite weichen. Ich habe dir schon einmal dabei geholfen, dein Kind vor Johnny zu retten; also werde ich auch jetzt dafür sorgen, dass es gerettet wird."

Während Bree duschte und sich anzog, klangen Nathans beschützende und loyale Worte in ihrem Kopf nach. Noch nie hatte sie sich so geliebt gefühlt wie in der vergangenen Nacht und sie war sehr dankbar dafür, ihn wieder in ihrem Leben zu haben. Aber natürlich war sie sich auch dessen bewusst, dass ihr Glück bittersüß und wahrscheinlich nur von kurzer Dauer sein würde. Trotzdem würde sie die Nacht, die sie mit ihm verbracht hatte, nicht bereuen, egal ob es die erste von vielen war oder eben nur eine einmalige Sache.

Als sie aus dem Schlafzimmer hinüber in die Küche ging, musste sie lächeln. „Speck und Kaffee–meine beiden Lieblingsdüfte.“

„Ich habe auch Rührei gemacht“, erwiderte er. „Setz dich, alles ist fertig.“

„Das sieht großartig aus.“ Sie rutschte auf einen der Hocker an der Theke.

„Freu dich nicht zu früh. Ich bin nicht unbedingt ein Kandidat für Michelin-Sterne und Frühstück ist wahrscheinlich die Mahlzeit des Tages, die ich noch am besten hinbekomme“, entgegnete er trocken, während er Butter auf die Toasts strich. „Wie ist das bei dir? Kannst du kochen?“

„Ein paar Sachen schon, aber meistens mache ich Salat und gelegentlich mal eine Suppe. Ich arbeite einfach zu lange und, ehrlich gesagt ist alles, was man in New York mitnehmen oder liefern lassen kann, fabelhaft. Du würdest nicht glauben, welche Speisenauswahl man zu jeder Tages- und Nachtzeit dort bekommen kann.“

„Also lebst du gerne da?“

„Im Moment schon.“

„Im Moment?“, wiederholte er ihre Worte, während er einen Teller mit Speck und Toast auf den Tresen stellte und den Hocker am hinteren Ende zu sich heranzog.

„Manhattan hat eine frenetische Energie, die mir gefällt, aber manchmal ist es mir fast ein wenig zu viel. Ich träume nach wie vor von meinem Haus am Meer. Eines Tages ...“

„Du wirst dieses Ziel erreichen“, sagte er zuversichtlich.

„Vielleicht sogar früher, als mir lieb ist. Wer weiß, wie es karrieremäßig bei mir aussieht, wenn all dies hier vorüber ist?

Möglicherweise habe ich dann mehr als genug Zeit, am Strand zu liegen und an meiner Bräune zu arbeiten."

„Es gibt schlimmere Dinge im Leben."

„Wie wir beide wissen", stimmte sie zu und nahm sich etwas von den Eiern. „Wird Chicago für immer deine Heimat bleiben?"

„Auch ich habe mich schon oft mit dem Gedanken befasst wegzugehen, aber Josie ist nun mal hier, und ich liebe Grace. Sie ist so ein großartiges Kind–lustig und stur wie ihre Mutter, dabei aber viel stärker als sie. Die Kleine ist hart im Nehmen."

„Das ist mir bei dem Gespräch mit ihr auch schon aufgefallen. Für eine Neunjährige hat sie sich sehr souverän verhalten. Josie hat einen großartigen Job gemacht."

„Ja, sie ist eine wirklich gute Mutter. Anfangs war ich mir diesbezüglich nicht sicher, wenn ich ehrlich bin, aber sie ist sehr aufmerksam. Und natürlich ist es ideal, dass Kyles Karriere es ihr ermöglicht, zu Hause bleiben zu können."

„Das ist wirklich gut. Ich hatte mir immer so eine Mutter gewünscht, die zu Hause wäre, wenn ich aus der Schule kam. Leider war meine selten da, und wenn doch einmal, bekam ich nie die Aufmerksamkeit, die ich mir erhoffte. Klar, ich wusste, dass ihr etwas an mir liegt, aber sie war zu sehr in ihren eigenen Problemen gefangen. Und meine Tante focht die gleichen Kämpfe aus. Mittlerweile tun mir beide sehr leid. Sie hätten ein besseres Leben verdient."

„Hast du noch Kontakt zu ihr?"

„Nein, ich habe sie weder gesehen noch gesprochen, seit sie mich sitzen ließ und das Jugendamt sich mich geschnappt hat. Ich weiß nicht mal, ob sie noch lebt. Was ist mit deiner Mutter, Nathan? Das habe ich dich schon mal gefragt, aber keine Antwort darauf bekommen."

Sie lebt jetzt in Texas, ist vor ein paar Jahren dahingezogen. Eine Freundin aus der Highschool besitzt dort ein großes Haus. Als deren Mann starb, lud sie Mom für einen Urlaub zu sich ein. Sie kam nie mehr zurück. Okay, ab und zu für einen kurzen Besuch, aber ich glaube, sie ist froh, aus Chicago weg zu sein. Wenn wir sie sehen wollen, fahren wir zu ihr. Sie ist mittlerweile eine völlig andere Person und hat sogar mit dem Reiten angefangen. Wer hätte je gedacht, dass dieses Stadtkind mal auf ein Pferd steigen würde?"

„Das freut mich total. Sie hat es verdient, glücklich zu sein, und du ebenfalls."

„Ich war in den letzten Jahren durchaus glücklich."

Bei diesen Worten wurde Bree bewusst, dass das Einzige, was sie bisher ausgeklammert hatten, die Frau in Nathans Leben war. Aber dieses Thema wollte sie nicht unbedingt anschneiden, denn dann müsste sie sich mit der Tatsache auseinandersetzen, dass sie mit dem Mann einer anderen Frau geschlafen und er mit ihr seine Freundin betrogen hatte. Vielleicht waren sie doch nicht so viel bessere Menschen als sie dachten.

„Was geht gerade in deinem Kopf vor?", erkundigte sich Nathan.

„Ach, nichts", versicherte sie ihm schnell. „Eigentlich habe ich mich nur gefragt, ob du noch immer jeden Morgen joggst."

„Das nehme ich dir zwar nicht ab, aber ja, ich gehe nach wie vor laufen. So haben Mark und ich uns auch kennengelernt."

„Stimmt ja. Du wolltest für einen Triathlon trainieren. Das bedeutet wahrscheinlich auch, dass du zusätzlich schwimmst und Fahrrad fährst, oder?"

„Ich stelle eine dreifache Gefahr da", erwiderte er lächelnd. „Und du? Machst du ebenfalls Sport?"

„Mittlerweile laufe ich viel mehr als früher, weil ich für meinen Job fit sein muss. Man weiß nie, wann man jemandem hinterherjagen muss."

„Kommt das häufig vor?"

„Häufig würde ich nicht sagen, aber ab und an passiert es durchaus."

„Es überrascht mich, dass du Agentin geworden bist, wo du doch wusstest, dass du dafür joggen musst."

Bei dieser neckenden Feststellung schnitt sie eine Grimasse. „Ich gebe zu, es ist nicht gerade mein Lieblingspart, was den Job anbelangt, aber ich bin eigentlich ziemlich schnell."

„Das liegt daran, dass du versuchst, es so zügig wie möglich hinter dich zu bringen."

„Du kennst mich einfach zu gut“, antwortete sie lachend.

„Das ist wohl wahr, und genau das gefällt mir an uns, Bree.“

„Mir ebenfalls“, gab sie zu. „Ich glaube nicht, dass ich jemals mit jemandem zusammen war, der alles über mich wusste, auch wenn das auf die letzten Jahre nicht wirklich zutrifft. Ich bin mir sicher, dass es noch einige Dinge gibt, die man über dich herausfinden könnte, Nathan.“

„Nichts wirklich Wichtiges“, sagte er und beendete sein Frühstück. Dann stand er auf und trug seinen Teller hinüber zur Spüle. „Möchtest du noch etwas?“

„Nein, ich bin gut gesättigt. Vielen Dank für das leckere Essen.“

„Jederzeit gerne.“

„Konntest du Lindsay erreichen?“

„Nein, es ging direkt der Anrufbeantworter ran.“

„Ich hoffe, Mark geht es den Umständen entsprechend gut.“

„Ich ebenfalls.“ Er stellte auch ihren Teller ins Becken. „Dann werde ich mal schnell unter die Dusche hüpfen. Was hast du geplant?“

„Ich werde mich an meinen Laptop setzen und schauen, was ich über Sierra in Erfahrung bringen kann.“

„Sagtest du nicht, du hättest keinen Zugriff mehr auf die internen Ressourcen?“

„Das habe ich auch nicht, aber ich kann mich ja mal in den sozialen Medien umsehen. Wenn Sierra noch immer so ist, wie ich sie in Erinnerung habe, wette ich meinen Kopf, dass ich sie irgendwo online aufstöbere. Sie stand stets gerne im Mittelpunkt der Aufmerksamkeit.“

# KAPITEL SECHZEHN

In weniger als fünf Minuten hatte Bree Sierras Profil auf drei verschiedenen Social-Media-Seiten entdeckt. Wie erwartet war die stets um Aufmerksamkeit heischende Sierra immer noch gut im Geschäft. Mittlerweile führte sie einen Friseursalon am Logan Square, und wenn sie gerade mal keine Haare stylte, nahm sie Selfies von sich in Dessous und Bikinis auf. Auf einigen allerdings hatte sie lediglich die Hände strategisch über ihre überquellenden Brüste gelegt, die sie sich anscheinend irgendwann hatte vergrößern lassen.

Sie war zu einer selbstbewussten Frau herangereift, mit schwarzen Haaren, die ihr bis zur Taille reichten, dunklen Augen und olivfarbener Haut. Außerdem schien sie auf Schmuck zu stehen: Mehrere Ringe schmückten ihre Hände, die Ohren waren über und über gepierct, und in ihrer Nase prangte ein Ring. Sie glich in keiner Weise mehr dem mageren, bedürftigen Mädchen von einst–dem Mädchen, das immer um Johnny herumlungerte, in der Hoffnung, dass er sie bemerkte, und das mit seinen Freunden schlief, wenn das nicht der Fall war.

Eigentlich überraschte es sie, dass er sich letztlich doch auf sie eingelassen hatte, aber andererseits passte Sierra wesentlich besser zu seinem Lebensstil, als sie es jemals getan hatte.

Vielleicht hatte sie für ihn nur eine Besonderheit dargestellt, während Sierra die Art von Frau verkörperte, die schon immer für ihn bestimmt gewesen war.

Entschlossen tippte sie Johnnys Namen ein, und obwohl ihr das Fitnessstudio an der Hayward Street und die Werkstatt an der Hudson Street sowie einige generelle Informationen über die Familie Hawke angezeigt wurden, gab es keine aktuellen Fotos von ihm. Hatte er sich ebenfalls verändert? Hätte sie doch bloß über ihn recherchiert, bevor man ihr den Zugriff auf die FBI-Datenbank sperrte, aber sie war so entschlossen gewesen, ihn aus ihrem Leben und ihren Gedanken herauszuhalten, dass sie sich geweigert hatte, diesen Schritt zu tun. Jetzt war es zu spät dafür.

Als sie so an ihn dachte, fragte sie sich, wie wohl das Gespräch mit dem FBI in der Nacht zuvor abgelaufen sein mochte. Sie zog ihr Handy heraus und rief Tracy an.

„Hast du eine weitere Nachricht oder einen Anruf erhalten?“, fragte diese, ohne sich großartig mit einer Begrüßung aufzuhalten.

„Nein, nichts. Ich wollte mich nur erkundigen, ob ihr Johnny Hawke irgendwelche Informationen entlocken konntet.“

„Das darf ich dir nicht sagen, Bree. Du bist aus dem Fall draußen.“

„Aber du kannst mir doch zumindest ein paar Hinweise geben. Schien er überrascht, dass er eine Tochter hat und dass diese entführt wurde? Dass sein ehemaliger Freund bei einer Lösegeldübergabe für dieses Kind getötet wurde?“

„Schau, ich verstehe ja, dass du persönliches Interesse an dem Fall hast“, sagte Tracy, „aber ich wurde angewiesen, dich da rauszuhalten.“

„Der Entführer scheint da aber anders zu denken.“

„Sollte er sich erneut melden, sag mir Bescheid und wir übernehmen.“

„Du hast Spaß daran, habe ich recht? Mich im Ungewissen zu lassen und an der kurzen Leine zu halten.“

„Ehrlich gesagt nicht so sehr, wie ich es erwartet hätte“, antwortete Tracy mit verblüffender Offenheit. „In den letzten vierundzwanzig Stunden habe ich viel über dich erfahren. Ich vermute mal, einige unserer gemeinsamen Kollegen von der Akademie wussten bereits Bescheid über das, was du als Kind durchmachen musstest."

„Einige von ihnen schon", gab sie zu. „Es gibt eben so gewisse Sachen, die Freunde einander anvertrauen."

„Für gewöhnlich ist es genau diese Art von Vertraulichkeit, die Menschen dazu bringt, Grenzen zu überschreiten, die sie nicht hätten überschreiten dürfen."

Das war Tracys Art und Weise, ihr zu verstehen zu geben, dass sie jedenfalls nicht bereit dazu war. Bree seufzte auf. „Gibt es irgendetwas, was du mir sagen kannst?"

„Sei vorsichtig und tauch unter."

„Weil Johnny mich sonst kaltmacht?"

„Das hast du gesagt, nicht ich. Falls du das mit dem Personenschutz nochmals überdenken möchtest, werde ich es gerne mit Warren besprechen."

„Nein danke. Ich kann auf mich selbst aufpassen."

„Wir tun alles, was in unserer Macht steht, um Hayley zu finden. Nichts von dem, was gestern geschehen ist, hat daran etwas geändert."

„Hattet ihr schon die Möglichkeit, mit Mark Jansen zu sprechen? War er in der Lage, Auskunft über die Person zu geben, die ihn zwecks der Lösegeldübergabe kontaktierte?"

„Bree! Welchen Teil von *Ich darf dir nichts sagen* hast du nicht verstanden?"

Frustriert atmete sie aus. „Also gut."

„Du wirst uns bezüglich dieses Falls wohl oder übel vertrauen müssen. Halte dich zurück. Bleib, wo du gerade bist, was nicht weit weg von Nathan Bishop ist, vermute ich mal, und überlass alles Weitere uns. Untersteh dich, Johnny aufzusuchen und stell dich uns nicht in den Weg. Du solltest jetzt an deine Tochter denken, anstatt nur an dich."

„Glaub mir, sie ist die einzige Person, an die ich denke. Ich melde mich, falls ich etwas höre." Sie legte auf und war wütend, dass das Gespräch genauso schlecht verlaufen war, wie sie es erwartet hatte. Sie war raus aus dem Spiel, abgeschnitten von jeglicher Kommunikation. Obwohl sie es nur zu gerne wollte, konnte sie Johnny nicht direkt mit der Sache konfrontieren. Wenn er etwas damit zu tun hatte, war das eigentlich nur etwas zwischen ihm und ihr. Außerdem schien er noch nicht bereit für dieses Treffen, denn sonst hätte es bereits stattgefunden. Er hielt die Fäden in der Hand.

Weiterhin fragte sie sich, wie er es anstellen wollte, Hayley weiterhin versteckt zu halten. Sein Geschäft, seine Familie, sein Leben–alles spielte sich in Chicago ab und das Gesicht der Kleinen war Thema Nummer eins in sämtlichen Medien.

Er musste sie irgendwo außerhalb der Stadt weggesperrt haben. Vielleicht nahe genug, dass er sie besuchen konnte, aber trotzdem weit genug entfernt, dass niemand ihn mit ihr in Verbindung bringen konnte.

Möglicherweise passte jemand aus der Familie auf sie auf–wie etwa seine Mutter. Sie hatte Johnny schon immer über alles geliebt und verehrt. Er war ihr ältester Sohn und konnte von daher in ihren Augen nichts falsch machen.

Unruhig trommelte Bree mit den Fingern auf dem Tisch und überlegte sich ihren nächsten Zug.

Die Antwort lag direkt vor ihr–Sierra. Zwar wäre es möglich, dass Tracy bereits mit ihr gesprochen hatte oder das zumindest plante, andererseits könnte sie aber auch ganz unten auf der Liste der Verdächtigen stehen. Und Bree könnte bessere Chancen haben als die Kollegin, Informationen aus Sierra herauszukitzeln. Nicht, dass diese je ein Fan von ihr war, aber immerhin kamen sie aus dem gleichen Viertel. Sie musste es einfach versuchen.

Entschlossen stand sie vom Tisch auf, ging hinüber zur Balkontür, öffnete sie und trat nach draußen. Es war ein grauer, kalter Tag und die Wolken, die über die Stadt hinwegfegten, erschienen ihr wie ein Vorbote auf das, was sie erwartete.

Sie zitterte, aber sie war bereit zu kämpfen, koste es, was es wolle.

„Ich weiß nicht, ob das wirklich so eine gute Idee ist“, sagte Nathan, als er Bree quer durch die Stadt zu Bellas Beauty Salon fuhr, der von Sierra Littman geführt wird.

„In dem Friseursalon wird mir schon nichts passieren“, beruhigte Bree ihn. „Und ich kann nicht einfach nur rumsitzen und nichts tun. Sierra ist eine ehemalige Freundin. Vielleicht kann ich sie auf unsere Seite ziehen.“

„Und wie in aller Welt willst du das anstellen? Das Mädchen war schon immer verrückt nach Johnny. Und sie mag dich vielleicht gemocht haben, bevor du mit ihm zusammenkamst ... danach hat sie dich mit Sicherheit nur noch gehasst. Warum also sollte sie dir jetzt etwas erzählen?“

„Weil das Letzte, dass sie sich wünscht, ein Kind ist, dass er zusammen mit seiner Ex hatte. Wenn ich sie davon überzeugen kann, dass es zwischen ihr und Johnny wieder normal läuft, sobald ich Hayley dank ihr ausfindig machen kann, denke ich, dass sie bereit ist zu helfen.“

Nathan musste zugeben, dass das keine völlig abwegige Strategie war. „Sierra war schon immer sehr egoistisch.“

„Ganz genau. Und ich bezweifle, dass sie gerne eine Stiefmutter wäre, nicht nach den Lifestyle-Fotos, die sie ständig online postet.“

„Was du allerdings übersiehst, ist die Tatsache, dass Johnny sie komplett in der Hand hat. Sie könnte mehr Angst vor ihm haben, als dass sie sich darüber Sorgen macht, zukünftig sein Kind aufziehen zu müssen.“

„Ich glaube nicht, dass er je in seinem Leben die Hand gegen eine Frau erhoben hat. Bei mir zumindest hat er das nie getan.“

„Aber auch du hattest Angst vor ihm und bist davongelaufen, Bree.“

„Das lag aber daran, dass ich mitbekam, was er anderen Menschen antat. Ich habe seltsame Gespräche belauscht. Die Polizei schien sich sehr für seine Handlungen zu interessieren. Diverse Male wurde ich zu Vorfällen befragt, einschließlich jenem mit Stix. Ich wusste, dass ich diese Beziehung beenden musste, aber trotzdem dauerte es noch sehr lange–beinahe zu lange –, bis ich den Mut aufbrachte zu gehen. Weißt du, was mich letztlich dazu bewogen hat?“

„Ich weiß wann, jedoch nicht warum.“

„Als sich meine Jeans nicht mehr schließen ließen.“

Nathan zog eine Augenbraue hoch. „Okay. Mit dieser Antwort hätte ich jetzt nicht gerechnet.“

„Mir war klar, dass es langsam offensichtlich wurde. Johnny wäre es ebenfalls bald aufgefallen. Er fragte mich bereits, warum ich aufgehört hätte zu modeln, da ich, nachdem mein Foto in der Zeitung erschienen war, so viele Anfragen bekam. Es war nur eine Frage der Zeit, bis er bemerkt hätte, dass ich schwanger war. Das war der Tag, an dem ich dich anrief und dich bat, mir zu helfen, die Stadt zu verlassen.“

„Ich bin heute noch froh, dass du diese Entscheidung getroffen hast, auch wenn es nur an deiner zu engen Hose lag. Was Johnnys Gewaltpotenzial angeht, so habe auch ich nach deinem Verschwinden die wütende, gewalttätige Seite seiner Persönlichkeit kennenlernen müssen und ich vermute, dass diese in den letzten zehn Jahren sogar noch ausgeprägter geworden ist. Ich befürchte, Sierra wird Angst haben, gegen ihn vorzugehen. Er hat große Macht über sie. Bestimmt war es auch er, der diesen Salon für sie gekauft hat.“

„Das weiß ich erst, wenn ich mit ihr geredet und mir einen Überblick verschafft habe.“ Bree hielt inne und blickte ihn verlegen von der Seite an. „Du musst leider draußen bleiben, Nathan. Wenn es einen Menschen gab, den Sierra noch mehr gehasst hat als mich, dann warst du das. Ich glaube nicht, dass es eine gute Idee wäre, im Doppelpack bei ihr aufzukreuzen.“

„Die Vorstellung, dass du allein da reingehst, gefällt mir ganz und gar nicht.“

„Du bezweifelst, dass ich es mit einer knapp fünfzig Kilogramm schweren Friseuse aufnehmen kann?“, fragte sie trocken. „Glaube mir, ich habe schon Männer zur Strecke gebracht, die viel größer, viel stärker und definitiv gefährlicher waren als sie.“

„Es könnten Bodyguards im Salon sein.“

„Ich bezweifle, dass die dort herumhängen, zumindest nicht

während des Tages. Möglicherweise fahren sie sie hin und holen sie auch wieder ab, aber ich bin überzeugt, sie ist allein."

„Wenn sie überhaupt da ist."

„Wir haben Samstag, was normalerweise ein geschäftiger Tag ist. Die Chancen stehen gut. Also bleibst du dieses Mal im Wagen sitzen?"

„Ich werde es zumindest in Betracht ziehen", stimmte er zögerlich zu und lenkte seine Aufmerksamkeit wieder auf die Straße. Eigentlich missfiel es ihm, Bree auch nur eine Sekunde aus den Augen lassen, aber wie sie bereits gesagt hatte, würde Sierra auf seine Anwesenheit eher negativ reagieren. Von daher war er, wenn auch widerwillig, bereit, dieses Mal auf sie zu hören.

Kurz darauf fand er einen Parkplatz nur ein paar Häuser vom Salon entfernt. Von diesem Blickwinkel aus konnte er den Eingang beobachten und schnell eingreifen, sollte sie Hilfe benötigen.

„Mach dir keine Gedanken, wird schon gutgehen ", ermunterte sie ihn.

„Das ist normalerweise mein Ausspruch", murmelte er und hatte trotz alledem ein ungutes Gefühl.

„Genau, und wenn du das sagst, versuche ich stets, dir zu glauben. Das solltest du heute auch tun."

„Ich arbeite daran. Viel Glück, Bree."

„Ich bin bald zurück." Sie stieg aus dem Wagen aus und lief die Straße hinunter.

Er ließ sie nicht aus den Augen, bis sie den Laden betrat und beobachtete noch weitere Minuten die Tür. Niemand schien ihr zu folgen. Hoffentlich behielt sie recht, dass der Salon ein sicherer Ort für diese sehr gefährliche Unterhaltung war, aber alles, was er tun konnte, war warten.

Drinnen war es so brechend voll, wie Bree es erwartet hatte. Acht Friseusen kümmerten sich bereits um diverse Kunden, und zwei weitere Damen warteten ungeduldig im Empfangsbereich. Dieses Mal zeigte sie ihr Abzeichen nicht vor, sondern bat einfach das

Mädchen am Empfang, Sierra auszurichten, Bree wolle sie sprechen.

Ihr Gefühl sagte ihr, dass diese sie nicht abweisen würde, weil sie neugierig war herauszufinden, was sie von ihr wollte. Sierra hatte schon immer Angst gehabt, etwas zu verpassen und deshalb stets gelauscht, beobachtet, sich in Gespräche eingemischt und versucht, mit allen in Kontakt zu bleiben, bei denen etwas Interessantes vor sich ging.

Als Bree sie auf sich zukommen sah, richtete sie sich auf. Ihre ehemalige Freundin trug schwarze Jeans und ein locker sitzendes, knappes, graues Top, das ihr über eine der Schultern gerutscht war und zudem ihren flachen, durchtrainierten Bauch offenbarte. Ihr langes Haar war glatt und gerade, der Ausdruck in ihren Augen eine Mischung aus Überraschung, Misstrauen und Abneigung.

„Du bist es tatsächlich." Sierra sparte sich die Begrüßung. „Ich kann mir eigentlich nicht vorstellen, was du hier zu suchen hast."

„Ich muss mit dir sprechen. Hättest du kurz Zeit?"

„Ehrlich gesagt bin ich ziemlich beschäftigt."

„Es wird nicht lange dauern. Gibt es irgendwo ein Plätzchen, wo wir in Ruhe miteinander reden können?"

Sierra schien zu überlegen. „Also gut." Sie drehte sich um und ging nach hinten, und Bree folgte ihr auf den Fuß.

Nachdem sie den Salon durchquert hatten, begaben sie sich in den hinteren Flur, passierten die Toiletten und eine kleine Küche und landeten schließlich in einem Büro mit einem Schreibtisch, einem Zweiersofa und einem Tisch, auf dem sich Dutzende von Beauty-Produktproben stapelten.

Sierra setzte sich nicht einmal hin, sondern kreuzte nur die Arme vor der Brust und wartete. „Nun?"

„Weißt du, warum ich in der Stadt bin?", fragte Bree.

„Woher sollte ich das wissen?"

„Ich arbeite inzwischen für das FBI." Sie sah Überraschung in ihrem Gesicht aufblitzen. *Das war interessant. Sie wusste nichts von ihrem Job. Bedeutete das möglicherweise, dass sie auch keine Ahnung davon hatte, was Johnny im Schilde führte?* „Ich wurde nach Chicago abbeordert, um nach einem entführten Kind zu suchen."

„Und was hat das mit mir zu tun?"

„Mit dir direkt nichts, aber möglicherweise mit Johnny. Ich habe gehört, du bist jetzt mit ihm zusammen?"

„Ich wette, das hat dich ziemlich mitgenommen", erwiderte Sierra affektiert. „Kaum hatte er dich abserviert, kam er bei mir angekrochen. Ich wusste von Anfang an, dass das irgendwann passieren würde."

Bree ignorierte diesen Kommentar. „Lebt ihr zusammen?"

„Selbstverständlich. Wir lieben uns."

„Aber ihr seid nicht verheiratet?"

Sierras Blick verhärtete sich. „Noch nicht, aber Johnny hat mir diesen schönen Ring gekauft", sagte sie und hob die rechte Hand hoch, an der ein Ring mit Diamanten und Smaragden aufblinkte. „Es ist nur eine Frage der Zeit."

Bree hatte das Gefühl, dass Sierra nicht nur sie, sondern auch sich selbst davon zu überzeugen versuchte. „Also hast du das bekommen, was du schon immer wolltest."

„Allerdings. Und ich mache ihn glücklich–glücklicher, als er jemals zuvor mit dir war."

Sie fuhr sich mit der Zunge über die Lippen und schien zu überlegen, was sie sonst noch anbringen könnte. „Habt ihr Kinder geplant?"

„Warum stellst du mir all diese Fragen?"

„Weil Johnny in Schwierigkeiten steckt und ich befürchte, dass dein Leben sich schon bald auf eine Art und Weise ändern wird, wie du es dir nie hättest träumen können. Wusstest du, dass er gestern Abend eine Unterredung mit dem FBI hatte?"

„Gestern Abend war er in der Arbeit. Von einem derartigen Gespräch hat er nichts erwähnt."

„Klar, er möchte ja auch nicht, dass du weißt, was er so treibt ... aber das solltest du."

„Falls es deine Absicht sein sollte, mir Angst zu machen, wird das nicht funktionieren. Johnny kann mit allen Schwierigkeiten umgehen, die du ihm anzudichten versuchst. Darüber mache ich mir keine Sorgen. Er kennt viele einflussreiche Leute, die ihm jederzeit helfen werden."

„Dieses Mal wird ihnen das nicht gelingen und du solltest dir definitiv Sorgen machen. Er hat ein Kind entführt."

Sierra blickte sie misstrauisch an. „Das ist absolut lächerlich. Er ist doch nicht hinter Kindern her."

Als ihre Blicke sich begegneten, hatte Bree das Gefühl, dass die Frau ihr, trotz der gegenteiligen Aussage, die Wahrheit abnahm. An dieses Gefühl konnte auch sie sich nur zu gut erinnern. Auch ihr hatte man einmal gesagt, dass Johnny einen Mann angegriffen und fast getötet hätte, und sie hatte genauso darauf reagiert–es als lächerlich abgetan. Sie runzelte die Stirn und konzentrierte sich wieder auf die Gegenwart. „Sierra ..."

„Nein! Wir sind fertig miteinander. Ich hätte mich gar nicht erst auf dich einlassen sollen. Johnny würde das nicht gefallen."

Bree erkannte, dass sie sich ihr entzog. Wie eine Schildkröte, die plötzlich von einem hellen Licht geblendet wurde, verschwand sie in ihren Panzer.

„Warte", rief sie scharf, als Sierra sich in Richtung Tür bewegte. „Das Kind bedeutet Johnny etwas."

Stille folgte ihren Worten. Dann drehte Sierra langsam den Kopf. „Wie meinst du das?"

„Das Mädchen ist seine Tochter."

Ihr Gegenüber keuchte auf. „Du lügst! Er hat keine Kinder. Er und ich–wir haben gemeinsam Nachwuchs geplant. Ich werde die Mama seines Babys, und niemand sonst."

„Möglicherweise hat er bis vor kurzem noch nichts von diesem Kind gewusst. Hast du zufällig Gespräche mitbekommen, in denen er jemanden zu finden versuchte, der auf ein kleines Mädchen aufpasst oder dass er sich mit einer Person außerhalb der Stadt getroffen hat? Besitzt er irgendwo einen Unterschlupf, ein Geheimversteck, das niemand sonst kennt?"

Sierra starrte sie an. „O mein Gott", platzte sie heraus. „Es ist deines, oder?"

„Ja."

„Du und er, ihr habt ein gemeinsames Kind." Verwirrt schüttelte sie den Kopf. „Aber das macht doch keinen Sinn. Du bist doch abgehauen."

„Ich bin weggegangen, weil ich schwanger war und nicht wollte, dass mein Baby in seiner Welt aufwächst. Ich war jung, hatte Angst. Zu diesem Zeitpunkt konnte und wollte ich mich nicht um ein Baby kümmern, also habe ich es zur Adoption freigegeben. Ich wusste nicht, wohin sie vermittelt wurde. Dann aber hat letzten Dienstag jemand ein kleines Mädchen entführt und gestern habe ich herausgefunden, dass es sich um meine Tochter handelt. Sie ist aber auch Johnnys Tochter und ich glaube, er hat sie sich geschnappt und hält sie irgendwo versteckt."

„In unserem Haus befindet sich kein Kind."

„Er hat sie wohl irgendwo anders hingebracht."

„Das hast du doch alles nur erfunden. Du versuchst, Johnny ins Gefängnis zu stecken, weil er dich vor all den Jahren fallengelassen hat und du ihn dafür immer noch hasst. Deine ganzen Anschuldigungen sind einfach aus der Luft gegriffen."

Trotz ihrer Worte konnte Bree erkennen, dass ihre Erklärungen etwas in Gang gesetzt hatten. Außerdem schien Sierra komplett im Dunklen zu tappen, außer sie war eine begnadete Schauspielerin, was Bree jedoch nicht glaubte.

Jetzt, da sie ihre volle Aufmerksamkeit hatte, musste sie sie nur noch auf ihre Seite ziehen. „Du möchtest doch ebenfalls, dass sich an eurem Leben nichts ändert, oder? Du willst doch nicht mein Kind großziehen und deinen Mann mit einer Zehnjährigen teilen. All das musst du auch nicht, wenn du mir hilfst, sie zu finden. Ich kann dich aus all dem raushalten, Sierra. Johnny wird nie erfahren, was zwischen uns gesprochen wurde. Darauf gebe ich dir mein Wort."

„Glaubst du wirklich, ich könnte dir je vertrauen? Du hast mir damals meinen Mann gestohlen."

„Komm schon, ich bitte dich", entgegnete Bree verärgert, obwohl sie fest entschlossen gewesen war, ruhig zu bleiben. „So war es nicht, und das weißt du ganz genau. Ehrlich, mir ist es egal, ob du jetzt mit ihm zusammen bist, im Gegenteil. Ich hoffe sogar, dass ihr glücklich miteinander seid. Und ich weiß, dass auch dein

Leben nicht einfach war; immerhin sind wir in dem gleichen Viertel aufgewachsen.“ Sie ließ ihre Worte kurz sinken und fuhr dann fort. „Alles, was ich möchte, ist, dass das kleine Mädchen wieder zu seiner Adoptivfamilie zurückkehren kann. Ihr Name ist übrigens Hayley. Sie hat eine liebevolle Mutter, einen großartigen Vater und zwei Geschwister.“

„Du würdest sie ihnen wiederbringen?“, hakte Sierra nach. „Warum sie nicht selbst behalten, jetzt, wo du weißt, wohin sie vermittelt wurde?“

„Weil diese Familie ihr ein so viel besseres Leben bieten kann, als es mir je möglich wäre.“

Sierra blickte sie misstrauisch an und schüttelte dann den Kopf. „Ich habe keine Ahnung, wo sie sich aufhält.“

„Bitte denk nach. Du kennst doch Johnnys Geheimverstecke. Irgendwo dort muss sie sein.“

„Dafür wirst du ihn ins Gefängnis bringen.“

„Das werde ich nicht“, log Bree. „Ich will einfach nur meine Tochter zurückhaben.“

„Er muss dich so was von hassen“, sagte Sierra. „Du hast ihm sein Kind, sein eigenes Fleisch und Blut gestohlen. Dafür wird er dich umbringen.“

„Und selbst wenn dir das egal wäre, möchtest du doch bestimmt nicht das Kind aufziehen, das er zusammen mit mir hatte, oder? Ich biete dir einen Weg an, das Leben weiterführen zu können, das du bisher hattest. Ist das kein guter Deal?“

„Ich weiß nicht ...“

Ein Klopfen an der Tür ließ sie beide überrascht zusammenzucken. Eine junge Frau steckte ihren Kopf hinein. „Sierra, ich bräuchte dich mal, um Debs Farbe zu überprüfen. Sie flippt gerade komplett aus und meint, die wäre schon viel zu lange drauf.“

„Okay. Ich bin gleich vorne.“ Sie wandte sich an Bree. „Ich muss mich darum kümmern“

„Kein Problem, ich warte auf dich.“

Mit zusammengepressten Lippen eilte Sierra aus dem Raum und Bree konnte nur hoffen, dass sie bei ihrer Rückkehr die richtige Entscheidung treffen würde.

# KAPITEL SIEBZEHN

*Bree braucht echt lange*, fand Nathan und trommelte mit den Fingern ungeduldig gegen das Lenkrad. *Vielleicht war das ja ein gutes Zeichen.*

Es könnte bedeuten, dass sie und Sierra tatsächlich ein produktives Gespräch miteinander führten. Er wusste, dass Bree überzeugend sein konnte und auch, dass, so sehr Sierra sie auch stets beneidete, sie damals doch zu ihr aufgeschaut hatte. Vielleicht würde sich das jetzt positiv auswirken.

Sein Telefon klingelte. Es war Adrienne–schon wieder. Sie hatte gestern mehrmals versucht, ihn zu erreichen, er jedoch nie zurückgerufen. Solch ein Verhalten war ihr gegenüber nicht fair und musste aufhören.

Tief durchatmend, hob er ab, wohl wissend, dass ihm ein ziemlich unangenehmes Gespräch bevorstand, das er eigentlich bereits vor letzter Nacht hätte führen müssen.

„Wo bist du gewesen, Nathan?“, verlangte Adrienne zu wissen. „Ich versuche schon seit Tagen, dich zu erreichen, aber du reagierst weder auf Nachrichten noch auf Anrufe.

*Waren es tatsächlich nur Tage gewesen? Es fühlte sich wie Jahre an, seit er sie das letzte Mal gesehen hatte.*

„Ich weiß. Ich hatte extrem viel zu tun.“

„Und was bitte genau? Ich war gestern auf deiner Baustelle. Joe sagte, er hätte dich nicht gesehen und wüsste auch nicht, wo du steckst. Dadurch fühlte ich mich zwar ein klein wenig besser, dass ich nicht die Einzige war, die du vernachlässigt hast, aber trotzdem: Was geht hier vor sich?"

„Das kleine Mädchen, das letzte Woche entführt wurde, ist das Kind einer Freundin ist. Ich habe bei dem Fall mitgeholfen."

„Wie bitte? Warum hast du mir das nicht gesagt?"

„Ich hatte einfach keine Zeit."

„Und wie konntest du dabei überhaupt behilflich sein? Du bist doch kein Bulle."

„Das stimmt natürlich, aber ich versuche einfach, ihr ein guter Freund zu sein."

„Vielleicht solltest du dich besser darum bemühen, mir ein guter Partner zu sein", erwiderte sie säuerlich, ruderte dann jedoch sofort zurück. „Tut mir leid, das hätte ich nicht sagen sollen, aber ich vermisse dich einfach. Ich wollte dich so gerne meiner Freundin Kari vorstellen, aber gerade im Moment kommt es mir so vor, als ob zwischen uns etwas nicht stimmt."

Nathan wurde von Schuldgefühlen übermannt, dass er es mit Bree soweit hatte kommen lassen, ohne vorher mit ihr gesprochen zu haben. „Etwas stimmt tatsächlich nicht", gab er zu. „Wir müssen unbedingt persönlich darüber reden."

„Was machst du gerade im Moment?"

„Ich bin wieder an dem Fall dran, von daher wäre es morgen besser."

Stille folgte seinen Worten. „Du willst mit mir Schluss machen, stimmt's?"

„Wir sollten das lieber von Angesicht zu Angesicht besprechen."

„Damit du mir sagen kannst, dass es aus ist zwischen uns? Sprich es doch direkt aus. Warum noch warten?"

„Weil ich dich nicht verletzen möchte."

„Ich bin ein großes Mädchen. Erzähl mir einfach, was vorgefallen ist. Eigentlich dachte ich, es läuft ganz gut zwischen uns. Klar, wir sind noch nicht so lange zusammen, aber haben uns doch recht gut verstanden. Wir hatten Spaß miteinander Was also hat sich verändert?"

Er konnte die Überraschung und den Schmerz in ihrer Stimme hören und fühlte sich schrecklich, dass er dafür verantwortlich war. Es stimmte, sie hatten sich gut verstanden–bis Bree erneut in sein Leben trat. Aber rückblickend war diese Version von *gut* mit ihr nicht mal annähernd das, was er mit Bree hatte. Und selbst, wenn sie ihn wieder verlassen sollte, was früher oder später mit Sicherheit geschehen würde, war Adrienne nicht die Richtige für ihn. Das war ihm jetzt bewusst geworden. Er brauchte eine Partnerin, der er sich wirklich verbunden fühlte, mit der er über alles reden konnte, und Adrienne war nicht diese Person. Unleugbar war sie ein großartiger Mensch, aber eben nicht die Richtige für ihn.

„Nathan", drängte sie. „Bitte sprich mit mir."

„Du hast jemanden verdient, der dich wirklich liebt, Adrienne."

„Und du tust das nicht?"

„Ich mag dich unheimlich gerne ..."

„O bitte, in diesem Zusammenhang klingt das ja schon fast wie eine Beleidigung."

„Das sollte es aber nicht sein. Es ist leider kompliziert."

„Das ist es nicht, Nathan. Entweder möchtest du mit jemandem zusammen sein oder nicht."

Das war ein gutes Argument. „Es tut mir leid. Ich hätte das schon früher ansprechen sollen."

„Mir tut es ebenfalls leid. Leb wohl, Nathan."

Mit diesen Worten legte sie auf.

Einerseits war er erleichtert, endlich einen Schlussstrich gezogen zu haben, andererseits aber auch wütend auf sich selbst, weil er die Sache nicht schon früher beendet hatte. Er hatte wirklich gedacht, es würde ausreichen, Spaß miteinander zu haben und allein daraus könne sich etwas entwickeln, aber das war eine Fehleinschätzung gewesen. Genau aus diesem Grund hatte er sich Adrienne gegenüber auch nie völlig anvertraut, weil er instinktiv wusste, dass ihre Beziehung keine Zukunft hatte. Es war nicht so, dass er ihr nicht vertraut hatte; sie war ihm einfach nicht wichtig genug gewesen. Niemand war das, außer Bree. Sie hatte ihm schon vor Ewigkeiten sein Herz gestohlen.

So viele Jahre hatte er seine Gefühle versteckt; letzte Nacht jedoch hatte er sich endlich geöffnet und sich dadurch verwundbar gemacht. Damit war er auch endgültig aus diesem betäubenden Nebel aufgewacht, der ihn einhüllte, seit sie damals vor elf Jahren in den Bus gestiegen und davongefahren war. Jetzt war er wieder lebendig, konnte Dinge fühlen. *Er war verliebt.*

Bei diesem Gedanken atmete er scharf ein.

Es wäre gut möglich, dass Bree ihm erneut das Herz brach, aber er war bereit, dieses Risiko einzugehen. Dieses Mal hatte er alles auf eine Karte gesetzt. Sollte er erneut verlieren, dann zumindest nicht deswegen, weil er es nicht versucht oder ihr nicht gestanden hatte, was er für sie empfand. Jetzt lag es einzig und allein an ihr.

Erneut trommelte er nervös mit den Fingern gegen das Lenkrad und warf einen Blick auf seine Armbanduhr. Seit ihrem Weggang waren schon knapp dreißig Minuten vergangen.

Irgendetwas stimmte da nicht. All das dauerte viel zu lang.

Also sprang er aus seinem Wagen, rannte die Straße hinunter und betrat den Salon. Durch sein plötzliches Auftauchen zog er jede Menge fragender Blicke auf sich. Kurz scannte er den Raum, konnte aber weder Sierra noch Bree irgendwo entdecken.

„Kann ich Ihnen helfen?“, fragte ihn das Mädchen am Empfang.

„Wo ist Sierra?“

„Hinten. Haben Sie einen Termin?“

„Nein, aber sie wird mich mit Sicherheit sehen wollen“, entgegnete er und ging in die angedeutete Richtung.

Sierra stand an der Hintertür, die hinaus zu einem Parkplatz führte.

„Sierra“, sprach er sie scharf an.

Sie wirbelte herum und starrte ihn aus weit aufgerissenen Augen an. „Nathan Bishop? Was machst du denn hier?“

„Ich suche nach Bree.“

„Tja, es scheint sich nichts geändert zu haben, oder? Du warst immer auf der Suche nach ihr."

„Wo ist sie?", verlangte er zu wissen. Er stieß die nächstgelegene Tür auf und entdeckte ein leeres Büro.

„Ist alles in Ordnung, Sierra?" Das Mädchen vom Empfang war ihm gefolgt und hielt ein Telefon in der Hand, scheinbar bereit, die Polizei zu verständigen.

„Alles okay", entgegnete die Angesprochene knapp. „Geh zurück an deinen Arbeitsplatz."

„Wo ist Bree?" Nathan ballte die Hände zu Fäusten, um sich selbst daran zu hindern, dass er die Wahrheit aus ihr herausschüttelte.

„Keine Ahnung. Sie wollte im Büro auf mich warten. Ich musste nur kurz bei jemandem die Farbe überprüfen und als ich zurückkam, war sie weg und diese Tür stand offen. Ich nehme mal an, sie ist gegangen."

Das nahm er allerdings nicht an. „Du lügst! Jemand hat sie entführt. Wer war das? Johnny?"

„Johnny würde Bree nicht in einer Million Jahre zurückhaben wollen. Er ist jetzt mit mir zusammen."

„Aber du weißt, dass sie ein Kind von ihm hatte. Was hast du getan? Ihr gesagt, wo sie ihn finden kann? Ihn angerufen und über ihr Auftauchen informiert?"

„Weder noch, und ich weiß auch nichts über dieses Mädchen, das er angeblich entführt haben soll. Seit letzter Woche war er Tag und Nacht mit mir zusammen. Langsam glaube ich, dass ihr beide lügt. Verschwinde von hier!"

„Erst wenn du mir gesagt hast, wo sie abgeblieben ist."

„Das weiß ich nicht."

„Sie würde wohl kaum zur Hintertür hinausgehen, wenn ich vorne auf sie warte."

„Bist du es nicht allmählich mal leid, immer auf sie warten zu müssen?"

„Nein, bin ich nicht. Ich liebe sie, schon seit vielen Jahren."

„Meinst du, dass mich das überrascht?", fragte sie hart. „Allerdings erwidert sie deine Liebe nicht, hat es noch nie getan. Wenn sie jetzt wieder mit dir zusammen ist, dann doch nur, weil sie etwas braucht. Sie hat dich schon immer benutzt, und du bist ihr stets hinterhergelaufen."

„Johnny hat das ebenfalls getan. Und auch du musstest erst abwarten, bis sie weg war, bevor du ihn dir schnappen konntest. Jetzt allerdings wirst du ihn wieder verlieren, Sierra. Er steckt tief in der Scheiße, weil er ein Kind entführt hat. Dafür kommt er hinter Gitter und du ebenfalls, wenn du mir nicht hilfst. Sag mir, wo ich ihn finden kann."

„Dieses Mal wird er dich töten, wenn du nicht von ihm ablässt, Nathan. Du wirst es nicht mal mehr bis ins Krankenhaus schaffen."

„Du wusstest, was er mit mir gemacht hat?", fragte Nathan schockiert.

„Ja. Immerhin war ich diejenige, die die Feuerwehr rief. Sagte ihnen, die alte Schule stände in Flammen. Ich hoffte, sie würden einen Wagen hinschicken, um das zu überprüfen und dich dabei finden."

„Das warst du?" Er erinnerte sich an die Sirenen, die Johnny dazu gebracht hatten, von ihm abzulassen, solange noch ein Funken Leben in ihm war.

„Ja, denn ob du es glaubst oder nicht, ich wollte nicht, dass er dich umbringt."

*Sierra hatte sein Leben gerettet und gleichzeitig ihr eigenes riskiert.* „Warum hast du das getan?"

„Ehrlich gesagt, ich weiß es nicht. Zum Glück hat Johnny es nie herausgefunden."

Er blickte sie lange und intensiv an. „Vielen Dank."

Sie trat unruhig von einem Fuß auf den anderen und zuckte mit den Achseln.

Als er einen Blick an ihr vorbei auf den Parkplatz warf, sah er dort etwas Metallisches in der Sonne glitzern. Schnell ging er hinaus, um es zu holen. Es war Brees Telefon. Also war klar, dass sie nicht freiwillig gegangen war. Sie hatte es absichtlich fallengelassen, damit er wusste, dass sie in Schwierigkeiten steckte. Nathan blickte zurück zu Sierra. „Jemand hat sie sich geschnappt."

„Ich habe keine Ahnung, wer das gewesen sein könnte."

„Doch, hast du. Hilf mir, Sierra. Du bist nicht wie er. Du willst doch nicht, dass Bree stirbt. Vor langer Zeit seid ihr mal Freundinnen gewesen."

„Daran kann ich mich nicht mehr erinnern."

„O doch, das kannst du. Wir saßen alle im selben Boot, waren alle verwundbar und kämpften ums Überleben. Wir mussten uns gegenseitig helfen, und Bree hat dir geholfen."

„Das liegt Ewigkeiten zurück."

„Also weißt du es doch noch."

„Ich bin jetzt mit Johnny zusammen", entgegnete sie, und in ihrem Ton klang ein Hauch von Sorge mit. „Ich liebe ihn, und er liebt mich."

„Dann hilf ihm, sich vor sich selbst zu retten."

Sierra presste die Lippen zu einem harten Strich zusammen. „Wenn er es jemals herausfindet ..."

„Das wird er nicht."

„Könnte er aber. Er muss Leute auf sie angesetzt haben, weil ich ihn nicht informiert habe. Ich habe wirklich niemanden angerufen."

Wenn das stimmte, hatte er womöglich auch sie in Gefahr gebracht. „Ich werde ihm sagen, dass ich Bree gefolgt bin und mitbekommen habe, dass jemand sie entführt hat. Dein Name wird nicht fallen."

Sie starrte ihn an. „Howie's Autowerkstatt auf der Hudson Street. Johnny hat sein Büro im zweiten Stock. An der Seite des Gebäudes befindet sich eine Feuerleiter, die zu einem Lagerraum führt. Im Flug steht immer eine Wache."

Ihre detailgenaue Antwort überraschte ihn, aber andererseits hatte Sierra schon immer alles, was mit Johnny in Verbindung stand, genauestens in Augenschein genommen. „Danke."

„Glaub nicht, dass ich dir damit helfe, Nathan. Wenn er dich entdeckt, wird er dich kaltmachen. Wahrscheinlich schicke ich dich direkt in dein Verderben. Bist du wirklich bereit, für Bree zu sterben? Denn genau das wird passieren, wenn du versuchst, sie zu retten."

Er sah die kalte Wahrheit in ihren Augen und wusste die

Antwort auf diese Frage. „Ja, das bin ich.“ Nach einer kurzen Pause fuhr er fort. „Geh heute Abend nicht nach Hause, Sierra. Übernachte irgendwo bei Freunden.“

„Machst du dir jetzt auch noch Sorgen um mich?“

„Ich mache mir Sorgen um alle.“

„Johnny würde mir nie etwas antun.“

„Darauf würde ich nicht wetten.“

Als der Wagen, in dem sie sich befand, mit voller Geschwindigkeit in ein Schlagloch fuhr, zuckte Bree zusammen. Aufgrund der Maske, die man ihr über den Kopf gezogen und so eng um den Hals gebunden hatte, dass sie kaum atmen konnte, war es ihr nicht möglich, etwas zu sehen. Zudem waren ihr die Hände mit Kabelbindern auf den Rücken gefesselt.

Sie hatte nur kurz einen Blick auf einen der Männer werfen können, die sie aus Sierras Büro gezerrt hatten, aber es mussten mindestens zwei sein. Das Ganze war wortlos geschehen; man hatte sie einfach in ein Auto geworfen und war mit ihr weggefahren.

*Sierra muss Johnnys Wächter angerufen haben, was bedeutete, dass man sie jetzt zu ihm brachte.*

Bei dem Gedanken, ihn wiederzusehen, begann ihr Herz zu rasen. Inzwischen dürfte er wissen, dass sie ihm sein Kind, sein eigenes Fleisch und Blut und seinen Erben, gestohlen hatte. Zwar hatte sie Nathan versichert, dass Johnny sie nie tätlich angegriffen hatte, was auch der Wahrheit entsprach; allerdings wusste sie mittlerweile, dass er gewalttätig werden konnte. Was er ihm nach ihrer Flucht angetan hatte–und vielen anderen Menschen wahrscheinlich ebenfalls–zeigte seinen wahren Charakter. Und gerade sie hatte ihn auf eine Art und Weise verletzt wie sonst nie jemand zuvor. Von daher war sie sich durchaus bewusst, dass er sie umbringen könnte. Natürlich war ihr klar gewesen, dass sie mit dem Besuch bei Sierra ein Risiko eingegangen war, aber einen kurzen Moment lang hatte sie wirklich geglaubt, sie würde ihr helfen.

*Das war wohl ein Irrtum gewesen.*

Nathan hatte mal wieder recht gehabt. Er hatte ihr von vornherein gesagt, dass dieses Vorhaben riskant sei, aber sie war der Meinung gewesen, es eingehen zu müssen. Jetzt allerdings überfiel sie die blanke Verzweiflung. Wenn sie auch diese Aktion wieder vermasselte, würde Hayley nie gefunden werden.

Sie versuchte, sich zu beruhigen, indem sie sich einredete, dass Nathan, egal was mit ihr geschah, weitersuchen würde. Er würde sicherstellen, dass das FBI Johnny nicht von der Angel ließ und ihre Tochter retten.

Ein tiefer, beinahe unerträglicher Schmerz erfüllte ihr Herz. Wie gerne wollte sie Hayley persönlich kennenlernen, ihrer Tochter wenigstens ein einziges Mal in die Augen sehen. Bei der Geburt hatte sie diese Gelegenheit nicht wahrgenommen, jetzt aber wollte sie sie ergreifen, koste es, was es wolle.

Abrupt bremste das Auto ab und Bree knallte mit der Schulter gegen die Tür. Nur einen Moment später wurde diese aufgerissen und sie brutal herausgezogen. Jemand drückte ihr den Lauf einer Waffe in den Rücken und forderte sie mit leiser Stimme auf, sich in Bewegung zu setzen.

Der Mann hielt eisern ihren Arm fest, sodass es keine Chance auf Flucht gab ... in ihrem aktuell verschnürten Zustand eh keine Option. Ihrem Gefühl nach waren sie irgendwo drinnen; sie mussten in eine Garage gefahren sein, denn sie roch Benzin, und der Untergrund war hart, wahrscheinlich Beton.

„Nach oben“, wies der Mann sie an. „Treppen.“

Er zog sie mit sich und sie stolperte die Stufen hinauf. In der Ferne konnte sie ein scheppperndes Geräusch ausmachen–Metall auf Metall–und das Röhren eines Motors.

*War sie in einer Werkstatt?*

*Aber warum gab es hier Treppen?*

Sie bemühte sich, alle Eindrücke mental festzuhalten. Als sie oben am Absatz ankamen, wandten sie sich nach rechts. Unter ihrer Haube wurde es heller; von irgendwo her drang Tageslicht herein. Eine Tür öffnete sich und man schob sie in ein weiteres Zimmer. Dieses fühlte sich dunkler an.

Jemand knotete ihr die Maske auf und zog sie ihr vom Kopf.

Blinzelnd blickte Bree sich in dem düsteren Raum um und versuchte zu erkennen, wer sich sonst noch darin befand. Die Tür schloss sich hinter ihr.

Der Mann, der hinter einem Schreibtisch saß, stand auf, umrundete ihn und blieb vor ihr stehen. Er hatte braune Haare und dunkelbraune Augen, aus denen er sie unbarmherzig und hasserfüllt anstarrten.

*Johnny!*

„Bree", murmelte er nur. „So schön wie eh und je." Er legte die Waffe, die er in der Hand hielt, nieder, allerdings nahe genug, um sie notfalls erreichen zu können.

„Johnny", sagte sie und in ihrer Kehle bildete sich ein großer Kloß.

Elf Jahre waren vergangen, seit sie um ihr Leben gelaufen war, aber jetzt fühlte es sich an wie gestern.

Johnny war alt geworden, aber im Gegensatz zu Nathan in all der Zeit nicht unbedingt attraktiver. Früher einmal hatte sie ihn für ausgesprochen gutaussehend gehalten. Mittlerweile war sein Haar ausgedünnt und hatte einer quadratischen Stirn Platz gemacht. Um Augen und Mund hatten sich zahlreiche Falten eingegraben–harte, verbitterte, wütende Furchen. Wangen, Kinn und Hals waren von langen Narben überzogen. Der einstmals lustige und charmante Junge war völlig verschwunden. Aus Johnny war ein Mann geworden–einer, der ganz offensichtlich ein Leben der Gewalt geführt hatte. Jetzt war sie umso dankbarer, dass sie Hayley seinem Einfluss entzogen hatte.

Sie warf einen verstohlenen Blick über ihre Schulter. Wer auch immer sie hierhergebracht hatte, war verschwunden. Das war ihr ganz recht–eine Person weniger, mit der sie es aufnehmen musste, obwohl es wahrscheinlich mehr als optimistisch war zu denken, dass ihr das mit gefesselten Händen gelingen könnte.

„Es sind nur wir beide hier", sagte Johnny und lenkte ihre Aufmerksamkeit wieder auf sich.

Trotz dieser Situation weigerte sie sich, sich von ihm

einschüchtern zu lassen, streckte den Rücken durch, hob das Kinn und sagte: „Bist du mir gefolgt?“

„Das musste ich gar nicht. Nach meinem Gespräch mit dem FBI gestern Abend war mir klar, dass du als nächstes bei Sierra auftauchen würdest.“

„Um mich zu sehen, hättest du mich nicht extra entführen müssen. Du hättest einfach anzurufen brauchen–so wie du es bereits vorher getan hast–und mir einen Treffpunkt nennen können.“

Er kniff die Augen zusammen. „Ich habe dich nie angerufen.“

„Oh, komm schon, Ist das Spiel noch immer nicht vorbei? Du bist hier, ich bin hier. Sag mir einfach, was du von mir willst.“

„Ich möchte einfach nur wissen, wo unsere Tochter steckt.“

Vor Schock über diese Worte fiel Bree die Kinnlade hinunter. „Das weißt du doch ganz genau. Du hast sie doch in deiner Gewalt.“

*Was für ein krankes Spiel trieb er mit ihr?*

„Habe ich nicht“, antwortete er barsch. „Bis gestern, als die Typen vom FBI hier aufkreuzten und mir erzählten, dass ich eine Tochter mit dir hätte, die vermisst würde, wusste ich nicht einmal etwas von ihrer Existenz. Sie beschuldigten mich, sie entführt zu haben. Willst du mir eine Falle stellen, Bree?“

„Ich dir? O nein, mein Lieber. Du bist derjenige, der sich Hayley geschnappt und mich nach Chicago gelockt hat, indem du vorgetäuscht hast, der Weiße-Rose-Kidnapper zu sein. Du hast Calvin Baker geschickt, um ihren Adoptivvater um Lösegeld zu erpressen. Und du hast Cal anschließend kaltblütig abgeknallt.“

Johnnys Gesichtsausdruck wurde bei jedem ihrer Worte ungläubiger.

„Was zur Hölle faselst du da? Ich habe niemanden entführt. Von einem Weiße-Rose-Kidnapper habe ich noch nie etwas gehört. Und zu Baker hatte ich schon seit Jahren keinen Kontakt mehr.“

Ein winziger Samen des Zweifels schlug in ihrem Kopf Wurzeln. *Warum log er sie an? Was hatte er zu gewinnen, indem er versuchte, diese Lügen aufrechtzuerhalten?*

„Glaubst du allen Ernstes, ich werde einfach wieder verschwinden, wenn du alles leugnest?“, fragte sie. „Sei versichert, das wird nicht passieren. Mittlerweile bin ich Bundesagentin, Johnny, und schon lange nicht mehr das scheue, unsichere Mädchen, das ich einst war.“

„Das sehe ich.“ Er blickte sie erneut hasserfüllt an. „Du arbeitest jetzt beim FBI und willst mich rankriegen. Deshalb hast du auch diese Story über ein Kind erfunden. Aber du hättest niemals die Stadt verlassen, wenn du von mir schwanger gewesen wärst. Du hättest sie mir nicht weggenommen. Immerhin hast du mich geliebt.“

Der Zorn in seinen Augen brannte sich durch sie hindurch. „Ja, ich habe dich geliebt damals, aber meine Tochter noch mehr als dich.“

„Also stimmt das mit dem Kind tatsächlich?“

„Das weißt du doch ganz genau. Immerhin hast du sie ja entführt“, wiederholte Bree ihre Worte. „Hat Inspektor Benedict dir dabei geholfen? Steckt er ebenfalls in dieser Sache mit drinnen? Hat er dir meine Telefonnummer besorgt und für dich in meiner Vergangenheit herumgewühlt? Ich weiß, dass dir irgendjemand von der Strafverfolgungsbehörde geholfen haben muss.“

„Benedict?“, wiederholte er den Namen. „Den habe ich seit Jahren nicht mehr gesprochen.“

„Er war ein Freund deines Vaters.“

„Aber nicht meiner. Ich habe meine eigenen Verbündeten bei der Chicagoer Polizei.“

„Wie auch immer, irgendjemand hat dir zugearbeitet.“

„Niemand hat mir zugearbeitet, weil ich nichts getan habe.“ Nach einer kurzen Pause fuhr er fort. „Warum hast du mir nicht gesagt, dass du schwanger bist?“

„Ich hatte Angst.“

„Aber ich habe dich nie verletzt, ganz im Gegenteil: Ich habe dich stets mit Samthandschuhen angefasst, dir alles gegeben, was du dir nur wünschtest. Ich war dein Ritter in glänzender Rüstung– zumindest hast du mich immer so genannt.“

Das hatte sie tatsächlich, aber es waren die Worte eines naiven

Teenagers gewesen, der annahm, Johnny sei die Antwort auf sein trauriges, hartes Leben. „Mich nicht, andere schon."

„Aber niemals Frauen–oder Kinder."

Bree fiel auf, dass er das Wort *Männer* in seiner Erwiderung ausgelassen hatte. „Damals war ich ein junges, dummes Mädchen, das glauben wollte, dass du besser wärst als deine Eltern oder deine Brüder und mehr Gutes in dir hättest, als es tatsächlich der Fall war. Aber ganz allmählich erkannte ich die Wahrheit. Du befandst dich auf einem gefährlichen, furchteinflößenden Weg, den ich nicht mit dir gehen wollte. Ich wollte nicht, dass mein Baby dein Leben lebt, in deiner Familie aufwächst, immer umgeben von Bodyguards, ständigen Verhören der Polizei ausgesetzt ... und all das nur aufgrund seines Nachnamens."

„Mein Leben ist großartig! Ich habe ein lukratives Geschäft, kann mir fantastische Urlaube leisten und habe mehr Geld, als du es dir je erträumt hast."

„Blutgeld. Du leitest ein kriminelles Unternehmen."

Er zuckte mit den Schultern. „Ich bin Geschäftsmann und Kapitalist. Aber zurück zu dir. Du hast mir damals mein Kind gestohlen. Ich war ihr Vater und hätte ein Recht darauf gehabt, sie zu sehen, sie aufzuziehen. Es war nicht allein deine Entscheidung."

„Doch, ich habe es zu meiner Entscheidung gemacht", stieß Bree heftig hervor. „Und um ehrlich zu sein, wollte ich sie nicht nur vor dir, sondern auch vor mir schützen. Ein Leben so wie ich es hatte, sollte sie ebenfalls nicht führen müssen. Ich wünschte mir für sie zwei Elternteile, die sich liebten, die sie vergötterten und die ihr ein glückliches Zuhause geben konnten."

„Aber wir haben uns doch geliebt."

„Möglicherweise waren wir verknallt, aber mehr auch nicht, weil wir damals überhaupt nicht wussten, was Liebe ist."

„Du kannst doch das nicht abstreiten, was zwischen uns war."

„Ich war damals verzweifelt auf der Suche nach Zuneigung, nach jemandem, der mich beschützte, dass ich in dir nur das sah, was ich sehen wollte."

„Nathan hat dir bei deiner Flucht geholfen. Er wusste, wohin du gegangen bist, oder?"

Sie antwortete nicht, weil sie ihn nicht da hineinziehen wollte.

„Ich habe ihn fast umgebracht, weißt du das?“, berichtete Johnny fast beiläufig.

Bree schüttelte den Kopf. „Vor langer Zeit war er mal dein Freund.“

„Ach war er das?“, fragte Johnny verächtlich. „Von Anbeginn an hat er alles versucht, um uns auseinanderzubringen und hat es letztendlich auch geschafft. Meine einzige Befriedigung war, dass du ihn ebenfalls verlassen hast. Nur aus diesem Grund habe ich ihn nicht kaltgemacht.“

„Siehst du, gerade hast du mir gezeigt, wer du wirklich bist. Du hättest Nathan fast getötet und tust so, als wäre das keine große Sache. All das Gute, das ich immer in dir zu sehen glaubte, existierte nur in meiner Fantasie. Aber nichts von alledem ist jetzt von Bedeutung, denn es geht nur um unsere Tochter.“ Ihn in die Beziehung zu Hayley mit einzubeziehen, brachte sie beinahe um, aber es sah mehr und mehr danach aus, als hätte er mit der Entführung wirklich nichts zu tun. Und falls dem tatsächlich so wäre, würde sie seine Hilfe brauchen.

„Unsere Tochter“, wiederholte er, als ob er sich erst noch an diesen Gedanken gewöhnen müsste. Dann verschränkte er die Arme vor der Brust und setzte sich auf die vordere Kante seines Schreibtischs. „Hast du ihr diesen Namen gegeben?“

„Nein, das habe ich nicht. Ich habe sie nicht mal gehalten, ihr in die Augen geschaut. Man nahm sie mir direkt nach der Geburt weg. Ich dachte immer, es wäre einfacher, wenn ich gar nicht erst ein enges Band zu ihr knüpfe, aber dem war nicht so.“ Als sie an diesen Moment zurückdachte, überwältigten sie die Gefühle. „Sie wegzugeben hat mir das Herz gebrochen. Ich habe ein Stück von mir selbst verschenkt.“

„Von mir ebenfalls“, erwiderte er scharf. „Wie konntest du mir mein eigenes Kind vorenthalten? Was gab dir das Recht dazu?“

„Ich wollte einfach nur das Beste für sie, und es war eine gute Entscheidung. Hayley hat jetzt ein großartiges Leben. Du solltest allein schon ihr Kinderzimmer sehen, als ob dort eine Prinzessin leben würde. So viele Bücher, Spiele und Stofftiere. Und sie hat einen Bruder, eine Schwester und Großeltern.“

„All das hätte ich ihr ebenfalls bieten können.“

„Möglicherweise hättest du das, aber gleichzeitig wäre sie mit Waffen, Schlägertypen, Drogengeschäften, Glücksspielern und Drogenabhängigen aufgewachsen. Sie wäre nie frei gewesen, hätte immer über ihre Schulter schauen müssen, ob nicht jemand, mit dem ihr Vater sich angelegt hat, hinter ihr her wäre. Das war nicht das Leben, dass ich für sie wollte. Du hast mir einmal gesagt, du hättest dir manchmal gewünscht, in eine andere Familie hineingeboren worden zu sein. Vielleicht erinnerst du dich nicht mehr daran, ich jedoch schon.“

In Johnnys dunklen Augen blitzten Überraschung und Gefühle auf. „O doch, das tue ich.“

Als sie einander anblickten, war es beinahe so, als ob der Zorn sich verflüchtigte. *War es möglich, dass in diesem harten, rücksichtslosen Verbrecher noch immer ein guter Kern steckte?*

An diesen musste Bree appellieren. „Schau, du kannst mich hassen für das, was ich getan habe, mir sogar weh tun. Das wäre mir egal. Aber ich muss Hayley finden.“

„Ich habe sie nicht, Bree.“

„Komm ins Licht. Ich möchte deine Augen sehen.“

Er stand auf, ging vom Schreibtisch weg und blieb einige Zentimeter vor ihr stehen. Für einen langen, angespannten Moment starrten sie sich an, und in Bree kämpften die unterschiedlichsten Emotionen gegeneinander. Er hatte sie schon oft belogen, heute jedoch glaubte sie ihm.

„O mein Gott“, flüsterte sie. „Du sagst die Wahrheit. Aber wenn du sie nicht hast, wer dann?“

„Ich weiß es nicht.“

Eigentlich wollte sie ihn bitten, ihr zu helfen, aber wenn Johnny Hayley fand, würde er sie für sich beanspruchen.

Andererseits–hatte sie eine Wahl? Wenn jemand den Entführer finden konnte, dann wohl er.

Aus dem Flur ertönte ein lauter Knall, gefolgt von einem Aufschrei, einem Stöhnen und einem heftigen Aufprall.

Johnny drehte sich um und wollte nach seiner Waffe greifen, kam aber nicht mehr dazu.

Die Tür wurde aufgerissen und Brees Herz machte einen Satz, als sie Nathan erkannte, der in das Zimmer gestürmt kam und seinen Widersacher zu Boden warf.

# KAPITEL ACHTZEHN

Schockiert beobachtete Bree, wie Nathan und Johnny miteinander kämpften, mit Fäusten aufeinander losgingen und sich auf dem Boden herumwälzten. Nur zu gerne hätte sie Nathan geholfen, aber mit den auf dem Rücken gefesselten Händen konnte sie nicht viel tun. Außerdem befürchtete sie, dass, obwohl er alle Wachen im Flug überwältigt zu haben schien, der Nachschub an Männern nicht lange auf sich warten lassen würde. Johnny hatte immer genügend Verstärkung in der Nähe.

Vorsichtig bewegte sie sich auf den Schreibtisch zu und suchte verzweifelt nach etwas Scharfem, womit sie ihre Fesseln durchschneiden könnte. Wenn sie erst einmal ihre Hände frei hätte, könnte sie sich die Waffe schnappen, die noch immer dort auf dem Tisch lag oder sie zumindest außer Reichweite bringen, damit Johnny sie nicht auf Nathan richten konnte.

Allerdings hatte sie kaum einen Schritt getan, als zwei Männer in den Raum gerannt kamen und die beiden trennten.

Einer von ihnen stieß Nathan gegen die Wand, während der andere ihm ins Gesicht schlug.

„Hört auf", schrie sie. „Stopp."

Die beiden ignorierten sie und gingen unvermindert auf ihn los, und gegen zwei Angreifer hatte er keine Chance. Blut tropfte ihm bereits aus der Nase und er stöhnte auf, als einer der Männer ihn in den Bauch boxte.

Johnny kam auf die Füße. Über sein Gesicht lief ebenfalls Blut und seine Augen blitzten vor Mordlust.

„Sag ihnen, dass sie aufhören sollen“, flehte sie ihn an.

„Warum sollte ich das tun?“, brüllte er zurück.

„Weil es hier nicht um ihn geht, sondern um unsere Tochter.“ Sie trat vor ihn hin und stellte sich zwischen ihn und Nathan. „Wir müssen Hayley finden, und wir verschwenden kostbare Zeit.“

„Er ist doch auf mich losgegangen“, knurrte Johnny mit wütendem Blick. „Keiner, der das versucht, kommt ungestraft davon.“

„Doch nur, weil er dachte, du hättest Hayley, aber dem ist nicht so. Jemand anderes hält sie gefangen. Bitte! Nathan kann uns helfen.“

Bree konnte sehen, wie er mit sich kämpfte, aber schließlich hob er doch die Hand.

„Es reicht“, sagte er scharf.

Als die beiden Männer sich zurückzogen, rutschte Nathan an der Wand entlang zu Boden. Sie wusste nicht, wie schlimm er verletzt war und wäre am liebsten zu ihm hinübergelaufen, wollte Johnny aber nicht noch mehr verärgern.

Ihr Freund mühte sich ab aufzustehen, aber sein rechtes Auge schwoll zu und noch immer rannte ihm Blut aus der Nase.

„Du hast schon immer andere gebraucht, die die Schmutzarbeit für dich erledigt haben“, knurrte er und machte sich offensichtlich keine Sorgen darüber, dass diese Worte Johnny erneut in Rage bringen könnten. „Und jetzt bist du sogar schon so tief gesunken, dass du Kinder entführst.“

Jetzt war es an ihr, ihm Einhalt zu gebieten. „Hör auf damit, Nathan. Johnny hat Hayley nicht.“

Er blickte sie ungläubig an. „Er lügt doch, hat dich immer schon belogen, und du hast ihm jedes Mal geglaubt. So wie jetzt auch wieder.“

„Dieses Mal nicht–er sagt die Wahrheit.“

„Er spielt mit dir.“

„Ich habe nie mit ihr gespielt“, unterbrach Johnny ihn scharf.

„Du hast sie mit dir in den Dreck gezogen“, fuhr Nathan unbeirrt fort.

„Und du konntest es nicht ertragen, dass sie sich anstatt für dich für mich entschieden hat.“

„Das führt doch zu nichts“, unterbrach Bree den Streit der beiden Männer. „Wir müssen ein kleines Mädchen befreien. Könnten wir uns bitte ausschließlich darauf konzentrieren?“ Sie ließ ihnen nur eine Sekunde Zeit, um ihre Worte auf sich wirken zu lassen und wandte sich dann Johnny zu. „Gestern stellte Calvin Baker Hayleys Vater eine Lösegeldforderung. Sie trafen sich an den Silos. Bei der Übergabe erwischte ich ihn an der Schulter, aber jemand anderes hat aus einer Scharfschützenstellung den tödlichen Schuss auf ihn abgefeuert. Der Mörder versteht sein Handwerk. Calvin wurde niedergestreckt, noch bevor er verhört werden konnte. Du sagtest vorhin, du hättest seit Jahren keinen Kontakt mehr zu ihm, aber du kannst herausfinden, für wen er gearbeitet hat, nicht wahr? Denn wer auch immer das ist, er hat unsere Tochter.“

„Ich könnte ein paar Fragen stellen.“

„Dann tu das. Mittlerweile bin ich sogar überzeugt davon, dass es nicht mehr nur um mich geht“, fügte sie hinzu. „Jemand will Rache nehmen und ich glaube, dieser Jemand hat es auf uns beide abgesehen.“

Johnnys blickte sie durchdringend an. „Ihr bleibt hier.“ Dann nahm er seine Waffe vom Schreibtisch, bedeutete seinen Männern, ihm zu folgen und verließ den Raum, wobei er die Tür hinter sich schloss.

Sobald er draußen war, rannte Bree zu Nathan hinüber und wünschte, sie könne ihn in die Arme nehmen. „Es tut mir so leid. Wir müssen dich ins Krankenhaus bringen.“

„Denk jetzt nicht an mich. Mir geht es gut.“

„Das stimmt überhaupt nicht.“

„Spielt keine Rolle. Glaubst du ihm wirklich, Bree?“

Sie schaute ihm tief in die Augen. Er musste seine Wut auf Johnny hinter sich lassen. „Ja, das tue ich. Bis gestern, als er vom FBI befragt wurde, wusste er nichts von alledem. Aber bevor er zurückkommt, muss ich meine Hände frei bekommen. Kannst du mir dabei helfen?"

„Natürlich." Nathan kämpfte sich auf die Füße, durchwühlte die Schreibtischschubladen, zog eine Schere heraus und schnitt ihr die Fesseln durch.

Erleichtert massierte Bree sich ihre Handgelenke.

Nathan sah sie direkt an. „Johnnys Männer haben dich entführt, dich gefesselt und hierher verschleppt ... und du willst ihm allen Ernstes trauen?"

„Mir bleibt keine andere Wahl. Wir müssen Feuer mit Feuer bekämpfen und Johnny kann herausfinden, für wen Baker gearbeitet hat."

„Damit schließt du einen Pakt mit dem Teufel."

„Ich weiß. Wenn er mir hilft, Hayley zu finden, könnte er anschließend versuchen, sie für sich zu beanspruchen."

„Das ist keine Frage von *könnte*–genau das *wird* er auch tun."

„Dann werden wir hinterher eben darum kämpfen, sie wieder aus seinen Fängen zu befreien, aber zumindest wäre sie am Leben, und das ist im Moment das Wichtigste." Sie hielt inne. „Wo sind wir hier eigentlich?"

„In der Werkstatt in der Hudson Street", entgegnete er knapp. „Ich vermute mal, das ist mittlerweile eines seiner Geschäfte."

„Wie hast du mich überhaupt gefunden?"

„Sierra hat vermutet, dass sie dich hierherbringen würden."

„Sie hat dir geholfen? Das ist ja kaum zu glauben."

„Und vielleicht auch ein bisschen zu einfach. Bestimmt dachte sie, Johnny würde uns töten und sie wäre auf einen Schlag uns beide los." Nathan zog ihr Handy hervor und reichte es ihr. „Das habe ich auf dem Parkplatz gefunden."

„Ich wollte dich wissen lassen, dass ich dir nicht einfach davongelaufen bin. Mir war klar, dass du nach mir suchen würdest."

„Ich wäre besser gleich mit dir zusammen in den Friseursalon gegangen."

„Im Nachhinein darüber zu diskutieren ist müßig." Sie steckte das Telefon in ihre Tasche und schaute auf die geschlossene Tür. „Was glaubst du, wo Johnny hingegangen ist? Warum ist er einfach so verschwunden?"

„Da bin ich überfragt", antwortete er und wischte sich mit der Rückseite seines Hemdsärmels das Blut aus dem Gesicht.

„Wir müssen dich hier rausbringen", sagte Bree entschieden. „Johnny könnte noch einmal auf dich losgehen."

„Oder ich auf ihn", entgegnete er düster.

Plötzlich lenkte das Summen des Telefons ihre Aufmerksamkeit von ihm ab.

*Eine Textnachricht.*

Als sie die Botschaft öffnete, blieb ihr fast das Herz stehen. Das Foto zeigte ein kleines Mädchen mit vor Schreck geweiteten Augen. Es war an einen Stuhl gefesselt und man hatte ihr den Mund mit Isolierband zugeklebt. Darüber stand in krakeligen Buchstaben das Wort *Tochter*. „O Gott!" Ihr wurde übel.

Nathan nahm ihr das Telefon aus der Hand und vergrößerte das Bild, während sie gegen die aufsteigende Galle ankämpfte.

Nach ein paar tiefen Atemzügen hatte sie sich wieder unter Kontrolle. „Hast du eine Ahnung, wo sie sein könnte?", fragte Bree.

„Ich glaube, sie ist in der Howard-Schule."

„Diesen Ort gibt es noch?"

„Ja, wie so viele andere verlassene Gebäude in dem Viertel."

Howard war einst eine Grundschule gewesen, etwa einen Kilometer von ihrer Highschool entfernt. Man hatte sie bereits vor langer Zeit zum Abriss freigegeben, nachdem ausgelaufene Gifte aus einer nahegelegenen Fabrik das komplette Areal verseucht hatten.

„Alle paar Jahre versucht die Stadt, sie an jemanden zu verkaufen", fügte Nathan hinzu. „Aber aufgrund der Lage in einem heruntergekommenen Industriegebiet und einer einkommensschwachen Nachbarschaft waren die Bauherren sich unsicher, ob sich dieses Gebiet je wieder revitalisieren lässt." Er hielt kurz inne. „Eine weitere Stätte aus unserer Vergangenheit."

Sie erwiderte seinen Blick. „Dort sind wir alle zur Schule gegangen und haben immer wieder jede Menge Ärger bekommen."

„Und exakt dort war es auch, wo Johnny mich fast zu Tode geprügelt hat."

„Nein!", sagte sie atemlos.

„Doch. Er hatte dort jede Menge Schlägereien angezettelt, wie etwa die, wegen der Stix im Gefängnis landete."

„Der Junge aus dem Nordwesten."

„Genau der. Den es erwischte, weil Johnny dank dir ein Alibi hatte."

„Die Nacht der Modenschau", murmelte sie. „O mein Gott–das Zeitungsfoto wurde bei dieser Show aufgenommen. Dass ich nicht schon früher darauf gekommen bin. Ich hätte zwei und zwei zusammenzählen sollen."

„Es geht um diese Nacht", stimmte Nathan ihr zu.

„Rache", keuchte sie auf. „Gerichtet gegen Johnny und mich."

„Was bedeutet, dass entweder Stix oder der Typ aus dem Nordwesten dahinterstecken."

Kaum hatte er ausgesprochen, poppte auch schon die nächste Nachricht auf. Gemeinsam lasen sie: *Komm allein. Wenn du nicht in fünfzehn Minuten hier bist, ist die Kleine tot.*

„Lass uns gehen", drängte er.

Als sie durch das Zimmer eilten, hallten Schüsse aus der unteren Halle zu ihnen herauf, gefolgt von Gebrüll und noch mehr Feuerkraft.

„Was zur Hölle ist da los?", fragte sie, als Nathan es gerade geschafft hatte, die Tür aufzubrechen.

„Keine Ahnung", erwiderte er, „aber komm schon. Außerhalb des Lagerraums befindet sich eine Feuerleiter. So bin ich auch hier rauf gekommen."

Gemeinsam rannten sie den Gang hinter und blieben dicht zusammen. Sie vernahmen weitere Schüsse und es klang, als ob diese aus Maschinenpistolen abgefeuert wurden.

Nathan griff nach ihrer Hand, zog sie mit sich in einen kleinen Raum und drängte sie in Richtung Fenster. Bree kletterte über die

Fensterbank und machte sich so schnell wie möglich auf den Weg nach unten.

Kaum hatten sie den Boden erreicht, rannten sie los, flitzten zwischen Gebäuden und durch Gassen hindurch bis zu der Stelle, an der Nathan seinen Truck versteckt hatte. Die Geräusche, die ihnen von der Werkstatt her folgten, erinnerten mittlerweile an einen ausgewachsenen Bürgerkrieg und Bree wusste nicht, was sie davon halten sollte. Aber zum Glück hatten sie es unversehrt nach draußen geschafft. Jetzt mussten sie nur noch Hayley retten.

Nathan startete den Motor und sie rasten mit quietschenden Reifen davon. Schnell warf sie einen Blick in den Seitenspiegel nach einem Anzeichen von Verfolgern, aber niemand war zu sehen.

„Wenn Johnny das, was da hinten vor sich geht, nicht unbeschadet übersteht, wird er uns nicht helfen können“, sinnierte sie.

„Möglicherweise ist genau das der springende Punkt.“

Ihr Telefon summte erneut und eine weitere Nachricht ging auf. Dieses Mal war es eine Videobotschaft. Hayley, die mittlerweile nicht mehr an den Stuhl gefesselt war, blickte in die Kamera und bettelte mit ängstlicher Stimme: „Mama, bitte komm und hol mich. Ich warte. Beeil dich.“

Es war das erste Mal, dass Bree die Stimme ihrer Tochter hörte, und Tränen strömten ihr übers Gesicht. Sie spielte die Botschaft erneut ab und ihr Herz zog sich vor Qual zusammen. „Ich weiß ja, dass sie nicht mich damit meint; sie spricht zu Lindsay, ihrer Mutter. Trotzdem tut es verdammt weh.“

Nathan legte ihr beschwichtigend eine Hand auf den Oberschenkel. „Halte durch, Bree. Wir werden sie befreien.“

„Ich weiß, dass ich Hayley gleich sehen werde, aber bin mir nicht sicher, ob ich sie retten kann“, sagte sie, und mit einem Mal überkam sie gewaltige Angst. „Ich befürchte, wer auch immer sie in seiner Gewalt hat, wird uns alle töten.“

„Das werden wir nicht zulassen. Soweit ich mich erinnere, gibt es mindestens drei Eingänge zur Schule und inzwischen auch viele zerbrochene Fenster, also unzählige Möglichkeiten, rein- und rauszukommen.“

„Mit Sicherheit wurden ausreichend Wachen aufgestellt, die all diese Türen und Fenster genauestens beobachten. Es wird nicht leicht werden."

„Was war schon jemals leicht in unserem Leben? Und trotzdem haben wir es immer wieder geschafft."

Ihre Blicke trafen sich. „Du hast recht. Wir haben schon so viel gemeinsam durchgestanden."

„Und jetzt und heute wird es nicht anders sein."

„Ich muss allein dort hinein, Nathan."

„Schon klar, aber ich bleibe in der Nähe. Du hast ja gesehen, was Mark passiert ist, als er es allein durchziehen wollte. Wenn du nicht da gewesen wärst, wäre er jetzt tot."

„Das ist mir durchaus bewusst." Sie öffnete ein neues Fenster auf ihrem Handy und tippte eine lange Nachricht ein.

„Wem schreibst du da?"

„Agentin Tracy Cox, meiner Chicagoer Erzfeindin. Aber sie ist trotzdem eine gute Agentin. Ich möchte, dass du ihr das schickst, sobald ich aus dem Auto gestiegen bin. Und da der Entführer denken soll, dass er seinen Willen bekommt, musst du unbedingt außer Sichtweite bleiben. Ganz bestimmt weiß er mittlerweile, dass du mit mir zusammenarbeitest."

„Ich halte mich im Verborgenen."

„Wahrscheinlich bleibt mir gerade mal ein Vorsprung von zehn Minuten, bevor das FBI auftaucht. Allerdings hoffe ich, dass ich sie nicht brauchen werde. Falls aber doch, muss ich darauf vertrauen können, dass sie den richtigen Eingang nehmen."

Nathan fuhr um die nächste Ecke und stellte den Motor ab. Zwar war die Schule noch nicht zu sehen, aber Bree wusste genau, wo sie sich befand. Das waren die Straßen ihrer Jugend: Die dunkle, karge, deprimierende, heruntergekommene Nachbarschaft, die sie irgendwie schon einmal überlebt hatte. Es musste ihr auch ein zweites Mal gelingen.

Sie schaute zu Nathan hinüber. „Da wären wir."

„Sei vorsichtig, Bree. Ich möchte dich nicht verlieren."

„Ich dich ebenfalls nicht." Zärtlich berührte sie die eine Seite seines geschundenen Gesichtes. „Bitte versuch, dich nicht als Held aufzuspielen.“

„Mach dir keine Sorgen und mich. Geh und hol dir deine Tochter.“

Sie lehnte sich zu ihm hinüber und gab ihm einen letzten Kuss. Dann stieg sie aus und rannte die Straße hinunter.

Nathan ließ Bree mit sehr gemischten Gefühlen gehen, erinnerte sich dann jedoch daran, dass sie genau für solche Situationen wie diese ausgebildet wurde; allerdings war bisher noch nie das Leben ihrer Tochter auf dem Spiel gestanden. Aber sie würde sich zusammenreißen; sie war klug, zäh und entschlossen.

Und er würde immer direkt hinter ihr bleiben.

Schnell schickte er ihre Nachricht an das FBI, verließ dann ebenfalls den Truck und schlug die entgegengesetzte Richtung ein. Glücklicherweise waren hier nicht viele Leute unterwegs. Ein Großteil der Gebäude in dieser Gegend war vor einigen Jahren durch einen Brand zerstört worden, andere wiederum waren entweder stillgelegt oder am Wochenende geschlossen.

Die Howard-Grundschule lag drei Blocks entfernt, direkt am Fluss. Es hätte ein malerischer Ort sein sollen, aber das war er nicht, und an diesem grauen, trostlosen Tag vermittelte er eine düstere Vorahnung.

Die Schule war einer ihrer bevorzugten Plätze gewesen, um in Schwierigkeiten zu geraten, sich vor dem Schnee zu schützen oder sich an einem heißen Sommerabend zu betrinken. In regelmäßigen Abständen versuchten Polizei und Stadtverwaltung, das Gebäude abzuriegeln und die Leute draußen zu halten, was aber nie dauerhaft funktionierte.

In Wahrheit kümmerte sich niemand wirklich um diesen Teil Chicagos, hatte es nie getan. Vielleicht würde eines Tages die ganze Gegend saniert, aber bis dahin war es noch ein weiter Weg. Vorerst würden die verlassenen Gebäude, von denen viele durch gefährlichen Asbest verseucht und von Ratten bevölkert waren, weiterhin einen Schandfleck im Stadtbild darstellen.

Es war kein Zufall, dass sich Hayley exakt hier befand. Hier hatte Johnny seine krummen Dinger gedreht. Es könnte Stix sein, der hinter dem Plan steckt, oder aber der Junge, den Johnny fast umgebracht hatte, weil er ihm bei seinen Drogengeschäften in die Quere kam. Oder aber es war Sierra. Sie hatte ihm vorhin gesagt, dass er ihr seine Rettung zu verdanken hatte, weil sie es war, die die Feuerwehr rief. Also wusste sie damals, wo Johnny war.

Plötzlich fragte er sich, ob sie es nicht tatsächlich gewesen sein könnte. Was, wenn sie das mit dem gemeinsamen Kind herausgefunden hatte? Was, wenn sie ihre ehemalige Rivalin quälen wollte? Was, wenn sie genau die Person loswerden wollte, die ihr Johnny wegnehmen könnte– seine Tochter Hayley?

Die Art und Weise, wie der Entführer mit Brees Gefühlen gespielt hatte, wirkte fast feminin. Nicht dass er damit das andere Geschlecht herabsetzen wollte, aber eine andere Frau wüsste sicher, dass Brees verletzlichster Punkt der Verlust ihres Kindes wäre. Und Sierra und sie kannten sich seit ihrer Jugend. Wahrscheinlich hatte sie von dem Frauenhaus gewusst, und definitiv auch von der Modenschau, weil sie auf das Foto in der Zeitung eifersüchtig gewesen war.

Aber würde sie tatsächlich gegen den Mann vorgehen, den sie seit vielen Jahren liebte? Der ihr mit Sicherheit ihren Salon finanziert und ihr das Leben ermöglicht hatte, das sie immer führen wollte?

Frustriert entschied er, all diese fruchtlosen Vermutungen beiseite zu schieben, denn gleich würde er es herausfinden. Worüber er sich eher Gedanken machen sollte, war: Wie konnte er die Schule betreten, ohne gesehen zu werden, und wie würde es ihm gelingen, Bree und Hayley zu retten.

Als er sich dem Gebäude näherte, huschte sein Blick wachsam über sämtliche ihm zugewandten Fenster und Türen.

Alles war ruhig. Hinter den zerbrochenen Scheiben war keine Bewegung auszumachen.

Das Gebäude stand mit der Rückseite zum Wasser und nur ein

schmaler, betonierter Pfad trennte das Bauwerk von einer niedrigen Stützmauer.

Nathan versteckte sich hinter dem angrenzenden Haus und wartete beobachtend ab. Draußen standen keine Bodyguards, aber wer konnte schon wissen, wie viele Leute drinnen warteten?

*Zeit, das herauszufinden.*

Er ging nicht zu einer der Türen, sondern wandte sich direkt einem Fenster im Erdgeschoss zu. Da es sehr viele von ihnen gab, glaubte er nicht, dass alle von ihnen bewacht sein würden. Hoffentlich hatte er sich das richtige rausgesucht.

## KAPITEL NEUNZEHN

Bree passierte ein großes Schild, auf dem *Zutritt verboten* stand und das bei unbefugtem Betreten vor rechtlichen Schritten warnte–ein Schild, das sie schon oft ignoriert hatte.

Das Schloss und die Kette an der Eingangstür der Schule waren durchgesägt. Es sah nicht unbedingt nach einem besonders alten Schloss aus, vielleicht war es erst kürzlich ausgetauscht worden. Als sie jedoch das Gebäude betrat, schlug ihr ein widerlicher Gestank entgegen. Ratten huschten davon, als sie sich ihren Weg über zerbrochene Flaschen, weggeworfene Nadeln und anderen Müll bahnte.

Sie ging in den Flur und blickte suchend in beide Richtungen. Auf der linken Seite befanden sich drei Klassenzimmer sowie das Büro des Direktors, auf der rechten Seite drei weitere Schulräume. Direkt vor ihr war der Mehrzwecksaal. An beiden Enden des Flurs führten Treppen in den zweiten Stock hinauf zu sechs weiteren Klassenzimmern sowie den Toiletten.

Sie war schon in jedem einzelnen dieser Räume gewesen und sogar mal auf das Flachdach geklettert, das den Fluss überblickte. Sie konnte es schaffen. Sie konnte ihre Tochter finden.

Kurz innehaltend, lauschte sie auf ein Lebenszeichen.

*Warum war es so ruhig?*

Bree hörte ihr Herz schlagen und fühlte sich wie eine Zielscheibe. Wenn jetzt ein Schütze aus einem der Schulräume, dem Büro oder dem Saal herauskäme, gäbe es für sie kein Entkommen mehr.

Allerdings glaubte sie nicht, dass sie so schnell sterben würde. Das Spiel näherte sich seinem Höhepunkt und ihr blieb nichts anderes übrig als mitzuspielen.

Als sie ein Weinen vernahm, fing ihr Puls an zu rasen. Dem Klang nach kam es aus dem Hörsaal.

Sie rannte nach vorne und drückte die große Tür im hinteren Bereich des Saals auf. Die Sitzreihen waren schon längst herausgerissen worden und riesige Stücke der herabgebröckelten Decke lagen auf dem Fußboden. Auch hier war jede Menge Müll, es war kalt, und durch die zugenagelten Fenster drang nur wenig Licht ins Innere.

Bree blinzelte und bahnte sich ihren Weg über weiteren Unrat hinweg zur Bühne. Der Vorhang war zugezogen, möglicherweise ein Zeichen dafür, dass die Show bald beginnen würde.

Sie fuhr sich mit der Zunge über die Lippen und die Angst drohte, sie innerlich aufzufressen. Das Schluchzen des Kindes wurde immer lauter und die Vorstellung, dass Hayley in diesem Höllenloch gefangen gehalten wurde, ließ ihre Furcht in Zorn umschlagen.

Sie beschleunigte ihre Schritte und erklomm die Treppe auf der rechten Seite der Bühne.

Plötzlich öffnete sich der Vorhang und das gesamte Podium war in helles Licht getaucht. Mitten auf dem Boden saß Hayley. Sie hatte die Arme um die Knie geschlungen, schaukelte hin und her und weinte sich ihre kleine Seele aus dem Leib.

Bree rannte auf sie zu und fiel neben ihr auf die Knie. Zwar war ihr bewusst, dass sie in dieser Helligkeit die perfekte Zielscheibe darbot, aber das war ihr egal.

„Alles wird gut, Hayley." Sie nahm die Kleine–*ihre Tochter*–vorsichtig in den Arm und konnte es kaum glauben, dass sie sie tatsächlich festhielt. „Ich bin hier. Ich habe dich gefunden."

„Aber ich will zu meiner Mama“, schniefte Hayley und blickte sie prüfend an.

Dieser einfache Satz brach ihr Herz. „Ich bringe dich zu ihr.“

„Ist sie nicht tot? Die haben mir gesagt, sie sei tot. Und mein Papa ebenfalls.“

„Deiner Familie geht es gut“, versicherte sie ihr und machte sich in Gedanken eine Notiz, dass Hayley das Wort *sie* verwendet hatte. „Wer hat dich hierhergebracht?“

„Ein großer und ein kleiner Mann“, sagte die Kleine, und erneut entwich ihr ein Schluchzen. „Sie stinken.“

„Weißt du vielleicht, wo sie hingegangen sind?“ Bree sah sich um, aber in der gleißenden Helligkeit konnte sie kaum etwas erkennen.

Plötzlich ging das Licht wieder aus. Sie blinzelte in der Dunkelheit. Als ein Mann vor ihnen auftauchte, sprang sie auf die Füße, zog Hayley mit sich hoch und stellte sich vor sie. Das war definitiv der große Mann, denn er maß weit über zwei Meter. Als er aus dem Schatten trat, hielt er eine Waffe auf sie gerichtet.

Ihr Herz machte erneut einen Satz, als sich alle Puzzleteile zusammenfügten. „Stix“, murmelte sie. „Stan Tix.“

„Freut mich, dass du mich nicht vergessen hast, Bree Larson– oder sollte ich jetzt Adams sagen? Du hast diese Scheiß Stadt verlassen und dir ein neues Leben aufgebaut. Einigen von uns war dieses Glück nicht vergönnt.“

„Diese ganze Inszenierung nur, weil du dich an Johnny und mir rächen wolltest?“

„Überrascht dich das? Hast du wirklich gedacht, ich würde jemals die zwei Menschen vergessen, die mein Leben ruiniert haben? Ich war auf dem besten Weg, eine Profi-Baseballkarriere einzuschlagen, wäre reich und berühmt geworden und hätte alles bekommen, was ich mir je erträumte. Stattdessen habe ich alles verloren, nur wegen ihm und dir.“

„Das hattest du dir selbst zuzuschreiben. Ich hatte nichts damit zu tun.“

„Du hast die Bullen belogen, um Johnny zu schützen, ihm ein

Alibi verschafft und ihnen glaubhaft versichert, er hätte dieses Kind unmöglich angreifen können, weil er ein guter Kerl wäre."

„Blödsinn. Das habe ich so nie gesagt, sondern ihnen lediglich bestätigt, dass er auf der Modenschau war. Er saß im Publikum. Ich wusste überhaupt nichts über diese ganze Sache."

„Tja, dort war er aber leider nicht, sondern genau hier, wo er einen College-Studenten vermöbelte, weil dieser versucht hatte, sein Drogenrevier zu übernehmen. Ich kam gerade noch rechtzeitig dazu, um den Jungen vor dem sicheren Tod zu bewahren, und am Ende klebte sein Blut an meinen Händen. Aber letztendlich war es die Tatsache, dass Johnny mir in den Rücken gefallen ist und du mich ebenfalls hintergangen hast."

„Der Junge gab damals zu Protokoll, dass er von zwei Typen verprügelt wurde. Du warst einer von ihnen. Er hat dich identifiziert. Es gab eindeutige DNA-Beweise."

„Ich habe ihm nichts getan. Der zweite Mann war Baker– Johnnys rechte Hand. Der Typ sah mich erst dann, als ich versuchte, ihm zu helfen, aber er hatte schwere Kopfverletzungen davongetragen. Von daher wusste er nicht mehr, wann ich das Zimmer betreten hatte."

*War das wahr?*

Bree runzelte die Stirn und dachte über diesen Teil seiner Aussage nach. „Baker war also auch daran beteiligt?"

„Ja, das war er."

„Und dennoch hat er jetzt für dich gearbeitet? Er ist Teil dieser Entführungsgeschichte. Er war es, der die Lösegeldforderung stellte. Warum hat sich dein Hass nicht auch gegen ihn gerichtet?", fragte sie verwirrt.

„Ich habe ihn gehasst und daher einfach für meine Zwecke benutzt. Jetzt ist er tot."

„Also warst du bei den Silos und hast ihn erschossen."

„Er hatte ausgedient und ich wollte auf keinen Fall, dass er mit dir spricht."

„Und warum hast du mich nicht auch direkt dort bei den Silos erledigt?"

„Das hätte nicht annähernd so viel Spaß gemacht."

Als er sein Gewicht verlagerte, blinkte ein Ring an seiner Hand auf–eben dieser Ring der Cubs als Gedenken an die Weltmeisterschaft.

„Also hast du Hayley von der Schulaufführung entführt“, stellte Bree fest. „Wie hast du es angestellt, dass sie so ohne weiteres mit dir mitkam?“

„Sie ging freiwillig mit. Immerhin hatte ich ihr Häschen“, antwortete Stan.

Sie legte ihre Hand auf Hayleys Arm und spürte, wie der Körper des kleinen Mädchens zitterte, während sie sich an Brees Taille klammerte. „Ich kann nicht glauben, dass du ein unschuldiges Kind entführt hast, nur um an Johnny und mich ranzukommen. Sie hat nichts damit zu tun. Du wolltest mich–nun gut, ich bin hier, also lass sie gehen.“

„Oh, ich befürchte, sie wird nirgendwo hingehen, bevor wir nicht unser glückliches, kleines Familienwiedersehen hatten.“

„Johnny wird nicht kommen.“

„Ich denke doch.“

„Stix, ich weiß rein gar nichts über diese Nacht und ich habe dich mit Sicherheit nicht ans Messer geliefert. Mir war nicht mal bewusst, dass etwas passiert ist.“

„Hübsche Mädchen scheinen nie etwas darüber zu wissen, was ihre bösen Freunde so treiben“, entgegnete er bitter. „Meine Süße hat mich ebenfalls verlassen. Sie wurde von jemand anderem schwanger, heiratete ihn und vergaß mich.“

„Das tut mir leid, aber ich kapiere immer noch nicht, warum du dir so viel Mühe gegeben hast, um dich mit mir anzulegen. Warum hast du mich kreuz und quer durch die Stadt geschickt? Und mir im Zug auch noch dieses kleine Mädchen auf den Hals gehetzt–Emma. Okay, das mit dem Foto im Frauenhaus ergibt jetzt einen Sinn, weil es genau diese Nacht war, wo alles geschah. Aber trotzdem verstehe ich es nicht. Seit wann hast du diesen Rachefeldzug schon geplant?“

„Seit dem Tag, an dem ich ins Gefängnis kam.“

Bree schüttelte den Kopf und bemerkte den aufflackernden Irrsinn in seinem Blick. Er war besessen und fanatisch; es war kaum möglich, ihm etwas auszureden, und dennoch musste sie es zumindest versuchen. „Geht es zumindest Emma gut?“

„Wer zum Teufel ist Emma?“

„Das kleine Mädchen aus dem Zug“. *War er jetzt völlig von Sinnen?* „Und warum konzentrierst du dich überhaupt auf mich? Johnny war derjenige, der dich wirklich verletzt hat.“

„Ich habe schon einen genauen Plan, keine Sorge. Johnny bekommt auch noch sein Fett ab. Er sollte jede Sekunde hier sein, dafür werden meine Männer schon sorgen. Wie du siehst, habe ich meine eigene kleine Armee zusammengestellt. Im Gefängnis konnte ich jede Menge gute Leute für mich und meine Sache gewinnen. Sie haben mir beigebracht, wie man gegen jemanden wie Johnny ankämpft und am Ende auch gewinnt.“

Stan hatte seinen Satz kaum beendet, als sich die Türen zum Saal öffneten und Johnny von einem bewaffneten Komplizen auf die Bühne geschoben wurde. Er sah noch viel schlimmer aus als nach seinem Kampf mit Nathan. Seine Kleidung war zerrissen und er konnte sich kaum auf den Beinen halten. Als er näherkam, sah Bree, dass sein Oberschenkel blutete und jemand ihn notdürftig mit einem Lappen abgebunden hatte. Offensichtlich wurde er angeschossen. Der Kampf in der Automobilwerkstatt musste von Stix und seinen Männern angezettelt worden sein.

Als die Truppe sich näherte, begann Hayley nur noch lauter zu weinen.

Johnny warf ihr einen gemeint beruhigenden Blick zu, was ihm aber nicht wirklich gelang. Er konnte kaum gehen. *Und so sollte er ihr eine Hilfe sein?* Außerdem war er allein; offensichtlich hatten Stix‘ Männer seine Bodyguards überwältigt.

*Es sei denn, ein oder zwei von ihnen hatten überlebt und würden ihrem Chef folgen?*

Sie konnte es nur hoffen.

Aber auch ohne sie–Nathan war mit Sicherheit schon irgendwo in der Nähe, und die FBI-Agenten unterwegs nach hier. Alles, was sie in der Zwischenzeit tun musste, war, jeden am Leben zu erhalten.

Das einzig Gute an diesem Alptraum war, dass Stix seinen

Moment der Rache und des Triumphs voll auskosten wollte. Er war nicht auf ihren schnellen, schmerzlosen Tod aus, sondern beabsichtigte, dass sie verstanden, dass er jetzt das Sagen hatte und sie durch seine Hand sterben würden.

„Beobachtet den Eingang“, wies er seinen Partner an. „Wo ist Rico?“

„Hinterm Haus“, entgegnete der Mann und ließ Johnny los.

Bree war erleichtert, ihn gehen zu sehen, verbesserte es doch definitiv ihre Chancen. Aber noch immer hielt Stix die einzige Waffe in Händen und mit Hayley, die sich wie eine Ertrinkende an sie klammerte, konnte sie ihn unmöglich mit einem Überraschungsangriff überwältigen.

„Woher wusstest du überhaupt etwas von meinem Baby?“, versuchte sie ihn abzulenken und konnte nur hoffen, dass Hayley diesem Gespräch keine Aufmerksamkeit schenkte. Allerdings schien diese viel zu viel Angst zu haben, um ihr überhaupt zuzuhören.

„Ein Freund hat mich ins Bild gesetzt“, antwortete Stix.

„Ein Freund? Hat diese Person auch einen Namen?“

„Es reicht, wenn ich ihn kenne; dich geht das nichts an“, erwiderte er. Dann blickte er Johnny an, und sein Blick verhärtete sich. „Und, Johnny-Boy, hast du gar nichts dazu zu sagen? Schau doch nur, wer jetzt am längeren Hebel sitzt.“

Dieser spuckte als Antwort darauf lediglich auf den Boden.

Stix versteifte sich vor Zorn und schien noch größer zu werden. „Nun gut, dann werde eben ich reden. Für deine Taten bin ich ins Gefängnis gewandert. Du hast mir mein Leben gestohlen und die Familie, die ich haben sollte, und dafür wirst du jetzt deine verlieren.“

„Bree ist wohl kaum meine Familie“, entgegnete Johnny hart. „Ich pfeif auf sie.“

Sie glaubte ihm das sofort, Stan offensichtlich nicht.

„Quatsch, du liebst Sierra doch gar nicht! Du hast sie einfach benutzt, so wie jeden anderen zuvor ebenfalls. Bree ist die Einzige, die dir je etwas bedeutet hat, und selbst wenn du sie für das, was sie dir angetan hat, hasst, willst du sie trotzdem immer noch.“ Er hielt inne und lächelte Bree böse an. „Tatsächlich bewundere ich dich sogar dafür, dass du den Mut aufgebracht hast, einfach so wegzugehen.“

„Dann lass mich auch jetzt gehen, und Hayley ebenfalls.“

„Leider gibt es fast immer Kollateralschäden.“ Erneut wandte er sich an Johnny. „Ich weiß, was dir wichtig ist, und das ist das eigene Fleisch und Blut–die Familie. Nun, dein Blut befindet sich bereits hier auf der Bühne, und ich werde der Kleinen jetzt einen Gefallen tun, indem ich dafür sorge, dass sie nicht bei dir aufwächst.“

Bei diesen harten Worten zog Bree scharf den Atem ein, Johnny allerdings schien den Köder nicht zu schlucken. Mit vor Hass brennenden Augen starrte er den ehemaligen Freund an.

Keiner von beiden schien bereit, klein beizugeben, und so musste sie dringend einen Weg finden, um die Gemüter wieder zu besänftigen.

„Mach mit uns beiden, was du willst“, schaltete sie sich ein und lenkte seine Aufmerksamkeit damit wieder auf sich, „aber das Mädchen hat nichts damit zu tun. Sie war noch nicht einmal geboren, als du ins Gefängnis gingst.“

„Das sehe ich leider anders.“ Stix hob die Waffe an und zielte genau auf sie. „Ich finde, ich sollte sie sogar zuerst umlegen und euch beide zusehen lassen.“

„Das willst du doch nicht wirklich“, wandte Bree ein. „Gerade eben hast du mir doch noch erzählt, dass du unschuldig warst und lediglich versucht hast, das Leben eins Jungen zu retten, den Johnny im Begriff stand umzubringen. Und jetzt willst du dieser unschuldigen Kleinen selbst etwas antun?“

„Ich habe mich verändert. So etwas passiert manchmal im Gefängnis.“

Er hatte sich definitiv verändert. Von dem sanften Riesen, den sie einst gekannt hatte, war nichts mehr übrig. Er würde sie alle kaltblütig umlegen, daran bestand kein Zweifel.

Johnny musste zu dem gleichen Entschluss gekommen sein, denn plötzlich machte er einen Satz nach vorne und warf sich in dem Moment vor sie, in dem Stix den ersten Schuss abfeuerte. Die Kugel zerfetzte ihm die Brust.

Hayley schrie auf.

Bree duckte sich nach unten, zog Hayley in ihre Arme und betete, dass die nächste Kugel sie treffen möge und nicht ihr Kind.

Bevor Stix jedoch erneut anlegen konnte, wurde er von einem krachenden Geräusch über der Bühne abgelenkt. Als er nach oben schaute, sprang eine Gestalt von den Holzsparren auf ihn herab und fegte ihn von den Füßen.

*Nathan!*

Die Waffe flog ihm aus der Hand und schlitterte über die Bühne, während er versuchte, Nathans Angriff abzuwehren.

Bree schob Hayley zur Seite und griff danach, gerade noch rechtzeitig, bevor der Mann, der Johnny hergebracht hatte, erneut herangeeilt kam. Sie feuerte auf ihn, traf ihn in die Brust und er sackte zu Boden. Dann legte sie ihre Waffe auf Stix an, der jedoch dermaßen mit seinem Gegner verkeilt war, dass sie es nicht riskieren konnte, um Nathan nicht zu verletzen.

Hayley schrie wie verrückt und ihre mütterlichen Instinkte übermannten sie. Sie musste ihre Tochter von der Bühne und in Sicherheit bringen.

„Gib mir die Waffe und schaff sie von hier weg", keuchte Johnny und versuchte, sich aufzusetzen. Sein Ausdruck spiegelte seine Qualen wider und das Blut schoss ihm aus Brust und Bein.

Ohne lange zu fackeln warf sie ihm die Pistole zu, schnappte sich Hayleys Hand und rannte mit ihr in Richtung Treppe.

Als eine weitere Schusswelle den Zuschauerraum erschütterte, betete sie, dass Johnny nicht Nathan erschossen haben möge.

Da sie nicht wusste, wie viele Männer sich noch in der Schule befanden, an denen es vorbeizukommen galt, entschied sie sich für den Weg aufs Dach. Mit etwas Glück würden sie einen Platz finden, wo sie sich verstecken konnten, bis Hilfe eintraf.

Oben angekommen gewährte ihnen der dunkle Tag ein wenig Schutz. Nichtsdestotrotz, sie mussten sich irgendwo verstecken. Das Dach wies stellenweise Lücken auf und sie mussten höllisch aufpassen, wo sie hintraten, um nicht einzubrechen.

Auf der einen Seite ragten große Heizungsrohre wie Stützpfeiler empor, die jedoch zu dünn waren, als dass man dahinter hätte Schutz finden können. Dann jedoch entdeckte Bree an einer erhöhten Stelle eine große Heizvorrichtung, etwa vier eineinhalb Meter breit und zwei Meter hoch. Dort würde man sie hoffentlich nicht entdecken. Eilig schob sie die Kleine darauf zu. „Klettre hinein, Hayley“, befahl sie ihr und drängte sie ins Innere.

„Geh nicht weg“, schrie diese und klammerte sich an sie. „Ich habe Angst.“

„Keine Sorge, ich bleibe bei dir“, beruhigte sie das Kind und rutsche neben sie. Als Hayleys Finger sich um die ihren schlossen, überkam sie ein absurdes Gefühl von Vertrautheit. Bis jetzt hatte sie noch nie die Hand ihres Babys gehalten, aber es fühlte sich absolut richtig an und sie konnte die kraftvolle Verbindung zwischen ihnen spüren.

Sie würde ihre Tochter retten, oder bei dem Versuch sterben.

Auf seinem Weg in die Schule hinein hatte Nathan zwei von Stixs‘ Männern ausschalten können, aber auch nur deshalb, weil er das Überraschungsmoment auf seiner Seite hatte. Jetzt allerdings ging er auf Tuchfühlung mit einem Gegner, der ihn um gut fünfzehn Zentimeter überragte und fast zwanzig Kilogramm schwerer war als er selbst. Und nicht nur das–Stix kämpfte wie ein Hofhund, der sich nach langer Zeit von seinen Ketten befreien konnte. In ihm loderte ein Hunger und ein überstarkes Bedürfnis nach Rache, das er seit mehr als einem Jahrzehnt konstant geschürt hatte.

Zum Glück hatte Johnny einen weiteren seiner Leibwächter erschießen können, der nach Brees und Hayleys Verschwinden wie aus dem Nichts aufgetaucht war. Nathan musste jetzt nur noch Stix unschädlich machen, um den beiden Zeit zur Flucht zu verschaffen.

Mit voller Wucht ließ er seine Faust auf das Kinn seines Gegners niedersausen und als dieser die Augen verdreht, wähnte er sich bereits im Vorteil. Der jedoch schien plötzlich von irgendwo her übermenschliche Kräfte zu mobilisieren und warf sich mit seinem ganzen Körpergewicht auf ihn.

Nathan spürte die Kante der Bühne an seinem Fuß und segelte nach unten. Er landete hart auf dem Rücken, sein Kopf prallte vom Boden ab und etwas Scharfes schnitt ihm ins Kreuz. Dann sah er nur noch Sterne und fühlte, wie ein rasender Schmerz ihn durchfuhr, bevor sich der Vorhang der Dunkelheit über ihn zu senken begann.

Doch das durfte er nicht zulassen; Er durfte auf keinen Fall das Bewusstsein verlieren. Bree brauchte ihn.

Also kämpfte er sich zurück durch den Nebel, der ihn zu verschlingen drohte und schaffte es irgendwie, wieder auf die Beine zu kommen. Stix jedoch war verschwunden. Zwei seiner Leute lagen tot inmitten der Trümmer, und auch Johnny bewegte sich kaum noch.

Nathan kämpfte sich die Treppe zur Bühne hinauf. Johnny atmete kaum noch, die letzten Sekunden seines Lebens schienen angebrochen zu sei. Es gab zu viel Zerstörung, zu viel Blut.

„Dach“, stieß er mühevoll hervor und hielt sich die Hand auf die blutende Brust, während sein Blick den von Nathan suchte. „Rette Bree. Und meine Tochter.“ Er rang nach Luft. „Sag Bree ... endlich mal was gut gemacht. Hoffe … hat gereicht.“ Mit diesen Worten tat er seinen letzten Atemzug und seine Augen schlossen sich für immer.

Nathan hatte keine Zeit, darüber nachzudenken, was Johnnys Tod bedeuten mochte. Alles, worauf er sich jetzt konzentrieren musste, war, die beiden zu finden. Er griff nach der Waffe, die Johnny gerade aus der Hand gefallen war und rannte zur Treppe, in der Hoffnung, Stix möge in die entgegengesetzte Richtung gelaufen sein.

---

„Der große Mann ist zurück“, flüsterte Hayley und riss erschrocken die Augen auf.

Brees Magen krampfte sich zusammen, als sie Stix auf das

Dach heraustreten sah, und schreckliche Angst überkam sie. *Wenn er hier oben war, konnte das nur bedeuten, dass Nathan ...*

Daran durfte sich jetzt jedoch gar nicht denken. Sie konnte nicht zulassen, dass Stix sich Hayley erneut schnappte, und es würde nicht lange dauern, bis er sie gefunden hatte. Sie musste einen Weg finden, um den Spieß umzudrehen.

„Bleib hier“, flüsterte sie ihrer Tochter zu.

„Lass mich nicht allein“, flehte Hayley.

„Ich bin gleich wieder da, aber du musst ganz, ganz still sein. Hast du das verstanden?“

Hayleys Unterlippe zitterte und ihre Augen füllten sich mit Tränen. „Ich will nach Hause.“

„Es ist beinahe vorbei. Ich werde nicht zulassen, dass dir etwas passiert. Einfach nicht bewegen, okay?“

Die Kleine nickte.

Bree kroch hinter der Heizvorrichtung hervor. So leise wie möglich entfernte sie sich von dem Kind und hoffte, Stix würde sich nur auf sie konzentrieren, sobald er sie erblickte.

Auf jeden Fall war er aufgebracht. Immer und immer wieder lief er an der Flussseite des Daches entlang und suchte nach einem Weg nach unten. Möglicherweise wusste er gar nicht, dass sie hier herauf geflüchtet waren. Oder er hatte einfach die Heizvorrichtung noch nicht entdeckt.

Er war so ein großer, kräftiger Mann. Würde sie es überhaupt schaffen, ihn zu überwältigen? Sie musste es zumindest versuchen. Bisher hatte er sie noch nicht gesehen; das Überraschungsmoment stand also auf ihrer Seite.

Als er noch näher an die Kante trat, sah sie ihre Chance gekommen. Wenn sie sich an einem der Heizungsrohre festhielt und gleichzeitig mit den Füßen nach ihm trat, könnte es ihr gelingen, ihn vom Dach zu stoßen, ohne gleichzeitig selbst mitgerissen zu werden.

Sie hatte nur einen Versuch. Wenn der nicht funktioniere, wäre sie tot, und Hayley würde ebenfalls sterben.

*Das würde nicht passieren.*

*Zieh es durch,* versuchte sie, sich selbst Mut zuzusprechen.

*Sie konnte und musste es schaffen, für ihre Tochter, für Nathan und sogar für Johnny, der sich, kaum zu glauben, für sie geopfert hatte.*

Ein letztes Mal atmete sie tief durch, nahm all ihren Mut zusammen und rannte dann mit voller Geschwindigkeit nach vorne. Kurz, bevor sie vor Stix zum Stehen kam, packte sie das Metallrohr und schwang ihren Körper in die Luft. In dem Moment, als er sich zu ihr umdrehte, rammte sie ihm mit voller Wucht die Füße in den Bauch.

Der Stoß brachte ihn ins Straucheln.

Er versuchte, nach ihrem Bein zu greifen, und für den Bruchteil einer Sekunde

schaffte er es sogar.

Dann jedoch trat Bree erneut nach ihm, klammerte sich mit aller Kraft an dem Rohr fest und betete, dass es nicht brechen möge.

Stix fuchtelte mit den Armen in der Luft herum und suchte verzweifelt nach etwas, das ihn retten könnte, aber es gab nichts, woran er sich hätte festhalten können.

Er brüllte auf vor Angst und Wut und seine Augen weiteten sich vor Schock, als er das Gleichgewicht verlor und rückwärts in die Tiefe stürzte.

Mit rasendem Herzen ließ Bree das Rohr los und ging vorsichtig hinüber zum Rand des Gebäudes. Stix Körper trieb, mit dem Gesicht nach unten, im Fluss.

Plötzlich öffnete sich hinter ihr die Tür zum Dach und sie wirbelte herum, ballte die Hände zu Fäusten und stellte sich innerlich bereits auf den nächsten Kampf ein.

Aber es war Nathan, der heraustrat, eine Waffe im Anschlag haltend.

Noch nie zuvor in ihrem Leben war sie so glücklich gewesen, ihn zu sehen.

Er rannte auf sie zu, zog sie in seine Arme und hielt sie fest, allerdings nur für einen kurzen Moment, „Stix“, presste er hervor. „Wo ist er?“

„Da unten.“ Sie deutete mit dem Kopf in Richtung Fluss.

Nathan warf einen kurzen Blick nach unten und wandte sich wieder ihr zu. „Wie hast du das geschafft?"

„Das würdest du eh nicht glauben, wenn ich es dir erzähle."

„Du bist wirklich krass drauf, Bree."

„Nur eine Mutter, die um ihr Kind gekämpft hat." Sie hielt inne. „Johnny?"

Er schüttelte den Kopf.

Sie nickte und war sich nicht sicher, was sie angesichts der Nachricht über seinen Tod empfand.

„Alle anderen wurden überwältigt oder sind geflüchtet", fügte er hinzu. „Ich denke, wir sind in Sicherheit."

„Gut." Kaum hatte sie dieses Wort ausgesprochen, entdeckte sie die Fahrzeuge, die auf die Schule zugerast kamen. Hilfe war da. „Hast du noch mein Telefon?"

„Hier." Er reichte es ihr.

Bree wählte Tracy Nummer. „Ich habe Hayley. Sie ist in Sicherheit. Wir sind mit Nathan oben auf dem Dach. Keine Ahnung, wer unten sonst noch lebt, aber seid vorsichtig beim Reinkommen."

Sie beendete den Anruf, nachdem Tracy ihr versichert hatte, sie würden jeden Moment eintreffen. Dann rannte sie quer übers Dach, ging neben der Heizeinheit in die Knie und streckte die Hand aus. „Es ist vorbei, Süße. Die bösen Männer sind weg."

Hayley kroch heraus und schlang Bree die Arme um den Hals. „Werde ich jetzt meine Mama wiedersehen?", fragte sie.

„Ja, schon ganz, ganz bald." Sie umarmte das kleine Mädchen so fest sie konnte, schloss ihre Augen und versuchte, sich diesen Moment für immer in ihrem Herzen einzuprägen. Ihr war klar, dass es wahrscheinlich das letzte Mal war, dass sie ihre Tochter so festhalten würde.

Wenige Minuten später wimmelte es auf dem Dach von Polizei und FBI. Sie stellte Hayley wieder auf die Füße und stand dann auf, aber die Kleine klammerte sich nach wie vor an sie, als ob sie dem, was als nächstes kommen würde, nicht traute.

Tracy kam auf sie zu und Bree wartete mit Spannung auf das, was sie gleich zu hören bekäme. Wahrscheinlich würde sie ihr sagen, sie könne ihre Agentenkarriere an den Nagel hängen. Aber die Worte, die aus dem Mund der Kollegin kamen, schockierten sie dann doch.

„Gute Arbeit, Agentin Adams."

Bree blickte sie prüfend an. Auch wenn Tracy ein territoriales Arschloch war, hatte auch sie nur Hayley retten wollen. „Danke."

Dann wandte sie sich lächelnd an das kleine Mädchen. „Ich bin Agentin Cox und werde dich jetzt zu deinen Eltern bringen."

„Nein, sie soll das machen", jammerte Hayley und klammerte sich an Brees Arm. „Sie hat es mir versprochen."

„Das habe ich tatsächlich."

„Okay", stimmte Tracy zu. „Das geht in Ordnung. Ihre Eltern sind in der Klinik. Drunten wartet bereits ein Krankenwagen, damit kann die Kleine auf dem Weg dorthin gleich mal durchgecheckt werden."

„Ich weiß, dass es gegen das Protokoll verstößt, wenn ich sie jetzt begleite ..."

„Trotzdem solltest du es tun", sagte Tracy und erwiderte ihren Blick. „Immerhin hast du es ganz allein durchgezogen."

„Vielen Dank."

„Wir wussten beide, dass es so ablaufen würde, nicht wahr?"

Nachdem die Kollegin sich entfernt hatte, um mit Special Agent Hobbs zu sprechen, schaute Bree Nathan an. „Ich muss bei Hayley bleiben."

„Natürlich. Wir treffen uns später im Krankenhaus."

„Du solltest dich ebenfalls untersuchen lassen. Richtig gut siehst du nicht gerade aus."

Trotz seiner Blutergüsse lächelte er. „Tatsächlich? Eigentlich habe ich mich noch nie im Leben besser gefühlt."

Es gab so viele Dinge, die sie ihm in diesem Moment hätte sagen wollen, aber zuerst musste sie ihre Tochter der Familie zurückbringen, die sie liebte.

# KAPITEL ZWANZIG

Auf dem Weg zum Krankenhaus untersuchte eine der Sanitäterinnen Hayley vorsichtig, während Bree der Kleinen die Hand hielt. So wie es aussah, waren ihr in der Gefangenschaft kein körperlicher Schaden zugefügt worden. Zwar fanden sich an ihrem Körper einige blaue Flecken, aber sie erzählte Bree, dass der große Mann sie in ein Haus gebracht und eine Frau sie mit Essen versorgt hatte. Sogar ein Buch hatte man ihr gegeben, damit sie ein wenig lesen konnte.

Den Namen der Frau wusste sie nicht, beschrieb sie jedoch als dunkelhaarig. An sonstige Details konnte sie sich nicht erinnern. Weiterhin berichtete sie, die Frau habe ihr gesagt, dass ihr nichts geschehen würde, solange sie tat, was man von ihr verlangte und dass niemand sie geschlagen oder auf irgendeine Weise verletzt hatte, wofür Bree äußerst dankbar war.

Das emotionale Trauma der Entführung und der Gefangenschaft würde schwer zu verarbeiten sein, aber zumindest musste sie sich nicht auch noch mit Erinnerungen an körperlichen oder sexuellen Missbrauch herumschlagen.

Offensichtlich hatte Stix geplant, Hayley zu töten, aber nur deshalb, weil sie Johnnys und ihre Tochter war, das Fleisch und

Blut der beiden Menschen, die er für die Zerstörung seines Lebens verantwortlich machte und nicht, weil er gerne Kinder quälte.

Sie hatte noch so viele Fragen, aber für den Moment war das einzig Wichtige, dass die Kleine in Sicherheit war.

Als sie im Krankenhaus ankamen, wurden sie direkt in den fünften Stock gebracht. Ein Besuch in der Notaufnahme war nicht nötig, da das Mädchen keine körperlichen Schäden davongetragen hatte. Was sie jetzt am meisten brauchte, waren ihre Eltern, und die warteten in Marks Krankenzimmer auf sie.

Erst als sie den Raum betraten und Hayley Lindsay neben ihrem Vater auf dem Bett sitzen sah, ließ sie Brees Hand los, rannte auf sie zu und warf sich ihrer Mutter in die Arme. Beide weinten vor Glück über ihr Wiedersehen und auch Mark liefen Tränen übers Gesicht, als er sich nach vorne lehnte, um seiner Tochter über den Kopf zu streicheln.

Bree hatte schon diverse Familienzusammenführungen miterlebt, überglückliche Eltern, die ihr Kind wieder in die Arme schließen durften. Diese jedoch übertraf alles Bisherige. *Das war ihr Kind, ihre Tochter*. Nur zu gerne wäre sie Teil dieses Kreises gewesen, aber das durfte nicht sein.

Plötzlich spürte sie, wie jemand ihr den Arm um die Schulter legte und als sie aufsah, bemerkte sie, dass Nathans warmer, mitfühlender Blick auf ihr ruhte. Wahrscheinlich war er der Einzige, der genau wusste, wie sie sich fühlte.

„Es geht ihr den Umständen entsprechend gut“, berichtete sie ihm. „Stix hat ihr nichts getan.“

„Da freut mich zu hören.“ Er hielt kurz inne. „Du willst ihr wirklich nicht sagen, dass du ihre Mutter bist?“

„Wie könnte ich? Sie dachte, sie hätte ihre Familie verloren und hat sie jetzt zurückgewonnen. Sieh doch nur, wie glücklich sie ist–wie glücklich sie alle sind.“

„Aber sie hat ein Recht darauf, es zu erfahren.“

„Sie werden es ihr sagen, wenn sie bereit dafür ist.“

„Du bist einverstanden damit, dass die Entscheidung bei ihnen liegt?“

„Sie ist ja ihre Tochter.“ Noch während Bree diese Worte

aussprach, erkannte sie, wie wahr sie waren. „Ich habe sie zwar auf die Welt gebracht, aber sie waren es, die Hayley die letzten zehn Jahren großgezogen und geliebt haben. Wer kann da abstreiten, dass sie mehr Recht auf sie haben als ich?"

„Du klingst wie eine Mutter, Bree."

„Ich will die Wahl treffen, die für sie die richtige ist, nicht für mich."

„Vielleicht ist sie das eines Tages ja für euch beide."

„Ja, eines Tages vielleicht", wiederholte sie seine Worte, und ihr Blick wanderte zurück zu den Jansens.

Lindsay war gerade dabei, Hayley aufs Bett zu helfen, damit diese ihren Vater umarmen konnte. Dann jedoch drehte sie sich um und sah sie aus großen, dankbaren Augen an. Ihr Mund formte tonlos das Wort *Danke*.

Bree nickte nur und kämpfte mit den Tränen, während sie beobachtete, wie Lindsay die Arme um ihre Tochter und ihren Mann schlang. Sie wusste, dass sie besser nach draußen gehen sollte, aber es war so schwierig, weil ihr klar war, dass sie Hayley vielleicht nie wiedersehen würde.

Schließlich zwang sie sich doch, das Zimmer zu verlassen. Zusammen mit Nathan trat sie in den Flur und schloss die Tür hinter sich, um der Familie ein paar Minuten Privatsphäre zu gönnen.

Der Korridor füllte sich bereits mit Polizisten und Agenten, und vor dem Krankenhaus wimmelte es von Reportern. Glücklicherweise hatte diese Geschichte ein gutes Ende genommen.

Tracy gesellte sich zu ihnen. „Wir haben jede Menge Leichen und noch mehr Fragen", sagte sie. „Von daher muss ich euch beide bitten, mit mir ins Büro zu kommen."

„Nathan braucht zuallererst einen Arzt", entgegnete sie bestimmt.

„Mir geht es gut, Bree", wiegelte er ab.

„Das glaube ich dir nicht. Du könntest dir eine Rippe gebrochen oder eine Gehirnerschütterung zugezogen haben."

„Ich habe bereits dafür gesorgt, dass Mr. Bishop in der Notaufnahme behandelt wird", antwortete Tracy und winkte eine Krankenschwester heran. „Schwester Collins wird Sie dorthin begleiten. Wenn Sie fertig sind, wird einer meiner Mitarbeiter Sie zu uns bringen."

„Ich brauche wirklich keinen Arzt", beschwerte sich Nathan.

Sie lächelte ihn an. „Lassen Sie sich einfach kurz durchchecken."

„Also gut, aber mir ist nichts passiert."

„Das hoffe ich."

Nachdem Nathan gegangen war, bedachte Tracy Bree mit einem abschätzenden Blick. „Läuft da etwas zwischen euch beiden? Ich dachte, ihr seid lediglich Jugendfreunde?"

„Mittlerweile hat sich mehr daraus entwickelt", gab Bree zu. „Nathan und ich haben viel gemeinsam durchgemacht, nicht nur diese Woche, sondern auch schon früher."

„Und er kannte dein tiefes, dunkles Geheimnis."

„Ja, er war einer von sehr wenigen. Er war es auch, der mir geholfen hat, aus Chicago wegzukommen."

„Ein guter Mann, wie mir scheint."

„Der beste überhaupt. Ohne ihn hätte ich das hier nicht geschafft."

„Vielleicht möchtest du dich ja nach Chicago versetzen lassen?"

„O ja, ich bin überzeugt, dein Team wäre hellauf begeistert."

Tracy lächelte. „Ich muss gestehen, dass ich dich nicht hierhaben wollte."

„Tatsächlich? Das überrascht mich aber", erwiderte Bree trocken.

„Ich gebe ja zu, dass ich ab und zu etwas dominant sein kann. Außerdem haben wir eine gemeinsame Vergangenheit. Als du auftauchtest, wusste ich, was passieren würde. Du würdest alles an dich reißen–und genauso ist es auch gekommen."

„Damit hatte ich aber nie gerechnet. Ich dachte wirklich, man hätte mich lediglich angefordert, um bei dem Fall zu beraten."

„Mir war direkt klar, wie es ablaufen würde. Du bist zu unabhängig, zu intelligent und zu gut in deinem Job, um einfach nur untätig rumzusitzen."

„Warte mal ... war das gerade ein Kompliment?"

Tracy zuckte mit den Achseln. „Ich habe lediglich Fakten aufgezählt. Dieses Drama, das dich stets verfolgt, gefällt mir nach wie vor nicht und ich finde auch, dass du viel zu oft aus dem Bauch heraus handelst, aber du bist auch sehr intuitiv und gut darin, die Situationen richtig einzuschätzen."

„Vielen Dank. Du bist ebenfalls eine gute Agentin. Möglicherweise gehen wir unterschiedlich an die Dinge heran, kommen jedoch für gewöhnlich zum gleichen Ergebnis. Ich wünschte, du würdest uns nicht als Konkurrenten sehen."

„So allmählich wird mir bewusst, dass das eine meiner größten Schwächen ist."

Tracy Worte überraschten sie. „Wir können beide gute Arbeit leisten."

„Stimmt, das sehe ich auch so."

„Vorausgesetzt, ich kann den Job behalten, nach allem, was passiert ist."

„Ich vermute stark, du wirst schon einen Weg finden", entgegnete Tracy augenzwinkernd, „Aber erzähl mir jetzt bitte, was sich in der Schule zugetragen hat. Wer hat hinter all dem gesteckt?"

„Stan Tix."

„Der Tote, den wir im Fluss gefunden haben?"

„Genau. Wir nannten ihn Stix wegen seiner Größe. Im College war er ein aufstrebender Baseballspieler mit guten Chancen auf die Profiliga, kam aber stattdessen aufgrund eines gewaltsamen Übergriffs, den angeblich mein Ex-Freund Johnny begangen hat, ins Gefängnis. Stix gab mir ebenfalls die Schuld dafür, dass sein Leben zerstört wurde, weil ich Johnnys Alibi war."

„Hast du für deinen Freund gelogen?"

„Eigentlich dachte ich das nicht. An diesem Abend lief ich auf einer Modenschau. Ich sah Johnny, bevor ich hinter die Bühne ging und auch nach der Show, etwa zwei Stunden später. Von daher gab ich zu Protokoll, er habe die ganze Zeit im Publikum gesessen. Stix jedoch erzählte mir, Johnny und Calvin Baker waren an der Howard-Schule gewesen und hätten einen rivalisierenden Drogenhändler fast zu Tode geprügelt. Er hätte versucht einzuschreiten, und nur deshalb wurden seine DNA und Fingerabdrücke am Tatort gefunden. Daraufhin musste er für zehn Jahre hinter Gitter. Während dieser Zeit schmiedete er Pläne, wie er sich an uns rächen könnte."

„Aber warum hat er mit Baker zusammengearbeitet, wenn dieser damals doch ebenfalls beteiligt war?"

„Angeblich hatte Stix ihn nur benutzt und, als er ausgedient hatte, einfach erschossen."

„Das ist eiskalt."

„Es scheint, er hatte vor lauter Rachegelüsten den Verstand verloren." Bree hielt kurz inne und grübelte. „Allerdings weiß ich noch immer nicht, wie Stix von dem Baby erfahren hat, das ich zur Adoption freigab, oder wie er so viel über meine Vergangenheit wissen konnte. Er erwähnte eine Person, die es ihm gesteckt hätte, nannte jedoch keinen Namen. Vielleicht war es Charles Benedict."

„Ja, du hast bereits gestern Abend Bedenken in Bezug auf den Inspektor geäußert, aber das ist eine heftige Anschuldigung."

„Wer weiß? Benedict arbeitete für Johnnys Vater, als ich schwanger wurde. Möglicherweise fand er heraus, dass ich Johnny deswegen verlassen hatte. Ich muss auf jeden Fall mit ihm sprechen."

„Ich bin mir sicher, dass du dazu Gelegenheit haben wirst. Hat Hayley dir auf dem Weg hierher noch weitere Einzelheiten erzählt?"

„Nur, dass sie in einem Haus war und eine Frau sich um sie kümmerte, und dass man sie erst heute Morgen in die Schule gebracht hat. Glücklicherweise wurde sie nicht verletzt."

„Da hatte sie allerdings großes Glück. Sie scheint sehr an dir zu hängen. Hast du ihr gesagt, wer du wirklich bist?"

„Nein, und das werde ich auch nicht. Die Jansens sind ihre Eltern und sie sollen entscheiden, ob und wann sie das erfahren soll."

„Dieser Entschluss muss dir sehr schwergefallen sein."

„Natürlich ist es das, aber ich habe mir immer für sie gewünscht, dass sie sicher und zufrieden aufwachsen darf, und jetzt kann sie es wirklich. Die Bedrohung ist vorüber. Die Jansens sind fantastische Eltern; sie lieben Hayley, und sie sie ebenfalls." Hilflos zuckte Bree mit den Schultern. „Nur aus dem Grund habe ich sie damals aufgegeben–damit sie diese Art von Familie finden durfte. Die werde ich ihr jetzt bestimmt nicht wieder nehmen." Sie räusperte sich. „Wie auch immer, wir können ein anderes Mal noch ausführlicher darüber sprechen."

„Das werden wir auf jeden Fall", versprach Tracy.

„Hast du eigentlich etwas über die aktuellen Ereignisse in New York gehört? Dan hatte mir berichtet, dass der echte Weiße-Rose-Entführer wieder zugeschlagen hat."

„Genau, aber tatsächlich kamen vor circa einer Stunde gute Nachrichten von deinem Team rein. Sie konnten den Entführer dingfest machen und das Kind retten."

„O mein Gott, das ist ja großartig. Wie ist ihnen das so schnell gelungen?"

„Anscheinend war er dieses Mal unvorsichtiger und zudem wütend, dass jemand in Chicago ihn imitierte. Er hat Fehler gemacht, die ihm vorher nicht unterlaufen sind, und deinem Team ist es gelungen, ihn aufzuspüren."

Bree konnte es kaum glauben, dass dem Mann, hinter dem sie seit drei Monaten her waren, endlich das Handwerk gelegt werden konnte. „Um wen handelt es sich?"

„Um einen zweiundvierzig Jahre alten Lieferfahrer, der für einen Blumenladen in Williamsburg, New York, arbeitet. Seine Mutter ließ ihn bei seinem gewalttätigen Vater zurück, als er dreizehn war, nahm allerdings seine elfjährige Schwester mit. Anscheinend hasste er seine Mutter, weil sie ihn im Stich ließ, und seine Schwester, weil sie das Leben führen durfte, das er sich gewünscht hatte. Aus diesen Gefühlen heraus entstand das Bedürfnis, es Mädchen diesen Alters heimzuzahlen. Er wollte berühmt werden. Die Leute sollten ihn kennen und fürchten lernen. Ihm gefiel der Name, den die Medien ihm verpasst hatten, und die Nachrichten von einem Nachahmer müssen ihm sehr missfallen haben."

„Also hat dieser Fall sozusagen dazu beigetragen, den anderen zu lösen. Zumindest hat sich etwas Gutes daraus ergeben."

„Lass uns ins Büro gehen."

Innerlich stellte Bree sich schon mal auf eine sehr lange Nacht ein, aber das spielte keine Rolle. Sie würde ihnen alles sagen, was sie wissen wollten. Es gab keine Geheimnisse mehr, die es zu schützen galt.

Kurz nach einundzwanzig Uhr öffnete Nathan für sie beide die Tür zu seiner Wohnung. Nach vier Stunden Verhör, sowohl einzeln als auch gemeinsam, ließ man sie endlich gehen.

Sie hatten ein Taxi zu ihm nach Hause genommen, da sein Truck nach wie vor am Krankenhaus parkte. Aber darum würde er sich morgen kümmern. Im Moment wollte er Bree einfach nur festhalten und sobald er die Tür hinter sich geschlossen hatte, tat er auch genau das.

Sie schlang ihre Arme um seine Taille und legte den Kopf an seine Schulter. Ihr seidiges Haar kitzelte ihn am Kinn, aber das störte ihn nicht weiter. Er war nur dankbar, das Hayley in Sicherheit und sie beide noch am Leben waren. Der heutige Tag hätte so viel anders enden können.

„Es fühlt sich an, als seien Jahre vergangen, seit wir hier zusammen gefrühstückt haben", sagte sie und hob den Kopf.

Er lächelte. „Ich glaube, es ist sogar noch etwas von dem chinesischen Essen von gestern übrig, falls du Hunger haben solltest."

„Tracy hat mir vorhin einen Salat organisiert. Aber falls du was essen möchtest ..."

„Nein danke. Der Kollege, der mich interviewt hat, hat mir ebenfalls etwas besorgt."

„Sehr gut. Es war eine höllisch lange Sitzung."

„Es gab eben eine Menge zu erklären. Apropos erklären … Ich habe zwar etwas von dem mitbekommen, was Stix dir auf der Bühne gesagt hat, aber nicht alles. Ich weiß, er wollte sich rächen, aber ein Teil dieser ganzen Sache ergibt irgendwie keinen Sinn für mich."

„Welcher Teil?"

Als er die erneute Spannung in ihrem Gesicht bemerkte, tat es ihm sofort leid, das Thema angeschnitten zu haben. „Nicht so wichtig. Es spielt keine Rolle.“

„Du meinst die Art und Weise, wie Stix meine Reise durch die Zeit orchestrierte–Emma, die mich im Zug ansprach, der Flyer des Frauenhauses, das Foto von der Modenschau? Das Foto immerhin macht mittlerweile Sinn, weil es an dem Abend aufgenommen wurde, in der er wegen versuchten Mordes festgenommen wurde und ich Johnny ein Alibi gab.“

„Aber all das–die Drohanrufe des Entführers mit der veränderten Stimme–war er das? Oder Calvin?“, fragte Nathan.

„Ich weiß es nicht.“

„Und warum galt sämtliche Aufmerksamkeit dir? Warum hat Stix nicht auch Johnny emotional manipuliert?“

„Ich wünschte, ich hätte ihn all dies fragen können. Nach wie vor weiß ich auch nicht, wer ihm das mit meinem Baby gesteckt hat. Er erwähnte lediglich einen mysteriösen Freund. Und wie hat er Hayley überhaupt gefunden? Ich hoffe, dass wir weitere Einzelheiten herausfinden können, wenn wir uns sein Leben nach der Entlassung aus dem Gefängnis vornehmen. Irgendwo gibt es auch eine Frau, die sich um Hayley gekümmert hat. Vielleicht weiß sie etwas.“

„Hoffen wir mal. Immerhin, es ist vorbei, und nur das ist wichtig. Stix war offensichtlich krank im Kopf–ein kleines Mädchen zu entführen, sie zu verstecken, sich für einen anderen Serienentführer auszugeben und diese ganze Sache in der Schule zu inszenieren ... In so viel Wahnsinn ist keine Logik zu finden.“

„Nein, aber ich wünschte, ich könnte es.“ Sie nahm sein Gesicht in ihre Hände. „Du hast so viele Kratzer und Blutergüsse abbekommen. Es tut mir beinahe selbst weh, wenn ich dich ansehe. Du musst doch starke Schmerzen haben.“

„Hey, die anderen Kerle, gegen die ich gekämpft habe, sind alle tot. So gesehen geht es mir richtig gut. Es tut mir nur leid, dass Stix am Ende noch aufs Dach kam. Der Mann war echt stark. Er hat mich einfach so über die Bühne geschleudert. Möchtest du mir nicht gestehen, wie du es angestellt hast, ihn über die Kante zu stoßen?“

„Ich wartete, bis er direkt neben einem dieser Heizrohre stand. Dann rannte ich nach vorne, klammerte mich an dieses Rohr, warf meine Beine nach bester Kampfsportart in die Luft und versetzte ihm, als er sich zu mir umdrehte, einen Fußtritt gegen die Brust. Ich wusste, ich musste mich irgendwo gut festhalten, sonst würde ich mit ihm in die Tiefe stürzen. Zwar versuchte er, meinen Fuß zu fassen zu bekommen, aber ich trat erneut nach ihm. Er fuchtelte noch einmal mit den Armen wie ein verzweifelter Vogel, und weg war er.“

Nathan schüttelte bewundern den Kopf. „Und da habe ich mir jemals Sorgen gemacht, du könntest nicht selbst auf dich aufpassen.“

„Du warst mir heute eine große Hilfe, Nathan. Erst hast du mich befreit, als Johnnys Männer mich entführten und in die Werkstatt brachten, und dann bist du wie ein Superheld von dem Balken über der Bühne heruntergesprungen, direkt auf den Mann mit der Waffe, was mir die Chance zu Flucht verschaffte.“

„Johnny hat sich für dich geopfert“, kam er nicht umhin zu erwähnen, auch wenn er sich nie hätte vorstellen können, dass er seinen schlimmsten Konkurrenten einmal loben würde.

„Das hat mich am meisten schockiert. Ich denke, sein Instinkt, seine Tochter zu beschützen, war stärker als sein Instinkt, an sich selbst zu denken.“

„Oder aber er wollte dich beschützen.“

Bree zuckte mit den Achseln. „Sein Motiv hinter dieser Handlung werden wir nie erfahren.“

„Ich habe seine letzten Worte gehört, Bree.“

Sie riss die Augen auf. „Was hat er gesagt?“

„Er bat mich, dir auszurichten, dass er endlich doch einmal etwas Gutes getan hätte und hoffte, es würde ausreichen.“

Tränen stiegen ihr in die Augen und Nathan wusste nicht, was er davon halten sollte–dass sie um einen Mann trauerte, der sein Rivale, sein Feind gewesen war–ein Mann, der ihn einmal beinahe getötet hatte. Und doch konnte er den Blick nicht von ihr abwenden, nicht ihre Gefühle ignorieren, welcher Art sie auch sein mochten.

Bree blinzelte. „Ich weine nicht, weil ich traurig über seinen Tod bin."

„Das bist du nicht? Es sieht aber ganz danach aus."

„Ich finde es einfach schlimm, weil ich mir gewünscht hätte, er hätte diese Güte schon vor langer Zeit in sich selbst gefunden. Was für ein verschwendetes Leben."

„Du hast immer das Gute in ihm gesehen."

„Nein, ich wollte es sehen, aber es war nie wirklich da. Ich habe es mir immer nur eingebildet."

„Nun, heute hat er es gezeigt."

„Ich werde ihm immer dankbar sein dafür, dass er Hayley und mich gerettet hat, aber ich werde nicht um ihn trauern. Sein Leben spielte sich in einer von Gewalt regierten Welt ab, und er trug seinen Teil dazu bei. Er hat viele Menschen verletzt, auch dich, vor allem dich", sagte sie und streichelte seine Wange. „Dank mir musstest du wieder so viel durchmachen, Nathan. Ich kann gar nicht verstehen, warum du immer noch bei mir bist."

Lächelnd legte er ihr die Hände auf die Hüften und zog sie an sich. „Den Grund weißt du doch genau...weil ich dich liebe, Bree, und das, seit ich dreizehn Jahre bin. Bei mir machte es Klick, als ich dich das erste Mal sah. Du warst immer die einzig Richtige für mich, auch wenn du unerreichbar warst. Mir ist klar, dass es bei dir anders war; du hast auch andere Menschen geliebt."

„Du doch sicherlich ebenfalls, Nathan."

„Natürlich bedeuteten mir die Frauen etwas, mit denen ich zusammen war, aber ganz ehrlich, Bree, ab dem Moment, wo du erneut in mein Leben getreten bist, gab es nur noch dich. Ich habe mir etwas vorgemacht, indem ich mir einredete, dass ich für irgendeine von ihnen auch nur annähernd das Gleiche empfinde wie für dich."

„Was ist mit Adrienne?"

„Ich habe mich mit ihr ausgesprochen, während du im Salon warst, und ihr gesagt, dass es zwischen uns aus ist."

„Wirklich?"

„Ja. Sie gab sich überrascht, aber ich bin mir nicht sicher, ob das nicht nur gespielt war. Noch bevor du zurückkamst, lagen wir nicht wirklich auf einer Wellenlänge. Wir fühlten uns nie so wohl miteinander, dass wir unsere ureigensten Geheimnisse mit dem anderen geteilt hätten."

„Einschließlich der Abscheu von Rosenkohl."

„Du hast vor, mich so weit zu bringen, dass ich ihn irgendwann esse, stimmt's?"

„Darauf kannst du dich verlassen", entgegnete sie lachend, „aber nicht heute Abend."

„Gott sei Dank–eine Gnadenfrist." Er beugte sich zu ihr hinunter und küsste sie, weil es schon wieder viel zu lange her war, dass er ihre Lippen gekostet hatte, und erneut überkam ihn dieses überwältigende Verlangen, die Liebe und die Dankbarkeit dafür, dass sie am Leben, in Sicherheit und bei ihm war.

Dann jedoch summte ihr Telefon.

Frustriert ließ er von ihr ab und sagte: „Ich fange an, dieses Ding zu hassen."

Bree überprüfte den Absender. „Eine Nachricht von meiner Freundin Parisa. Nichts Wichtiges. Sie wollte mich nur wissen lassen, dass sie da wäre, um zu helfen, wenn ich sie brauche."

„Dieses Angebot kommt etwas spät."

„Ich hätte sie schon früher darum bitten können, aber ich hatte ja dich."

„Daran wird sich auch nie etwas ändern."

Ein Schatten überzog ihr Gesicht; sie wandte sich ab und ging hinüber zum Fenster. Als Nathan ihr folgte, drehte sie sich zu ihm um.

„Ich liebe dich ebenfalls."

„Höre ich da ein *aber* heraus?"

„Diese Stadt …" Sie ließ den restlichen Satz unausgesprochen in der Luft hängen. „Chicago ist dein Zuhause. Deine Familie wohnt hier. Ich aber bin mir nicht sicher, ob es der Ort ist, an dem ich leben möchte, auch wenn mich die Vergangenheit nicht länger verfolgt. Johnny ist tot, Stix ist tot, und hoffentlich gibt es sonst niemanden mehr, der mich hasst."

„Also könntest du eigentlich zurückkommen. Außerdem hatte es heute Abend den Anschein, als würden dich die Chicagoer Kollegen mit mehr Respekt behandeln."

„Ja, ich habe mit Tracy Frieden geschlossen, aber da ist noch etwas anderes."

Er erkannte die Wahrheit in ihren Augen. „Hayley."

Bree nickte. „Ich weiß nicht, ob ich hier leben könnte, ohne permanent den Wunsch zu verspüren, sie sehen zu wollen. Das würde mir sehr zusetzen."

„Möglicherweise könntest du ja Kontakt zu ihr halten–Teil ihres Lebens werden. Mark und Lindsay sind vernünftige Menschen. Und nachdem du ihre Tochter gerettet hast, sind sie dir bestimmt verdammt dankbar."

„Das mag ja alles stimmen, dennoch muss ich es ihnen überlassen zu entscheiden, wann der richtige Zeitpunkt ist, es Hayley zu sagen. Und das kann noch sehr lange dauern."

Er spürte, wie ihm das Herz schwer wurde und dieselbe Verzweiflung ihn übermannte, die er empfunden hatte, als sie vor elf Jahren in den Bus gestiegen war und er sich fragen musste, ob er sie jemals wiedersehen würde. Noch Tage danach hatte der Schmerz ihn beinahe umgebracht–ein Schmerz, der weit tiefer gegangen war als seine körperlichen Wunden. Wollte er sie wirklich erneut weggehen lassen?

„Dann gehe eben ich weg aus Chicago, Bree."

„Aber du liebst doch deine Stadt!"

„Dich liebe ich mehr. Als Bauunternehmer finde ich überall Arbeit. Natürlich muss ich erst noch dieses Haus fertigstellen, an dem ich gerade arbeite, aber danach wäre ich frei." Schon während er diese Worte aussprach, fing die Idee an, ihm zu gefallen. „Es ist ja nicht so, als ob ich mir nicht schon früher überlegt hätte, von ihr wegzuziehen."

„Aber was ist mit Josie und Grace? Sie sind doch dein ein und alles."

„Sie haben Kyle. Der wüsste es sicherlich zu schätzen, wenn ihm Josies großer Bruder nicht permanent über die Schulter schaut."

„Vielleicht braucht er das aber gerade."

„Das schaffe ich auch von New York aus. Und ich könnte nach wie vor regelmäßig meine Schwester und Nichte besuchen. Es gibt weltweit jede Menge Flüge nach Chicago. Außerdem habe ich noch nie in New York gelebt und stelle mir das interessant vor."

„Ich kann nicht glauben, dass du für mich alles hier aufgeben würdest", sagte Bree erstaunt. „Jetzt fühle ich mich direkt egoistisch."

„Quatsch! Du bist nicht egoistisch, sondern einfach ehrlich. Ich kann gut nachvollziehen, dass es schwierig für dich wäre, Hayley in unmittelbarer Nähe zu wissen, zumindest in der nahen Zukunft. Allerdings hoffe ich immer noch, dass sich das irgendwann ändern wird. Meiner Meinung nach wäre es besser für euch, wenn ihr beide am Leben des jeweils anderen teilhaben könntet. Aber gut– alles ist noch sehr frisch und braucht Zeit, sich zu setzen und zu heilen."

„Ich muss nicht unbedingt von New York aus arbeiten", sagte sie. „Dort bin ich eigentlich nur gelandet, weil ich einen Mentor hatte, der aber letzten Sommer gestorben ist. Und obwohl ich mein Team liebe, könnte ich mich jederzeit versetzen lassen. Vielleicht sollten wir irgendwo neu anfangen?"

„Die Idee gefällt mir. Wir könnten nach Westen gehen und uns ein Haus am Strand suchen."

„Mit Blick auf einen schönen Hafen und viele Segelboote", fügte sie hinzu.

„Als wir als Kinder davon träumten, warst du stets Teil von diesem Bild."

„Du ebenfalls. Ich habe dich immer vor mir gesehen, wie du auf einem Surfbrett über die Wellen reitest."

Nathan grinste. „Ich war noch nie im Leben auf so einem Teil gestanden."

„Du würdest bestimmt eine gute Figur abgeben, in einer knappen, sexy Badehose." Sie legte ihre Hände in die seinen, und ihr Ausdruck wurde ernst. „Ich liebe dich, Nathan. Ich habe dich schon damals geliebt, als ich ein verängstigtes, kleines Mädchen war und du mein süßer, überfürsorglicher Freund. Ich habe dich geliebt, als ich ein rücksichtsloser, rebellischer Teenager war, der dumme Entscheidungen traf und nicht wusste, wie er mit den seltsamen Gefühlen umgehen sollte, die mich manchmal überkamen, wenn ich in deiner Nähe war."

„Hast du nicht!"

„Doch, habe ich, aber ich wollte es einfach nicht wahrhaben. Stattdessen ließ ich mich dummerweise auf einen Gangster ein." Bree lächelte ihn hilflos an. „Aber ich habe dich ebenfalls dann geliebt, als du mir geholfen hast, von hier wegzukommen, mein Geheimnis zu wahren und meine Entscheidung toleriertest." Sie atmete tief ein und schaute ihm direkt in die Augen. „Aber am wichtigsten ist, dass ich dich jetzt liebe, die Person, die ich in deiner Gegenwart sein darf, das, was uns verbindet. Es fühlt sich so ehrlich an, so innig. Wir sind füreinander bestimmt. Ich kann und will mir nicht vorstellen, ohne dich nach New York zurückzukehren, nicht mal für einen einzigen Tag."

Er las die Wahrheit in ihrem Blick und sein Herz quoll über vor Liebe zu ihr. „Mir geht es genauso. Wir wissen um die Stärken und Schwächen des anderen, haben einander unsere Seelen geöffnet. Lass uns also einen Weg finden, um zusammenbleiben zu können."

„Okay, lass es uns tun."

„Mit *es* meinst du ..."

Bree lachte. „Grundsätzlich ja, aber vielleicht nicht unbedingt heute Nacht. Du solltest jetzt schlafen. Wenn ich mir deine Verletzungen so ansehe, musst du doch wahnsinnige Schmerzen haben."

„Das Einzige, was ich gerade fühle, ist Glück. Schlafen kann ich später immer noch–nachdem ich dir gezeigt habe, was ich für dich empfinde."

„Das hast du heute schon tausendmal getan; jetzt bin ich an der Reihe." Sie gab ihm einen zärtlichen Kuss und führte ihn hinüber ins Schlafzimmer.

# KAPITEL EINUNDZWANZIG

*GLÜCK WAR im Grunde ganz simpel,* dachte Bree, als sie und Nathan am späten Montagmorgen gemeinsam frühstückten. Sie hatten einen wundervollen Sonntag miteinander verbracht–sich geliebt, geschlafen, viel geredet und einen einfältig lustigen Film angesehen –, weil ihnen irgendwann der Sinn nur noch nach Lachen stand. Alles, was sich ereignet hatte, wurde ausgeblendet und sie gönnten sich eine vierundzwanzigstündige Pause von allen dunklen und ernsten Themen. Leider ging diese Auszeit irgendwann zu Ende, als der Pförtner von unten anrief und Nathan informierte, Agentin Tracy Cox sei auf dem Weg nach oben.

Bree sprang auf die Füße und trug die leeren Teller zur Spüle.

„Ist das ein schlechtes Zeichen, wenn sie extra hierherkommt, um mit dir zu sprechen?“, fragte Nathan.

„Nach guten Nachrichten sieht es nicht unbedingt aus, aber ich schätze, das werden wir gleich erfahren.“

Nathan ging den Flur hinunter, um die Tür zu öffnen.

„Entschuldigt die Störung“, begrüßte Tracy sie, „aber ich wollte dich noch einmal kurz treffen, bevor du nach New York zurückgehst. Hast du das überhaupt vor?“ Sie warf beiden einen abschätzenden Blick zu.

Bree lächelte Nathan an und wandte sich dann wieder der

Kollegin zu. „Meine langfristigen Pläne sind noch in der Schwebe, aber in ein paar Tagen werde ich tatsächlich erst einmal zurückfliegen. Vorher muss ich aber erst noch kurz verschnaufen."

„Das ist verständlich."

„Und–was hast du herausgefunden?"

„Wir konnten die Frau ausfindig machen, die sich um Hayley gekümmert hat. Es war Stanley Tixs ältere Schwester, Carla. Sie erzählte uns, ihr Bruder hätte für zwei Wochen ein Haus in Lake Geneva, Wisconsin, für sie angemietet und ihr gesagt, er bräuchte sie, um auf ein kleines Mädchen aufzupassen, das in Gefahr sei. Er behauptete, Johnny würde die Kleine töten, wenn er sie nicht vor ihm versteckt hielt und dass dieser bereits ihre Eltern auf dem Gewissen hätte. Carla hatte weder Kabel noch Internet im Haus und behauptet, sie wusste daher nicht, dass es sich bei dem Mädchen, um das sie sich kümmern sollte, um das Entführungsopfer handelte."

„Wahrscheinlich haben die örtlichen Zeitungen in Wisconsin auch gar nicht über dieses Kidnapping berichtet", mutmaßte Bree. „Cleverer Schachzug von ihm, sie aus Illinois rauszubringen."

„Gegen Carla werden zwar noch schwere Anschuldigungen erhoben, aber auf den ersten Blick sieht es so aus, als hätte sie wirklich nichts anderes getan, als Hayley zu versorgen."

„Ich bin froh, dass dem so war. Gibt es Neuigkeiten über das Mädchen im Zug–Emma–oder ihre Schwester, Tasha? Konntet ihr rausfinden, wer sie angeheuert hat?"

„Allerdings. Tasha ist Schauspielerin. Sie und ihre Schwester Emma standen in der Schlange bei einem offenen Vorsprechen, als ein Mann sich ihnen näherte. Er gab ihnen fünftausend Dollar in bar dafür, dass sie zwei Nächte im Frauenhaus verbrachten und einen Tag zusammen mit ihm im Auto. Tasha gab zu Protokoll, sie hätten vor dem FBI-Gebäude gewartet und beobachtet, wie du zum Zug liefst. Die beiden folgten dir, Emma sprach dich an und rannte dann zu dem Café, wo sie wieder auf ihre Schwester traf. Dort hinterließen sie den Flyer für dich, später dann im Frauenhaus auch noch das Foto."

„Was für ein ausgeklügelter Plan", murmelte Bree.

„Allerdings, mega kompliziert“, stimmte Tracy ihr zu. „Keiner, der den meisten Menschen direkt so einfallen würde.“

„Mir war gar nicht klar, dass Stix so ein cleverer Kopf ist“, fiel Nathan ein.

„Die Mädchen waren doch bestimmt in der Lage, ihre Kontaktperson zu beschreiben, oder?“, fragte Bree.

„Ja, und wir haben auch eine Skizze von ihm angefertigt.“ Tracy griff in ihre Tasche und zog ein Stück Papier hervor. „Erkennt ihr ihn? Er scheint relativ klein zu sein–Tasha schätze ihn auf einen Meter fünfundsechzig. Ungefähr Ende zwanzig, braune Haare, Bart, schlechte Haut.“

Bree starrte auf das Foto, aber das Gesicht kam ihr nicht bekannt vor. „Also ich kenne den Kerl nicht.“

Sie blickte zu Nathan hinüber, aber der schüttelte ebenfalls den Kopf. „Ich auch nicht.“

„Was für ein Pech“, sagte Tracy. „Ansonsten haben wir leider nichts in der Hand. Er hat die Mädchen in bar bezahlt und keinen Namen genannt. Was den Wagen betraf, wussten sie nur noch, dass er grau war, kannten aber weder die Marke noch hatten sie auf das Nummernschild geachtet. Außerdem hätte der Mann kaum gesprochen, außer, ihnen Anweisungen zu geben.“

„Mit Sicherheit spielte er auf einer niedrigen Stufe“, kommentierte Bree und gab Tracy die Zeichnung zurück.

„Das wäre auch meine Vermutung“, stimmte diese ihr zu. „Wie auch immer, wir leiten das Bild mal an die Abteilung für organisiertes Verbrechen weiter. Wenn sie die Leute durchgehen, die mit Johnny und/oder Stanley Tix in Verbindung standen, können sie ihn möglicherweise identifizieren.“

„Ich würde ihn nur zu gerne festnageln, da er eine weitere undichte Stelle darstellt. Stix gab zu, dass ihm jemand Informationen über Hayleys Geburt und Adoption zukommen ließ und ich weiß noch immer nicht, wer diese Person ist.“

„Wir ebenfalls nicht, aber eines kann ich dir schon mal sagen– dieser Jemand hat Stix jede Menge Material geliefert, und das nicht nur über dich oder die Geburt deines Babys. In dem Haus in

Wisconsin haben wir Auszüge aus deiner FBI Akte sicherstellen können."

Bree fiel vor Überraschung die Kinnlade herunter. „Was?"

„Sämtliche Details über die Fälle, die du seit deiner Ankunft in New York geleitet hast, dazu noch Berichte und Bewertungen, die bis zu deiner Ausbildung in Quantico zurückreichen. Weiterhin ein paar persönliche, handschriftliche Notizen, die sich auf die Adoptionsagentur der Jansens und den Namen einer Frau beziehen–Diane Miller. Ich nehme an, das ist die gleiche Diane, von der du uns erzählt hast? Diejenige, dich sich in Detroit deiner annahm?"

„Damals hieß sie Brady."

„Beides könnten Decknamen gewesen sein."

„Was hat all das zu bedeuten?", unterbrach Nathan ihr Gespräch. „Wollen Sie damit sagen, dass Stix Hilfe von jemandem beim FBI hatte? Wer sonst hätte Zugriff auf diese Unterlagen?"

„Es sieht ganz danach aus", stimmte Tracy ihm zu. „Aber da ist noch etwas. Gestern Nacht wurde Inspektor Benedict tot in seinem Haus aufgefunden. Er starb an einer Überdosis."

Eigentlich hätte Bree vermutet, dass nichts mehr sie schocken konnte, aber es ging Schlag auf Schlag. „Selbstmord?"

„Zumindest sieht es danach aus. Er hinterließ eine Nachricht, in der er bedauerte, dass er eine Grenze überschritten hatte, die er nicht hätte überschreiten dürfen. Noch wissen wir nicht, was das zu bedeuten hat, aber anscheinend hattest du recht damit, dass er in irgendetwas verwickelt war."

„Mehr gab die Nachricht nicht her? Keine weiteren Einzelheiten?", fragte Bree.

„Leider nicht. Die Polizei ermittelt ebenfalls. Wir werden auch sämtliche Verbindungen überprüfen, die Benedict zu irgendjemandem im Büro gehabt haben könnte, falls er derjenige war, der Mr. Tix die Akte zukommen ließ." Tracy holte tief Luft. „Positiv zu vermerken ist, dass Hayley sich in Sicherheit befindet und Johnny sowie ein halbes Dutzend Männer, die für sein kriminelles Unternehmen gearbeitet haben, tot sind, ebenso wie Stix und seine Partner. Somit sind die Straßen schon mal wieder für viele Menschen sicherer geworden."

„Was ist mit Sierra?“, fragte Nathan.

„Bisher macht sie den Mund nicht auf“, antwortete Tracy, „aber sie scheint auch nicht viel von alledem zu wissen. Nun, ich denke, das war‘s für den Moment.“ Sie hielt kurz inne. „Sollten wir weitere Informationen von einem von euch benötigen, wird sich jemand vom Teammit euch in Verbindung setzen.“

„Jemand?“, erkundigte sich Bree neugierig. „Nicht du?“

„Ich nehme mir ab nächste Woche erst mal Urlaub.“

„Ach, tatsächlich? Und wo geht es hin?“

Die Angesprochene errötete. „Wie ich gehört habe, soll es in Ecuador traumhaft schöne Strände geben.“

Bree konnte sich ein Lächeln nicht verkneifen. „Also triffst du dich mit Diego.“

„Sollte er in der Gegend sein, läge das durchaus im Bereich des Möglichen.“

„Richte ihm schöne Grüße von mir aus.“

„Ich weiß nicht, ob es eine so gute Idee wäre“, antwortete Tracy und blickte unsicher drein. „Immerhin habe ich ihn seit Jahren nicht mehr gesprochen.“

Und plötzlich fragte sich Bree, ob das nicht der wahre Grund dafür war, warum sie sich extra zu Nathans Wohnung aufgemacht hatte.

„Bei Nathan und mir sind es elf Jahre, seit wir uns aus den Augen verloren haben. Manchmal spielt Zeit keine Rolle.“

„Nun ja, wir werden sehen. Ich bin nicht so romantisch veranlagt wie du.“

„Bree und romantisch“, lachte Nathan lauthals auf. „Das bin doch wohl eher ich.“

„Hey“, empörte sich Bree und versetzte ihm einen spielerischen Schlag auf den Arm. „Wie kannst du so etwas sagen?“

„Weil es die Wahrheit ist. Möglicherweise bist du knallhart, eine Art Superfrau, die FBI-Agentin schlechthin, aber der sentimentale Kram ist nicht so dein Ding. Allerdings ist mir das egal, denn ich will nur dich, mit oder ohne Romantik.“

„Abwarten, vielleicht werde ich dich ja noch überraschen“,

neckte Bree ihn, obwohl er natürlich wieder einmal völlig recht hatte.

Tracy erhob sich lächelnd. „Es freut mich, dass ihr beide euch wiedergefunden habt. Und richtig froh bin ich darüber, dass wir zwei wieder einmal zusammenarbeiten konnten, Bree. Viel Glück mit allem, was als Nächstes kommt."

„Ebenso", entgegnete sie.

„Bleibt ruhig sitzen, ich finde selbst den Weg hinaus", fügte Tracy mit einem kurzen Kopfnicken in Nathans Richtung hinzu.

Als sich die Tür hinter ihr schloss, erkundigte er sich: „Was hältst du von alledem? War Inspektor Benedict die Verbindung, auf die Stix anspielte? Oder gibt es womöglich noch jemanden, um den wir uns Sorgen machen müssen?"

„Ehrlich gesagt, keine Ahnung, Was mich leicht verunsichert, ist die Tatsache, dass sie meine FBI-Unterlagen in dem Haus in Wisconsin fanden. Da aber sowohl Stix wie auch Benedict tot sind, denke ich, die Sache hat sich erledigt. Stix war der Einzige, der ein wahres Motiv hatte. Er hätte jemand bezahlen können, um an die Akten zu kommen. Möglicherweise war es tatsächlich Benedict gewesen, der seine Verbindungen zur Firma genutzt hat. Wie auch immer, das FBI und die Polizei werden in den nächsten Monaten bestimmt noch weitere Details dazu ausgraben."

„Monate? Aber ich möchte jetzt Antworten haben."

„Und ich dachte immer, dass ich die Ungeduldigere von uns beiden wäre." Sie trat näher an ihn heran und schlang ihm die Arme um den Hals. „Alles ist gut, Nathan."

„Das ist es definitiv", sagte er und gab ihr einen Kuss. „Jetzt wünsche ich mir eigentlich nur noch, dass wir direkt unser weiteres Leben planen können, aber du musst ja erst mal zurück nach New York."

„Und du solltest dein Haus fertig bauen. Immerhin sind wir verantwortungsvolle Menschen, die erst mal ihren Verpflichtungen nachgehen. Danach steht es uns frei zu tun, was immer wir wollen."

„Solange wir es gemeinsam machen, bin ich glücklich damit." Er lächelte sie spitzbübisch an. „Tatsächlich fühle ich mich gerade etwas schwach. Anscheinend habe ich mich doch noch nicht so richtig von meinen Verletzungen erholt. Wahrscheinlich sollte ich besser zurück ins Bett gehen und es wäre schön, wenn du mich begleiten würdest.“

„Das klingt doch nach einem guten Plan.“

# EPILOG

Sechs Wochen später …

Um kurz vor vier landete Bree am Flughafen O' Hare und nahm sich ein Taxi in die Stadt. Sie hatte einen sechsstündigen Zwischenstopp in Chicago, was ihr gerade genug Zeit ließ, um an einer ganz besonderen Geburtstagsfeier teilzunehmen, bevor sie und Nathan gemeinsam nach Los Angeles weiterflogen. Das nächste Kapitel in ihrem Leben war aufgeschlagen, und sie konnte es kaum erwarten.

Die letzten anderthalb Monate waren unglaublich anstrengend gewesen. Zuerst einmal musste sie ihre aktuellen Fälle abschließen, was durch die Verhaftung des Weiße-Rose-Entführers relativ schnell von Statten ging. Damit konnte sie eine der größten Verbrechensserien, an denen sie je gearbeitet hatte, ad acta legen. Dieser Mann würde den Rest seines Lebens hinter Gittern verbringen.

Darüber hinaus hatte sie Kontakt zu dem Chicagoer Team gehalten, das die Kindesentführung abgewickelt hatte. Offensichtlich hatte Inspektor Benedict mit Stix gemeinsame Sache gemacht, da die Polizei Beweise für mehrere Anrufe sowie einen Geldtransfer zwischen den beiden fand. Zwar wusste sie nach wie vor nicht, wie Benedict an ihre FBI-Daten gekommen war, geschweige denn, wie er herausfinden konnte, dass Hayley ihr Kind war, aber da die beiden Schlüsselfiguren die Sache nicht überlebt hatten, ließ sie es dabei bewenden.

Ihre letzte Sorge galt Johnnys Familie, dass diese Anspruch auf Hayley erheben könnte, aber anscheinend hatte Johnny keine Zeit gehabt, irgendjemanden darüber zu informieren, dass die Kleine seine Tochter war. FBI und Polizei hatten diese Details aus der Presse herausgehalten und lediglich darauf verwiesen, dass diese nachgeahmte Entführung dazu benutzt wurde, um Bree nach Chicago zu locken, wo Stix sich an ihr und Johnny rächen wollte, den beiden Menschen, von denen er glaubte, sie hätten sein Leben zerstört.

Die einzige Person aus diesem Umfeld, die es besser wusste, war Sierra, die jedoch den Mund hielt und es vorzog, das Geld und die Besitzurkunde ihres Salons zu genießen, die Johnny ihr in seinem Testament hinterlassen hatte.

Nachdem sie sich sicher sein konnte, dass ihre kleine Tochter nicht länger in Gefahr war, hatte Bree sich auf ihre eigenen Pläne konzentriert. Sie telefonierte mit Kontakten, suchte nach freien Stellen im FBI-Büro in Los Angeles und landete schließlich in der Abteilung für Wirtschaftsverbrechen. Die Verfolgung von Einzelpersonen und Unternehmen, die in Finanz- und Unternehmensbetrug verwickelt waren, würde eine nette Abwechslung zu dem Kummer darstellen, der sie als Mitglied des CARD-Teams oft begleitet hatte. Zwar war sie sehr stolz auf die Arbeit, die sie bisher geleistet hatte, mittlerweile jedoch auch mehr als bereit, ein Leben zu führen, das nicht mehr ganz so düster war und wo sie trotzdem Kriminellen das Handwerk legen konnte.

Ungeduldig trommelte sie mit den Fingern auf ihren Oberschenkeln, während das Taxi sie zum Lincoln Park brachte. Sie musste wieder an diesen Morgen vor fast sieben Wochen zurückdenken, als sie nach all den Jahren erneut nach Chicago gekommen war, um Hayley zu finden.

Wie große Angst hatte sie davor gehabt zurückzukehren–und doch hatte sie genau hier all das gefunden, was ihr wichtig war: ihre Tochter, ihre große Liebe, ihr Leben. Manchmal war es gar nicht so schlecht, sich mit seiner Vergangenheit auseinanderzusetzen.

Endlich hielten sie vor Hayleys Haus an. Dieses Mal standen keine Übertragungswagen davor. Stattdessen war es auf beiden Seiten des Eingangs mit riesigen Luftballonsträußen geschmückt. Und schon kam Nathan auf sie zugelaufen; er musste auf sie gewartet haben.

Eilig sprang Bree aus dem Taxi und direkt in seine Arme.

In den letzten sechs Wochen hatten sie täglich miteinander telefoniert, manchmal öfters als einmal, und jede Menge Videochats geführt. Jetzt konnte sie ihn endlich wieder festhalten, ihn küssen, die Liebe und Leidenschaft mit ihm teilen, die während ihrer Trennung nur noch stärker geworden war. Es war schwierig, sich von ihm loszureißen, aber irgendwie schaffte sie es und lachte atemlos auf.

„Wir sollten das besser jugendfrei halten“, sagte sie. „Immerhin befinden wir uns auf einem Bürgersteig in der Öffentlichkeit.“

„Ehrlich gesagt ist mir das egal“, grinste er. „Ich habe dich vermisst, Bree.“

„Ich dich ebenfalls.“ Sie küsste ihn erneut. „Ich bin so aufgeregt, in unser gemeinsames Leben zu starten. Keine Reue deinerseits, dass du Chicago verlassen wirst?“

„Nicht das kleinste Bisschen. Ich bin bereit zum Aufbruch. Und du?“

„Sobald wir das hier hinter uns gebracht haben“, sagte sie und war aus einem anderen Grund nervös.

Sie hatte Hayley oder die Jansens weder gesehen noch gesprochen, seit sie die Kleine nach der Aktion mit Stix im Krankenhaus abliefern durfte, aber bereits eine Woche später eine Einladung zu Hayleys Geburtstagsfeier erhalten. Offensichtlich hatte das Mädchen sie selbst geschrieben, Lindsay jedoch ebenfalls eine kleine, handschriftliche Notiz beigefügt, die besagte, sie hoffe, dass Bree es einrichten könne.

Von Nathan wusste sie, dass Mark und Lindsay Hayley noch

nicht gesagt hatten, dass sie adoptiert wurde. Beide fanden, dass es nach der Entführung noch zu früh dafür sei und befolgten den Rat des Therapeuten, ihr noch ein wenig Zeit zu geben, um alles zu verarbeiten. Dennoch waren sie sehr offen dafür, das Leben der Kleinen mit Bree zu teilen und sie als Freundin im Haus willkommen zu heißen, vorausgesetzt, sie selbst käme mit dieser Situation zurecht.

„Tue ich das Richtige?“, fragte sie Nathan.

„Wenn es das ist, was du möchtest, dann definitiv.“

Sie runzelte die Stirn. „Das ist nicht gerade die Bestätigung, die ich hören wollte.“

„Ich finde, für Hayley wäre es großartig, dich in ihrem Leben zu haben, auf welche Art und Weise auch immer du und ihre Eltern bereit sind, das zu akzeptieren. Allerdings weiß ich nicht, was das mit dir anstellen wird–mit ihr zusammen zu sein und ihr nicht sagen zu dürfen, dass du ihre leibliche Mutter bist. Ich möchte nicht, dass dich das traurig macht oder verletzt. Sollte es zu schwierig für dich sein, legen wir einfach das Geschenk auf der Veranda ab und gehen wieder“, schlug er vor und deutete auf das bunt verpackte Teil, das sie in Händen hielt. „Und fahren direkt zum Flughafen.“

„Es wird nicht einfach werden, aber ich will es durchziehen. Und weißt du, was es ein wenig einfacher macht?“

„Was denn?“

„Dass heute gar nicht ihr richtiger Geburtstag ist. Der ist erst in fünf Tagen.“

„Stimmt. Die Geburtsurkunde wurde manipuliert. Irgendwann sollte jemand das richtigstellen.“

„Irgendwann, aber nicht jetzt. Nicht, solange sie noch so instabil ist.“

„Es geht ihr gut. Ich habe sie ein- oder zweimal gesehen und sie scheint sich prima zu erholen. Natürlich wird es seine Zeit brauchen, aber ich bin mir sicher, sie wird all das hinter sich lassen können.“

„Bestimmt ist sie verwirrt, was all das zu bedeuten hatte. Als wir auf der Bühne waren, hatte Stix mehrmals erwähnt, dass sie meine Tochter ist, aber sie weinte so laut, dass ich vermute, sie hat das überhaupt nicht mitbekommen ... Hoffe ich zumindest."

„Sie scheint nichts in dieser Richtung gesagt zu haben."

„Das ist gut."

Er griff nach ihrer Hand. „Dann wollen wir mal."

Die Eingangstür stand offen, also traten sie ein. Der Flur zum Wohnzimmer, das Wohnzimmer selbst und auch das Esszimmer waren mit Luftschlangen dekoriert und überall drängten sich Kinder und Erwachsene. Auf dem Esszimmertisch hatte man ein riesiges Buffet aufgebaut und auf einem Beistelltisch thronte eine riesige Geburtstagstorte mit Vanille-Zuckerguss, verziert mit rosa und lila Häschen. Die war mit Sicherheit bei allen Kids der Hit.

Brees Blick wanderte über die Menge und suchte nach Hayley. Als das kleine Mädchen durch den Flur auf sie zugestürmt kam, wurde sie von einer Welle der Liebe und des Glücks überrollt. Hayley trug ein hübsches blaues Kleid, ihr langes, braunes Haar flog hinter ihr her und ihre braunen Augen funkelten vor Freude.

„Du bist tatsächlich gekommen", rief sie verzückt und streckte ihr die Arme entgegen.

Bewegt über ihre Reaktion zog Bree sie an sich. Es gab keine Schüchternheit, keine Zurückhaltung, keine unterschwellige Angst oder Traurigkeit. „Alles Gute zum Geburtstag", wünschte sie ihr und ließ sie los.

„Ich bin so froh, dass du hier bist", sagte Hayley und griff nach ihrer Hand. „Ich möchte, dass du meine Eltern kennenlernst und meine Freunde, und du musst dir unbedingt mein Zimmer ansehen."

„All das nur zu gerne", entgegnete Bree lachend.

„Komm zuerst mit nach oben", bat Hayley.

Sie warf Nathan einen schnellen Blick zu. Der lächelte nur und nickte ihr ermutigend zu. „Geht ruhig. Ich werde hier unten warten. Und lasst euch alle Zeit der Welt."

Das würde Bree mit Sicherheit tun, und jede einzelne Sekunde genießen.

„Dieses alberne Lächeln auf deinem Gesicht kann nur bedeuten, dass Bree irgendwo in der Nähe ist“, sagte Josie und stieß Nathan mit dem Ellbogen spielerisch in die Rippen.

„Sie ist mit Hayley nach oben gegangen, um sich ihr Zimmer anzusehen.“

„Die Kleine ist überglücklich, dass Bree zu ihrer Party kommen konnte. Sie hat mit Grace immer und immer wieder über sie gesprochen. Anscheinend ist sie von ihr fast genauso sehr angetan wie du.“

Er grinste. „Sie ist aber auch eine liebenswerte Person.“

„Ja, ich weiß. Ich mochte sie schon immer, war aber oft nicht damit einverstanden, wie sie dich behandelt hat.“

„All das ist Vergangenheit, Josie.“

„Ich weiß immer noch nicht genau, was eigentlich passiert ist.“

„Und das musst du auch nicht“, erwiderte er. Eigentlich fühlte er sich ein wenig schuldig, Josie nicht gesagt zu haben, dass Bree Hayleys leibliche Mutter war, aber er musste ihre Entscheidung zu schweigen respektieren, bis die Jansens sich entschieden hatten, das Geheimnis zu lüften. „Von nun an ist nur noch das wichtig, was als Nächstes geschieht. Ich hoffe, du, Grace und Kyle werdet es euch überlegen und Weihnachten dieses Jahr in Kalifornien verbringen? Wir würden euch nur zu gerne einladen.“

„Mal sehen–sonnige Tage um die zwanzig Grad in Santa Monica oder gefühlte minus acht in Chicago? Eine schwierige Entscheidung. Natürlich werden wir kommen. Ich werde gleich nächste Woche die Tickets buchen und Kyle muss dafür sorgen, dass er frei bekommt. Nach allem, was mit Hayley passiert ist, hat er mittlerweile erkannt, wie wichtig es ist, so viel Zeit wie nur möglich mit der Familie zu verbringen.“

„Das freut mich sehr.“

„Und mich freut es, dass du mit Bree zusammengekommen bist. Sie ist die Liebe deines Lebens, war es schon immer gewesen.“

„Ja, das ist sie“, gab er zu.

„Und obwohl du mir wahnsinnig fehlen wirst, denke ich, dieser Neustart in Kalifornien wird euch guttun. Außerdem brauchst du dir nie mehr Sorgen über Schnee zu machen und kannst das ganze Jahr über Häuser bauen."

„Ich freue mich auf die neue Herausforderung, aber auch ich werde dich und Grace vermissen–und natürlich Kyle", fügte er nachträglich hinzu.

Josie lachte auf. „Ich weiß schon, dass du und er oft nicht der gleichen Meinung seid, aber ich liebe euch beide."

„Trotz der Entfernung werde ich weiterhin ein Auge auf dich haben", versprach er.

„Da bin ich mir sicher." Dann jedoch wurde sie ernst. „Aber um ehrlich zu sein, Nathan, ich habe es eh schon viel zu lange zugelassen, dass du dich für mich verantwortlich fühlst. Als ich ein Kind war, brauchte ich dich. Du hast mich durchs Leben gebracht und mehr als einmal gerettet. Jetzt aber geht es mir gut. Das hätte ich dir schon vor langer Zeit sagen sollen. Alles ist in bester Ordnung und es besteht keine Gefahr, dass ich wieder rückfällig werde. Ich habe mein Leben im Griff und kein Interesse mehr an Drogen oder Alkohol oder sonst irgendeinem der Laster, denen ich mich damals hingegeben habe. Du musst dir keine Sorgen mehr um mich machen. Jetzt bist du an der Reihe, glücklich zu sein." Sie umarmte ihn und blinzelte ein paar Tränen weg. „Das ist ätzend. Ich hasse Abschiede."

„Es ist doch kein Abschied für immer. Weihnachten sehen wir uns wieder."

„Ich weiß. Es wird nicht dasselbe sein, aber trotzdem gut. Und vielleicht wirst du Grace ja eines Tages einen Cousin oder eine Cousine schenken."

„Bist du da nicht etwas voreilig?"

„Als ob du nicht selbst schon daran gedacht hättest, ein kleines Mädchen zu haben, das wie Bree aussieht", zog sie ihn auf. „Natürlich wäre ein Sohn auch nicht schlecht. Klar, sie hat ihre Karriere, aber vielleicht eines Tages ..."

„Eines Tages ganz gewiss", versprach er.

Bree saß auf Hayleys Bett und lauschte lächelnd ihrer Tochter, die ihr jedes ihrer Stofftiere namentlich vorstellte.

Als Kind konnte sie nie an ihren Spielsachen festhalten. Sie hatte es bald aufgegeben, ihnen Namen zu geben, denn wann immer sie das tat, verschwand das besagte Teil spurlos. Hayley jedoch musste nicht mit dieser Unsicherheit leben und obwohl sie Schreckliches durchgemacht hatte, schien sie nun wieder auf die gewohnte Sicherheit ihres Lebens zu vertrauen.

Darüber war Bree sehr froh, denn sie hasste den Gedanken, ihr Kind könne für immer Schaden genommen haben, weil jemand sich an ihr und Johnny rächen wollte.

„Mama hat mir einen neuen Hasen gekauft“, erzählte die Kleine gerade und holte einen sehr weißen, sehr flauschigen Stoffhasen aus der Mitte ihres Bettes. „Den anderen habe ich nämlich in dem Haus am See vergessen. Aber dieser hier gefällt mir sogar noch besser.“

„Ich liebe all deine Tiere, und besonders dein Zimmer. Es ist so hübsch. Ich wünschte, ich hätte als Kind auch so ein schönes Zimmer gehabt.“

„Manchmal habe ich Angst im Dunklen“, sagte Hayley plötzlich und ihr Blick wurde ernst. „Dann schläft Mama bei mir. Ich glaube, sie fürchtet sich auch.“

„Das kann ich gut verstehen, aber ihr braucht euch keine Sorgen mehr zu machen. Ihr seid jetzt in Sicherheit.“

„Ich wünschte, du könntest hierbleiben. Mama sagt, du lebst nicht in Chicago.“

„Nein, leider nicht“, bestätigte Bree, und in ihrer Kehle bildete sich ein großes Kloß, „aber ich werde dich besuchen kommen, so oft es mir möglich ist. Und du kannst mir schreiben, wann immer du Zeit und Lust hast.“

„Schreibst du mir dann auch zurück? Ich bekomme gerne E-Mails, aber auch richtige Briefe. Was magst du lieber?“

„Ich mag beides, und ich werde dir auf jeden Fall antworten. Wann immer du mich brauchen solltest, bin ich für dich da, Kleines. Schreib mir oder ruf mich an. Ich werde dafür sorgen, dass du stets meine aktuelle Telefonnummer hast.“

„Mama sagt, du bist mein Schutzengel.“

„Diese Vorstellung gefällt mir“, sagte Bree lächelnd. „Nur schade, dass ich keine Flügel habe.“

Hayley kicherte. „Dann könntest du fliegen.

Das wäre bestimmt witzig.“

Es klopfte und Lindsay betrat zögerlich den Raum.

„Ich hoffe, ich störe nicht?“, fragte sie. „Es ist Zeit, deine Geschenke zu öffnen, Liebling.“

„Hurra!“ Hayley klatschte vor Freude in die Hände.

„Warum gehst du nicht schon mal nach unten und hilfst Oma dabei, sie für dich aufzustapeln?“, schlug Lindsay vor. „Bree und ich kommen gleich nach.“

„Okay.“

Nachdem das Mädchen aus dem Zimmer gerannt war, erhob sich Bree. „Danke, dass Sie mich eingeladen haben. Ich weiß das wirklich zu schätzen.“

„Hayley hat es sich so sehr gewünscht. Seit ihrem Weggang hat sie über nichts anderes mehr als Sie gesprochen.“ Sie hielt kurz inne. „Auch ich wollte Sie wiedersehen. Ich hatte noch nicht die Gelegenheit, Ihnen zu danken.“

„Sie haben mir doch die nette Nachricht geschrieben.“

„Die konnte aber bei weitem nicht das ausdrücken, was ich fühle. Sie haben Hayley das Leben gerettet. Nathan erzählte mir, was Sie getan haben–wie Sie ihren Körper mit dem Ihren abgeschirmt haben. Sie haben Ihr Leben für sie riskiert, und Nathan ebenfalls. Mark und ich können Ihnen nicht genug dafür danken.“

„Mir tut es nur leid, dass sie überhaupt in Gefahr kam, und das alles wegen mir.“

„Nein, wegen dieses Verrückten. Sie haben mir einmal gesagt, ich solle mich nicht für ihre Entführung verantwortlich fühlen. Diesen Gefallen möchte ich jetzt erwidern. Das, was passiert ist, war nicht Ihre Schuld. Und nachdem ich jetzt so einiges über Hayleys leiblichen Vater erfahren habe, kann ich auch verstehen, warum es Ihnen ein Bedürfnis war, Ihr Kind aufzugeben und zu verschwinden. Ich mache mir zwar nach wie vor Sorgen, dass jemand aus seiner Familie versuchen könnte, sie für sich zu beanspruchen. Da jedoch immer mehr Zeit ins Land geht, ohne dass sich etwas tut, fühle ich mich langsam sicherer, dass das nicht passieren wird."

„Ich denke, da haben Sie nichts zu befürchten. Die Hawkes sind gut damit beschäftigt auszukämpfen, wer Johnnys Platz einnehmen soll. Sie leben in einer komplett anderen Welt, und Hayley ist kein Teil davon."

„Darüber bin ich sehr froh."

„Johnny hat sich für sein Kind geopfert", kam Bree nicht umhin, ihr zu erzählen. „Ich will nicht versuchen, Ihnen vorzugaukeln, dass er ein guter Mensch war, weil das nicht der Wahrheit entspräche. Sie sollten aber wissen, dass der junge Mann, den ich damals kannte, nicht annähernd so böse oder kalt war wie die Person, zu der er im Laufe seines Lebens geworden ist. Am Ende ist er für seine Tochter gestorben, und das sollten wir ihm hoch anrechnen. Eines Tages, wenn Hayley älter ist und mehr darüber wissen möchte, sollte sie diese Erinnerung an ihn in ihrem Herzen bewahren." Sie atmete tief durch. „Ich habe nie erfahren wer mein Vater war. Nur zu gerne würde ich glauben, er hätte das Gleiche für mich getan, aber ich bezweifle es."

„Sie hatten eine sehr raue Kindheit, nicht wahr? Nathan hat uns ein wenig über Ihre Vergangenheit erzählt. Mir war gar nicht bewusst, dass er ebenfalls so ein schweres Leben hatte."

„Das alles liegt schon Ewigkeiten zurück."

„Sie sind eine außergewöhnliche Frau, Bree, Fast fühle ich mich ein wenig schuldig, dass Hayley nicht weiß, in welchem Verhältnis Sie zu ihr stehen, aber seien Sie versichert, sie liebt Sie bereits jetzt."

„Ich liebe sie ebenfalls. Sie sagte, ich könne doch einfach ihr Schutzengel sein, und diese Idee gefällt mir."

„Wirklich?", fragte Lindsay verunsichert. „Es ist okay für Sie, dass wir noch warten möchten, bevor wir ihr die Wahrheit sagen?"

„Ich vertraue Mark und Ihnen. Sie sind meiner Tochter großartige Eltern gewesen. Warten Sie damit, bis Ihrer Meinung nach der richtige Zeitpunkt gekommen ist." Sie kämpfte die aufsteigenden Tränen nieder und zwang sich zu sagen, was sie sagen musste. „Ich habe mir immer nur eine Sache für mein kleines Mädchen gewünscht–eine wunderbare Mutter, auf die sie immer zählen kann. Diese Person sind Sie, Lindsay. Ich musste leider ohne solche Menschen aufwachsen und es ist ein Geschenk, ein ganz besonderes Geschenk."

Lindsay wischte sich über die Augen. „Das war lieb gesagt."

„Es entspricht der Wahrheit."

„Mein Mann und ich haben mit meinen Eltern über einen Wegzug aus Chicago gesprochen. Wir überlegen uns, ob wir nicht nach Austin gehen. Meine Tante lebt dort, und für Mark gäbe es ein Jobangebot. Wir würden gerne etwas Abstand zwischen uns und all das bringen, was sich hier ereignet hat."

„Das ist verständlich."

„Aber wir bleiben auf jeden Fall in Kontakt."

„Das würde mich freuen. Ich habe Hayley auch versprochen, ich wäre immer für sie da, wenn sie mich braucht."

„Das weiß sie bestimmt sehr zu schätzen", sagte Lindsay. „Also, Sie und Nathan sind dann ab morgen Kalifornier ..."

„Ja. Schon als Kinder haben wir immer vom Strand geträumt und beschlossen, dass es endlich an der Zeit wäre, diesen Traum Wirklichkeit werden zu lassen."

„Nathan hat uns erzählt, dass er sie schon immer geliebt hat, es sich aber nie richtig anfühlte–bis jetzt."

„Er ist ein guter Mann und ich kann mich glücklich schätzen, ihn wiedergefunden zu haben."

„Wie dem auch sei, wollen wir nicht besser auch hinuntergehen und Hayley dabei zusehen, wie sie ihre Geschenke öffnet?"

„Sehr gerne." Sie folgte Lindsay nach unten. Ihre Tochter saß in einem großen Sessel im Wohnzimmer, und um sie herum drängten sich die Gäste. Die Kinder hatten es sich auf dem Boden bequem gemacht, die Eltern jede verfügbare Sitzmöglichkeit belegt.

Nathan stand in der Nähe der Eingangstür. Er legte den Arm um sie, während Lindsay zu ihrer Kleinen hinüberging und sich zu ihr setzte.

„Wie ist es gelaufen?", fragte er leise.

Bree blickte ihm in die Augen. „Wirklich, wirklich gut. Diese Party, all die liebevollen Menschen, diese fantastische Familie–das ist das Leben, von dem wir immer geträumt haben, Nathan, und meine Tochter darf es führen. Das ist großartig."

„Ja, das ist es."

„Ich bin froh, dass ich hergekommen bin." Seufzend lehnte sie ihren Kopf an seine Brust und fühlte sich glücklicher, als sie es sich je hätte vorstellen können.

---

Am nächsten Tag wachte Bree in Manhattan Beach auf. Nach einem langen Flug am Abend zuvor waren sie um kurz vor Mitternacht gelandet und hatten sich ein Taxi zu dem kleinen Haus genommen. Dort wollten sie einen Monat bleiben und sich zwischenzeitlich nach einem festen Heim umsehen. Zu erschöpft, um noch irgendetwas zu erkunden, waren sie nur noch ins Bett gefallen und in einen tiefen Schlaf gesunken.

Jetzt jedoch schien die Sonne durch die Vorhänge und sie war begierig darauf, einen genaueren Blick auf ihr neues Zuhause zu werfen. Nathan war bereits aufgestanden und damit ihr gegenüber deutlich im Vorteil.

Nach einer schnellen Wäsche schlüpfte sie in Leggings, Sportoberteil und ein Paar Flip-Flops und ging den Flur hinunter.

Sie entdeckte ihn draußen auf der Veranda. Schnell schnappte sie sich eine Tasse Kaffee und machte sie auf den Weg nach draußen zu ihm. Dort stellte sie ihren Becher auf dem breiten Sims ab und lächelte ihn glücklich an. „Endlich haben wir den Ausblick, von dem wir immer geträumt haben."

„Das tun wir. Was hältst du davon?"

„Er ist perfekt."

Sie standen auf dem Balkon im zweiten Stock ihres gemieteten Hauses und überblickten die Straße und die Promenade, die zum Radfahren, Joggen und Spazierengehen einlud und sich mehrere Kilometer an den Stränden von Manhattan, Hermosa und Redondo entlang zog. Es war der ultimative Platz, um Leute zu beobachten.

Und auf der anderen Seite erstreckte sich ein breiter Sandstreifen bis hin zum Pazifischen Ozean.

„Genau wie auf deinem Poster“, sagte Nathan. „Das, das du vor so vielen Jahren in deinem Zimmer aufgehängt hast. Endlos blauer Himmel, das Meer und sogar ein Segelboot.“

„Ich kann kaum glauben, wie viel Glück wir haben, hier sein zu dürfen.“

„Mit Glück hat das nicht viel zu tun. Wir haben beide hart dafür gearbeitet.

Und jetzt haben wir es geschafft. Wir halten den Traum in unseren Händen.“

„Na ja, nicht ganz“, sagte er und nahm ihre Hände in die seinen. „Aber jetzt.“

Sie blickte in seine schönen braunen Augen und spürte die übergroße Liebe, die sie für ihn empfand. „Habe ich dir in letzter Zeit eigentlich gesagt, dass ich dich liebe?“

„Ich glaube, das ist schon wieder einige Stunden her.“

„Gut, dann sage ich es dir jetzt.“

„Ich dich auch.“ Er küsste sie zärtlich auf die Lippen. „Wollen wir wieder zurück ins Bett gehen?“

„Das klingt zwar verlockend, aber ich finde, wir sollten lieber losziehen und die Umgebung erkunden. Es ist so ein schöner Tag. Lass uns einen Spaziergang machen, nach einem Markt schauen und was zu essen besorgen. Heute Abend koche ich dann für uns.“

„Moment mal–du willst etwas kochen?“

„Genau, und weißt du, was auf dem Speiseplan steht?“, neckte sie ihn.

Er stöhnte auf. „Auf keinen Fall! Nicht an unserem ersten Abend in Kalifornien.“

„Kalifornier lieben Rosenkohl und ich garantiere dir, du wirst meinen ebenfalls lieben. Zumindest ein kleines Stück wirst du schon probieren, oder?“

„Habe ich dir jemals etwas abschlagen können?“

„Soweit ich mich erinnere, hast du schon das eine oder andere Mal nein gesagt.“

Nathan lachte. „Lass uns nicht mehr darüber sprechen. Wollen wir gehen? Irgendwie bin ich jetzt hungrig und bevor wir ans Abendessen denken, würde ich mir gerne ein Frühstück holen. So wie es aussieht, ist dort unten ein Strandcafé.“ Er deutete auf eine Gruppe von Leuten, die, Karten in den Händen haltend, vor einem Gebäude zu warten schienen.

„Dann mal los.“

Nathan schnappte sich den Hausschlüssel und sie gingen nach unten und in Richtung Strand. Es waren viele Menschen unterwegs, was an einem Samstagmorgen wahrscheinlich nicht weiter verwunderlich war. Überraschend dagegen war, dass sie schon fast Thanksgiving hatten und das Thermometer noch immer über zwanzig Grad anzeigte.

„Ich glaube, an dieses Wetter könnte ich mich gewöhnen“, sagte Nathan und legte ihr den Arm um die Schultern.

„Ja, es ist so angenehm warm, einfach nur großartig. Da wundert es mich, dass du heute Morgen nicht gleich gejoggt bist.“

„Vielleicht gehe ich später. Es wird mit Sicherheit anders, wenn man hier auch im Winter draußen laufen kann.“

„Ehrlich gesagt glaube ich nicht, dass die hier überhaupt so etwas wie Winter haben.“ Bree hielt inne, als sie sich dem Restaurant näherten. „Es macht einen ziemlich überfüllten Eindruck.“

„Ich gehe mal hinein, setze unsere Namen auf die Liste und hole uns Speisekarten.“

„Hört sich gut an“, befand sie, da sie keine Lust verspürte, sich durch die Schlange der Wartenden zu kämpfen.

Nathan war gleich darauf zurück und reichte ihr eine der Karten. „Sie haben gemeint, in zwanzig Minuten würde ein Tisch frei.“

„Das ist in Ordnung. Lass uns doch einstweilen dort drüben warten.“ Bree wollte gerade den Bürgersteig überqueren, als ein Mann auf einem Skateboard um die Ecke geschossen kam und sie fast zu Fall brachte.

Schnell zog Nathan sie an sich.

Der Typ warf ihr einen kurzen Blick zu und setzte dann seinen Weg fort. Ihr Puls jedoch begann zu rasen und das hatte nichts damit zu tun, dass sie beinahe umgefahren worden wäre.

„Bist du okay?“, fragte Nathan besorgt.

„Das ... das war Wyatt“, keuchte sie auf.

„Wer ist Wyatt?“

„Einer meiner Freunde aus Quantico.“

Nathan blickte sie zweifelnd an. „Dieser gammlige Kerl mit dem dicken Bart und der Baseballmütze ist ein Bundesagent?“

„Einer, der oft Undercover arbeitet.“ Sie schaute den Weg hinunter, aber Wyatt war verschwunden.

*War er es tatsächlich gewesen?*

Zumindest hatte die Person so ausgesehen wie er. Warum aber hatte er sie dann nicht begrüßt, sondern sie nur kurz angestarrt und sich sofort aus dem Staub gemacht?

„Vielleicht täusche ich mich–ganz bestimmt habe ich mich getäuscht.“

„Willst du hinter ihm her?“

„Nein. Ich möchte jetzt zusammen mit dir frühstücken und mich auf uns konzentrieren. Wenn es Wyatt war und er mich sprechen möchte, wird er Kontakt aufnehmen. Bis dahin werde ich mir darüber keine weiteren Gedanken mehr machen.“

Sie gingen hinüber zu einer niedrigen Zementmauer und setzten sich. Nachdem sie sich kurz einen Überblick über die Speisen verschafft hatten, legten sie die Karten beiseite, nahmen sich in den Arm und genossen die wundervolle Aussicht.

„Ich werde dich glücklich machen, Bree“, versprach Nathan und wandte den Kopf, um sie anzusehen. „Du wirst nie mehr einsam sein. Ich werde so nahe an dir dranbleiben, dass es dich irgendwann sogar nervt.“

„Ich bezweifle, dass so etwas passieren wird. Aber ich werde dich ebenfalls glücklich machen. Und ich dachte mir, vielleicht eines Tages …“ Sie hatte Angst, den Gedanken laut auszusprechen.

„Was?“, fragte er neugierig.

„Nichts. Dafür ist es noch zu früh.“

„Wofür ist es zu früh? Du weißt doch, dass du keine Geheimnisse vor mir bewahren kannst. Sag mir einfach, was du dir wünschst.“

„Eine Familie für uns, Nathan. Ich hätte gerne ein Kind mit dir.“

„Das würde mir auch gefallen.“

„Allerdings bin ich noch nicht ganz so weit“, fügte sie hinzu. „Da gibt es diesen verängstigten, zynischen Teil von mir, der all dieser Perfektion noch nicht richtig traut. Ich habe schon wieder Angst, durch eine frühzeitige Planung unserer Zukunft ein Unglück heraufzubeschwören. Das ist schon zu oft passiert.“

„Dieses Mal wird nichts schiefgehen“, versprach er ihr. „Schau dich doch nur um–wir haben nichts als blauen Himmel.“

„Ein Sturm ist schnell herangezogen.“

„Sollte das passieren, werden wir ihn einfach aussitzen, uns gegenseitig festhalten und den Donner über uns hinwegrollen lassen.“

Sie lächelte ihn an und wusste, dass sie diesem Mann vertrauen konnte. Er würde bei ihr bleiben und sie bei ihm, ganz egal, was das Schicksal auch für sie bereithielt. „Ja, das werden wir“, sagte sie, lehnte sich zu ihm hinüber und gab ihm einen Kuss. „Ich glaube, ich habe meine Meinung geändert, was das Frühstück anbelangt.“

Nathan lachte. „Ich ebenso. Zurück zum Haus?“

„Ich bin dabei.“

## ÜBER DIE AUTORIN

Barbara Freethy ist eine der Nr. 1 New-York-Times-Bestsellerautorinnen und hat 70 Romane veröffentlicht, unter anderem zeitgenössische Romanzen, spannende Liebesromane und Literatur für Frauen. 25 ihrer Romane sind auf den Bestsellerlisten der New York Times und USA Today erschienen, und sie hat weltweit über 14 Millionen Exemplare verkauft!

Barbaras Bücher sind bekannt für ihre fesselnden Handlungen, emotionalen Liebesgeschichten und konfliktreichen Dramen, sodass man sie nicht mehr aus der Hand legen kann! Eine vollständige Auflistung ihrer Bücher sowie Auszüge und Preisausschreiben finden Sie auf: www.barbarafreethy.com.